INITIATION
ON YOUR SKIN

De la même auteure dans la collection

Luv

Fauve

IZIA SOLEY

INITIATION
ON YOUR SKIN

Luv

Aux instants, aux plus petits instants, qu'ils soient fugaces ou éternels. Importants ou futiles. Joyeux ou douloureux. Décisifs ou non. Ce sont eux qui nous ont portées.

À Stiles, Mieczyslaw Stilinski… parce que Stiles, quoi…

1

Rwen

Putain de vertige. Putain de soirée.

Putain de Halloween.

Et putain de tequila.

Dans le couloir du premier étage de la maison où se déroule la fête, j'avance à tâtons en quête d'une chambre où me reposer quelques minutes. Le temps de récupérer et de rejoindre ensuite Eli en bas. Quoique, d'ici que je redescende, il aura sûrement déjà sa langue dans la bouche de sa victime d'un soir. Ce n'est pas juste, quand on y pense. Pourquoi on ne naît pas tous égaux au moins sur ce plan ? Je passais pourtant un super moment, m'amusais et dansais, laissant les ondes de la musique ondoyer délicieusement sur ma peau. Mais, encore une fois, il a fallu qu'elle, elle intervienne. Me plombe d'une pique bien sentie sur mon maquillage accentuant davantage mon côté « terne » selon ses dires. Je devrais être habituée depuis le temps. Seulement, plus les années passent, plus elle sape mon potentiel séduction. Si tant est que j'en aie eu un durant ne serait-ce qu'une seconde…

Enfin, une poignée s'actionne sous mes doigts et m'ouvre un panneau. Sans réfléchir, je pénètre dans la pièce et m'écroule sur le lit qui se présente miraculeusement juste devant moi. Les paupières closes, j'ai la sensation qu'un torrent en furie s'est logé entre mes tempes tant mon esprit tangue. Je crois bien n'avoir jamais été aussi saoule. Putain de tequila. Mes mains se crispent sur le couvre-lit dans l'espoir – totalement débile au demeurant – de conserver mon équilibre. Suis-je trop jeune pour affirmer que plus jamais je ne boirai?

– J'ai toujours su que s'il existait réellement un vieux barbu là-haut, il devait m'avoir à la bonne, s'élève une voix avec un ricanement.

Je rouvre aussi sec les paupières sans pour autant bouger, refusant catégoriquement de quitter mon radeau en pleine mer démontée sous peine de réellement boire la tasse. Putain de tequila.

Deux yeux d'un bleu sombre me dévorent et glissent sans aucune honte sur mon corps.

– T'es qui, toi? parviens-je à prononcer par je ne sais quel miracle.

Je tente un mouvement pour me redresser, mais renonce aussitôt. L'impression que mes neurones s'improvisent une partie de flipper sous les parois de mon crâne me visse au matelas.

– Qui je suis? réplique la voix, suintant de suffisance. Un gars chanceux, on dirait. Est-ce que tu as la moindre idée du nombre de mecs qui rêvent de retrouver une héroïne de manga dans leurs draps?

Héroïne de manga? Il m'a prise pour Sailor Moon, l'abruti, ou quoi? Ah, mais c'est vrai! Mon déguisement! Eli a eu la merveilleuse idée de m'affubler d'un costume de cosplay au rabais d'un personnage animé dont je ne me souviens plus du nom. Résultat: je me retrouve avec une perruque rousse et un uniforme de lycéenne trop peu couvrant pour ne pas risquer un attentat à la pudeur ailleurs que dans une fête pour Halloween.

– Rêve pas. Ton lit m'intéresse. Pas toi. Concentre-toi sur le fait que je suis fictive. Comme une de ces filles à peine vêtues sur lesquelles vous fantasmez.

– Oh, mais chaton… Je ne tripe que sur du concret. Et là… tu es en train d'exploser mon compteur à fantasmes, susurre-t-il en tendant une main pour m'aider à me relever.

Sous son regard insistant, je me redresse sur les coudes et suis le chemin de ses iris sur… mes cuisses nues. Eh merde. Ma jupe remonte carrément sur mes hanches, dévoilant la dentelle de mon shorty.

– Chaton? Sérieux? Et rêve pas, j'y suis, j'y reste, dis-je, une fois le tissu replacé en me laissant à nouveau tomber sur le matelas.

Au moment où ce dernier s'affaisse sous le poids de son corps, je sais avoir commis une erreur. Enfin, je sais… Une infime partie de ma raison qui se débat sous des litres d'alcool le sait… Le souci, c'est que depuis les profondeurs, difficile d'entendre ses mises en garde.

– Ce n'est pas pour me déranger. *Mi casa es su casa*. Ou plus précisément: *mi cama es su cama*[1]. En revanche, je te préviens: d'ordinaire, les filles qui squattent mon plumard ont tendance à avoir les jambes un peu plus à l'équerre.

Une grimace de dégoût s'imprime sur mes lèvres alors que je coule un regard froid sur… oh putain. Étendu à côté de moi, la tempe sur son poing fermé, l'abruti en question m'observe. Et je me prends un tsunami en pleine face. Reléguant la tequila à de l'eau de source. Déguisé en libertin du XVIIIe siècle, ce mec ressemble à la définition même de l'indécence. Une chemise blanche ouverte jusqu'au milieu du torse révèle une peau entièrement tatouée. L'alcool aidant, je le reluque sans aucune pudeur et des flammes viennent aussitôt s'enlacer à mon bas-ventre. Putain, je suis sûre

1. « Mon lit est ton lit », en espagnol.

que ce type arrive en provenance directe des enfers. Si ses deux billes azur puent la lubricité, son corps, lui, respire la débauche, l'insolence et… le sexe. Purement et simplement le sexe.

– Putain de tequila.

Un éclat de rire s'extirpe de sa bouche. Il rejette sa tête en arrière, révélant un entrelacs d'encre qui se fond sur son épiderme. Et assèche mon palais. Son regard réintègre ensuite le mien et provoque ainsi un chahut étrange dans mes cellules. Comme un venin électrique qui embraserait mon sang d'un feu addictif.

OK, c'est décidé, plus jamais je ne boirai. Toutefois, la lueur qui irise ses prunelles alors qu'il les balade d'une façon totalement impudique sur mes courbes me nourrit d'une sensation presque inconnue. Soudain, son nez plonge dans mon cou sans prévenir et inspire profondément. Un parfum, mélange de tabac et d'une autre nuance que je n'identifie pas, m'explose au visage. Provoque la chute de mon cœur qui dégringole de plusieurs étages pour venir pulser entre mes cuisses.

– Tu as l'odeur du shoot le plus addictif qui soit, jolie petite offrande que tu es.

Figée à cause de mon corps qui me lâche, je pivote mon visage vers lui, effleurant au passage ses lèvres. Bordel, j'ai des hallus. J'étais persuadée que ses yeux étaient bleus, or là, ils m'apparaissent tout à coup bien obscurs. Fascinée par ce changement, je plisse mes paupières face à cette nouvelle énigme. Avant que mes synapses daignent enfin se reconnecter entre elles.

– T'as pris quoi ? Pourquoi tes pupilles sont dilatées comme ça ?

Un sourire perce sur sa bouche, me réduit à un fétu de paille face à un incendie ravageur.

– Je viens de te le dire, Babydoll. La meilleure drogue qui soit : le désir. Tu le transpires par le moindre pore de ta peau. Et autant te dire que tu attises mes plus bas instincts, là.

Mes muscles sont alors traversés d'un spasme que je ne saurais qualifier. Mais le pire, c'est que, sans le savoir, ce mec déterre trop de choses sous la surface. Tout à coup sur ressorts, je le repousse, bondis sur le sol et écarte les bras pour me stabiliser quand un vertige me vrille méchamment le crâne.

– Je dois rejoindre mon pote, précisé-je, ignorant mon estomac qui se révolte.

– Hum, le grand Black à la joue percée? Il est parti avec une brunette dès que tu as grimpé l'escalier.

Interdite, j'en oublie mon envie de me tirer de cette chambre et pose mes poings sur mes hanches.

– Comment…

– Dis-moi plutôt comment j'aurais pu ne pas remarquer ces putains de jambes à damner un saint que tu as trimballées sous mon nez durant toute la soirée?

– Je…

– Tu ne m'as pas vu, je sais. Tu avais l'air… comment dire… trop occupée à ignorer les autres d'ailleurs. Ou plus précisément les hommes.

Là, je crois que je dessaoule en un quart de seconde. C'est qui ce type? Comment peut-il poser des mots sur ce qui me pourrit l'esprit depuis des années maintenant? Les yeux exorbités, j'ignore quelle tête j'affiche, mais cette dernière paraît l'amuser. Tout en se relevant, ce petit con me braque d'un regard troublant et affiche un rictus en coin qui fout mes nerfs à vif. Et ma peau aussi… Putain de tequila.

– Laisse-moi te dire une chose, dit-il d'un timbre plus bas, plus… sensuel, tout en se rapprochant. Je t'ai observée durant un long, très long moment ce soir et j'ignore pourquoi tu sembles si peu à l'aise avec ton corps, mais je peux t'assurer que je saurais lui faire honneur. Au point de m'en faire une luxation de la queue à force de te prendre. Alors qu'en dis-tu? Tu as envie de jouer avec moi?

Mes yeux s'écarquillent davantage devant ses paroles crues. Crues. Osées. Et encore une fois, purement indécentes. Il se rapproche alors de moi, et j'ai la sensation dingue qu'une traînée de poudre s'embrase à chaque pas qu'il opère dans ma direction. Mue par l'instinct de conservation, je recule avant que tout ne m'explose à la tronche.

– Écoute, t'es sympa, mais si t'allais raconter tes conneries à quelqu'un que ça intéresse ? Je suis certaine que le rez-de-chaussée regorge de filles qui meurent d'envie d'entendre de tels propos. Va donc leur montrer à quel point tu es sexuellement performant vu que tu as l'air de ne te résumer qu'à cela.

– « Sexuellement performant », dit-il en ricanant. C'est mignon. Je te parle uniquement d'envie de chair. De l'autre. De s'enivrer de nos parfums mélangés.

L'une de ses commissures se rehausse pour dévoiler un sourire de gamin prétentieux. Puant l'arrogance. Horripilant.

C'est moi ou il fait chaud ?

Putain de tequila.

– Bon, cette conversation était certes intéressante et... pour le moins inattendue, mais il est temps pour moi de voguer vers d'autres contrées.

Moins dangereuses. Moins brûlantes. Comme le dit l'adage : courage, fuyons !

J'opère une volte-face en mode « je suis fabuleuse, mais jamais tu me toucheras » et me dirige vers la sortie quand son corps recouvre tout à coup le mien. Mes doigts se crispent autour de la poignée à en faire blanchir mes articulations.

– Laisse-moi te montrer, murmure-t-il tout à coup à mon oreille.

Je sursaute et me pétrifie quand son entrejambe gonflé appuie pile au creux de mes reins.

– Tu sens ? insiste-t-il. Tu ne m'as même pas touché. Pas effleuré. Et pourtant, je bande déjà comme un pendu. Ne crois pas que tu n'as rien de désirable.

Je devrais le repousser, voire le castrer, pourtant je n'esquisse pas le moindre mouvement pour m'échapper. Au contraire, je rends les armes. Mon front choit contre le panneau. Parce que ce mec sorti de nulle part vient de matérialiser l'une de mes plus grandes faiblesses.

Alors oui, je devrais le repousser, toutefois… sa main qui glisse le long de mon flanc pour venir caresser ma nuque nappe ma peau d'une vague si enivrante que je refuse tout simplement de la laisser s'évanouir sur-le-champ. Juste quelques secondes de plus. Son autre paume dérive jusque sur mon ventre et y exerce une pression afin de me coller à lui. L'arrière de ma tête bute contre son torse. Mes paupières se ferment en une vaine tentative de détacher mon esprit de ce que je sais déjà être une connerie monumentale, mais… juste quelques secondes de plus. Mon corps me supplie de lui apporter ces quelques secondes de répit, d'attention. De désir.

– Veux-tu que je te dise à quel point tu es excitante ? À quel point tu es belle… Non, pardon, ça va au-delà encore… Combien tu es désirable et bandante ? Eh bien, dis-toi que ma main droite va se montrer « sexuellement performante » sous la douche et que tu seras la reine de mon show personnel.

Les battements de mon cœur cognent férocement jusqu'à m'assourdir et renverser mon peu de raison pas encore diluée par l'alcool. Des flammes paraissent lécher ma peau en demande cruelle de chaleur, me font perdre totalement pied. Je me retourne puis, sans rouvrir les yeux, faufile mes doigts dans ses cheveux châtains pour plaquer ensuite mes lèvres sur les siennes. Aussitôt, son corps m'emprisonne contre le bois. Ses paumes s'arriment à mes fesses et me soulèvent. Mes jambes s'enroulent autour de sa taille trop… naturellement. À croire que quelque chose qui n'attendait que ça s'est enfin libéré. Il force la barrière de mes lèvres et m'envahit. Me goûte avec une sensualité flirtant avec la folie. Me dévore. Son piercing s'emmêle à ma langue. Et avive jusqu'à la moindre de mes cellules.

Un gémissement m'échappe, meurt contre son palais et lui arrache un sourire alors que sa bouche pille la mienne. Un coup de bassin m'incruste contre le battant. Totalement dépossédée d'une quelconque inhibition, j'ondule contre son érection. La porte dans mon dos fait un boucan de tous les diables sous les coups de boutoir de ses hanches, laissant peu de doute sur ce qui se déroule dans cette pièce, mais, en cet instant, je m'en contrefous. Je refuse de m'arrêter. De stopper ce plaisir lancinant qui m'accapare peu à peu. Afflue avec la force d'une lame de fond. Le tatoué se détache de mes lèvres, balance un « putain » qui semble provenir des entrailles des enfers, puis immobilise mon bassin de ses paumes en soudant nos regards, m'oblige à cesser tout mouvement. Une fois que je me suis exécutée, il se met à opérer de lents va-et-vient, son sexe contre le mien. Sans dévier son attention de mes iris, il accélère le rythme, se fige, reprend ensuite. Me torture d'une pression appuyée. Repart dans un tempo effréné. Avant de me clouer d'un baiser ravageur au moment où un orgasme me déchire le ventre. Mon corps se tend comme un arc. Demeure vissé à son torse un court moment puis se relâche en un long gémissement soulagé.

La réalité me rattrape soudain. Au moment exact où il s'affaire à déboutonner son pantalon, ses mains entre nous. Je me fige, paralysée. En réponse, il se bloque à son tour et plonge la chaleur de ses prunelles dans les miennes. Je me prends alors une myriade d'émotions qui ravivent mes sens que je pensais pourtant repus.

Un long soupir lui échappe. La seconde suivante, il me repose sur le sol et s'éloigne d'un minuscule pas. Perdue, déboussolée, je le regarde sans rien dire se rhabiller. Son pouce vient ensuite lisser ma lèvre inférieure. Puis, il se recule. Encore. Et darde sur moi un regard dégoulinant de lubricité mélangée à une épaisse couche de suffisance. Sa bouche s'incurve en un sourire fier et présomptueux.

– Je sais, fait-il en se marrant. Putain de tequila.

Larguée en pleine tempête, je n'ai même pas la force de répliquer. Parce qu'il instaure encore plus de distance entre nous. Son érection me nargue tant elle déforme son pantalon et pourtant, il préfère battre en retraite plutôt que de coucher avec moi. Une boule amère noue ma gorge, menace de me faire perdre pied. Aussi, comprenant très bien le message, je relève le menton, le fusille de mes yeux verts puis me détourne de… ce mec qui, en quelques paroles, a soulevé un feu dévastateur sous mes côtes.

Alors que je m'apprête à refermer la porte sur ce moment d'égarement, sa voix me fauche :

– Te prends pas la tête, Babychou. Si je m'écoutais, moi, tu serais déjà nue et ma queue plantée dans ton ventre jusqu'à la garde. Alors, je vais résumer la situation en trois mots. Putain de luxation.

Une fois dans le couloir, je me mets à courir, dévale les marches à toute allure et me rue dehors. Enfin à l'air libre, mes poumons se déploient et inhalent une immense goulée d'air. Un autre vertige me saisit. Or je sais pertinemment qu'il n'a plus rien à voir avec l'alcool. Mais tout avec ce manque qui creuse mon abdomen.

2

Rwen

Un sourire aux lèvres, je sers au couple de l'autre côté du comptoir un gobelet XXL dégueulant de pop-corn. Après m'avoir remerciée, ils s'enfoncent dans le couloir sombre menant aux deux uniques salles du petit cinéma où je travaille en dehors des heures de cours. Il n'y a pas foule ce soir malgré la projection du dernier blockbuster sorti tout droit des studios de LA. La plupart des gens d'ici délaissent cet endroit, préférant se rendre à l'immense complexe avec salles d'arcade près du *mall* en périphérie de la ville.

Un autre duo se présente. Une jeune femme aux cheveux bleus m'offre un sourire chaleureux en réclamant trois tickets avant de bloquer devant l'étalage de sucreries. Son mec, un grand brun style *latin lover* avec une mine renfrognée, pousse un long soupir en râlant :

– Bébé chat, tu veux bien accélérer…

– Shilow, si tu m'agaces, je risque de choisir quelque chose que je ne voudrais pas réellement. Et donc, d'être frustrée. Et si je suis frustrée…

– Tu es une vraie casse-couilles, termine-t-il à sa place.

– CQFD.

Se foutant royalement de ma présence, le fameux Shilow se penche vers sa copine puis lui glisse à l'oreille :

– Mais tu sais que tu ne seras pas frustrée longtemps...

Un rire m'échappe, et je leur réponds :

– Ouais, merci d'attendre d'être chez vous, par contre. Ma collègue et moi sommes chargées de nettoyer avant de fermer. Et nous avons déjà eu notre lot de trouvailles... étranges pour la vie entière, dis-je en grimaçant.

– À ce point ? répond la jeune femme en se marrant pendant que son petit ami me torpille du regard d'avoir osé les interrompre.

– Dans les réserves, on a une sorte d'étagère de la honte. Avec tous les trucs dégueus que l'on a dû ramasser.

– J'avoue être curieuse là...

Avec un clin d'œil complice, j'extirpe mon téléphone du pantalon de l'uniforme horrible que je suis obligée de porter ici et fais défiler les photos. Je déniche celle de notre fameux trésor puis tends mon portable à « bébé chat ». Les yeux de cette dernière s'arrondissent de stupéfaction, sa bouche suit le mouvement alors que j'éclate de rire face à sa réaction. Soudain, ses paupières se plissent. Ses doigts zooment sur le cliché puis, la tête penchée, elle s'exclame, abasourdie :

– Mais... ça peut vraiment rentrer dans un corps humain ce truc ? C'est... énorme !

– Méléri, grogne le brun, tu vas me vexer, merde.

À son tour, il mate le gode ceinture que j'ai moi-même trouvé dans une rangée et arque un sourcil.

– Ah ouais... se contente-t-il d'articuler.

– Je sais ! Une barre chocolatée ! lance tout à trac sa copine.

Le type se fige, une expression à mi-chemin entre la surprise et l'indignation zébrant son visage contrarié. Quant à moi, je me pince les lèvres pour ne pas rire une seconde fois.

– Non, mais ça n'a rien à voir avec… ce machin, tente-t-elle de s'expliquer.

– T'avoueras que le timing n'est quand même pas le meilleur.

J'acquiesce silencieusement à ses propos.

– Flippant, renchéris-je avant de faire volte-face afin de récupérer ladite barre chocolatée.

Pitié, faites que ma photo ne lui ait pas donné d'idée… ou qu'au moins, elle ait la décence d'effacer les preuves. Ou de les bouffer.

– T'es en retard ! siffle tout à coup Méléri dans mon dos.

– Je ne suis pas en retard, j'instaure un suspense, petite sœur, raille une voix qui coule sur l'entièreté de mon épiderme.

Ma peau se pare d'un frisson, soudain traversée par une sensation… perturbante. Lentement, je me retourne et avise le nouveau venu. Mes yeux s'entrechoquent aux siens. D'un bleu sombre, ils virent en une fraction de seconde à un océan de métal. Sa langue se glisse entre ses lèvres, un rictus s'en emparant sauvagement. Putain, ce regard, cette saleté de sourire dépravé et insolent, je les connais. J'en suis certaine, j'ai déjà vu ce type. La question est où ? À une soirée sûrement…

Mon attention chute sur l'encre qui s'évade de l'encolure de sa veste en cuir et cherche à s'emmêler à sa barbe naissante. Envoûtée, je ne peux m'empêcher de renouer mon regard au sien qui me fixe, avide et clairement satisfait. Satisfait de me voir bugger comme une conne. Je cligne plusieurs fois des paupières pour m'échapper de ma contemplation au moment où lui balade deux prunelles brûlantes sur mon corps.

– Canaan !

La main tatouée de Méléri lui assène un taquet derrière le crâne. Toutefois, il ne réagit pas. Persiste à me clouer d'une attention particulièrement intense. Et ce, même si sa sœur lui balance une salve de mots dans une langue étrangère. Un sourire en coin effleure sa bouche, se fracasse contre mon abdomen. Eh merde. Putain d'hormones.

L'air réintègre enfin mes poumons lorsque le couple l'entraîne vers la salle, brisant ainsi cette connexion visuelle déstabilisante.

Deux gifles mentales plus tard, je ferme les portes, les derniers clients installés. Durant les séances, le hall reste désert, me permettant ainsi de ranger, nettoyer ou réapprovisionner le stand. J'en profite pour appeler Eli puisque je ne l'ai pas vu de la journée, les horaires de ses cours d'arts appliqués étant incompatibles avec mon cursus de droit. Lui parler au moins une fois par jour est devenu un réflexe. Nous nous connaissons depuis le lycée. Je ne pourrais même pas dire pourquoi nous sommes devenus amis. Un jour de rentrée, j'ai renversé mon plateau de spaghettis à la bolognaise sur lui et depuis, nous ne nous sommes plus quittés. Il est devenu mon confident, le seul à tout connaître de ma vie. Y compris ce que j'aimerais oublier et arracher de mes souvenirs. Même ma culpabilité…

Au moment où je raccroche, je sursaute quand une présence se déploie dans mon dos et bombarde mes cellules nerveuses.

– Cet uniforme mériterait d'être brûlé, Rwen. Je crois bien que c'est la première fois que je fantasme sur un nœud papillon.

Je me retourne aussitôt et me retrouve happée par un parfum qui réveille jusqu'au plus petit grain de ma chair. Du tabac mêlé à… quelque chose de puissant, d'aphrodisiaque et de purement addictif.

– Oh putain ! Tu es le mec qui menaçait sa queue de luxation !

3

Canaan

Affalé sur un des fauteuils de la petite salle, je me laisse engloutir par l'obscurité. Le cul bien installé, une de mes jambes repliée sur le dossier du siège devant moi, j'attends la fin des bandes-annonces. Tandis que ma sœur et son mec, chez qui je crèche depuis mon arrivée de France, se lèchent la glotte, je me penche et pique le gobelet de pop-corn qu'elle a finalement acheté en plus de sa barre chocolatée. D'une pichenette, je m'envoie un grain de maïs soufflé dans le bec, puis un second, un immense sourire aux lèvres.

Pas à cause du fait qu'enfin je me suis émancipé de l'autorité parentale en quittant Paris pour rejoindre Méléri de l'autre côté de l'océan.

Pas à cause de ma toute nouvelle inscription aux cours du soir que propose KU, l'université de Lawrence. Merci Shilow et son poste d'assistant de TD pour le piston. Sans lui, m'inscrire à ce moment de l'année aurait relevé du parcours du combattant.

Non. Ce putain de sourire carnassier, je le dois uniquement à la petite blonde derrière son comptoir.

Putain de karma.

Jamais je n'aurais pensé retomber sur cette nana après la fête de Halloween. Dans mon futal, ma queue s'agite légèrement. Rien de plus normal. Elle crie famine et fait sécession depuis que je l'ai privée de dessert à cette fameuse soirée. La pulpe de mes doigts picote au moment où les sensations éprouvées ce soir-là, alors qu'elle se frottait à moi sans pudeur, désinhibée grâce à l'abus de tequila, refont surface. Tandis que mes coups de bassin la clouaient contre le bois de la porte.

Le générique du film s'affiche. Sauf que je ne capte rien. Les seules images qui se gravent sur mes rétines sont celles de ses pommettes rosies ou bien encore ses iris d'un vert étincelant. L'orgasme qui l'a saisie m'a littéralement bouffé le crâne. Annihilant chacun de mes cinq sens. Dommage pour moi qu'elle se soit soudain mise à cogiter. Dommage pour elle. Je ne saute pas une nana hésitante et surtout trop bourrée. On n'est pas des bêtes hein… Je me mets à m'esclaffer, m'étrangle à moitié avec un pop-corn quand Méléri se détache – se « déventouse » devrais-je dire – suffisamment de Shilow pour me balancer une énième claque derrière la tête.

Mû par l'impulsivité qui a toujours guidé mes actes, je quitte mon siège, salue d'un majeur deux geeks qui couinent que je leur gâche la vue et repars vers le hall du minuscule ciné. Une fois les doubles portes franchies, je scanne les lieux jusqu'à ce que je la repère, elle. Sous ma peau presque entièrement tatouée, le sang se met à bouillir dans mes veines. D'excitation. J'ai dû être chasseur dans une autre vie. Parce que là, je n'ai qu'une seule pensée. Une seule envie. Et celle-ci se matérialise sous les traits absolument délicieux d'une blonde aux yeux verts et aux jambes… juste parfaites. Parfaitement bandantes.

Un grognement s'extirpe de mon torse quand j'avise son pantalon. Putain de sacrilège de les cacher sous autant de tissu. Cette fille devrait vivre à poil. Lorsque l'on possède le cul d'une reine et les jambes d'une déesse, il ne peut en être autrement.

Même son prénom – indiqué sur son badge – est empreint de sensualité. Rwen… quatre lettres qui éveillent des idées salaces entre les parois de mon crâne. Silencieux, je me coule dans son dos, savourant les effluves de son parfum floral mêlés à ceux, sucrés, des friandises vendues ici.

– Cet uniforme mériterait d'être brûlé, Rwen. Je crois bien que c'est la première fois que je fantasme sur un nœud papillon.

Surprise, elle se retourne dans un bond qui m'arrache un ricanement. Ses immenses yeux cernés d'un trait de khôl s'élargissent. La compréhension nappe tout à coup son regard. Ses joues s'irisent alors de marbrures rougies.

– Oh putain ! Tu es le mec qui menaçait sa queue de luxation !

Là encore, je ne peux m'empêcher d'éclater de rire.

– Ahhhh mon soleil… si tu savais. T'as été une muse le temps d'une longue douche brûlante.

Sa bouche s'ourle en un O qui décharge sous mon crâne une rafale d'images absolument porno. Sa respiration se sature, sa poitrine s'alourdit en se soulevant avec difficulté. Les signaux qu'elle me balance en pleine tronche calcinent ma peau. Mon script s'érotise à chaque seconde qui passe. Je m'imagine déjà ses jambes autour de ma taille. Ses putains de longues jambes galbées, aux articulations d'une finesse redoutable, resserrées sur mes hanches… Bordel. La vision de lignes d'encre parcourant sa chair me fend presque en deux tant le fantasme devient fiévreux. Aussi, j'en rajoute une couche, histoire d'enfoncer le clou. Parce que la contempler s'émoustiller couche sur mon propre épiderme un frisson de désir particulièrement carabiné. De toute évidence, lui parler un brin plus cru la déstabilise, la choque peut-être, mais excite également ses sens. Et puis… j'ai envie de jouer, moi. Les mains dans les poches de mon jean, je m'incline vers elle, surplombant son petit corps tout en courbes élancées. Je croque ma lèvre inférieure et darde ma langue pour titiller son attention avec mon piercing.

– J'en ai encore des ampoules à la main de m'être branlé en ne pensant qu'à toi, murmuré-je en accentuant mon accent français.

La *french touch* les fait toutes craquer. Toutes. CQFD. Sauf qu'en l'occurrence, là, je n'ai pas le dessus. Au contraire, les polarités s'inversent sans que je comprenne pourquoi. Le givre remplace d'un coup la chaleur. Mon scénario licencieux se transforme aussitôt. Retombe à plat. Le regard de Rwen s'assombrit, ses muscles fins se raidissent sous ses fringues. Je recule d'un pas, rétablissant un début de distance qu'elle interprète d'office de travers. J'ouvre la bouche pour parler, mais Rwen me devance en m'interrompant d'un ton tranchant.

– Épargne-moi le cliché du beau gosse sûr de lui qui saute tout ce qui porte une paire de seins. Surtout pour en arriver là.

Elle dresse droit son petit doigt puis le courbe tout doucement jusqu'à ce qu'il soit recroquevillé, mimant ainsi un sexe qui débande. Ahuri, je renverse la nuque en me marrant, puis penche la tête de côté afin de mieux la détailler.

– Beau gosse, hein?

– Évidemment, tu n'as retenu que ça… dit Rwen en soupirant avec une pointe d'exaspération. Tu te focalises sur les mauvais mots, mec.

– Si je suis le cliché du beau gosse, lequel es-tu?

Agacée, elle fait volte-face. Sa queue-de-cheval haute voltige dans son dos et, l'espace d'un instant, je l'imagine enroulée autour de mon poing. Rwen attrape un balai en rêvant, j'en suis sûr, de me le carrer dans les dents.

– Celui de la meuf qui rêve de castrer un type et de se transformer en cannibale, grogne-t-elle en commençant à nettoyer le sol collant.

Je saute par-dessus le cordon rouge tressé délimitant les files d'attente et me plante devant elle.

– Si tu veux me bouffer la queue, susurré-je, il suffit de demander, ma beauté. Je ne dis jamais non. Question de principe. Et puis… pour ce qui est du… (Je l'imite, sauf qu'au lieu de plier mes phalanges, je les redresse.) Tu n'essaierais pas plutôt de te rassurer? Plus facile à digérer que de te dire que je t'ai juste plantée?

Ses traits se figent avant de se voiler, blessés. Puis de se parer d'une expression vengeresse.

– Je vois… lance Rwen sur un ton à mi-chemin entre le miel et le fiel. Alors c'est ainsi que tu fonctionnes? Perso, je pencherais plus pour l'idée que tu te camoufles derrière une attitude de parfait bad boy arrogant. Parce qu'on est d'accord que si ton assurance crevait le plafond comme tu le laisses à penser avec tes phrases indécentes de branleur, tu m'aurais plutôt sauté dessus au lieu de te ruer sous la douche. Non?

C'est vraiment ça dont il est question? Elle croit réellement les mots qui fusent de sa jolie bouche quand j'étais persuadé de juste échanger quelques piques douteuses? Le temps de trouver comment parer le cinoche qu'elle s'est inventé, je botte en touche, avant d'en venir au cœur non pas du problème, mais du quiproquo avec lequel elle s'est monté son joli bourrichon.

– Ça y est? T'as terminé ton laïus? T'es pas essoufflée d'autant parler? Surtout pour raconter un tas de conneries.

– Et toi, l'honnêteté, tu connais?

Un sourire en coin se tatoue sur ma bouche. Il en faut plus pour me décourager ou m'atteindre. Beaucoup plus.

– Tu veux de l'honnêteté? OK. Tu as des jambes magnifiques, Rwen. Ça, c'est une vérité. J'espère au moins qu'on te l'a déjà dit.

Par réflexe, elle baisse la tête comme pour les scanner au travers de son pantalon.

– Mouais, grommelle-t-elle, amère. Bien sûr. Tous les jours. À tel point que je dois refouler les mecs qui se bousculent à ma porte. Tu ne les vois pas là ? Non parce qu'ils...

Tout à coup, elle s'interrompt et s'immobilise, une main crispée autour du manche de son balai. Comme si elle en avait trop dit. Quelque part, j'imagine que c'est un peu le cas. Je suis du genre à décrypter facilement les gens, qualité héritée d'une mère et d'une sœur hypersensibles. Or cette nana me semble être un paradoxe vivant. Comme son regard se fait fuyant, j'attrape son menton entre le pouce et l'index afin de l'obliger à redresser son visage vers le mien. La teinte émeraude de ses iris s'électrise. Elle déglutit lorsque mon souffle chaud balaie ses lèvres.

– J'ai l'impression que c'est toi qui te plantes, chaton.

Mon pouce délaisse sa mâchoire et vient lentement caresser le renflement inférieur de sa bouche.

– Ma mère m'a juste appris à ne pas profiter de la situation. Tu me voulais, soufflé-je en me rapprochant d'elle assez pour que sa respiration chaotique précipite sa poitrine contre mon buste. Tu me voulais, mais pas assez pour outrepasser certaines barrières. Maintenant, si tu désires tellement que nous...

Ses doigts me bâillonnent pour éteindre mes paroles.

– Mets-toi bien ça dans le crâne, l'abruti...

Elle soupire quand je souris contre ses phalanges en l'entendant m'appeler ainsi.

– Appelle-moi Canaan, parviens-je à dire malgré sa paume contre ma bouche.

Cette fois, ce sont ses yeux qu'elle lève au plafond.

– Tu as eu ta chance, tu ne l'as pas saisie. Tant pis pour toi, réplique Rwen en fanfaronnant sans que son humour grinçant ne contamine ses iris.

Vif, j'entrouvre les lèvres, mordille son index puis cède un pas, nonchalant. Les poings toujours dans les poches, je pars à reculons vers la salle obscure où se déroule le film censé m'hypnotiser les neurones.

– Tant pis pour nous deux, ma colombe.

4

Rwen

– Tu ne vas pas pouvoir éviter d'en discuter, tu sais.

Dans un premier temps, je décide d'ignorer sa remarque. Resserrant les pans de ma veste avant de replacer la bandoulière de mon sac de cours pour sortir du bâtiment abritant la bibliothèque du campus, j'allonge mes pas afin de le semer. Malheureusement pour moi, une des qualités premières d'Eli – même si en ce moment, je parlerais de défaut – est sa ténacité. Avec un soupir grandiloquent, je ralentis et lâche d'un ton innocent.

– Mmm. Je suis d'accord. Parlons-en. J'en ai pour des heures de recherches pour satisfaire cette peau de vache qui me sert de prof…

Avec un rire grave, mon meilleur ami m'attrape par le cou.

– Hin hin. C'est mort, Rwen. Inutile de noyer le poisson en me parlant de cette carne, elle aurait bien besoin de se faire ramoner celle-là, histoire d'aérer les conduits…

J'émets un ricanement qui se répercute dans le hall pratiquement vide.

– Amis de la poésie, bonsoir !

Eli s'écarte alors, un rictus de sale gosse incrusté sur son visage carré.

– Une partie de jambes en l'air aurait au moins le mérite de la dérider…

Il me jette un coup d'œil aigu puis continue sur sa lancée :

– Cela dit… ce n'est pas la seule qui aurait besoin de quelques bons coups de bassin si tu veux mon avis.

Je me prends sa réflexion dans les gencives sans broncher. En même temps, ce n'est pas comme s'il n'avait pas un chouïa raison. Mauvaise, je lui adresse un retentissant :

– Ça tombe bien, je ne te le demande pas.

Eli s'arrête soudain, extirpe son paquet de cigarettes pour en coller une entre ses lèvres sans l'allumer. Son regard ébène sur moi, il attend plusieurs secondes puis se décide à remettre le couvert.

– Je disais donc. Je veux des détails. Croustillants et salaces. Ou pas apparemment. Pourquoi tu ne t'es pas laissée aller pour une fois, Rwen ? Juste une fois.

– Ce n'était qu'un pauvre type lourdingue, le contredis-je en soupirant. Je suis peut-être en manque, mais il ne faut pas pousser quand même. Je ne suis pas en manque à ce point-là.

– Si, tu l'es.

Je pouffe, à mi-chemin entre la nervosité et l'agacement pur et dur.

– J'ai quelques critères.

– Non, tu n'en as pas.

Cette fois, je suis bel et bien exaspérée. Je tape du pied, remonte mon sac d'un mouvement d'épaule. Sauf qu'avant que je puisse dire quoi que ce soit, il ajoute sur un timbre si neutre que j'en frissonne de colère, parce que je sais que, quelque part, il a raison :

– Tu veux que je te dise quels sont tes critères ? Ceux qui te permettent de ne pas les laisser t'approcher. Ce ne sont pas les mecs qui ne viennent pas vers toi, mais toi qui les repousses.

J'arque un sourcil railleur, tente de détourner la conversation qui me ramène droit vers cette fange qui me pollue le cerveau.

– Tu es là, toi.

Son sourire se fait éblouissant, dévoile une rangée de dents d'un blanc éclatant.

– Oui, mais moi, je n'ai jamais cherché à me glisser entre tes cuisses.

Je le pointe d'un doigt faussement rageur.

– D'ailleurs, maintenant que tu le dis... je suis assez vexée.

Il me couvre d'un regard tendre, joue avec une mèche de mes cheveux qu'il replace derrière mon oreille.

– Tu es la reine de l'esquive, Rwen. Et comme je n'arriverai pas à tirer de toi autre chose qu'une bonne dose de mauvaise foi et que l'on va finir par être en retard à ma première expo, je n'insiste pas. Pour le moment. Ce n'est, encore une fois, que partie remise. Mais fais gaffe, tes excuses ne vont pas tarder à arriver à expiration. Je ne minimise pas tes raisons. Cependant, tu as fini par te cacher derrière. Soit, reste planquée. J'espère qu'un mec arrivera à débusquer ton petit cul.

Mes lèvres s'incurvent lorsqu'il laisse échapper un rire sincère.

– Bien. Et maintenant, on se bouge.

Quand mes yeux s'égarent sur le mur derrière mon ami sur lequel est suspendue une pendule gigantesque, je prends conscience de l'heure et grommelle un « merde » qui résonne contre les murs, vu ma discrétion légendaire. Si nous arrivons à la bourre, le galeriste où Eli expose ses photos va rendre l'âme. Les professionnels qui accordent leur confiance à des étudiants sont tellement rares... Hors de question qu'Eli risque de se ramasser, en particulier à cause de moi. Je me rue vers la sortie quand une voix m'interpelle...

– Toujours en train de courir, ma jolie poupée.

Je me bloque, serre les dents et opère une volte-face sur l'abruti… visiblement captivé par ce que cache ma jupe. Ses yeux azur remontent lentement et finissent enfin par se confronter à la froideur des miens. Il n'est nullement impressionné par mon accueil ; sa bouche s'étire en un sourire éclatant et horripilant à souhait. Quoiqu'un peu sexy. Je ne peux malheureusement pas lui enlever ça. Et je ne peux malheureusement plus mettre ça sur le compte de la tequila. Putain de frustration.

– Qu'est-ce que tu fous là ? craché-je avec un peu trop de véhémence pour paraître indifférente alors que l'attention surprise d'Eli navigue de… Canaan à moi.

– Relax, babe, me répond ce dernier de ce ton désinvolte qui, de toute évidence, ne le quitte jamais.

Putain, même ses cordes vocales envoient des *fuck* à la vie elle-même tant il paraît peu concerné par ce qui l'entoure.

– Rassure-toi. Je ne te « stalke » pas, je discutais avec mon prof, reprend-il en approchant d'un pas mesuré.

La sensation qu'une douche glacée me gèle jusqu'aux os coupe ma respiration durant quelques secondes.

– Ton… quoi ?

– Je suis des cours du soir. C'est tout nouveau en fait. Je suis arrivé il y a peu. Des vacances à la base, pour venir voir ma frangine et puis, une chose en entraînant une autre… bah voilà. Je m'installe. Je ne pensais pas trouver un tel cursus au Kansas.

– Exige au passage des cours d'humilité, répliqué-je, acide. Ça ne te ferait pas de mal.

– Ah putain ! s'exclame soudain Eli, hilare. Je me disais bien que ta tête ne m'était pas inconnue ! T'es en arts appliqués toi aussi ? Tu viens de te taper le cours de Stevenson, c'est ça ? Le Français ! Eli Rowley.

– Double nationalité, précise Canaan avec un rictus en coin horripilant tandis qu'il serre la main de mon traître de pote. Père *frenchy* et mère américaine. Canaan Sainclair.

– Eli, on va être en retard… tenté-je d'une voix légèrement suppliante.

Au lieu de m'écouter, ce con prend un malin plaisir à clouer mon cercueil. Ses bras se croisent, sa cigarette dorénavant calée sur l'oreille.

– Et donc, vous vous connaissez, Rwen et toi ?

Je sais. Qu'il sait. Qui est Canaan. Qu'il est le lourdingue sexy qui m'a fait du gringue à Halloween vu qu'il a eu droit à une version des faits un brin… écourtée dira-t-on. Et bien entendu, il plonge à pieds joints dans ma piscine d'embrouilles.

– On s'est comme qui dirait croisés une ou deux fois, lance négligemment Canaan, amusé. Il faut croire que le karma s'obstine. N'est-ce pas, Rwen ?

Sa manière de prononcer mon prénom avec cet accent qui pille mon ventre love un serpent de feu au creux de mes reins. À contrecœur, je relève le visage pour capter son regard et m'éviter ainsi de trop me perdre le long de son torse sculpté dont les lignes sont visibles à travers le tissu fin de son tee-shirt. Putain, il est au courant qu'on est en novembre ? Mes rétines butent sur l'encre qui dépasse de l'encolure et se déploie jusque sous ses oreilles. Une barbe de quelques jours jette un voile sombre sur ses mâchoires saillantes. Et lorsque enfin mon attention se noue à la sienne, railleuse et suintant l'arrogance, je réalise que j'ai lamentablement échoué. Vu le temps passé à le reluquer, il est clair que je me suis bel et bien perdue quelque part entre son buste et ses yeux.

Putain de frustration.

Aussi, je chope le bras d'Eli, coupant net leur conversation qui ne me plaît pas du tout et l'entraîne dehors. Entre mon sac trop lourd, lui qui fait de la résistance en riant et mes talons, je manque de m'étaler plusieurs fois, mais rien à foutre. Le diable littéralement au cul, je m'empresse de me diriger vers le parking réservé aux étudiants. Sauf que mon ami a visiblement prévu un autre scénario. Il se statufie, m'empêchant de bouger, et se retourne vers le Français qui est sorti à son tour et grille une cigarette.

– Ça te dit de venir ? J'expose dans une petite galerie du centre-ville.

Hallucinée, je roule des yeux, jette un regard assassin à Eli en mode « attends que l'on soit seuls, tu vas voir comme tu vas manger » quand la voix de l'abruti vient hanter mes tympans.

– Carrément. J'en serai ravi.

– Bah allez ! Parce que je vais vraiment finir par être à la bourre et Tony David, le galeriste, n'a pas franchement la réputation d'un mec ouvert et patient.

C'est limite si je ne cours pas jusqu'à la voiture, tout en grommelant des insultes entièrement dirigées à leur attention et celle de cet univers merdique. Lorsque enfin j'atteins la portière, je manque hurler de colère au moment où Canaan me prend de vitesse. Sans gêne, il s'engouffre dans l'habitacle, côté passager. Putain d'ouverture centralisée. Et me balance son regard « tu ne le sais pas encore, mais je vais te bouffer ».

– Tu fous quoi ? dis-je, agressive.

– J'ai dû rendre la voiture que je louais et je n'ai pas encore eu le temps de me renseigner pour en acheter une. Et puis, je vais au même endroit que vous alors…

– Et ? On n'a pas des gueules d'enfants de chœur ! Tu viens, mais tu te démerdes pour y aller ! Ou alors…

Un sourire vicieux se dessine sur mes lèvres.

– Ou alors tu ne viens pas.

– Rwen ! se bidonne Eli en s'installant derrière. Montre-toi civilisée.

Sans une once de contrition, Canaan m'offre un rictus éclatant.

– Mais oui Rwen… sois gentille avec le petit nouveau.

Vaincue, je me coule à mon tour sur le siège conducteur en maudissant mon ami d'être aussi… diablement têtu. Même s'il croit, je n'en doute pas, agir pour mon bien. Un soupir énervé s'évade de ma trachée. Alors que je démarre et m'engage sur la route, je surprends le regard de Canaan braqué sur moi. Totalement insolent. Une nuée de frissons picote la surface de ma peau. Mes jambes se resserrent soudain instinctivement, pressant mes cuisses l'une contre l'autre.

– Mon visage est plus haut.

Un éclat de rire envahit l'espace et réchauffe l'air.

– Rwen, fait-il, hilare. Tes jambes sont un tel régal… à m'en cramer les rétines.

– Pas de détail ! Garde tes pensées pour toi, m'offusqué-je en menaçant visuellement Eli, en train de ricaner en silence, à travers le rétro.

Dommage pour lui, ses épaules qui tressautent sont un indicateur amplement suffisant. Je me promets aussitôt de lui faire payer sa trahison dès que l'occasion se présentera.

– Si tu savais ce qui incendie mes pensées…

– Je vais prendre ça pour un compliment. Le jour où je devinerai ce qui pollue ton esprit dépravé, je n'aurai plus qu'à me pendre. Sérieusement, tu vas te casser les dents, Canaan. Tu n'as rien qui pourrait un tant soit peu m'intéresser.

Mes paumes se contractent autour du volant jusqu'à en blanchir mes jointures quand je le sens se pencher sur mon épaule.

– Tu me lances un défi ? chuchote-t-il gravement à mon oreille.

Fière, je redresse davantage le menton et, sans daigner le moindre écart dans sa direction, je réplique :

– Tu es au courant que tu n'es pas seul ?

– Je vous en prie. Faites comme si je n'étais pas là, répond Eli en se bidonnant.

– Lâcheur, marmonné-je.

La sonnerie d'un téléphone retentit soudain, m'offrant un peu de répit. Quand Canaan se rencogne dans son siège pour décrocher, la totalité de mes muscles se relâchent. Alors qu'Eli m'offre un regard compatissant, sa voix s'élève dans une langue étrangère, m'indiquant qu'il est sûrement en train de parler en français. J'ignore du mieux que je le peux la caresse chaude et suave de son timbre qui semble lécher la moindre de mes cellules.

Putain de frustration.

Putain de karma.

Putain de Français !

Nous arrivons à destination et je me gare le plus vite possible à la première place qui s'offre à moi. Je m'extirpe du véhicule et avale enfin une immense bouffée d'air qui n'est pas saturée par son parfum… et celui de mes hormones en ébullition, rajouterait Eli s'il m'entendait. Maudit soit Canaan Sainclair ! Non… Maudits soient les hommes !

Mes chaussures claquent sur le trottoir que j'arpente jusqu'à trouver la galerie où se situe l'expo. Je m'engouffre à l'intérieur sans même prendre la peine de savoir si les deux autres me suivent et me tétanise sur le seuil. Parce qu'*elle* est déjà là. Et qu'avec l'apparition du Frenchy, j'avais oublié l'avoir invitée. Ses cheveux blonds relevés en un chignon flou, vêtue d'un jean slim sur un chemisier qui souligne ses courbes avec élégance, elle respire la confiance en soi. Sentant très certainement le poids de mon attention, elle pivote et m'adresse un sourire chaleureux. Le mien, crispé, doit plutôt ressembler à la grimace d'un marathonien pris de crampes au bout de ses quarante-deux kilomètres. En deux enjambées, la voilà devant moi. Sans attendre, elle m'enlace avec effusion. Mal à l'aise en dépit du plaisir que j'éprouve à la voir, je tapote son dos avec maladresse pendant qu'elle me claque une bise sur la joue.

– Rwen !

– Maura, réponds-je mécaniquement.

Je m'arrache de son étreinte et rétablis une distance de sécurité entre nous tandis qu'elle dissimule une moue narquoise derrière sa coupe de champagne. Ses yeux ambrés me ferrent aussitôt, sondent jusqu'au tréfonds de mon âme avant de dévier vers une présence que je sens dans mon dos. Ses lèvres pleines se plissent légèrement puis s'étirent en un sourire que je sais feint.

– Eli, salue-t-elle avec froideur avant de se déporter vers notre intrus trop collant qui surgit à la droite de mon meilleur ami. Bonsoir, je suis Maura.

– Canaan. Can', répond l'intéressé.

S'empressant de venir à mon secours, Eli comble les lacunes d'une voix polaire.

– Maura est la cousine de Rwen qui l'a visiblement invitée à mon expo sans m'en avertir.

Il se penche vers moi et chuchote, dépité :

– T'aimes vraiment te faire du mal.

J'aimerais le contrer. J'aimerais lui dire combien il se trompe, à quel point j'ai dépassé tout… ça. Mais je ne peux pas. Parce qu'aux côtés de Maura se matérialise une ombre qui me ramène des années en arrière. Canaan fronce les sourcils, ressentant combien la température vient de chuter.

– Et voilà Max. Son mec.

– Son fiancé, précise Maura avec un léger rire de gorge.

Un sourire éclaire le visage de Maximilian. Il ignore la main que je lui tends et me prend dans ses bras dans une accolade qui égratigne ma peau.

– Je suis content de te voir, Rwen.

Je ne peux pas en dire autant. Toutefois, je la boucle en me contentant d'acquiescer et raccroche la conversation quand Maura dévisage Canaan, curieuse.

– Vous êtes venus… ensemble?

La façon condescendante qu'elle a d'appuyer sur ce dernier mot me donne la nausée. L'instinct de survie j'imagine… ou de conservation tout du moins. Les mâchoires de Canaan claquent avec ce zeste de lubricité qui enrobe chacun de ses gestes.

– Yep. Rwen et moi, on est comme l'index et le majeur.

Il chope une flûte sur le plateau d'un serveur, en boit une gorgée avant de passer lentement sa langue sur ses lèvres.

– On va de pair. C'est tout de même meilleur pour certaines… activités.

Une flambée écarlate embrase violemment mes joues. Indignée, je crie presque tellement mon pouls pulse avec brutalité sous ma chair:

– Ne l'écoute pas, ce n'est personne.

– Bien sûr.

Je me tends aussitôt à ses mots. Parce que je sais ce que ceux-ci sous-entendent. L'allusion est tellement… évidente. Comme si un mec pareil pouvait ne serait-ce que s'intéresser à ma personne. Tout à coup, je suis aspirée contre une épaule. Le bras d'Eli me rabat contre lui, protecteur.

– Je vous l'emprunte! Allez, viens admirer mes clichés et jalouser tant de talent.

– Ouais… je te suis, déclaré-je tandis que nous nous éloignons du petit groupe.

Il s'incline, choque son front contre ma tempe en resserrant son emprise.

– J'ai soif. Une coupette, ce n'est pas suffisant pour me retourner le crâne.

– On n'est pas à une soirée étudiante, répliqué-je, moqueuse. Ce n'est pas l'endroit pour se saouler.

– T'avoueras que c'est quand même plus classe de se prendre une cuite au champagne qu'à la bière dans des gobelets en plastique. Tu veux en parler sinon?

Je me soustrais de sa prise de catch en riant. En me dissimulant derrière des gloussements un brin pathétiques.

– Plus tard.

– Plus tard alors, me lance Eli avant d'être harponné par son commanditaire qui veut absolument le présenter à de potentiels clients.

Une bonne demi-heure, et au moins trois coupes d'ingurgitées plus tard, je bloque sur une photographie en noir et blanc quand un corps s'impose dans mon dos. Trop massif pour que ce soit Eli ou même Max. Trop chaleureux pour que ce soit Maura. Et trop brûlant pour que ce ne soit pas Canaan.

– Une question me taraude, ma chère Rwen.

Je réprime un sourire face à son langage soudain emprunté. Pourquoi j'ai envie de sourire d'abord? Ah, je sais... Putain de champagne.

– Comment peut-on se montrer si sûre de soi tout en possédant si peu d'assurance? Pourquoi s'acharner à garder le contrôle quand tu ne veux que l'abandonner?

– Tu insinues que je manque de confiance?

– Je n'insinue rien. Je constate.

Je passe la main sur ma nuque, troublée par le tour que prend cette discussion.

– Tu ne me connais pas. N'agis pas comme si tel était le cas.

En quelques pas, il se poste devant moi. Me surplombe en abaissant tout juste son visage pour capter mon attention. Ce type est une armoire à glace. Face à lui, je me sens à la fois minuscule et en même temps… combative. Sûrement à cause de mon envie de lui faire ravaler son sourire impertinent et de l'émasculer. Pas forcément dans cet ordre d'ailleurs. Ouais… ça doit être ça.

– Oh non, ta confiance en toi crève le plafond. En revanche, celle en ton corps est au ras des pâquerettes.

Choquée, j'ouvre la bouche sans qu'aucun son n'en sorte. Puis la referme pour planter un index rageur sur son sternum.

– Tu crois vraiment que ce genre de provocation va fonctionner avec moi ? réponds-je en pestant. Sache que je peux me farcir n'importe quel mec de cette soirée ! Chacun d'entre eux. Sauf toi. Parce que là, j'avoue que même mes ovaires hurlent au traumatisme si je t'approche trop.

Pour la énième fois de la soirée, il éclate d'un rire qui a l'étrange pouvoir de réchauffer une pièce blindée de monde. Putain de champagne.

– Pardon, mais j'émets quelques doutes, dit-il soudain plus bas sans enlever ce fichu sourire de ses lèvres charnues.

Charnues ? Really, Rwen ?

Je retire mon abruti de doigt resté collé à l'ennemi et pivote si rapidement qu'un vertige me secoue le crâne.

– Ah ouais ? Bah regarde bien, *genius* !

La rage au ventre, je me dirige d'un pas assuré vers un mec dont je n'ai même pas aperçu le moindre trait. Ce n'est pas comme si je comptais repartir avec lui de toute façon. Le premier venu fera bien l'affaire.

Mes doigts s'enroulent délicatement autour de l'avant-bras de l'inconnu à l'instant où il va piquer un petit four sur le buffet afin d'attirer son attention. Il balaie aussitôt mon corps avant d'intégrer le creux de mes prunelles. Il répond ensuite à mon sourire et…

Soudain, la douche froide.

Je dessaoule en l'espace d'une seconde.

Parce que je me demande ce que je suis en train de foutre. À aguicher un type alors que j'en ai autant envie que de m'enfoncer un cure-dent dans l'œil. Tout ça à cause de Maura et de Canaan. Sauf que sa présence m'empêche de battre en retraite. Pour le coup, je préfère encore le bâtonnet de bois dans la rétine plutôt que de m'avouer vaincue face à lui.

– Salut, m'apostrophe le mec en voyant que je demeure muette.

Eh merde… Putain de fierté.

5

Canaan

D'un œil indolent alors qu'en réalité aucun détail de cette scène franchement ridicule ne m'échappe, j'observe la tentative pitoyable de séduction de Rwen avorter. Putain… même moi, j'ai presque honte du spectacle minable qu'elle offre. Un verre à la main, je fais semblant d'être absorbé par l'image grandeur nature d'une femme nue couverte d'inscriptions montrant à quel point son corps n'appartient qu'à elle. Cette expo aurait pu – aurait dû – m'intéresser et plutôt deux fois qu'une. Déjà parce qu'Eli est réellement très doué. Ensuite car j'ai toujours baigné dans des eaux artistiques entre une mère elle aussi photographe et un père tatoueur, chacun reconnu dans son milieu respectif. Sans parler du fait que moi aussi, je rêve de jouer du dermographe. D'où mon inscription aux cours du soir en arts appliqués.

D'une oreille distraite, j'écoute le galeriste bavasser. J'occulte les voix qui piaillent et me focalise uniquement sur la façon dont la jolie blonde essaie d'emballer une pâle version de l'étudiant modèle américain. Mâchoire carrée, dentition Colgate et veste de l'équipe de basket sur le dos. Quand je disais pitoyable… Même en piochant dans le mâle primaire, elle arrive à se prendre un vent.

Dire qu'elle s'échine à se couler dans le rôle d'une femme fatale pour me démontrer combien j'ai tort, combien je ne suis qu'un sale con et combien elle est capable de « se farcir » – ainsi qu'elle a eu la délicatesse d'appeler ça – n'importe quel mec... Sauf que la sauce ne prend pas du tout. Je repose la flûte de champagne sur le plateau d'un serveur avec un peu trop de force, si bien que ce dernier se débat pour ne pas le faire basculer. Je continue de la reluquer et me décale de manière à tourner autour d'elle sans franchir son périmètre de drague. Un soupir amusé s'échappe de ma cage thoracique. Comment une nana aussi mignonne... rectification, aussi bandante, peut se révéler aussi nulle? Hormis le fait qu'elle ne cherche pas vraiment à extorquer un rencard à Mister Colgate, on peut dire que Rwen ne se foule pas. Contrairement à ce que les trois quarts des gonzesses peuvent penser, il ne suffit pas d'avoir un joli minois pour nous faire tomber le froc. Enfin, pas toujours.

C'est fou d'avoir aussi peu confiance en son potentiel. Mon regard s'affûte. Ses longs cheveux blonds en cascade, ses iris verts, sa bouche pulpeuse à la lèvre inférieure légèrement trop charnue... les éphélides sur son nez retroussé... ses traits fins, mais énergiques. Sans parler de son cul bombé et de ses seins menus, mais parfaitement ronds. Et ses jambes... putain, ses jambes...

Elle devrait pouvoir s'envoyer n'importe quel gars avec des atouts pareils et ne pas se coltiner un stop tel que celui qu'elle vient de se manger dans les dents. C'est dingue. Je la lâche une seconde pour ferrer la silhouette de sa cousine Maria. Non. Maura. Voilà, c'est ça. Maura. Mes sourcils se froncent. Il y a quelque chose de pas net entre ces deux-là. Comme si ce qui couve entre ces filles étouffait les flammes de la petite blonde. Pourtant, elles sont toujours là. Enfouies. Les braises sont vivaces sous le tas de poussière de son ego. Son caractère parle pour elle. Tout en dualité. D'un côté, ce manque flagrant d'assurance et de l'autre… cette pointe saline et acide qui taquine mes papilles avides depuis notre rencontre. Un défi, voilà ce qu'elle représente.

Mon attention fuse de nouveau sur la blondinette quand elle abandonne les frais. La mine basse, les yeux au sol, elle se glisse entre les invités et sort de la galerie. À mon tour, je me coule jusqu'à la porte, prends le temps d'allumer une clope, une fois sur le seuil. Lorsque je relève enfin la tête, il ne me faut que quelques secondes pour la repérer sur un banc de l'autre côté de la rue. Bien. D'un pas tranquille, un rictus de loup étirant mes lèvres, j'avance jusqu'à Rwen qui fulmine contre le monde, contre moi et surtout contre elle-même. Sa manière de s'injurier m'arrache un rire.

– Tu es fier de toi, je suppose? balance-t-elle, hargneuse. Tu avais raison, je suis en dessous de tout.

Sans tenir compte de la colère dans sa voix, je me laisse tomber à côté de cette furie. Jouant négligemment avec la boule du piercing sur ma langue sans la reluquer, je retiens un sourire quand son attention se polarise sur moi.

– Fier, je ne suis pas sûr que ce soit le terme, réponds-je en étirant mon bras sur l'arête du dossier. Par contre, j'aime assez avoir la science infuse. C'est tout un art, beauté. Un autre art que tu ne possèdes pas.

Un soupir transit ses poumons lorsqu'elle l'expulse, ses paumes collées contre ses tempes.

– Je suis officiellement un cas désespéré. Bah vas-y, dis-le.

Ma nuque ploie vers l'arrière, je me mets à rire puis me redresse.

– Avec un joli cul comme le tien, y a pas de risque.

Une brune traverse le passage piéton, trouve mon regard qu'elle soutient avec une pointe d'insolence. Un clin d'œil suffit à embraser ses joues. Je devine d'où je me tiens le scénar lubrique qui se tricote entre ses neurones. Dans d'autres circonstances, j'aurais déjà sauté sur mes pieds pour la suivre et embrayer la seconde dans le but de la « canaaner » dans un coin vite fait bien fait. Mais pas ce soir. Si je la plante sur son banc, miss Foireuse va me clamser dans les pattes. Même si elle préférerait très certainement choper la chaude-pisse que de l'avouer.

– Comment tu fais? Ça a l'air si facile... Si facile pour des personnes telles que toi. Juste un coup d'œil, deux ou trois mots... et voilà, emballé c'est pesé. Ce n'est pas juste, Can'.

L'utilisation de mon surnom dans sa bouche me file presque la trique, je n'ai aucune honte de l'avouer. Seulement le vibrato dans sa voix m'empêche de sortir un baratin quelconque. Au lieu de lui répondre franchement, j'enchaîne avec une autre question.

– Pourquoi mens-tu autant, Rwen?

Outrée, elle pivote sur le banc de façon à me faire face. Son petit poing s'enfonce dans mon biceps.

– Je ne mens jamais! Je n'aime pas mentir.

Un sourire fauve incurve les commissures de ma bouche.

– Tu n'aimes pas mentir? C'est pourtant pile ce que tu es en train de faire, dis-je avec un ricanement en fourrageant d'une main dans ma tignasse châtain. Tu ne fais que ça, mon p'tit sucre. Tu veux que je te dise pourquoi? Comment je le sais? Et pourquoi c'est si facile pour moi d'accrocher l'attention, contrairement à toi? En es-tu sûre? De vouloir passer de l'autre côté, du côté obscur?

Cette fois, c'est elle qui s'esclaffe. Un rire étrangement éraillé qui m'émoustille et allume la mèche du bidon d'essence dissimulé sous ma peau.

– Arrête avec tes références à la con.

– T'as tellement de préjugés, mon petit coquelicot, répliqué-je, amusé. Sur tout le monde et en particulier sur toi-même. Tout ce que tu fais, c'est te fondre dans la masse pour ne pas attirer les regards. Tu t'adaptes au monde pour éviter d'être vue.

Pensive, elle lisse sa lèvre avec son pouce, scanne la nappe sombre du ciel à peine étoilé.

– Pas comme toi, commente Rwen à voix basse.

Non, en effet. Pas comme moi.

– Parce que perso, je n'ai rien à cacher.

Sans me rapprocher, certain que ça ne ferait que la pousser à se barrer fissa, je la guigne d'un œil gourmand. Le bras toujours calé derrière elle, je me contente de jouer avec une mèche de ses cheveux. Mon index s'enroule autour, étire la boucle, la contemple tandis qu'elle tire-bouchonne autour de mes phalanges.

– Alors? Que s'est-il passé pour que tu sois si paniquée? Si peu en phase avec toi-même? Le doute est tatoué sur ton front. Et puis c'est quoi, le souci avec ta cousine? Y a qu'à vous observer pour saisir qu'il y a un problème.

Son menton se relève avec une pointe d'arrogance. D'un geste vague de la main, elle balaie ce qu'elle considère comme des inepties.

– Il ne se passe rien de plus que ce qu'il y a entre deux cousines. Tu ne crois pas que je vais te raconter ma vie alors que tu étales ta philosophie de comptoir?

Sa tonalité autoritaire contamine mes veines. Miroir indifférent quand je ne pense qu'à remettre le couvert de ses lèvres sur les miennes, je m'incline légèrement vers elle.

– Si tu le dis, qui je suis pour m'y opposer? Tu as voulu me prouver à quel point tu détenais les rênes de la séduction, point barre. Tu as joué le tout pour le tout et n'as récolté pour résultat qu'un bide monumental. Le mou du bulbe que tu t'es choisi là-dedans, continué-je en désignant la galerie, aurait dû te sauter dessus comme un putain de clébard qui marque son territoire. Il ne l'a pas fait parce que tu n'as pas su le tenter. La voilà, ta vérité.

Un frisson se grave sur sa peau. Je le vois à la chair de poule qui brûle son cou à découvert. La tête penchée, j'invente les fondations d'un nouveau jeu qu'elle ne devine pas encore.

– Dis que je me trompe. Vas-y. Détrompe-moi, mais on sait tous les deux que j'ai raison. T'aurais voulu qu'il te saute. Non, rectifié-je en triturant les bagues qui ceignent mes doigts tatoués. T'aurais voulu qu'il essaie. Pour me le prouver. Pour le prouver à tout le monde. Pour te le prouver à toi-même. Avoue, ma sucrette.

Mon doigt quitte ses cheveux pour caresser le carré satiné sous son oreille avant de murmurer :

– C'est ce que j'aurais fait, moi. Te baiser à t'en péter les cordes vocales.

Lorsqu'elle déglutit avec difficulté, je relâche la pression et me repositionne correctement.

– Et c'est exactement pour cette raison que tu as l'impression – juste d'ailleurs – que les choses sont plus faciles pour moi par exemple. Ou ton pote Eli. Parce que l'on n'intellectualise pas. On se contente de suivre nos instincts et nos envies. On se laisse porter. Tout ne doit pas forcément être compliqué.

Mon regard s'arrime au sien.

– On a 20 ans, Rwen. 20 ans. Les questions existentielles, ce sera pour plus tard.

– Ça s'arrête là ? m'interroge-t-elle, une lueur ironique teintant ses yeux de venin. Si je suis ta logique, je n'ai pas réussi à conclure car je ne voulais pas réellement que ce mec me saute, comme tu le dis si bien. Donc, toujours selon ton raisonnement, si tu ne m'as pas baisée la dernière fois, c'est que je ne voulais pas de toi…

Rwen s'incline vers moi, une lueur prédatrice brasillant au fond de ses pupilles, puis reprend :

– Et ça va ? Tu gères ? Qu'une meuf aussi peu douée en séduction n'ait pas désiré que ta queue « se luxe » au fond de son ventre ? Ça doit faire mal à ton ego de mâle alpha aux instincts surdéveloppés, non ?

Je manque de lever les yeux au ciel, mais me contiens. Alors, je tente de lui expliquer la réalité en y mettant… un semblant de rondeur que je ne possède pas vraiment. Pour ne pas dire pas du tout. La nuque renversée sur le dossier du banc, j'inspire une bouffée de cigarette, rejette un rond opaque que je mate d'un œil paresseux s'évaporer. Puis me redresse, les coudes plantés sur mes cuisses. En me retenant de l'observer alors que son regard curieux me scrute avec méfiance, je lui balance la vérité. Enfin, la mienne.

– Ma belle, il va falloir que tu te mettes en tête une chose. Tu confonds tout. Il y a le cul. La séduction. L'amour. Les trois sont des concepts bien distincts. Je peux baiser n'importe qui sans même en avoir forcément l'envie. Il suffit d'un stimulus et je suis prêt à cavaler sec. Je peux aussi séduire pour créer le désir. Et l'amour…

Je me mets à ricaner, chafouin.

– Ça, c'est hors catégorie. Je ne pratique pas.

Son attention s'aiguise. Elle me dévisage comme si elle cherchait ce qui cloche entre mes tempes. Une bonne raison qui ferait de moi une pauvre âme torturée.

– Non, tranché-je sur un ton moqueur. Ne te trompe pas de combat. J'ai eu une enfance heureuse, des parents qui s'aiment encore au point que je suis sûr qu'ils baisent toujours, précisé-je avec une moue dégoûtée. J'avais des potes et j'ai même perdu ma virginité à 14 piges avec une cliente de mon vieux qui devait avoir une bonne quinzaine d'années de plus que moi. Tout a toujours roulé dans ma vie, ne te méprends pas. Je refuse juste de me caser. Ça s'arrête là.

Cette fois, je me tourne vers elle, ferre ses billes d'eau avec les miennes.

– La séduction ne s'embarrasse pas d'entrave. On parle d'une arme qui n'est pas donnée à tout le monde. Loin de là. Et toi, tu ne la possèdes pas. C'est aussi simple que ça.

Je me garde bien de lui dire que son sex-appeal frémit à même sa peau au point que ma braguette menace d'exploser. C'est, pour le moment, inutile, elle ne me croirait pas. Il n'y a qu'elle qui puisse se rendre compte qu'elle n'a rien à envier à personne. Il n'y a que Rwen pour faire comprendre à Rwen combien elle est bandante. Si elle est aveugle, pas moi. Et puis… je m'ennuie sérieusement.

Très mauvais combo.

Avant que l'un ou l'autre n'ajoute quoi que ce soit, Eli apparaît sur le seuil de la galerie, à la recherche de sa copine. Rwen se lève, remonte le col de sa veste en m'ignorant avec tellement d'arrogance que je bande plus fort. L'air de rien, je réajuste mon jean et me remets à la verticale quand elle m'interpelle sur un ton narquois :

– Tu fais quoi, là ?

Je cisaille ma lèvre puis cale une nouvelle clope à la commissure de ma bouche.

– On y va, non ? Tu me ramènes chez moi ? Paraît que ça se fait entre « amis ».

– Sauf que tu oublies quelque chose.

Elle me fait face, me scanne de haut en bas comme si je n'étais rien de plus qu'une merde collée sous sa semelle et balance, perfide :

– Nous ne sommes pas amis.

Tout à coup, elle plante ses paumes sur mes épaules et me repousse sans ménagement pour me rasseoir sur le banc. Elle m'adresse ensuite un majeur fier et se retourne sans ajouter une quelconque réplique qui serait vaine. Un sourire en coin s'incruste sur ma face, mes iris pétillent tandis que je l'observe rejoindre son pote.

Comme je l'ai dit… je m'ennuie et quand je m'ennuie, de vilaines idées me polluent le crâne… et celle-là, celle-là me file déjà une trique d'enfer.

6

Canaan

Devant le plan de travail de la cuisine pour un arrêt au stand, histoire de recharger mes accus, je savoure d'avance l'en-cas que je prépare. Cette soirée m'a ouvert l'appétit. L'a férocement aiguisé. J'empile méticuleusement les éléments d'un sandwich qui ferait pâlir d'envie Homer Simpson. Une fois satisfait du résultat, je m'empare de l'assiette, cale une cannette de soda dans le creux de mon épaule et enfin mon paquet de clopes dans la manche de mon tee-shirt avant de me déplacer vers un des salons de la demeure victorienne où vivent ma sœur et son mec.

Lorsque je pénètre dans le jardin d'hiver, je lève instinctivement les yeux vers la voûte étoilée qu'offre la verrière puis m'installe sur une ottomane. Au bout d'une bonne demi-heure, je délaisse mon sandwich, mû par une envie soudaine dès lors que mon attention capte le carnet à croquis abandonné plus tôt dans l'après-midi. Je chope un crayon de papier et me rencogne contre le dossier de la bergère, les genoux repliés pour tenir le bloc. Un instant, mon esprit dérive doucement. Les paupières closes, la gomme de mon portemine tapotant un tempo sourd sur la feuille blanche, j'entrevois, imagine. Visualise. Quand, à la pensée d'un corps féminin, beaucoup de mecs imagineraient en premier sa paire de seins, ce n'est pas mon cas.

Mon poing se rétracte sur le crayon à tel point que je sens le bois plier entre mes doigts. J'ai beau adorer sa poitrine, ce n'est pas ce détail-ci qui m'obsède précisément chez Rwen. Non... je n'ai pas besoin d'ouvrir les yeux pour esquisser ces quelques lignes épurées qui me fascinent tant chez elle. Fuselées, galbées, musclées sans dépasser le seuil critique, d'une finesse féline... Je me représente ses jambes dans un tas de scénarios qui la rendraient folle de rage, mais surtout je les crée. Mon crayon improvise sur le vélin dans un craquement sensuel, croque les tatouages que je prévois d'inventer sur sa peau douce. C'est plus qu'une partition, c'est une putain d'ode. Mon palais s'assèche, entre les parois de mon crâne les notes grésillent. La chanson de Marilyn Manson, « Killing Strangers », résonne depuis mon portable enclenché sur une playlist. Parfait. Lancinante, la musique perfore mes cellules, grise mes neurones et je ne m'arrête plus, m'isolant du reste du monde. J'ébauche ce que je fantasme à mort et...

– À qui elles appartiennent?

Je relève une paupière pour grogner lorsque Méléri pousse sans ménagement mes jambes dans le but de s'asseoir. Elle m'arrache le cahier, le mate d'un œil curieux même si je devine une ombre impressionnée brasillant au fin fond de ses pupilles. Les cheveux mouillés, habillée d'un vieux tee-shirt appartenant à Shilow, elle paraît si jeune dépourvue de maquillage. J'ai l'impression d'avoir de nouveau face à moi la gamine bégayante de 8 ans.

– Vas-y, fais comme chez toi, marmonné-je en me décalant un peu. Bordel, tu vas me foutre à terre avec ton cul trop large... Elles en prennent de la place, tes miches.

Ma frangine se cale un peu plus confortablement, me tire la langue avant d'accrocher un sourire sur son visage éclairé par ses cheveux bleu électrique.

– Merci, Cancan', z'êtes trop bon, monseigneur.

Une grimace bourgeonne sur mes traits. Je frotte d'une main lasse ma figure endolorie par mon rêve méchamment avorté.

– Tu sais quelle heure il est, sérieux? Tu ne veux pas aller te coucher et me laisser en paix?

Les lignes de son visage de poupée s'adoucissent devant mon air taquin. OK, je sais. C'est moche. Très laid même, mais c'est le jeu de resquiller, voire de tricher, entre frère et sœur. Grandir ensemble, et plus particulièrement quand votre père est le paroxysme de l'alpha type de ce qu'il considère être sa meute, vous apprend quelques trucs. Comme déjouer les petits pièges tendus. Ou décrypter les émotions et les expressions. Or, je sais parfaitement à quel point la curiosité de Méléri n'a pas de limites. Son poing minuscule frappe ma cuisse puis elle repose le bloc sur la table basse ronde en rotin. Laqués de rouge, ses ongles pianotant sur mon jean me filent le tournis. J'abats ma paume sur la sienne, la presse doucement.

– Va au lit. Et arrête de t'en faire.

– C'est juste que... répond ma petite sœur en soupirant, le nez plissé. T'aurais pu prévenir que tu ne rentrais pas...

Je me redresse, m'incline au-dessus d'elle, figé. Je harponne doucement sa nuque, colle son front contre le mien.

– Écoute, je suis un peu con...

Un de ses sourcils s'arque, moqueur.

– Un peu seulement?

– Un peu con, souligné-je d'une voix menaçante. Égoïste aussi. J'aurais dû te prévenir, OK. Soit. Mais Mel, j'ai 20 piges. Sans compter que je suis ton frère aîné. Arrête de me dorloter.

On dirait papa quand tu te la joues louve. Te manque plus que la barbe à la ZZ Top et les tatouages sur la tronche et ça y est, tu seras le double parfait de notre père.

Méléri se lève, plus détendue. Elle effectue quelques pas avant de s'arrêter sur le seuil.

– Tout le monde n'est pas comme toi, Canaan. On n'envisage pas tous la vie avec ton sens aigu du « je m'en tape », lance-t-elle en mimant des guillemets. Moi, j'ai besoin de balises. Alors, la prochaine fois… appelle quand tu ne rentres pas de suite.

Encore une fois, je ne réponds pas vraiment, me contente d'un haussement d'épaules lui prouvant que je l'ai entendue. À l'instant où ses pas dans l'escalier me parviennent, je soulève mon bassin pour sortir mon Smartphone de la poche de mon pantalon. Après l'avoir déverrouillé, mon index défile sur l'écran jusqu'à sélectionner le contact que je ne suis pas censé avoir. Merci Eli. Si Rwen savait que son pote est venu me trouver durant la soirée pour me filer son numéro, il risquerait de postuler comme eunuque. De nouveau, je me renverse contre l'ottomane. Anticipant le pied que je vais prendre à la dresser contre moi, je ne réfléchis même pas au message que je compose.

[Jolie poupée aux cheveux d'or,
je ne respire plus depuis que
mon regard s'est posé sur toi.]

Il ne lui faut qu'une minute à peine pour me répondre. J'imagine d'ici sa tête de vierge offusquée. Enfin vierge… n'abusons pas. Quoique, avec la manière qu'elle a de repousser tous les mecs, son vagin a dû se retricoter un hymen.

[T'es qui toi, d'abord?]

[L'homme de tes rêves.
Je parle de tes rêves lubriques, bien sûr.
Ceux pendant lesquels tu te caresses.]

J'exagère peut-être. Sûrement même. Après tout, on ne s'est vus que trois fois dont une tous les deux alcoolisés. M'en fous. Le truc, c'est que j'aime m'amuser et que son esprit piquant – sans parler de ses courbes – a déroulé le tapis rouge à mon sens de la connerie.

[Va t'acheter une psychothérapie,
connard, au lieu de penser à moi.]

Quand l'image de ses jambes s'impose encore à moi, je feule, me retiens presque de déboutonner mon jean et de glisser la main à l'intérieur comme le ferait un puceau devant le catalogue de lingerie de sa mère.

[Bah moi, j'en ai à ton sujet,
ma toute belle.]

[Tu sais quoi faire avec, espèce de pervers.
Fous-les-toi au cul ! Si tu continues, je balance
tout à mon mec. C'est un membre du SWAT,
il va te défigurer, putain.]

Je m'étrangle de rire. Mes doigts volent littéralement sur les touches.

[Du SWAT, hein… Il le cache bien.
Je dirais plutôt qu'il tient de Casper,
le gentil fantôme, moi.]

La réponse ne se fait pas attendre.

[Qui que tu sois,
il va te massacrer,
pauvre taré !]

[Rien à foutre. Je continuerai d'imaginer
tes jambes ceinturées autour de ma taille.
Calées sur mes épaules pendant que
je te pénétrerai si fort que t'auras
l'impression d'avoir été fendue en deux.]

[Canaan ?!?!?! Je vais te bousiller !
J'aurais dû savoir que c'était toi !
Comment t'as eu mon numéro ?]

Je me marre tellement que le bout de la rue doit m'entendre. Cette fille est un iceberg bouillonnant qui ne demande qu'à exploser au point de tout ravager sur son passage.

[Bébé, m'en veux pas…
C'est ta faute aussi.]

[Ha. Ha. Ha. Évidemment.
Toujours celle des nanas. Sale con.
Et je ne suis pas ton putain de bébé.]

[Je veux juste te dire
que tu ne sais pas jouer.
Et tu es si excitante lorsque tu t'énerves…
C'est trop tentant ;)]

Je me redresse vivement, les jambes de chaque côté de la bergère. Ferrée, la reine n'attend plus que l'estoc sur l'échiquier. La partie que j'ai engagée à l'insu de Rwen va enfin pouvoir commencer.

[Ma biche, j'ai une proposition à te faire.]

[Je ne veux rien de toi, Canaan.
Va t'exciter tout seul sous ta douche !]

Un sourire de loup retrousse mes lèvres, dévoilant mes canines un brin trop pointues. Échec.

[Même si ça te permettait d'obtenir enfin
ce que tu désires tant ?]

7

Rwen

[Même si ça te permettait d'obtenir enfin
ce que tu désires tant?]

Je fixe l'écran de mon téléphone d'un œil suspicieux. Et tente de me raisonner. Il est tard. Trop tard pour que mon cerveau réfléchisse correctement. Or s'il y a une chose dont je suis certaine, c'est que celui de Canaan fonctionne à merveille à n'importe quelle heure de la nuit pour peu qu'il s'agisse d'attirer une fille dans ses filets. Je jette mon portable sur mon lit, éteins ma lampe de chevet et décide de dormir avant de faire une connerie quand un bruit dans le couloir me tire un grognement agacé.

Je bondis sur mes pieds, ouvre la porte de ma chambre et… pousse un long soupir. Ma petite sœur, un casque sur les oreilles d'où crache une musique qui brutalise mes propres tympans, gesticule dans tous les sens, pensant sûrement être en harmonie avec le tempo. Son carré blond se forme et se déforme à mesure que sa tête balance. Les paupières closes, elle se fond dans son trip, totalement hermétique au reste et au bordel qu'elle peut bien engendrer. D'un geste brusque, je lui arrache son casque puis l'interpelle avec agressivité :

– Je peux savoir ce que tu fous à une heure du mat' à danser dans le couloir? Tu ne peux pas t'exciter dans ta chambre? Ou dormir? Comme n'importe quel gosse de ton âge!

Ses yeux émeraude étincellent tant elle me fusille du regard. Ses petits poings sur ses hanches, elle lève son menton d'un air bravache.

– Gosse? se révolte-t-elle. Rwen, j'ai 13 ans! Va falloir t'y faire un peu! Arrête de me traiter comme une enfant! Puis, on est vendredi, demain il n'y a pas école. Papa m'a autorisée à me coucher tard pour une fois.

– À condition que tu restes au calme dans ta chambre. Tu veux être traitée comme une adulte, agis en tant que telle alors! Et ça commence par le respect. Je te rappelle que demain, je bosse.

– Pourquoi tu es toujours aussi dure avec moi? se lamente-t-elle alors en baissant le menton.

– Cleo…

Mes poumons se vident face à son visage qui se décompose. Sa lèvre inférieure se froisse en une moue à la fois craquante et horripilante. Vaincue, j'avale la distance entre nous puis l'attrape par la nuque pour un câlin. Ma sœur est trop intelligente pour mon bien. Elle sait parfaitement comment m'avoir.

Je me suis toujours sentie responsable de Cleo, notre mère étant très souvent absente. Cette dernière bosse dans l'armée, au grade de major, du coup, lorsqu'elle est déployée Dieu sait où, il n'est pas rare de ne pas la voir durant plusieurs mois d'affilée. Aucune de nous deux ne lui en veut. Elle a décidé de consacrer une partie de sa vie à son pays et nous en sommes très fières. Toutefois, cela entraîne fatalement un manque que je me sens obligée de combler auprès de ma petite sœur. Toutes ses « premières fois de fille », je les ai partagées avec elle. De ses premières nattes jusqu'à ses premières règles, il y a quelques mois, en passant par ses premiers *crush* innocents. Alors non, lorsqu'elle m'affiche son visage de petite fille triste, je ne résiste pas. Et ce, même si je sais que ce n'est qu'une feinte.

– Va agiter tes fesses dans ta chambre, lui dis-je d'une voix plus douce en embrassant son front. Papa a une vente importante demain matin, il a besoin de dormir lui aussi.

Docile – pour une fois –, elle hoche la tête et s'exécute. Je réintègre à mon tour mes murs et, au moment de me glisser sous mes draps, l'écran de mon portable s'allume. Un message. Un frisson se loge direct dans mes reins. Pas besoin de posséder des dons de clairvoyance pour deviner que Canaan n'apprécie pas que je ne réponde pas. J'hésite, partagée entre ma curiosité et… et rien du tout. Mon téléphone entre mes mains, déjà déverrouillé, je lis ces quelques mots :

[Allez, mon petit tournesol en manque
de chaleur, ne me la joue pas.
Tu meurs d'envie de savoir ce que j'ai
à te proposer… Laisse-moi être ton sauveur.]

[Mon sauveur ? LOL !
Autant plonger direct en enfer !]

Ouais, je n'aurais pas dû répondre. J'aurais dû l'ignorer. Comme toute personne normalement constituée. Mais je n'ai pas l'intelligence d'Eli pour me sortir de n'importe quelle situation. Je ne sais que réagir et Canaan a le don de vriller mes neurones.

[Oh, mais ça, ça peut s'arranger…
Je peux être ton Lucifer personnel.

Le démon de tes fantasmes.
Ou les flammes courant sur ton corps,
caressant ta chair, léchant tes reins
et incendiant tes veines.]

Mes rétines bloquent sur ces mots. Malgré moi – et putain, je jure que c'est bien malgré moi –, mes cuisses se resserrent en réponse à son message. Une ondée brûlante galope le long de ma colonne vertébrale pour chuter brutalement dans mon bas-ventre.

Je. Hais. Ce. Mec.

[Ou mon enfer personnel.]

[Rwen, j'entends ta mauvaise foi
jusque chez moi...]

[Je t'emmerde, mon chaton.
Maintenant, fiche-moi la paix.
Je bosse demain matin.
Je ne veux rien savoir de ta proposition
qui, j'en suis sûre, n'est qu'indécence.]

[Même si ce que j'ai à te proposer
te donnerait gagnante sur tous les tableaux?
Rwen, tu es une fille intelligente.
Je ne t'apprends rien en te disant que
si les fondations sont bancales, rien ne tient.
Toi, elles ne sont pas bancales,
elles ont été pulvérisées.
Ce que je te propose, c'est de les rendre plus...
jouissives. Littéralement parlant.]

Quand je disais « indécence »… Il ne m'a toujours pas révélé ce qu'il a en tête que déjà il frôle l'attentat à la pudeur. Ouais… ma pudeur devient soudain bien friable. Et ça, ce n'est pas bon. Indécise, je fixe l'écran. Ou je l'envoie balader méchamment, ce qui, finalement, ne ferait que le provoquer davantage et donc le pousser à me provoquer en retour, ou je me contente de ne pas lui répondre. Option plus sage me semble-t-il…

Sauf que j'avais oublié à qui j'ai affaire. Aussi têtu qu'un animal affamé, ce mec ne lâche pas sa proie aussi facilement… Un message vocal s'affiche soudain, me soutirant un râle agacé et frustré. Merde, ce fichu téléphone est devenu le symbole même de la tentation, ce soir ! Et moi sa victime la plus facile à atteindre… Une paupière close et l'autre semi-ouverte, j'appuie sur l'icône *play* et me prends sa voix rauque et chaude en plein dans les dents.

« Je te parle jouissance, babe. Je te parle orgasme. Je te parle fantasme… »

Je rêve ou cet empaffé exagère son accent français ? OK, ça, je peux le gérer. L'attaque frontale, je connais. S'il pense réussir à m'avoir dans son lit un jour, il rêve debout.

« T'as les synapses bouchées, toi ! répliqué-je à mon tour sur un message vocal. Trop de conneries engluent ton cerveau ! Tu parviendras à t'exciter à la simple vue d'un tronc d'arbre avant qu'on couche ensemble, crois-moi ! »

Une réponse fuse. Un unique message où il rit à gorge déployée. Un rire qui s'envole directement sur ma peau et la transit d'un frisson. Les mâchoires serrées, je n'ai pas le temps de riposter qu'il me devance :

« Rwen, Rwen, Rwen… ma jolie Rwen, je n'ai aucune intention de te toucher. Mais tu as quelque chose qui m'intéresse… et je possède les moyens de t'aider dans la conquête de ton sex-appeal. Même si, clairement, j'avoue volontiers que mener un raid entre tes cuisses me motive doublement. »

[Pauvre type!]

« Laisse-moi finir, ma délicate fée, répond-il en se marrant. Je ne cherche pas à te mettre dans mon pieu. Sinon, ce serait déjà fait. Et tu peux dire à ta mauvaise foi de la boucler parce que même elle sait qu'il ne m'aurait fallu qu'un geste de plus pour coucher avec toi lors de cette fameuse soirée. »

Je déglutis, ravale ce goût amer de défaite et écoute la suite de ses paroles.

« Laisse-moi t'enseigner comment séduire. Et quand je te parle séduction, je fais allusion à celle des sens. Allécher d'un regard. Capturer d'un mouvement. Enivrer d'une simple caresse. Exciter de quelques paroles murmurées. Posséder d'un baiser… Tout ce qu'il te faudra pour te retrouver. »

Cette fois, je suis certaine que ses mots se gravent sur mon épiderme bouillonnant d'une étrange excitation. Merde, il a raison, ce con. Ces conneries fonctionnent… et plutôt bien si j'en crois mon corps qui ne tient pas en place entre les draps. Putain de frustration!

[Et tu y gagnes quoi, toi?]

« Tu veux dire en plus de tromper mon ennui? Tes jambes. »

« Je savais que tu étais fétichiste ! »

« Rien à voir, dit-il en éclatant de rire. Quoique, avec les tiennes… rien n'est moins sûr. »

Il s'interrompt avant de m'envoyer un texto.

[Tu connais le principe
de jambe de la Mort ?]

[Fétichiste et nécrophile ?
T'as tout pour plaire, mec !]

« Un modèle pour tatoueur débutant, ma beauté. Certains s'entraînent sur leurs propres membres ou ceux de leurs potes », explique-t-il plus sérieusement.

Et je crois d'ailleurs que c'est la première fois que j'entends cette teinte plus sèche et grave dans sa voix. Comme quoi, au moins un sujet a le pouvoir de capter son attention, une attention réelle du moins. Canaan n'est peut-être pas un cas perdu, finalement.

« Et moi, ce sont tes jambes que je veux comme terrain de jeu pour mon aiguille », reprend-il.

« Donc tu veux que j'offre ma peau en pâture à un mec apprenti tatoueur ? Et tout ça avec de l'encre indélébile, *of course* ! »

Durant une longue minute, je n'obtiens aucune réponse. L'aurais-je vexé ? Avec cette assurance qui l'étouffe, j'ai du mal à croire que Canaan soit aussi facilement atteint…

Lorsque enfin une photo apparaît sur mon écran, un étrange coup me percute la poitrine. Mes yeux filent, avec émerveillement je dois l'avouer, sur les lignes dessinées au crayon. Suivent le délié de ces jambes parfaites, couvertes d'entrelacs d'ombres. Un jeu de clair-obscur qui me captive, m'envoûte. Bordel, il est doué. Sacrément doué. Son croquis est superbe. D'une rare délicatesse. Et en même temps, empreint d'une sauvagerie dans certains tracés.

Quand mon regard s'accroche aux motifs sur la jupe courte qui cache à peine les cuisses, mon palais s'assèche. Merde.

Merde.

Et merde !

Mon pouce appuie sur le micro pendant de longues secondes avant de le relâcher. Abasourdie, chamboulée aussi, je suis sans voix, sans mots. Je recommence mon manège plusieurs fois avant de tout simplement demander :

« C'est… ce sont mes jambes ? »

[Oui, Rwen.]

Comme s'il avait soudain le pouvoir de m'abattre, je rejette mon téléphone sur la table de chevet après l'avoir éteint.

Perdue, je m'enroule dans les draps, le visage à couvert. Je ne peux pas. Je ne peux pas le laisser s'approcher. Encore moins l'autoriser à m'embarquer dans son manège. Une soirée et je lui saute dessus. Une seconde soirée avec lui et j'envisage carrément qu'il appose ses marques sur ma peau. Tout bonnement toxique. Ouais… ce mec est toxique. Et doit rester loin de moi.

8

Rwen

– Salut papa, grogné-je en entrant dans la cuisine.

L'esprit plongé dans un brouillard épais, je me dirige vers la machine à café et me sers une tasse remplie à ras bord. Ma nuit a été difficile. Chahutée par les paroles de Canaan. Assombrie par mes pensées et mon propre bordel intérieur. Le premier qui me saoule au ciné, je ressors le gode de son étagère et le lui colle dans la tronche ! Ou ailleurs si mon humeur ne s'améliore pas.

– Mal dormi ? me répond mon père, un brin moqueur.

Assis à table, il hausse un sourcil lorsque je grommelle :

– Pour mal dormir, faut déjà dormir.

Toujours au radar, je prends place en face de lui et verse le liquide brûlant au fond de ma gorge.

– Comment s'est passée l'expo d'Eli hier soir ?

J'acquiesce d'un bref mouvement de tête pour lui signifier que tout s'est déroulé comme sur des roulettes. Enfin pour mon grand Black en tout cas… Les yeux rieurs de mon père me couvent pendant quelques secondes avant que je lui tire la langue. Un large sourire fleurit sur ses lèvres, accentuant ses pattes-d'oie et creusant les deux fossettes sur ses joues. J'aime mon père. Non, je l'adore. Il est d'une patience à toute épreuve avec ma sœur et moi. Enfin surtout avec elle et son caractère aussi piquant qu'une bouteille de Tabasco épicé. D'ailleurs, sans lui et mon petit démon sur pattes, je crois que j'en serais encore à broyer du noir en compagnie de mes fantômes, enfermée dans ma chambre.

– Max arrive vers quelle heure?

Je déglutis difficilement, ma gorgée pesant soudain une tonne dans mon estomac.

– Max?

– Bah oui, pour rester avec ta sœur.

Merde, j'avais oublié. Entre le boulot de commissaire-priseur de notre paternel l'amenant à bosser souvent et mon emploi au ciné, Cleo se retrouve parfois seule les week-ends. Maximilian étant notre voisin depuis toujours, il arrive qu'il la garde contre un peu d'argent. Sauf qu'hier, avec la présence de Canaan et les conneries d'Eli, j'ai complètement zappé de le prévenir.

– Papa, grommelé-je, Cleo n'est plus une enfant. Elle est parfaitement capable de se garder.

Son regard devient alors suspicieux et s'enfonce au creux de mes pupilles.

– Rwen, c'est toi qui as toujours refusé qu'elle reste ne serait-ce que quelques heures toute seule.

– Je te rappelle que pas plus tard que l'an dernier, elle s'est amusée à décongeler le freezer pour faire une piscine à son hamster.

Un ricanement passe la barrière de ses lèvres à ce souvenir.

– Cela dit, poursuis-je, il est temps de lui accorder plus de responsabilités et ça passe par plus de confiance aussi. Histoire qu'elle grandisse un peu.

– Des soucis avec Max? Ou ta cousine? me demande-t-il d'une voix doucereuse, signe qu'il n'est pas dupe.

Difficile de la faire à un homme qui a élevé deux filles quasi en solo. Non seulement il est devenu expert dans l'art de désamorcer les crises d'une ado en pleine rébellion, mais en plus il sait parfaitement déchiffrer nos moindres réactions. Surtout lorsqu'il s'agit de Maura.

– Rien du tout, réponds-je, laconique.

– Tu veux en parler?

D'un bond, je suis sur mes jambes. Parler de ma cousine me fout les nerfs à vif. Je suis agacée contre moi-même. De ne pas parvenir à oublier. Agacée contre Canaan aussi de tenter de foutre encore plus le bordel dans mes pensées. Et agacée contre Eli de me forcer à réagir.

– Papa… il n'y a rien, je t'assure. J'adore Maura, tu le sais.

– Aimer quelqu'un ne suffit pas, Rwen.

Les mots à peine sortis de sa bouche m'agressent méchamment les tympans. Toutefois, je choisis de ne pas répondre. Parce qu'une part de moi sait à quel point il a raison. Mais l'autre… ne peut tout simplement pas se résoudre à couper une branche si importante de ma vie. Même si cette branche a la racine pourrie… Tout en rinçant ma tasse dans l'évier, je secoue la tête afin de chasser mes idées sombres. Je suis juste crevée. Et les paroles de cette saleté de Français ont réveillé trop de blessures.

Tout à coup, la sonnette retentit, m'arrachant un grognement tout sauf féminin.

– Qui vient nous faire chier à cette heure un samedi?

– Rwen, me gronde mon père.

– Pardon. Qui diantre vient perturber notre boustifaille matinale? râlé-je en me dirigeant vers la porte.

J'ouvre le battant, prête à extérioriser ma mauvaise humeur, mais me fige aussitôt. Ses cheveux bruns en bataille, Max se tient sur le seuil. Habillé d'une veste bleue et d'une écharpe noire tranchant avec son teint clair, il m'offre un sourire doux quoiqu'un peu crispé. Un gémissement irrité menace de s'arracher de ma poitrine. Je réprime mon envie de l'envoyer méchamment bouler et m'apprête à parler quand il me devance :

– Ton père m'a envoyé un message pour savoir si je venais garder Cleo.

Bien sûr… pourquoi serait-il là sinon ?

– Ah, Maximilian, tu es là. Super, intervient alors mon père alors que je le fusille du regard pour me l'avoir joué à l'envers.

Ce dernier me lance un clin d'œil avant de s'éclipser à l'étage avec l'excuse de prévenir ma sœur que nous partons.

Connaissant les lieux comme sa poche, le fiancé de ma cousine pose ses affaires sur la petite table du salon avant d'en retirer un DVD puis de l'agiter sous mon nez.

– Petit déj accompagné de *Moulin Rouge*, lance-t-il, Cleo sera aux anges.

– Un film sur une prostituée atteinte de tuberculose. Parfait pour une gamine de 13 ans, raillé-je.

– Tu sais combien de fois elle l'a déjà vu ? dit-il en se marrant.

– Dix-sept fois… Dix-sept fois ou comment bercer une jeune fille de douces illusions sur l'amour.

Les prunelles de Max s'assombrissent aussitôt. Eh merde. Une fois de plus, j'ai parlé trop vite. Une fois de plus, j'ai réagi avant de réfléchir.

– Maura ne va pas tarder à me rejoindre. Ça ne vous dérange pas ?

– Pourquoi ? Ma cousine est ici chez elle.

J'ai répondu un peu trop sèchement. Il acquiesce en silence. Sur les nerfs à cause de ma courte nuit, je préfère fuir. Je grimpe à l'étage le temps de me préparer et lorsque je redescends, Maura est déjà arrivée. Elle m'adresse un sourire resplendissant puis me prend dans ses bras comme si nous étions des sœurs. Ce que nous étions. Avant.

– Regarde ce que j'ai apporté ! déclare-t-elle joyeusement.

Le regard étincelant, elle me désigne une boîte de donuts sur la table du salon avant d'aller l'ouvrir d'un geste un peu trop théâtral. Au milieu de ceux débordants de chocolat se trouve un donut au glaçage rose et violet. Mon préféré. Un de ceux que l'on mangeait lorsque nos souvenirs se résumaient à une balade à vélo près du lac ou des séances de maquillage avec les rouges à lèvres chipés à nos mères respectives.

Une boule acide se loge dans ma trachée et, paradoxalement, une douce chaleur m'envahit devant son geste.

– Merci, tu n'étais pas obligée.

– Je sais que tu les aimes, dit-elle simplement.

Puis d'ajouter plus bas :

– Et ça me fait penser à elle aussi… elle adorait en acheter sur la route quand on venait te voir.

La façon dont sa voix ripe sur « te voir » me gifle intérieurement. Je repose aussi sec le beignet que je m'apprêtais à engloutir puis me redresse. Je dois m'éloigner. Et tout de suite. Je suis trop crevée pour me blinder. Sa peine qu'elle affiche sous mes yeux me détruit. Parce qu'elle vient se greffer à la mienne, redoublant ainsi la douleur qu'elle m'inflige. Jusqu'ici, je suis parvenue plus ou moins à gérer mon sentiment de culpabilité en fermant mon cœur… en me fermant tout simplement. Seulement… je crois avoir atteint mes limites.

Aussi, je lâche un merci qui m'arrache presque le palais avant de m'empresser de sortir. À l'air libre, je déploie mes poumons dans l'espoir de refouler les larmes qui ne demandent qu'un signe de faiblesse supplémentaire de ma part pour poindre. Au bout de plusieurs respirations, je réussis à me calmer, mais c'était sans compter sur ces paroles… ces toutes petites paroles qui viennent m'achever…

Maura apparaît soudain à côté de moi et embrasse ma joue en murmurant, perfide :

– Excuse-moi, Rwen. Parfois, il suffit d'un rien pour… Bref, tu sais parfaitement de quoi je parle, j'en suis sûre. Mais sache une chose : je suis là si tu as besoin… malgré tout.

***

– Quoi ? aboyé-je sous la pression de la paire d'yeux qui me fixent.

Sous un regard qui me couve de chaleur tout en me chuchotant un « je te l'avais bien dit ». Ma matinée est terminée. Eli m'a rejointe au ciné pour la pause de midi et, pendant que nous mangions un sandwich dans les réserves, j'ai craqué. Les derniers mots de Maura ont tiré la sonnette d'alarme et cette dernière ne cesse de ricocher contre les parois de mon crâne. « Malgré tout »… Malgré tout ? L'acidité de ses paroles me ronge. À croire que je ne serai jamais pardonnée. Pourtant, j'ai payé. De mon corps et de mon cœur. Pendant toute la matinée, mon cerveau n'a eu de cesse de ressasser cette phrase de ma cousine… ainsi que ces dernières années. J'en ai marre. Combien de temps devrai-je encore me traîner mes fantômes ? Je n'ai fait qu'attendre… attendre une absolution qui ne viendra jamais. Pas d'elle en tout cas.

Le temps est peut-être venu d'enfin me l'accorder… ou du moins d'essayer.

La proposition de Canaan a également tourné en boucle dans ma tête, perçant mes pensées sombres de ses paroles indécentes. Comme un appel… une voie qui s'ouvre à moi, se mêlant à celle que je désespère d'enfin pouvoir quitter.

J'ai donc tout balancé à mon taré de meilleur ami, bien qu'il se doutât déjà que Can' me rappellerait.

– D'ailleurs, est-ce utile que je te demande où il a bien pu dénicher mon numéro?

M'affichant un sourire *ultra-bright*, Eli ajoute:

– Et il a même ton adresse.

– Quoi? Mais t'es malade? Et si c'était un psychopathe? Ce qui ne m'étonnerait qu'à moitié… Ce mec relève du cas psychiatrique, j'en suis sûre, dis-je avec un soupir en me calant contre une étagère.

– Oh, mais j'espère bien qu'il va venir te braquer, Rwen, répond-il d'un ton plus sérieux cette fois. Enfin, braquer ton petit cul surtout. Et plus si affinités…

– Le « plus si affinités » est censé se produire dans l'autre sens, hein.

– Ma queue te dirait le contraire.

– Putain, Eli, ne me parle pas de ta queue, s'il te plaît!

En éclatant de rire, il se hisse pour s'asseoir sur une pile de palettes, à ma droite. D'une poigne ferme, il chope mon épaule et m'attire sèchement contre son torse.

– Rwen, on en a déjà parlé des milliers de fois. Tu connais mon avis sur la question. Toi aussi tu as le droit de profiter. D'enfin commencer à profiter. Bordel, tu as 19 ans! Tes meilleures années sont maintenant!

– Je sais, réponds-je en soupirant, mais je… j'ai peur, je crois.

– Peur de t'autoriser à vivre? Putain, Rwen, je t'aime, mais j'ai envie de te secouer quand tu parles comme ça! Cela fait combien de temps que tu t'empêches d'être heureuse? Que tu étouffes? Non, pire, que tu t'étouffes toi-même.

Je me renfrogne, agacée et un peu honteuse aussi, je dois l'avouer. J'essaie de me dégager de sa prise, mais Eli m'en empêche en croisant ses jambes, ses talons butant sur l'arrière de mes cuisses afin de m'emprisonner.

– Donne-moi une raison valable de refuser ce que t'a proposé le Frenchy?

– Euh… qu'il encre ma peau à vie ? Et s'il se plante ?

– Un tatouage se recouvre sans souci. Et puis, tu as vu son dessin ? Fais confiance à ton artiste de meilleur ami : il est sacrément doué, le mec. Si j'étais de l'autre bord, c'est moi qui le supplierais de passer cet accord.

– Comme si tu avais besoin d'aide pour séduire, raillé-je en roulant des yeux.

Un rictus fier s'empare de ses lèvres, provoquant un sourire sur les miennes.

– Bon, argument pourri. *Next.*

– C'est une tête à claques. J'ai envie de lui arracher son petit air arrogant et de le lui faire bouffer.

– Tu le détestes, OK. Mais il provoque une réaction violente chez toi. Réaction qui peut facilement se détourner en… corps-à-corps sulfureux. Suffit de reporter certaines pulsions. Du genre arracher ses fringues ou bouffer…

– Tais-toi ! coupé-je en éclatant de rire.

– Pourtant, c'est de ce « plus » dont tu as besoin, ma puce. Ce mec n'est certes pas à marier, mais bordel, il crève de désir pour toi. Je suis un homme, je sais reconnaître quand l'un de notre espèce est… aussi affamé qu'un clébard. Sans compter qu'il n'a cessé de réajuster son jean lorsqu'il était près de toi et ça… fais-moi confiance, c'est un signe.

Je secoue la tête, faussement peu concernée. Néanmoins, ses paroles me nappent d'un sentiment réconfortant. Et d'un autre, bien plus explosif, qui se loge tout droit dans le creux de mon ventre. Je baisse les yeux, mais son index soulève mon menton pour m'empêcher de m'esquiver.

– Rwen, tu es un fichu paradoxe… Tu as une telle assurance qu'on est obligé de te remarquer, en revanche pour ce qui est de ton corps… C'est carrément l'opposé. Tu n'en as aucune conscience, ni de ton potentiel de séduction. Et pourtant, tu es canon ! Ce n'est pas normal. Tu deviens ton propre bourreau. Tu te fuis. Et tu tues peu à peu ton corps. Il a besoin d'air alors lâche la bride. Ce n'est pas parce que tu te laisses aller avec un autre que lui aussi va t'utiliser et te briser.

Je m'arrache vivement de sa prise, touchée. Réprimant un frisson douloureux, je me recule et lâche :

– Et si ça me perd, encore ?

– On a parfois besoin de se perdre pour se retrouver, renchérit-il d'une voix plus douce.

– Et t'entends quoi par « se perdre » ? riposté-je de façon abrupte. Coucher avec d'autres mecs ?

– Je te parle de vivre, Rwen !

Ma bouche se pince. Je rechigne. À lui répondre. À tout simplement lui avouer qu'il a touché pile où ça fait mal. À voir la vérité en face aussi.

D'un coup de bassin, il saute, atterrit sur le sol et s'approche de moi.

– Personne te dit de coucher avec lui. Tu dois juste raviver celle que tu es. Parce que là, tu sens à quel point elle t'échappe. Que tu risques réellement de la perdre, n'est-ce pas ? Sinon tu ne serais pas en train de peser le pour et le contre concernant ce deal. Tu as besoin de croire en toi. Alors si tu dois en passer par ce marché douteux avec lui, bah pourquoi pas. Qu'est-ce que tu risques, après tout ?

– Qu'il m'utilise juste pour s'amuser ?

– Justement ! C'est parfait, ma puce. Au moins tout est clair de chaque côté. Lui sait parfaitement que tu veux l'utiliser, et toi, qu'il souhaite t'utiliser comme modèle. Tout le monde est gagnant et surtout, personne n'est dupé. Et puis, si au passage tu peux gagner quelques orgasmes, où est le mal ? Surtout que…

ce n'est pas comme si tu n'y avais pas déjà goûté, hein.

– J'étais saoule. Et tu m'as lâchement abandonnée, je te rappelle. Si tu avais été avec moi, jamais cela ne se serait passé, hein.

– Comme quoi… je n'ai jamais eu une si belle raison de m'offrir une nuit de débauche.

– Ah parce que tu en as besoin d'ordinaire ? dis-je avec ironie alors que son front retombe sur le mien.

Un long soupir fend ma poitrine. Je suis en train de céder. Et il le sait. Je le perçois parfaitement à son sourire en coin qui me susurre un « toi, tu es incapable de me résister ».

– Rwen, insiste-t-il. Canaan est parfait car complètement désintéressé. Du moins, complètement désintéressé de ce qui est sous ta peau.

Eli a au moins raison sur ce point. Jamais quelqu'un comme Canaan ne pourra briser mon cœur. Jamais.

– T'as raison, abdiqué-je enfin. Canaan est parfait. Parce qu'à mille lieues de ce que je pourrais jamais désirer.

***

Le soir venu, je tourne en rond entre les murs de ma chambre. J'hésite. Ou plutôt non. Et je crois qu'il est bien là le problème. Je n'hésite pas le moins du monde. J'ai envie de le revoir. J'ai envie d'entendre son fichu accent quand il pense m'embobiner avec. Mais surtout… j'ai envie de sentir à nouveau cette vague incendiaire ravager ma peau. Et cela m'effraie un peu, je dois bien l'avouer.

– Oh et puis, merde ! m'exclamé-je.

J'attrape aussitôt mon portable, puis, sans tergiverser davantage, j'appuie sur le tout récent contact ajouté à mon répertoire.

Deux tonalités s'étirent avant que sa voix rauque et sensuelle ne réponde :

– Rwen, dis-moi que tu t'es enfin décidée à m'offrir ces quelques centimètres carrés de peau qui me rendent si… impatient.

9

Canaan

Sur l'un des bains-de-soleil bordant la piscine de la maison, je fume tranquillement, une cheville calée sur mon genou et le nez dans les étoiles. La nuque contre l'arête du dossier, j'observe le ciel, un sourire éclos sur mon visage. Cette nuit, je me sens l'âme d'un putain d'artiste un peu cintré à l'oreille coupée[1]. Deux silhouettes en train de pinailler débaroulent dans mon champ de vision, interrompant le délire que je me tape sur une Rwen nue en train de caracoler à dos de nuage. Je croise les bras sur mon torse, m'avachis un peu plus sur le transat alors que Bart, et accessoirement le meilleur ami de Shilow, vient s'affaler sur le siège voisin en ronchonnant. Geek, plein aux as, ce dernier est un phénomène à ne surtout pas inventer s'il n'existait pas. Heureusement, ou non pour le commun des mortels que nous sommes, il existe bel et bien. Les vapeurs d'alcool qui émanent de sa peau chatouillent mes narines.

– Je le sors, grommelle Shilow, sinon il risque de pondre une galette à l'intérieur tellement il a forcé sur les mojitos, et si ça arrive, je ne réponds plus des réactions de ta sœur. De plus, s'il lui demande encore une démo de french cancan, c'est moi qui ne réponds plus des miennes.

---

1. Référence à Van Gogh.

Je ravale un sourire, me contente de tirer sur mon joint, un bras enroulé autour de mon tibia replié. Bart me fixe d'un œil brumeux. Avant de se renverser en arrière. Théâtral – encore plus que moi je peux l'être –, il soupire, retire ses lunettes qu'il essuie distraitement avec un pan de sa chemise, les replace sur son nez puis fourrage dans ses cheveux bruns. Ses yeux bleus pétillent tandis qu'un rire muet secoue sa stature impressionnante pour un *nerd*.

– Vous ne captez pas… râle-t-il, absolument dépité. Pas du tout. J'ai bien risqué la thérapie psychiatrique pour la décennie à venir.

Ce mec est taré. Du coup, j'avoue être curieux d'entendre la suite. Perso, il m'éclate. Aussi, je me cale confortablement, les jambes dorénavant allongées, chevilles croisées. Manque plus que le pop-corn. Jouant avec la bouteille de bière qu'il tient, Shilow lâche un grognement pour dissimuler son sourire. Enfin… son esquisse de sourire.

– Bart… Tout le monde a un jour un plan cul foireux. On n'en meurt pas.

Ce dernier se redresse, contrarié.

– Han han ! que dalle. Je suis un gars open. Je suis prêt à tout, c'est ma devise, comme l'autre rouquin dans la série que ta meuf m'a forcé à mater, « Outmaster ».

– *Outlander*, le corrige son pote sans réfléchir.

Il lui fait un clin d'œil et continue.

– Ouep, si tu veux. Tout ça pour dire : y a des limites.

– Toi, des limites ? lancé-je en décapsulant à mon tour une Guinness piochée dans la glacière à mes côtés.

Il se tourne vers moi et me salue d'un petit signe.

– Merci de poser la question. Enfin un qui daigne s'intéresser. Alors voilà. J'ai rencontré une trollette en ligne. On se chauffe, on baise dans une taverne. Je lui plante ma baguette… ouais, je suis un magicien niveau expert... Lui fais le remake du « vous ne passerez pas! Mais si bien sûr, un peu mon n'veu, viens tâter du bâton noueux à son sorcier chéri ». Tout se passe au poil de cul, on décide de tenter la rencontre IRL[2] et là...

– C'était un camionneur de cent cinquante kilos! m'exclamé-je en calfeutrant un rire.

Bart nous dévisage, sérieux comme un pape.

– J'aurais préféré. Donc... on se rejoint dans un café, je me retrouve face à une jolie brunette toute mignonne. On papote, on picole... Elle me propose de prendre un verre chez elle...

– Et là, le coupé-je à nouveau, tu t'es retrouvé dans un baisodrome à esquiver les matraques de ses copains libertins.

Réponse identique de la part de Bart.

– J'aurais préféré.

– Oh putain! dis-je avec un rire, présageant le pire.

– On se retrouve à poil, elle m'attache aux barreaux de son lit, me colle un bâillon et là...

N'arrivant plus à se contenir, Shilow le devance en lâchant un rire moqueur:

– Elle a voulu lui enfoncer un plug dans les miches!

Bon, là ils m'ont eu. Surpris, je m'étouffe avec ma bière. Mon poing choque mon buste tandis que Bart s'époumone.

– T'abuses! C'est moi qui ai subi, c'est à moi de raconter!

– T'arrêtes pas de nous seriner que t'as l'âme aventureuse...

– L'âme ouais, mais pas le fondement. Ma prostate est trop chatouilleuse pour jouer à touche-pipi! Seul mon Basilic est disponible, ma Chambre des Secrets[3], elle, affiche persona non grata!

– T'as pas le côté obscur qui te démange? dis-je en me marrant.

---

2. IRL: *in real life*.

3. Basilic et Chambre des Secrets: référence à *Harry Potter*, le basilic étant une créature mythologique considérée comme le roi des reptiles, et la Chambre des Secrets, une pièce dissimulée au sein de Poudlard.

Bordel, ce mec est toxique. Il contamine tous ceux qui l'entourent… À ce rythme, on va tous finir mal, très mal, et crever le plafond, question taux de conneries. Heureusement pour ma gueule, pile à ce moment-là, mon portable sonne. Tenté de ne pas répondre, je jette malgré tout un œil au correspondant. Le prénom qui s'affiche m'extorque un sourire carnassier. Je bondis du transat et file plus loin, à l'écart, puis réponds :

– Rwen, dis-moi que tu t'es enfin décidée à m'offrir ces quelques centimètres carrés de peau qui me rendent si… impatient.

***

Il ne me faut qu'une demi-heure pour rallier la pâtisserie française située dans le vieux centre-ville quand il faut d'ordinaire bien quarante-cinq minutes. À croire que j'ai hâte de la voir. Putain ! Que oui, j'ai hâte ! À travers la vitrine, je repère rapidement Rwen sur une des banquettes de Chez François. Seule évidemment. Devant une immense tasse de je ne sais pas quoi et une énorme religieuse au chocolat.

Mon bas-ventre se tord d'excitation au moment où son index cueille une larme de crème avant de se porter à sa bouche. Comment peut-elle penser qu'elle n'a rien d'attirant ? Voilà un mystère que non seulement je veux résoudre, mais aussi comprendre. Sans plus réfléchir, je m'engouffre à l'intérieur et fonce sur elle. Une fois à sa table, je m'empare du reste de son chou et l'enfourne sans complexe dans ma bouche.

Mon sang cavale dans mes veines lorsque les prunelles orageuses de ma blonde chahutent les miennes. La pointe de ma langue darde, longe l'ourlet de ma lèvre inférieure. Son épiderme sans défaut rosit, elle fait mine de s'en contreficher sauf que les réactions spontanées de son corps la trahissent. Sa façon de se tortiller…

Ses mains qui se tordent… Cette fille est juste volcanique. Et il est temps que sa phase de sommeil s'interrompe enfin. Nos yeux se télescopent, s'accrochent, rivalisent pour savoir lequel d'entre nous cédera le premier.

– Ne te gêne pas, surtout !

Rwen n'a pas compris que moi, je n'ai absolument rien à perdre. En ce qui me concerne, ce n'est qu'un passe-temps foutrement agréable. Je me réjouis de pouvoir l'aider en aspirant au passage absolument tout ce que je pourrais en retirer. À l'instant où je la sens se relâcher, j'en profite pour passer à l'action. Ou, en tout cas, l'engager.

– Tu sais ce que l'on dit ? Où il y a de la gêne, il n'y a pas de plaisir. On va dehors ? Un, on sera plus à l'aise. Surtout toi, précisé-je avec un sourire canaille. Et de deux, je vais cloper.

Alors qu'elle se lève, la mine suspicieuse, je me décale et la laisse passer. Par galanterie ? Mouais. Pour la reluquer plutôt. Une fois à l'extérieur, j'allume ma cigarette, expire une taffe et lui fais signe de parler la première. Son petit nez se plisse, elle hésite puis balance sa main entre nous, balayant l'air nocturne.

– Tu m'empoisonnes avec ta cigarette, grommelle-t-elle après avoir rabattu les pans de sa veste en cuir sur sa poitrine, me cachant ainsi la vue. Enfin… c'est pas mon problème si tu suces un bâtonnet à cancer.

Les bras au-dessus de la tête, je m'étire tel un énorme matou prêt à se jeter sur son écuelle de lait. Mon tee-shirt remonte, dévoile une bande de peau colorée, l'effort creusant mes obliques. Sa respiration s'accélère. Ma main droite fout ensuite le bordel dans ma tignasse puis glisse sur ma nuque.

– Sucer, hein ?

Ses beaux yeux bifurquent vers le ciel couvert avant de revenir accrocher les miens.

– Je savais que t'allais sauter dessus.

– À défaut de pouvoir sauter sur ton corps, mon écrevisse…

Ses joues s'empourprent de colère.

– Écrevisse? Sérieusement Canaan?

Doucement, mon index cueille sa pommette, dérive jusqu'à son oreille dont je pince le lobe.

– Tu es écarlate.

J'avance d'un pas de manière à me coller carrément contre elle et à ce que ses seins effleurent mon torse à chacun de ses afflux d'air. Je me redresse, l'oblige à se dévisser le cou. Son attention se polarise sur le tatouage gravé sous le coin externe de mon œil, la même croix que celle de mon père. La marque de fabrique des mâles Sainclair en somme.

– Dis-toi que je suis pétri d'addictions, ma douce, susurré-je. D'addictions et de défauts. Et que c'est exactement pour cette raison que je suis celui qu'il te faut.

Elle déglutit avec difficulté, son esprit tournant à plein régime, pas certaine d'avoir fait le bon choix en vendant son âme à celui qu'elle visualise comme un suppôt de Satan en provenance directe du pays des baguettes.

– C'est sûrement une connerie monumentale…

– Sûrement.

Je m'incline, recouvre son corps de mon ombre après avoir écrasé mon mégot d'un coup de talon.

– Mais tentante, murmuré-je sur un ton plus lourd, histoire de terminer de la convaincre. Qu'est-ce que tu as à perdre?

Son visage se tourne légèrement afin de permettre à ses prunelles étincelantes de trouver les miennes. Sa bouche se tord en un sourire à la fois arrogant et foutrement désarmant.

– À part ma santé mentale? répond la jolie blonde avec un ricanement amer.

– C'est un concept tellement surfait. Qui peut vraiment se targuer d'être sain d'esprit? Regarde autour de toi… Personne ne l'est vraiment.

Ma main attrape sa joue avec une brusquerie qui, je le devine, n'est carrément pas pour lui déplaire. Mon pouce trouve sa lèvre, l'effleure.

– Un esprit sain, répété-je, amusé. Un corps sain… Ces conneries, à 20 ans, on s'en tamponne. À 20 ans, on vit, Rwen. On ne fait pas qu'exister. Parce que la vie justement, ça n'a rien d'un putain de tracé. Faut dériver, prendre les virages trop fort, trop loin. Voilà ce que tu meurs de savoir, d'apprendre. Voilà ce pour quoi je suis doué.

Ses doigts s'enroulent autour de mon poignet, me forcent à stopper ma caresse. Si on peut appeler ça ainsi.

– Qui me dit que tu n'en profiteras pas? Qui me dit que tu ne feras pas traîner les choses plus que nécessaire?

Aussitôt, un sourire s'épanouit sur mes lèvres quand les siennes, elles, se pincent. Sans insister, je recule d'un pas, pioche une autre cigarette et l'allume en tirant une grosse bouffée.

– Aaah, Rwen, Rwen, Rwen… La confiance, ce n'est vraiment pas ton truc.

– Pas en ce qui te concerne, Canaan. Et si, je sais faire confiance. À Eli. À mes parents, ou bien à ma petite sœur même si elle est assez… relative.

– À ta cousine aussi?

Cette fois, elle pâlit et je m'en veux presque. Cependant, elle se reprend vite. Un air angélique se peint sur ses traits délicats. Toutefois, je ne m'y perds pas. Si elle rend ma connerie créative, moi j'ai tendance à décupler ses mauvais instincts. Parfait. Rwen est inflexible quand je suis le symbole même de la détermination.

– Tu as raison sur un point. Je veux me retrouver afin de pouvoir rencontrer quelqu'un. Un homme sérieux. Fiable et sécurisant.

Chiant en somme. Sans un minimum de danger, d'impulsivité, pas d'éclat. Juste une putain de monotonie asphyxiante. Je me mordille la lèvre pour ne pas lâcher ce qui me bouffe la langue. Franchement, face à une tornade comme Rwen, j'ai du mal à imaginer un mec sans personnalité. Songeur, je tire sur ma sèche puis me lance :

– On va passer un marché. Tu me donnes ta peau et moi, en échange, je t'apporte ce petit plus en matière de séduction que tu désespères tant d'avoir. Un tatouage sur tes jolies jambes à chaque leçon si tu préfères. Et si ça ne fonctionne pas… tu pourras me le faire payer de la manière que tu le souhaites.

Intéressée, elle me guigne d'un œil acéré.

– Tu repartirais si je te le demande ? En France, je veux dire.

Un tic déforme la ligne de ma bouche.

– J'avais compris, merci… dis-je d'une voix railleuse, les sourcils arqués.

Je croque ma lèvre et, les mains dans les poches, me décale sur sa droite pour la devancer comme si je n'allais pas lui répondre. Sauf que, une fois derrière elle, je pivote et me poste dans son dos. Ma respiration balaie sa nuque dont le fin duvet se hérisse.

– C'est peut-être toi qui ne voudras plus me voir décamper, Rwen… Je te veux demain chez moi, soufflé-je d'une voix vibrante de promesses.

D'abord nerveuse, elle déglutit puis se décide à se retourner en me balançant une œillade incendiaire.

– Quoi ? Demain ? répond-elle avec agressivité, sa tonalité prise dans un tremblement jouissif qui se loge dans mon bas-ventre.

– Demain, quatorze heures, répété-je, un sourire insolent arquant les commissures de ma bouche. Et ne sois pas en retard, mon rayon de lune. Parce que demain, je m'infiltre jusque dans ta chair.

Son corps entier se fige. Elle s'apprête à parler, se ravise pour finalement me planter son majeur sous le nez et faire volte-face afin de s'éloigner sans un mot. La tête penchée, je contemple son cul adorable se tortiller.

– Et arrête de me mater !

– Jamais ! J'ai déjà mon aiguille plantée sous ta peau !

Son bras fuse au-dessus de sa tête, elle secoue négligemment sa main comme pour m'envoyer paître.

– Et plus tôt que tu ne le penses, mon cœur.

10

Canaan

– T'es vierge?!

– Ça va pas, non? T'es vraiment qu'un grand malade, ma parole!

– Mais si tu l'es! Tu viens juste de le dire, dis-je en riant.

Hors d'elle, Rwen tape du pied et croise les bras, le front barré d'une ride prononcée. Si je ne m'arrête pas, elle va se jeter sur moi pour m'émasculer. Au lieu de ça, elle se redresse fièrement puis me fixe d'un œil dédaigneux.

– Je ne suis plus vierge depuis mes 15 ans, déclare-t-elle en fanfaronnant presque. Et crois-moi, je n'ai pas arrêté de grimper aux rideaux!

Je me remets debout et vais ouvrir d'un geste vif les lourds rideaux obstruant les portes-fenêtres du dressing. Nous sommes seuls dans la maison. J'ai personnellement veillé à inviter Rwen chez ma sœur et son mec pendant leur absence afin de l'apprivoiser en douceur. Sans la regarder, je déverrouille les panneaux pour laisser passer un peu d'air frais et repositionner mes idées à l'endroit.

– Toi et moi savons que ce que tu as balancé à l'instant est un tissu de conneries! D'un, avoir des relations sexuelles et jouir à en crever n'a rien à voir. Et de deux, personne ne dit plus « grimper aux rideaux », ça, c'est carrément has been.

Les poings dans les poches, je pivote et me coule jusqu'à elle. Je sors une main, balaie mes cheveux en bataille. Mon index se pose ensuite sur le pouls pulsant à l'intérieur de son poignet, savoure ses battements effrénés, longe ensuite son avant-bras. Avant qu'elle ne me balafre d'une remarque bien sentie, je la coupe d'un ton joueur.

– Je préfère jouer au loup…

Je m'incline vers elle et murmure :

– Loup, y es-tu ? M'entends-tu ?

Je baisse la tête dans le creux de son cou, la respire longuement sans la toucher ou ne serait-ce que l'effleurer. Ce qu'elle peut sentir bon… le sucre, les épices… l'envie, tout simplement.

– Me sens-tu ?

Je recule précipitamment.

– Et puis, je ne parlais pas de ta p'tite fleur, fais-je en ricanant. Mais de ta peau ! Ta peau si crémeuse, si pure et si… attractive.

Ma voix déraille. Depuis qu'elle a balancé, l'air de rien, que jamais une aiguille n'avait perforé sa chair pour la marquer, je suis comme un dingue. À la pensée que je vais être le premier à poser ma patte sur elle, un mini-orgasme déferle entre les parois de mon crâne. Il n'y a que les tatoueurs, les passionnés tels que mon paternel pour me comprendre. L'aiguille sur une peau, et plus encore lorsque celle-ci appartient à une personne inspirant un désir ardent, est un fantasme absolument… bouleversant. Une musique obsédante, une sonate passionnelle qui part se graver sous mon propre épiderme.

Avant qu'elle ne prenne ses magnifiques jambes à son cou, je me retourne et ausculte la pièce que j'ai passé la matinée à préparer. Je puerais presque l'antiseptique à force d'avoir briqué les murs. Autant je peux être laxiste sur un tas de points que j'estime secondaires, autant je ne plaisante pas avec les règles élémentaires et celles-ci commencent par l'hygiène. La table de massage est dépliée et voilée par un film de papier protecteur, ma machine attend sur une desserte à roulettes avec ses pigments prêts à être utilisés, les aiguilles encore sous vide rangées sagement à côté de la boîte renfermant les gants stériles. Je fais volte-face lorsque son petit visage chiffonné me coupe dans mon élan et réalise seulement que derrière son air bravache, elle a peur.

Quel con… Bah oui, elle est vierge, putain. Une toile vierge sublime, arrogante et totalement flippée. Je réfléchis à toute vitesse, priant pour qu'elle ne me claque pas dans les pattes.

– C'est normal de paniquer, Rwen, articulé-je d'une voix douce.

– Je n'ai pas peur de toi, gronde-t-elle, hautaine. Je m'en fiche royalement. Tu peux prendre mes deux jambes du moment que je récupère ma vie.

Je ravale ma réponse qui ne lui plairait absolument pas. Tout ce que je suis en mesure de faire à ce stade est de la modeler de manière à obtenir ce que moi, je veux. Lorsque son regard s'échappe vers la porte, je me décide à agir. D'un mouvement leste, j'attrape fermement le col de mon tee-shirt à la base de ma nuque et le retire.

– Non, mais tu fais quoi? piaille-t-elle, outrée. Tu crois m'avoir si facilement? Saleté de… sale pervers!

Je m'esclaffe encore une fois face à cette tête de mule. L'œil pétillant, je porte les mains à la ceinture de mon pantalon. Déboutonne lentement ce dernier. La canine plantée dans le renflement de ma lèvre, je joue avec tandis qu'elle m'insulte sans pour autant bouger d'un pouce, puis le baisse d'un coup sec sur mes chevilles, ne laissant plus sur mon cul que mon boxer.

– Arrête de chicaner, Rwen. Arrête et regarde bien.

Les bras étirés à l'horizontale, de part et d'autre de mon torse, je tourne lentement sur moi-même en faisant gaffe de ne pas m'emmêler et tomber.

– Tu crois sincèrement que j'aurais toute cette encre si l'aiguille faisait autant douiller? Et pour info: je ne suis pas masochiste.

Face à elle qui me lorgne avec sérieux, je lui désigne mon bas-ventre puis mes cuisses et enfin mes tibias.

– Ceux-là sont de moi. Au cas où tu te demandais si j'étais doué.

Ses yeux verts lancent de véritables éclairs qui menacent de me pourfendre. De peur, mais aussi d'intérêt. Sans s'en rendre compte, elle s'approche à la manière d'un animal sauvage. Aussi, je ne bouge pas, me contente de respirer tout doucement pour ne pas l'effrayer. Fascinée, elle tourne autour de moi, le bout de ses doigts suivant les lignes d'encre sans vraiment les frôler. Tour à tour inquisitrices, amusées ou nappées d'une couche bien plus chaude pour ne pas dire brûlante, ses prunelles scintillent, s'assombrissent. Mon abdomen se contracte au gré de leurs caresses curieuses. Un gloussement s'esquive de sa trachée lorsqu'elle s'arrête devant le squelette en bermuda sur sa chaise longue tatoué sur mon épaule. Ses iris émeraude s'arrondissent quand ils butent sur la Dame blanche fantomatique que mon père Keino a gravée sur mon flanc droit puis sur la *calavera* sur le gauche. Second miaulement un brin condescendant devant mon Bob l'éponge shooté.

– *Sin*… *Lust*… *Dream*… lit-elle en inspectant les inscriptions abandonnées çà et là par l'aiguille de mon père ou la mienne. *Boom*… *Desire*… *Relax*… Oh non! Canaan, tu n'as pas osé! #Canaaner! Tu as osé te faire tatouer ça! Non, mais je rêve…

Elle s'interrompt d'un coup, s'éloigne, les paumes sur les mirettes.

– Je vote pour l'arête de poisson avec la tête de requin! Allez, pitié pour mes pauvres yeux… rhabille-toi. Je ne me défilerai pas, ce n'est pas mon genre.

Je relève la tête pour me heurter à son regard trop sexy pour mon bien puis entreprends de me rhabiller quand sa voix raye mes tympans.

– Et interdiction de me faire ce truc que tu as dans le cou ou sur le dos de tes mains.

Sans réfléchir, je mate celles-ci et saisis aussitôt de quoi elle parle.

– Tu parles de mes black-out? T'inquiète pas, ça ne m'a pas traversé l'esprit. Ta peau est bien trop précieuse pour être simplement noircie. Allez, lancé-je en claquant ma paume sur la table de kiné, en selle!

Rwen s'installe sur la banquette en me fixant avec suspicion. Elle tire sur sa jupe pour me cacher la vue de ses cuisses délicieuses. Pas grave. Je m'occuperai de leur cas plus tard. Je ne m'en préoccupe pas et me concentre sur la série de tâches préopératoires que m'a inculquée mon père à coups de taquet derrière le crâne. Aussi, je commence par attacher mes cheveux un chouïa trop longs en glissant un bandeau dans ma tignasse rebelle. Pour une fois sérieux, je me lave les mains en insistant sur chaque centimètre carré ainsi que sous les ongles avec une brosse prévue spécifiquement pour les chirurgiens. Pour terminer, j'enfile les gants en latex noir et m'assois sur le tabouret à roulettes.

– Pas de drogue dans le sang ni d'alcool? Ou bien des médocs?

Sa tête s'incline sur le côté, ses traits figés en un masque à la limite de la condescendance.

– Tu parles pour toi, là?

Un rictus s'imprime sur mes lèvres, mes mâchoires claquent avec voracité.

– J'oubliais. Miss Infaillible. La chiante attitude, bien le bonjour.

Le matos préparé, le dermographe vibrant du même désir que le mien de piquer sa jolie peau, je suis fin prêt. Elle, beaucoup moins. Un peu con sur les bords, je ne peux m'empêcher de la titiller, histoire de la dérider. J'approche l'aiguille de sa cheville en lançant d'un ton nonchalant:

– Bon alors… si on partait avec un joli petit dauphin?

Instinctivement, elle se trémousse afin de m'échapper et éviter le désastre. Je rattrape sa jambe de justesse et continue, imperturbable.

– Non, visiblement… Un symbole chinois alors?

Un cri indigné explose d'entre ses lèvres ourlées.

– Tu m'as prise pour qui? Remballe tes conneries, Can'! Si tu me tatoues un truc aussi cucul, je te les coupe!

Je lève le dermo entre nous en ricanant et fais vrombir la machine.

– Attention, je suis armé. Si tu ne veux pas te retrouver avec un gode entre les deux yeux, arrête de menacer ma queue.

– Canaan!

Amusé, je me soulève à demi de mon siège et la salue.

– Pardon, miss, je voulais dire mes parties, mes bijoux de famille, mon service trois pièces…

Cette fois, elle éclate de rire et se rallonge, les reins légèrement arqués, détendue. Je repose l'aiguille sur son support le temps d'attraper une lingette antiseptique.

– C'est le bon Dieu qui se fout de la charité… grommelé-je, le regard de nouveau bloqué sur ses jambes. Quand je pense que toi, tu jures comme un putain de charretier, tu fais l'offusquée pour une pauvre queue qui n'a rien demandé à personne sinon un peu d'attention…

– L'expression exacte, c'est l'hôpital qui se fout de la charité.

– Chiant, marmonné-je en faisant mine de tousser un coup dans le pli de mon coude.

Je maintiens son genou d'une main tandis que de l'autre, j'essuie une dernière fois la partie de chair que je compte lui voler. Doucement, mes doigts s'impriment sur sa peau et malgré le textile de la lingette, une décharge prend naissance sous leur pulpe pour remonter le long de mes phalanges. L'arc électrique sinue le long de mon bras, vient hanter mon torse et finit sa course en s'enfouissant sous la tempête de mon crâne. Les courbes que suivent mes doigts en chassant les impuretés sur son épiderme creusent un sillon brûlant dans mes veines. Qu'elle le veuille ou non, qu'elle le réalise ou pas, je demeurerai *ad vitam* avec Rwen. À chaque instant. Elle ne le saisit pas, mais elle subit un véritable rite d'initiation. Avec moi. Et je compte bien le faire dans les règles de l'art selon Canaan. Parce que c'est cela, la symbolique du tatouage : s'approprier un morceau de vie.

J'ouvre ensuite un tiroir du meuble où trône l'appareillage pour en tirer le calque sur lequel j'ai planché cette nuit. Satisfait, je chausse ensuite une paire de lunettes à épaisse monture noire dont je ne me sers que lors des séances de travail et prends une seconde pour la dévisager.

– Tu vas avoir mal, Rwen, déclaré-je avec gravité. Je sais ce que je t'ai dit, mais soyons honnêtes. Tu auras l'impression de brûler dans les flammes de l'enfer. Il y a de grandes chances pour que tu souffres même si le seuil de tolérance est différent d'une personne à l'autre. La douleur fait partie du processus. Même avec la meilleure volonté du monde, je ne pourrais rien y faire, mais…

Je me mordille la lèvre, joue avec la boule perçant ma langue.

– Quelque part, elle est nécessaire. Faut juste apprendre à la dompter et si tu y arrives, tu peux même prendre une certaine forme de plaisir.

Mes doigts restés libres s'entrelacent aux siens qui serrent de manière convulsive le drap sur lequel elle est étendue.

– Là aussi, faut apprendre à lâcher prise. Tu vois, ce premier tatouage est aussi ta première leçon. T'abandonner à toi-même. Pas à un autre. Pas à moi, mais à toi et toi seule.

– Vraiment mal ?

Sa voix bascule, incertaine.

– Il s'agit de perforer la peau, ma poupée. D'une série de perforations en rafale, précisé-je, préférant être clair et net. Tu auras mal quand mon aiguille traumatisera ta chair. Tu auras mal quand j'essuierai le surplus d'encre à force de repasser encore et encore dessus.

Je délaisse sa paume, repositionne la mienne sur sa cheville que j'encercle pour la presser, mesurant la finesse de ses articulations.

– Dis-toi que la souffrance est le baromètre de ta détermination. Juge-la avec respect, ma douce, parce qu'elle t'appartient. Sois sereine. Plus tu seras tendue, plus tu appréhenderas et plus tu te focaliseras sur ta douleur. On est bon ?

Silencieuse, elle acquiesce, son regard rivé au mien. Au bout de quelques secondes, elle dérive vers la traceuse reposée sur son socle le temps d'appliquer les contours du dessin. À vrai dire, pour le motif qui m'occupe l'esprit, je n'ai pas besoin d'un tel support. Si j'ai pris le temps d'en accomplir un, ce n'est que pour la rassurer. On n'est pas des bêtes, après tout. Enfin sauf dans un pieu. Avec un sourire en coin, taisant la connerie qu'une fois de plus elle a provoquée sans le savoir, j'attrape mon dermo et me lance. Chacun sa partie. À Rwen de gérer, à moi de la posséder.

Au premier coup d'aiguille, sa jambe tressaille, un spasme tranche son assurance.

– Bordel !

– Charretier, le retour…

D'une caresse, je l'apaise et tente de la sécuriser.

– Chhh… Sereine, mon cœur, répété-je sur un ton si bas qu'elle doit à peine m'entendre.

Fredonnant des paroles sans queue ni tête, je taquine l'arrière de son genou. Quand elle se met à glousser, je me remets au travail. Zen, à l'écoute des réflexes de son corps autant que du mien, je me cloisonne dans l'amas de sensations brutes qui déferlent dans mes veines. Chaque grésillement, chaque ronflement de la machine prend naissance dans mon bas-ventre, lèche mes organes, incendie la moindre parcelle de ma peau.

***

Trois bonnes heures plus tard, je pose le point final à cette première leçon. Pro, je scanne d'un œil critique la partie haute de son cou-de-pied sur lequel je viens d'apposer ma marque. Satisfait, je finis de nettoyer délicatement la zone en m'attardant plus que nécessaire sur la courbure de son articulation. D'une torsion de reins, je recule mon tabouret, chope le miroir posé sur la desserte puis reviens vers ma harpie. Ses traits tirés, ses lèvres blêmes montrent à quel point elle a douillé. Ses cheveux blonds en bataille encadrent son visage pâle. Pourtant, je ne l'ai jamais trouvée si sexy.

– Tu veux voir?

Elle se redresse, me cloue d'un sourire de guerrière.

– Allez… Ne m'oblige pas à te…

Railleur, je lève les mains pour me protéger des prémices de sa colère avant de caler la glace en biais de façon qu'elle puisse admirer le travail. Son buste en avant, elle fixe son reflet avec intensité.

– Pu…

L'injure reste coincée dans sa trachée. Fascinées, ses prunelles d'eau virent, miroitent de feux follets déments. Elle va toucher le dessin lorsque j'intercepte ses doigts au vol pour l'en empêcher.

– Non.

Ses yeux boivent le bracelet cassé de perles roses qui s'enroule sur son pied jusqu'à sa cheville. L'une d'entre elles, désolidarisée des autres sur leur fil, a roulé plus loin. En quête de liberté. Au lieu d'être colorée, une minuscule fleur, une ancolie, se déploie dans son cercle. Relevant le menton, son attention accroche la mienne.

– Il est splendide, souffle Rwen, impressionnée.

Mes épaules se haussent.

– Je t'avais dit que j'étais doué. Tu croyais que j'allais te tatouer des bonshommes bâton ou quoi ?

– Peut-être bien, va savoir.

De nouveau, elle se reporte sur cette part de moi qu'elle emportera désormais partout avec elle.

– Pourquoi ce motif ?

– Pourquoi pas ?

De l'ongle de son index, elle pointe sans la toucher la perle abandonnée.

– Est-ce que c'est une métaphore ? Genre de moi et de ma vie que tu estimes si mal utilisée ?

– Peut-être bien, va savoir, rétorqué-je du tac au tac en me détournant pour saisir le film plastique dans le but de protéger mon œuvre d'une possible infection.

Sa bouche s'entrouvre avant de se refermer aussi sec. Au lieu de répliquer, elle se contente de me scruter tandis que j'enroule son tout premier tatouage de Cellophane. Debout, mon ombre la surplombe puis la recouvre presque entièrement. Son souffle échoue sur mes lèvres qui s'étirent. Ma paume trouve sa hanche que je serre un peu fort. Un peu trop fort. Sa respiration se suspend, ses pupilles se dilatent au point de noyer leur vert. Un brin colère, un brin moqueuse. Carrément Rwen.

– Et la douleur ? Sur une échelle de un à dix ? murmuré-je, un sourcil arqué.

Sa jambe nouvellement tatouée se plie, talonne de sa cuisse mon bras pressé contre elle. Son regard planté dans le mien, elle susurre en détachant chaque syllabe.

– Dix. Aussi délicieuse que la brûlure des flammes de l'enfer.

11

Rwen

Aussi délicieuse que l'enfer? *Really* Rwen?

Je secoue ma tête afin de chasser mes idées absurdes et de les remettre d'équerre. Mon petit doigt me dit que je vais en avoir besoin durant les prochaines heures. Mon regard se lève sur la façade de la maison de fraternité dressée devant moi. Une de plus. Pour une fête de plus. Je préférerais largement rester en tête à tête avec Eli, mais Canaan en a décidé autrement ce soir. Un simple texto avec l'heure et l'endroit accompagné d'un « mon petit chaton doré », c'est tout ce qu'il a trouvé pour m'embarquer ici. Je m'engouffre donc dans la demeure, et suis aussitôt agressée par les relents d'alcool, de sueur et d'autres odeurs que je préfère ne pas identifier. Je fends la masse de corps transpirants, balayant les formes mouvantes à la recherche de Canaan. Il ne me faut que quelques minutes pour le repérer. Impossible de le louper avec sa carrure assez hallucinante au milieu des autres ainsi que sa peau noircie d'encre. Et c'est sans surprise que je le retrouve en train de jouer les jolis cœurs avec une fille qui a tout du genre « groupie de fraternité ».

Assis sur un canapé défoncé, son coude calé sur le dossier et le buste penché vers sa victime, il affiche ce petit air sûr de lui que je rêve de lui enfoncer au fond de la gorge. Ce qui me donne une idée assez… plaisante. Ma proie dans le viseur, je fonds sur lui et saute sur ses genoux. D'abord surpris, il sursaute. Avant qu'un sourire félin s'étale sur ses lèvres en me découvrant. Son bras s'enroule autour de ma taille et me cale contre son torse.

Ouais, profite bien, mon gars…

– Merde, Canaan, m'exclamé-je assez fort pour que la brunette à côté m'entende. Si tu ramènes une fille de plus, il va y avoir un supplément. Je t'ai déjà dit que faire appel à mes services se paie. Et pas qu'un peu. Je ne fais pas l'*escort* pour le plaisir ! J'ai des études à financer, moi !

Sous les yeux médusés de miss Fraternity, et ceux carrément pétillants de Canaan, je m'interromps, faisant mine d'étudier le corps de la jeune femme.

– Tu sais, lui dis-je plus bas, tu sembles avoir le profil type qu'on recherche, mes copines et moi. On est dans le commercial et on compte bien développer notre petite entreprise. Et vu que tu n'as clairement pas froid aux yeux pour tenter de séduire un mec pareil, tu serais parfaite ! Tu verras, ça n'a rien de bien différent de ce que tu sais déjà faire…

– Attends, je rêve ou tu me demandes de faire la pute ? s'écrie-t-elle, outrée.

Alors que je m'apprête à lui répondre, Canaan me devance et me cloue le bec au passage. Sa main atterrit sur ma cuisse et fait mine de remonter sous ma jupe courte. Un frisson me secoue les jambes et force mes muscles à se contracter.

– Ouais, mais pas n'importe quelle pute, susurre-t-il en s'inclinant sur mon cou. Les meilleures. Alors ? renchérit-il en pivotant sa tête vers la fille au visage tout à coup congestionné, tu es des nôtres ? Je suis prêt à allonger la monnaie pour un petit lot comme toi.

OK, j'avoue que ça, je ne l'avais pas prévu. Quelle conne ! Comme si je pouvais la faire à l'envers à monsieur Mon-assurance-crève-le-plafond !

Heureusement pour moi, si Dieu existe, il semble me prendre en pitié.

– Allez vous faire voir ! Bande de pervers dégénérés !

– Bah alors, bébé ! Qui me proposait de redessiner tous mes tatouages avec la langue ? hurle Can' en se marrant pendant que la brune s'enfuit à toutes jambes.

– Oublie pas de prier pour nous dimanche à la messe ! ajouté-je, certaine que c'est le genre typique à se la jouer libertine à la fac et cul béni les week-ends avec papa et maman.

J'éclate de rire avant de prendre enfin pleinement conscience de ce que je viens de faire. Et surtout, d'où je suis. Je me raidis soudain. Canaan, lui, ne bouge pas d'un centimètre, trop heureux de me voir brusquement me débattre avec ma connerie. Je tente un coup d'œil dans sa direction et déchante. Son sourire s'est fondu dans ce moule sexy et *sex*. Juste *sex*. *Sex* et horripilant à souhait ! À l'image de quelqu'un enfonçant ses doigts dans une prise, je saute de sur ses genoux et me cale sur le canapé, à une distance raisonnable.

– Mon petit colibri, si tu étais aussi ingénieuse pour séduire que pour faire fuir les autres, même moi, je serais à tes pieds.

D'un geste vague, je l'interromps puis rentre dans le vif du sujet. Autant ne pas perdre davantage de temps. Ou ne pas me perdre davantage dans mes bêtises.

– Si tu me disais plutôt ce qu'on fout là ?

– Remplir ma part du marché, quoi d'autre ? dit-il d'un ton méchamment nonchalant.

– Ah bon ? Moi qui pensais que je te manquais, raillé-je.

Un air calculateur s'imprime sur son visage. D'un coup de bassin, il se relève et chope mon poignet pour m'inciter à l'imiter. Canaan se coule ensuite dans mon dos et murmure :

– Ne joue pas à ça avec moi, Rwen. Tu pars perdante et tu le sais. Maintenant, *focus*. Choisis un mec parmi tous ces étudiants. Un qui pourrait… dirons-nous… t'inspirer.

Quelque chose rue dans mon estomac. La panique. L'envie de me barrer d'ici et fissa. Mais qu'est-ce qui m'a pris d'écouter Eli ?

Pourtant, je ravale ma peur et scanne la foule. En quête d'un mec à… à quoi au juste ? Draguer ? Allumer avant de lamentablement le laisser sur sa faim ? Sauf que… pas un ne trouve grâce à mes yeux. Non pas qu'ils soient tous laids, mais ils ne m'inspirent rien, pour reprendre les mots de Canaan. De dépit, j'en désigne un du menton en train de jouer au billard avec ses potes. Mignon, mais loin d'être une bombe. Autant ne pas viser trop haut.

– C'est ça, ton type ? lâche-t-il dans un ricanement.

– Je n'ai pas de type, Canaan, réponds-je avec un soupir. Tu m'as demandé de choisir, j'ai choisi. Point.

Son souffle chaud balaie ma nuque lorsqu'il me dit :

– Comme tu voudras. Alors *go*. Va le séduire.

J'opère une volte-face et pointe un doigt accusateur sur son torse.

– Et c'est tout ? Elles se résument à ça tes super leçons de séduction, *genius* ? « Va le séduire, mon grizzli des bois », le mimé-je en prenant une grosse voix, ce qui lui extirpe un rire tout sauf discret. J'ai déjà donné et, toi et moi, on a très bien vu où ça m'a menée. Si c'était aussi facile, je me serais passée de tes services, mon lapin.

Il n'est nullement impressionné, et le coin de ses lèvres se rehausse. Du pouce, il vient lentement caresser le pavillon de mon oreille. Je le dégage d'un coup d'épaule, ne lui arrachant qu'un ricanement moqueur.

– La dernière fois, tu étais aussi chaude qu'une stalactite dans une grotte glaciaire, normal que tu te sois fait refouler.

– Et? Quelle est la différence avec aujourd'hui? Tu as peut-être seulement envie d'une fille qui possède un vagin et une paire de seins, mais moi, il ne me suffit pas de voir un mec pour que mes ovaires s'affolent.

Un nouveau rire résonne entre nous. Canaan rejette sa tête en arrière, m'offrant sa gorge ainsi que tous ces déliés d'encre qui le rendent si… lui. Unique. Je ne peux lui retirer cela, son assurance est si naturelle qu'elle en est presque désarmante par moments. Lorsque son regard s'accroche de nouveau au mien, il a recouvré son sérieux. Et cet air de sale gosse.

– Tu as pointé un élément important, ma biche.

Sans que j'aie le temps de réagir, il attrape ma main et m'entraîne à sa suite. Au moment où je comprends qu'il nous dirige vers l'escalier, je rechigne.

– Tu fous quoi là?

– Souffle un peu, Rwen. Je ne vais pas te sauter dessus. Surtout que c'est plutôt ta spécialité ça…

Je retire vivement ma paume de ses serres, puis lui colle un majeur sous le nez tout en passant devant lui. Je grimpe ensuite les marches et m'immobilise, ne sachant où il désire m'embarquer. Ou dans quel délire il désire m'entraîner, devrais-je dire. Se fichant pas mal que je l'aie envoyé bouler plus tôt, il récupère ma main puis s'engouffre par la première porte qui veut bien s'ouvrir. Avant de la refermer derrière nous d'un coup de talon.

– Et donc… que faisons-nous dans une salle de bains?

Je me retourne sur Canaan et là, j'ai comme la sensation d'être prise entre les phares d'une voiture. Je sais que je suis piégée, mais je ne parviens pas à me détourner de ses yeux qui me dévorent. Ses iris s'électrisent, un sourire clairement salace se peint sur ses lèvres.

– Canaan… le préviens-je tout en reculant d'un pas.

– Rwen, me répond-il sur le même ton.

J'effectue un second pas en arrière. Puis un autre. Jusqu'à me retrouver acculée contre un lavabo à la propreté douteuse. En une enjambée, il avale la distance qui nous sépare puis pose ses mains sur l'émail, de chaque côté de mes hanches.

– L'avantage d'avoir une mère militaire est qu'elle tient à ce que ses filles sachent se défendre… Encore un centimètre, Canaan, et tu vas te prendre mon genou dans les parties.

– Pourquoi vous vous sentez toujours obligées de menacer nos queues? répond-il en se marrant.

– Parce qu'il n'y a que vos précieuses bites qui vous importent.

– Faux. En ce moment précis, il n'y a que tes sens qui m'importent. Et fais-moi confiance, un peu. Je ne te toucherai pas. Pas ce soir.

– Canaan, je ne te ferai jamais confiance.

Un énième rictus barrant sa bouche, il incline son buste de façon à caler son visage juste en face du mien.

– Si tu le dis, ma Rwen… Mais passons à ta seconde leçon. L'envie. Tu dois comprendre quelque chose d'important, mon petit chat sauvage. Si tu n'as pas envie de séduire, tu n'y parviendras pas.

Je déglutis, tente d'ignorer son souffle sur mes lèvres. Afin d'illustrer ce qu'il sous-entend, sa paume s'étale sur l'entièreté de mon ventre avant de migrer légèrement vers le bas tout en exerçant une douce pression.

– Canaan, je…

– Écoute un peu, Rwen, me coupe-t-il d'une voix plus froide. Tu n'es pas une fille naïve même si tu refuses de voir certaines vérités. Je te parle d'affamer ton corps pour qu'il passe en mode prédateur. Qu'il crève de se rassasier d'un autre, et pour cela, crois-moi, pas besoin d'amour. Tous ces mecs en bas peuvent se taper qui ils veulent. Ce ne sont pas les partenaires d'une nuit qui manquent ici. Si tu y vas en mode automate, tu n'arriveras à rien. Ils doivent sentir que tu désires leur peau. La leur. Et pas celle du voisin. Alors maintenant, tu vas te taire et me laisser faire ma part du job.

Sa main se plaque soudain sur ma bouche alors que je m'apprêtais à lui répondre.

– Ce que tu es agaçante... Tu sais où est ton problème ? Tu ne baisses jamais les armes.

Je roule des yeux. Si, j'ai baissé les armes une fois avec lui. Et on a vu comment cela s'est terminé. Sa langue percée dans ma bouche. Ou la mienne dans la sienne...

– Je te promets de ne pas te toucher, Rwen. Ma peau n'entrera pas une seule fois en contact avec la tienne. OK ?

Voyant que je refuse de lui accorder quoi que ce soit, il insiste :

– Sauf si tu préfères que je te touche, au contraire.

– T'es vraiment qu'un con !

Enfin, c'est à peu de chose près ce que donne ma voix toujours entravée par sa paume.

– Bien, maintenant que je suis sûr d'avoir ton attention... Ferme les yeux, Rwen.

Suspicieuse, je plisse les paupières, mais finis par m'exécuter. Tout plutôt que de me confronter à ce que je vois brûler au fond de ses prunelles. C'est alors que je le sens. Lui. Sa respiration qui glisse au creux de mon oreille puis chute dans mon cou. Sa main me relâche et retrouve – je suppose – sa place initiale. Un frisson me transit bien malgré moi lorsque son souffle chatouille ma peau.

– Tu vois, Rwen, chuchote-t-il contre moi, provoquer les sens. C'est exactement ce que tu dois faire. Que l'autre puisse te ressentir sans que tu ne le touches. Que ton désir appelle le sien comme le mien t'appelle en cet instant.

Le frisson se mue en une cavalcade s'envolant jusque dans mes reins lorsque je le sens sourire contre ma chair. Soudain, il agrippe les pans de ma veste en cuir à franges puis m'en débarrasse. Je me crispe, mais me force à me concentrer sur sa promesse. Il ne me touchera pas.

Une étrange chaleur couvre ensuite mes bras nus, comme si ses mains en parcouraient les lignes. En réponse, mes muscles se décontractent, se laissent aller sous cette sensation douce et agréable. Toutefois, mon apaisement est de courte durée. Ses doigts s'enroulent brusquement dans mes cheveux et me tirent la tête en arrière.

– Canaan !

– Confiance, Rwen, répète-t-il sur un ton suave et rassurant.

Je m'accroche au rebord du lavabo et, pourtant, manque quand même de défaillir au moment où ses lèvres effleurent tout juste la naissance de ma poitrine avant de s'en détacher. Pas assez cependant pour que leur présence à tout juste quelques millimètres de mon épiderme ne chahute pas méchamment mes cellules nerveuses. Une paume toujours emmêlée dans mes épis blonds, il trouve néanmoins le moyen de se baisser encore. De répercuter sur mon abdomen son souffle brûlant malgré mon débardeur qui le protège. Me protège. Parce que j'ai la soudaine sensation de me déliter. Entièrement. Et je suis incapable de dire si j'aime ça ou… Si, bien sûr que j'aime cette sensation. Quelque chose en moi refuse de le stopper. De l'empêcher de réveiller mon corps.

Soudain, je le sens se redresser. Par réflexe, mon menton se lève en direction de son visage que je devine au-dessus de moi. C'est alors que son genou s'immisce entre mes jambes, les écarte légèrement avant de glisser jusqu'à l'arrière de ma cuisse pour la remonter et la coincer entre son bassin et l'émail. J'ouvre immédiatement les yeux, sur le point de protester, mais son regard me scie le ventre. J'ai l'impression de sentir l'électricité qui irradie de ses billes bleues se répandre jusque dans mes veines. Y allumer un incendie à subjuguer un pyromane.

– Un putain de volcan… murmure-t-il comme s'il se parlait à lui-même.

Sa voix s'élève entre nous et me plonge dans un brouillard éthéré. Délictueux. Délicieux. Sa main qui n'est pas retenue dans mes cheveux se coule alors entre nos deux enveloppes, et je ne peux retenir un gémissement lorsqu'elle remonte délicatement le tissu fluide de ma jupe. Je dois, je devrais… non, je dois l'arrêter. Le stopper, mais… il a promis de ne pas me toucher alors… est-ce si mal que cela ? Sûrement, oui… sauf que… sauf que putain, pourquoi cela me fait autant de bien ? Noyée dans la mer sauvage de ses yeux et cette émotion démente qui me pille, je me perds. Pour quelques secondes seulement. J'imagine plus que je ne vois cette main qui survole lentement – sans jamais établir de contact – ma jambe, l'arrondi de mes fesses pour se glisser au delta de mes cuisses.

Mes ongles quittent le lavabo pour se planter férocement dans son ventre. Un arc enflammé me lèche les flancs pour terminer sa lente et enivrante course au point névralgique situé entre mes cuisses. Les battements de mon cœur se révoltent, s'acharnent contre ma cage thoracique et ma poitrine tente de se débattre sous ses assauts. À l'instar du buste de Canaan d'ailleurs. Sa langue darde d'entre ses lèvres en une danse lascive et foutrement tentatrice. Quelques secondes supplémentaires. Juste le temps de me souvenir de son goût… Et là, c'est la douche froide. Je panique. Trop de… tout. Trop de sensations. Il me brûle, m'étouffe. Me fait peur.

Mes esprits enfin retrouvés et mes idées parfaitement alignées suite à un revers mental, je le repousse d'une pression contre son sternum. Un pli se creuse subrepticement entre ses sourcils avant de se recomposer, son front parfaitement détendu. Percevant le changement d'ambiance que je nous impose, il recule sans broncher. Ses yeux flamboient toujours, mais… d'une façon différente. Comme s'ils prenaient une teinte plus froide que je ne leur connaissais pas encore.

– J'ai compris, lâché-je, lapidaire et à bout de souffle.

Sa bouche se fend. Du pouce, il vient lisser le coin de sa lèvre inférieure.

Merde, pourquoi il fait ça ?

– Parfait, répond-il, énigmatique. Prouve-le-moi alors.

12

Canaan

Elle l'a fait. Rwen a réussi. Elle est repartie avec le numéro de sa victime. Numéro qu'elle a, j'en suis sûr, déjà jeté au fond d'une poubelle. Ouais, elle l'a fait... Utiliser le désir que j'avais moi-même déclenché chez elle pour attiser celui de ce type. L'allumer subtilement par des regards, des paroles, des gestes... et sans le toucher une seule fois. J'imagine que je devrais éprouver de la fierté. D'elle et carrément de moi. C'est d'ailleurs le cas. Enfin je crois. Pas tout à fait. Après tout, elle a tranché en faveur de la facilité avec le pauvre cave sur lequel son choix s'est fixé. À demi-victoire, demi-satisfaction.

À cet instant précis, la mine de mon crayon gras casse alors qu'elle file sur le Canson. La cheville posée négligemment sur l'arête de la table de travail de la salle où je suis mes cours du soir, je me balance sur ma chaise, mon bloc calé dans l'angle de mon genou. Je jette mon bâton de bois et me penche pour en choper un autre dans la trousse fauchée dans la piaule de ma sœur. D'un œil distrait, je reporte mon attention sur le modèle statufié sur l'estrade. Quelques secondes à le scanner me suffisent pour imprimer dans ma tête les contours de ce corps masculin massif et trop relâché pour les canons de beauté actuels.

J'ôte mes carreaux à monture noire, pince la base de mon nez, abandonnant l'idée de bosser, et scanne le vélin sous mes doigts. Les sourcils froncés, je remonte les tracés et bloque. Merde. Si je m'attendais à ça… Un fou rire se déploie dans ma gorge. Quelques étudiants se retournent, me fusillent du regard avant de se réintéresser à leurs croquis ou chevalets. Sur le papier légèrement cartonné s'étale une silhouette à l'opposé de celle sur laquelle j'étais censé plancher. Longiligne, des ombres dansant sur les courbes pleines et douces, je sais sans y réfléchir à qui elle appartient. Parce que j'en ai eu un aperçu à m'en démantibuler la queue en la tatouant. En l'embrassant contre la porte de ma chambre à Halloween. Hier à cette soirée, mon genou entre ses cuisses.

Pas du tout impliqué, je jette l'éponge. Ce n'est pas ce soir que je suivrai correctement mon cours. Autant se tirer. Aussi, j'attrape le vieux sac à dos de Shilow pour y fourrer mon matos. Décidément, il faut vraiment que je m'achète quelques affaires au lieu d'en choper à droite, à gauche. Je balance la lanière sur mon épaule, enfonce mes poings dans les poches de mon jean après avoir calé une clope sur mon oreille. Pile au moment où je passe les portes de l'amphi, un sourire explose sur ma tronche.

Rwen a besoin de faire connaissance avec son corps. Or, je sais exactement quoi faire pour que ma libellule se réconcilie avec ces courbes qui me rendent dingue.

***

– Tu vas finir par me répondre ? Où est-ce que tu m'emmènes, Canaan ?

Sans relâcher l'allure, je lui envoie un clin d'œil de sale môme qui a le don d'aiguiser ses nerfs déjà à vif tant elle appréhende mes idées farfelues.

– Au cœur de ton enfer, rétorqué-je en faisant jouer le vibrato de ma voix de basse.

Elle lâche un petit ricanement légèrement dédaigneux en levant les yeux au ciel.

– Ça, je n'en ai jamais douté. Pas une seule seconde. Au moins, continue Rwen d'un ton presque soulagé, tu ne m'entraînes pas encore dans une fête. C'est déjà un progrès.

À mon tour, j'avise le ciel bleu clément malgré ce mois de novembre. Qu'elle profite de cette prétendue accalmie parce qu'elle ne va pas durer longtemps. Il m'a fallu près d'une semaine pour mettre en pratique l'idée qui m'a traversé lors de mon cours de dessin. Or, s'il y a une chose dont je suis sûr, c'est bien qu'il va me falloir déployer l'ensemble de mon talent de persuasion afin de convaincre mon grizzli. Nous arrivons devant l'immeuble où tout va se dérouler, j'inspire une dernière latte de ma clope et l'écrase contre ma semelle avant de la jeter dans la jardinière remplie de sable destinée à cet effet. Le regard clairement moqueur de Rwen fait couler un frémissement le long de ma colonne. Frisson qui s'écrase sur mon entrejambe.

– Garnement et écolo, hein…

Ma nuque se renverse un instant avant que je ne plonge dans ses iris étincelants.

– Ma chouquette, l'un n'empêche pas l'autre… et puis, faut pas pousser. Juste, je n'aime pas dégueulasser ce qui l'est déjà assez comme ça, rétorqué-je, amusé.

D'un coup d'épaule, je pousse la porte d'entrée et invite l'objet de toutes mes attentions à passer le seuil. Méfiante, elle scanne une dernière fois la façade en briques rouges puis consent à poser un pied dans le hall et enfin un second. Alléluia. On y vient. Doucement, mais sûrement. En silence, je la dirige vers l'ascenseur pour rallier le troisième étage. Devant le battant derrière lequel se planque cette nouvelle « leçon », je me tourne vers Rwen. Ma main englobe la sienne alors qu'elle vient de se poser avec appréhension sur la poignée.

– Rwenie jolie…

– Obi-can'?

Un sourire incurve mes lèvres devant ce surnom digne de ce geek de Bart. D'un revers, je chasse tout ce qui ne concerne pas mes projets et me renfrogne légèrement.

– … Avant de hurler à t'en décrocher les ovaires en passant la porte, tu dois m'écouter. M'écouter et imprimer mes paroles entre tes tempes. Ne va pas t'imaginer je ne sais quoi et rappelle-toi que tout ce que j'entreprends, c'est pour honorer notre marché.

Sans réfléchir, je tends le bras et replace derrière son oreille une mèche blonde puis caresse le bombé de sa pommette.

– L'important pour moi est la peau. Pour toi, c'est de te la réapproprier. Or, pour y arriver, tu dois d'abord te réconcilier avec ton corps. C'est pour cette raison que je t'ai amenée ici. Tu sais pourquoi j'ai autant confiance en moi? Entre autres, parce que je ne suis pas pudique. La nudité dans son expression la plus simple m'indiffère. Je sais faire la différence entre la chair en tant qu'outil et celle qui entraîne le désir. Tu comprends? Je veux que tu prennes conscience à quel point tu es fascinante, murmuré-je dans un souffle. Que tu apprennes à te connaître et que tu apprivoises chacune de tes courbes, chaque centimètre carré de cette peau d'opale qui m'obsède. Ton corps t'appartient. Pas le contraire.

– Tu commences à me faire peur, Canaan, chuchote Rwen en reculant d'un pas. Tu m'embarques dans quoi, là? Tu comptes me découper lamelle par lamelle pour me montrer combien chaque parcelle est importante? Quand tu parlais d'enfer, c'était au sens littéral?

Cette fois, ma paume épingle sa mâchoire. D'abord doucement puis dans un geste plus autoritaire.

– Pour toi? Certainement un peu. En tout cas au début.

Enfin, je la relâche et d'une pression, fais tourner la poignée pour révéler l'intérieur d'un immense loft séparé en plusieurs box individuels. Le proprio de l'endroit, contacté quelques jours plus tôt, surgit devant nous, me serre chaleureusement la main avant de se tourner vers Rwen. Ses paumes claquent avec entrain.

– Prête?

– Pas du tout! répond ma belle blonde en riant nerveusement.

– T'as respecté les directives que t'a données le Frenchy Boy? Pas de déo, pas de parfum, énumère Ky sans se soucier de la réponse qu'elle vient de lui donner, pas de lotion quelle qu'elle soit? Les crèmes empêchent nos produits d'adhérer. Pas de maquillage non plus, y en aura assez comme ça… Et d'ailleurs, t'es épilée? L'intégral?

Une flambée écarlate embrase les joues de Rwen. Les yeux écarquillés, elle lâche un ricanement nervuré de panique. Ses paumes se dressent et s'agitent comme pour lui signifier de se calmer.

– Stop, stop, stop… Stop! On est où là? Et pourquoi tu veux savoir si je suis…

Désemparée, furieuse également, elle pivote vers moi, attendant que je pose des réponses sur ses questions. Un immense sourire se dessine sur mon visage, froissant le sien de méfiance au passage.

– Bienvenue à ta séance de *body painting*!

Sous le choc, elle recule, prête à prendre la tangente. Mes doigts s'enroulent autour de son poignet pour la rabattre contre mon torse.

– Je ne te forcerai évidemment pas, mais… Rwen, qu'est-ce qui te retient? Tu veux quoi? Atteindre les 70 balais et regretter de ne pas avoir vécu parce que tu as flippé et renoncé? Ou tu veux faire baver d'envie tous les vieux schnocks de ta future maison de retraite en leur montrant combien tu étais désirable?

Je m'incline légèrement, frôle ses lèvres des miennes.

– Et tu te proposes pour jouer à l'artiste?

Joueur, je mordille le fil de sa mâchoire sans me préoccuper de Ky qui se marre en silence.

– Babe… je suis un artiste.

Constatant que j'ai eu gain de cause lorsque les épaules de Rwen s'affaissent, ce dernier nous ouvre le chemin jusqu'à l'un des box. Le matériel déjà installé et prêt à être utilisé, une table de kiné dépliée, Ky nous présente les quelques mètres carrés en tournant sur lui-même, les bras écartés. Mécanique, il déclame son discours bien rodé avec une rafale de clins d'œil vers Rwen afin de la dérider.

– Tu attaches tes cheveux serrés, ma jolie. Si tu as besoin de te déplacer durant les pauses, tu as là une blouse, histoire de ne pas abîmer le travail de ton peintre. Ici, tu as une bouilloire, des chaufferettes pour tes mains. Si t'as froid, n'hésite pas à garder tes chaussettes.

Devant l'air ahuri de Rwen, il affine son débit de paroles:

– L'air pulsé par l'aérographe peut réfrigérer, à force. Et maintenant… à poil!

Sur ce, il n'attend pas une quelconque repartie de l'un ou l'autre et se tire en refermant le rideau derrière lui. Avec une grimace tordue, je me penche et claque mes cuisses.

– T'as entendu le monsieur? Je te veux nue.

Encore ce putain de frisson qui ourle sa chair. Impassible alors que sous la mienne se débat un bordel monstre prêt à me transformer en morfale avide. J'essaie d'endormir ses doutes. Sauf qu'elle n'a pas besoin de moi. S'il y a une chose certaine à propos de cette nana, c'est qu'elle a une volonté d'acier.

– Si tu veux... je peux enlever mes fringues, susurré-je en accentuant mon accent pour la faire rire.

– Ça devrait aller, merci Magic Mike.

Sans me regarder droit dans les yeux, elle retire ses Converse, sa veste, son pull et enfin sa jupe pour révéler une pièce de lingerie soutien-gorge en dentelle et string d'un noir qui tranche merveilleusement sur son grain pâle. Le sang dans mes veines... je sais bien que je ne le sens pas vraiment. Pourtant à cet instant, je foutrais ma main à couper qu'il bouillonne et s'épaissit au point d'obstruer mes artères. À la limite de les faire imploser. Je vais crever. Je crève de la toucher, de caresser sa peau, de la sentir pulser sous la mienne.

Tant bien que mal, j'essaie de garder l'air pro. Aussi, je m'éclaircis la voix et lâche dans un grognement presque guttural :

– Le string, c'est bien. *Easy* pour moi et les pinceaux. Par contre...

J'inspire, bloque ma respiration dans mes poumons avant de murmurer sans jeter un seul coup d'œil à sa poitrine :

– À toi de voir pour... le reste. On peut faire avec si tu préfères.

Comme si mon souci de la préserver un minimum l'agaçait plus qu'autre chose, une lueur combative captive ses iris de tourmaline. Rwen glisse une main dans son dos, dégrafe son sous-vêtement alors que de l'autre, elle retient la dentelle contre elle. Son abdomen se creuse avant de relâcher la pression en même temps qu'elle laisse couler son dernier rempart jusque sur le sol.

Putain.

Je savais que j'allais me manger une bonne droite lorsque je la verrais nue. Presque nue. J'étais loin du compte. D'une claque mentale, je me refous d'équerre. Si je pense ne serait-ce qu'à un mot qui ramène au sexe, je suis foutu.

Elle est juste parfaite.

Son cul est parfait.

Et ses seins…

Putain.

Je m'oblige à réintégrer son regard suspicieux et fragile pour ne pas paraître tel un clébard en manque en train de remuer la queue. Ce qui, objectivement, est le cas. Je bloque mes pensées salaces et revêts un masque professionnel. Parce que ce qui m'intéresse, au-delà du fait de m'exprimer sur sa peau, est qu'elle ressente combien ce support est juste… beau. Qu'elle l'appréhende, le façonne et termine en le faisant sien comme il n'aurait jamais dû cesser de l'être un jour. Je m'éclaircis la gorge, glisse sur mon nez ma paire de lunettes et me laisse tomber sur le tabouret à roulettes.

– Tu es ma toile désormais.

Rien de plus. Ce serait trop. Ou trop peu. Elle me désigne la table avec un sourire crispé.

– Là ?

Je secoue la tête sans la regarder alors que je teste le matériel.

– Nan. *Sorry*, mais tu vas devoir rester debout.

Je me propulse jusqu'à elle et lui tourne autour. Lentement. Le bout de mes doigts suit un chemin sur sa peau, se l'approprie pour en évaluer le grain et les courbes. Entre mes tempes, Rwen est à cet instant précis… autre chose. Ma belle blonde n'est plus elle, mais la folie de ma création. Sous mes yeux se déroule un fil invisible pour quiconque. Des tracés, des entrelacs, des couleurs… Chaque délié court sous la pulpe de mes phalanges. Rebondit sur ma chair. Se glisse dessous. Caracole dans mes artères pour remonter exploser contre le cœur qui palpite furieusement dans ma poitrine. Ouais, mon œuvre, son corps… Ils ne sont plus qu'une seule et même entité. L'esprit fermé, ou plutôt éparpillé dans l'espace-temps, je réintègre son côté face et chope l'aérographe après l'avoir calibré.

– Can'…

Mon bras fuse sans que je la regarde véritablement. Je saisis sa main et la presse dans le but de lui faire passer un message qu'elle capte au quart de tour. Parce qu'entre nous, à ce moment, aucun mot n'a sa place. L'alchimie parfaite entre un modèle, entre une peau, et l'artiste. Et Rwen… Rwen attise cette part exaltée qui pulse dans mes cellules nerveuses autant que sanguines.

Après l'avoir contemplée comme un religieux le ferait avec une icône, je me lance et frissonne quand le pistolet souffle sur son épiderme qui se hérisse. Les heures passent sans que je ne réalise vraiment. Cette fille est aussi folle que moi. C'est à peine si elle a quémandé une minuscule pause. À peine si, appuyée contre la paroi du box, elle ne s'est pas assoupie. Son attention ne m'a pas quitté une seconde. Anxieuse de ne pas saisir ce que j'élabore sur sa chair. Consciente de l'aérographe. Frémissante sous les poils de mes pinceaux fébriles. Fiévreuse lorsque mes doigts ont remplacé les instruments, pris de frénésie.

Ses iris d'opale sondent mes traits fermés, caressent mes gestes sûrs d'eux et de ce qu'ils conçoivent.

L'osmose.

Voilà ce qu'ils réalisent. Une osmose vivante, se nourrissant de sensations délicieuses et sensuelles. Entre le peintre et son modèle. Entre une peau et une inspiration. Entre un homme et une femme.

D'un coup de talon, je me recule enfin. Les mains maculées de peinture, je retire mes lunettes, fourrage dans mes cheveux pour y coller un bordel monstre. Un rire carillonne entre nous, me permettant enfin d'émerger. Je relève la tête pour tomber dans ses prunelles pétillant à la fois de doute et de stress, mais aussi de cet état de stase piqué de langueur qu'offre ce moment de latence après la baise. Mes dents ripent méchamment. Parce que oui, on en est carrément là. Elle, à suffoquer comme après l'orgasme. Et moi, à tenter de récupérer un souffle que mes poumons ne sont pas décidés à relâcher.

– On est bon?

Je déplie ma carcasse, m'étire, perclus de courbatures d'être resté penché, voire agenouillé entre ses jambes magnifiques. Sans un mot dans un premier temps. Je capture son poignet pour l'attirer vers moi et, la tenant dans mon étau, j'arrache une des tentures noires qui recouvre un immense miroir en pied. Avant de la poster devant. Ses yeux s'écarquillent devant le reflet spectaculaire que lui renvoie la glace. Sa main se tend puis retombe le long de sa cuisse.

– C'est moi ça?

Dans son dos, à peine à quelques centimètres, je scrute les flammes dessinées sur son corps, soulignant chaque courbe tendre pour l'embraser et la rendre fatale. Elles naissent sur ses mollets, lèchent ses cuisses. Explosent sur son ventre pour enfanter des barbelés composés de fleurs vénéneuses.

– Que vois-tu, Rwen?

Elle inspire avant d'abandonner dans un soupir:

– Je vois ce que toi, tu décèles lorsque ton regard se pose sur moi, Canaan.

Aimanté, mon index longe la ligne brûlante de son épaule, appuie sur le fil de sa clavicule à mesure que je la contourne pour me camper devant elle. Mes phalanges repliées, je balise un chemin sur sa peau telle une traînée de poudre, à un souffle d'embraser les flammes orangées qui ondulent sur son corps. Lorsque je passe entre ses seins dont les pointes se froncent tant ces derniers sont sensibles à mon contact, je joue inconsciemment avec le *barbell* perçant ma langue. Mon médius borde la rondeur de son globe gauche… lisère son ovale.

– Alors tu comprends. Combien tu es juste…

Pour la première fois depuis une paye, je ne sais pas quoi dire.

– Je…

L'adrénaline coulant à flots, je sature. Impulsif, je me colle à Rwen, m'incline pour… Soudain, ses doigts trouvent mes lèvres. Mon front cogne le sien. Dans mon bide, le chaos règne en maître. Parce qu'en quelques mots, elle me fout à terre, me rappelant ce qui existe entre nous. Et surtout, surtout ce qui n'existe pas.

– Pas ça. Plus ne fait pas partie du deal, Canaan.

13

Canaan

– Pas ça. Plus ne fait pas partie du deal, Canaan.

Cette putain de phrase tourne en boucle dans ma tête. Pourquoi je suis si con… Un coup d'œil à l'heure affichée sur la console de jeux de Bart me tire un profond soupir. Cette soirée a été pour le moins… merdique. Entre un Shilow particulièrement de mauvaise humeur d'avoir dû quitter ma sœur pour quelques heures et un Bart au summum, je suis lessivé. Lessivé et surtout imbibé. Tequila, gin, bière et même un peu de vin de très mauvaise qualité. Bref, je suis ivre. Saoul. Cuit. Mort. Il y a des heures maintenant que j'ai passé le stade du verre de trop. Sauf que pour une fois, je n'ai pas l'alcool fun, mais triste, voire carrément désenchanté. Trop occupé à ressasser pour profiter de ce moment entre potes. Soudain, une image de la séance de cet après-midi envahit ma vision et finit de caillasser le peu de réflexion dont je suis encore capable.

Stop. Stop. C'est décidé, je me casse.

Je me redresse en vacillant sur le divan, envoie valdinguer deux, trois cannettes vides coincées entre les coussins. Mes paumes claquent mes cuisses puis mes joues afin d'essayer de réaligner mes pensées. Debout, je lève les bras de chaque côté à l'horizontale, histoire de vérifier mon équilibre. Lorsque je suis certain de pouvoir marcher droit, j'attrape ma veste que je passe sans difficulté. Ou presque.

– Je me tire.

D'un mouvement sec, je zippe la fermeture Éclair de mon blouson, en remonte le col.

– Tu ne veux pas dormir ici ? Je n'ai pas spécialement envie de me peler les miches pour te ramener.

– C'est bon, t'inquiète. Je gère.

Mon poing choque celui de Bart. À l'instant où je sors de son immeuble, un frisson s'empare de ma nuque moite. J'ai tellement picolé que je suis persuadé de transpirer de la tequila. Mon estomac gronde. Machinal, je mate ma montre. Six heures deux. L'heure d'un solide p'tit déj. Je me mets en marche, allonge le pas pour rallier l'avenue, puis deux ou trois rues plus petites. L'air est chargé de particules humides, dépose sur ma peau un second film plus épais. Le fin crachin distille des perles scintillantes dans l'aube obscure marquée par les lumières ténues des lampadaires. Mon col relevé pour me protéger, je file rapidement sur le goudron, revigoré par la température de ce mois de novembre.

Lorsque j'atteins ma destination – merci, Eli –, je bloque une seconde sur la rangée de maisons. Heureusement que son ami m'a filé l'adresse exacte parce que toutes ces casbahs sont bâties à l'identique. Une fois devant le bon numéro, j'inspecte les murs blanc cassé, la balancelle sur la terrasse, l'allée bordée de massifs rabougris par l'hiver, le carillon de tiges de bambou pendu à la porte d'entrée. Tout à coup, le son du vent chantant fait s'épanouir un sourire sur mes traits voilés par la fatigue et les abus. L'esprit embrumé, je m'élance jusqu'au panneau… fermé. Bah ouais. Logique. Au lieu de prendre le temps de la réflexion, je force sur la poignée en forme de bouton qui évidemment me fout un stop.

Si je l'avais pris, je me serais dit que je suis encore trop bourré pour me pointer ici. Qu'il est à peine six heures trente. Qu'à cette heure, les trois quarts des gens normaux dorment encore.

Sauf que... je suis un mec légèrement impulsif. Un mec légèrement impulsif qui a trop bu, trop ruminé pour s'avouer vaincu. Je devrais faire demi-tour et rentrer sagement. Bien loin d'écouter la voix de la sagesse qui n'a pas encore dessaoulé elle non plus, je fais le tour et lève le poing en signe de victoire lorsque j'aperçois une fenêtre entrebâillée au rez-de-chaussée. À peine, mais suffisamment pour que je glisse mon bras dans l'ouverture et que je me déboîte presque l'épaule en me tortillant pour atteindre le loquet qui la bloque. Comme un con, je fredonne tandis que je me la joue psycho sur les bords.

– « *I'm a bad guy. Really tough guy. Rough guy... I'm a bad guy...* »

Un rire niais m'échappe quand, me faufilant par l'interstice, je m'emmêle les pinceaux et tombe sur le parquet en embarquant un guéridon. Soudain, je passe du statut de criminel à celui de victime lorsqu'une espèce de ninja me tabasse en hurlant une flopée d'insultes.

– Saleté de voleur ! Je vais tellement te dérouiller que tu ne seras pas près de remettre ça, p'tit salopard !

Une avalanche de coups dans les reins me tire un grognement puis carrément un grondement au moment où un objet percute mon flanc. Pas trop fort, mais tout de même assez pour qu'un arc douloureux m'électrise. Je dessaoule aussitôt. D'une ruade, je me remets d'équerre et balance le Pygmée sur un fauteuil qui grince sous son poids. Je titube puis, assuré sur mes cannes, me reporte sur la brailleuse.

– Oh merde ! m'exclamé-je en français sans réfléchir. Elle se duplique ! Je suis cerné...

Bon. À bien y regarder, je saisis rapidement que Minus devant moi est une copie plus jeune de Rwen. Ses cheveux blonds arrangés en carré, la minipousse me torpille de ses immenses yeux verts. Elle se bat avec le plaid dans lequel elle est enchevêtrée en piaillant puis se relève pour reprendre le combat, une batte de base-ball pointée dans ma direction.

– T'es qui, toi ? Je vais te maraver ! Tu veux quoi, hein ? Tu veux quoi ? T'es venu nous voler ? Nous violer ? C'est moi qui vais te coller mon arme dans le cul, putain !

– Hé ! m'esclaffé-je en levant les paumes en signe de reddition. Range-moi ça avant de te faire mal… Je ne suis là ni pour voler les…

Mon regard fait le tour de la pièce et pétille quand je repère une vieille broderie que j'attrape entre l'index et le pouce.

– … les napperons de mamie ni pour vous violer, non…

– Canaan ?

Je me raidis au son de cette voix au timbre contrarié. Je pivote sur mes talons et découvre Rwen sur le seuil de la porte. Ce n'est plus l'alcool qui alimente mes veines et crame mon sang. C'est le désir. Dévorant. Insatiable. Mes doigts pris dans la jungle de mes cheveux, je l'observe, ma réalité dézinguée. Je la mate, reluque chaque délié de ses courbes révélées par la nuisette qu'elle porte. Simplissime, le tissu moiré ne moule pas ses formes, mais les souligne. D'où je me tiens, grâce à la lumière dans son dos, je grave chaque image pour mieux les dessiner une fois rentré.

Elle avance d'un pas, furieuse. Je devine sans mal l'ovale d'un sein, sa respiration s'enfuir pour échouer sur ses lèvres qui forment des insultes. Je n'entends rien. Rien du tout. Je ne pige pas vraiment ce qu'il se passe. Parce que l'alcool décuple le bordel fiché dans ma poitrine. Je n'arrive pas à retenir le moindre de ses mots et pourtant ne perds rien. La pâleur de sa peau tranchée par son déshabillé. Le cambré de sa taille. L'arrondi plein de ses hanches. Le miel de ses cheveux qui coulent en bataille sur ses épaules. Mon regard longe ses flancs, bloque sur sa gorge haletante, sur l'ourlet sensuel de sa bouche, l'éclat incandescent de ses prunelles électriques.

– C'est qui, lui ? C'est un putain de sale con né juste pour m'emmerder ! Canaan ! Tu m'entends ? Canaan !

14

Rwen

J'hallucine. Cet empaffé s'introduit chez moi alors que le jour n'est même pas encore levé et, au lieu d'apporter un semblant d'explication, il se contente de carrément me mater sans une once de pudeur. Et devant ma petite sœur en prime !

– Donne-moi ça, Cleo !

Je lui arrache vivement la batte des mains et la secoue devant le nez de l'apprenti cambrioleur.

– Dis quelque chose si tu ne veux pas te retrouver à manger à la paille durant le prochain mois.

– Sérieux, j'ai l'impression de voir double, se décide-t-il enfin à dire. Vous me faites un remake d'*Austin Powers* ?

– Tu es allée le choper où, celui-là ? intervient alors Cleo en se marrant.

– Je me le demande, grommelé-je entre mes dents avant de reprendre à voix haute. Je peux savoir comment tu es entré, Canaan ?

Ce dernier se frictionne vigoureusement les joues puis lisse ses paupières comme s'il voulait effacer quelque chose de ses rétines.

– La fenêtre, répond-il.

– Quelle fe…

D'instinct, mes yeux se posent sur l'une de celles du salon pour la découvrir ouverte.

– Mais qu'est-ce que… putain, Cleo ! Je t'avais dit de la fermer avant de te coucher !

Ma petite sœur « tchipe », m'arrachant un grognement mécontent et, ses deux petits poings sur ses hanches, rétorque :

– Et comment Yoda aurait pu rentrer, *genius* ?

– Par la chatière, comme tous les chats ! Tu sais, celle qui est installée sur la porte depuis presque dix ans !

– Pff, une chatière. Un Jedi ne choisit jamais la facilité, Rwen. Et puis, s'il veut impressionner la chatte des voisins, ce n'est certainement pas en jouant les chats bien élevés qu'il va y parvenir. Les filles aiment les rebelles !

— Elle marque un point, Mini-Me, déclare alors Canaan, sérieux comme un pape.

Le bout de mon arme bute soudain contre son torse.

– L'encourage pas, s'il te plaît. Et tu veux bien m'expliquer ce que tu fous là ?

– J'avais faim.

– Tu t'es cru dans un fast-food ? m'exclamé-je, outrée. Et si tu oses prétendre qu'une autre faim tiraillait ton ventre, je te jure que je t'étripe.

– OK, répond-il avec un soupir en massant sa nuque. Je ne sais pas, Rwen. J'avais sûrement envie de te voir.

Un vent chaud souffle soudain au creux de ma cage thoracique et balaie par la même occasion le brouillard de colère dans lequel je baignais. Je me prends alors sa présence de plein fouet. Son immense carrure qui me surplombe et me recouvre. Ses yeux brillant d'un éclat brûlant qui me dévisagent. Cette chaleur dingue qui émane de sa peau pour venir s'enrouler autour de la mienne. Et ses paroles… Ces traîtresses se fraient un passage dans mon crâne.

Eh merde.

Une boule se loge au fond de ma gorge alors que je me détourne de lui. Je ne veux pas ressentir ça. Pas pour lui. Pas pour un mec qui, clairement, n'en veut qu'à mon cul. Pas pour lui, putain!

– Tu fais quoi? m'interpelle Cleo pendant que je sors de la pièce.

– Un petit déj. Notre Arsène Lupin en manque a besoin d'éponger l'alcool qu'il a ingurgité avant que je puisse l'envoyer bouler chez lui.

– Ah, c'est donc ça cette odeur de raton laveur crevé, remarque ma petite sœur. Je vais me fringuer alors, je reviens.

Dans la cuisine, je prends quelques secondes afin de récupérer mes esprits. Peine perdue dès lors que Canaan me talonne et s'incruste à côté de moi. Décidée à l'ignorer du mieux que je le peux, j'ouvre le frigo et récupère les œufs, le lait et le beurre. Une hanche calée sur le rebord de l'évier, Canaan m'observe tranquillement – trop tranquillement – fouiner dans les placards en quête du reste des ingrédients. L'air de rien, je le sais à l'affût du moindre de mes gestes alors que je prépare la pâte. Ce qui interpelle un peu trop mes sens à mon goût. Et être uniquement vêtue d'une nuisette n'arrange rien. Ma peau est à vif, et j'ai l'impression que plus je suis avec lui, pire cela devient. Ce qui s'est déroulé dans la salle de bains, à cette fête, est encore trop prégnant. Quant à cette séance de *body painting*. J'ai cru… je ne sais pas… Trop d'émotions m'ont traversée pendant qu'il créait à même ma peau. Une fascination de le voir si captivé, si exalté par mon corps. Parce que, s'il y a une chose dont je suis certaine, c'est que ce sont mes courbes qui l'ont inspiré. Rien d'autre. Une certaine désinhibition également. C'était assez perturbant de constater à quel point je me sentais bien, me sentais juste… moi. Oui, je me suis sentie carrément bien, entière et sûre de moi. Comme jamais je ne l'avais encore été.

Devant les plaques à induction, j'attends que le beurre fonde. Je risque tout de même un coup d'œil vers mon visiteur et ne peux retenir une grimace. Canaan, le coude posé sur l'Inox, a retrouvé de sa superbe et coule un regard que je refuse d'identifier sur moi. Petit con.

– Pancakes?

J'acquiesce en silence, retire la casserole et poursuis ma préparation.

– Ça fait des années que je n'en ai pas mangé. Ma mère nous en faisait tout le temps avant.

– Compte pas sur moi pour te border après, maugréé-je. Déjà que je dois t'aider à dessaouler.

– Pourquoi tu es toujours sur la défensive avec moi, Rwen?

Parce que tu me fais flipper? Parce que ce que tu me fais ressentir m'effraie comme un futur drogué face à son premier cachet?

– Et toi, pourquoi tu es venu ici? soufflé-je tout bas, n'espérant aucune réponse de sa part.

Ou plutôt si, mais une qui démente celle qu'il m'a déjà servie.

Son souffle vient chahuter ma nuque au moment où il se coule dans mon dos, la piquetant d'une nuée de frissons. Moui, bon… on repassera pour l'indifférence.

– Parce que, mon coquelicot des champs, contrairement à toi, je ne tergiverse pas des heures sur le pourquoi du comment de la raison ou que sais-je encore. Lorsque j'ai envie de faire quelque chose, je le fais. Point. Sans me torturer l'esprit. Sans calcul.

– Et moi, je trouve que tu calcules beaucoup trop, grogné-je.

Malgré tout, un sourire effleure mes lèvres. Ces surnoms débiles dont il m'affuble n'ont malheureusement plus la fâcheuse tendance à me faire enrager. Bordel, ça craint doublement. Une vague de chaleur se déplace soudain jusqu'au creux de mon oreille et là, c'est tout mon côté droit qui semble se réveiller.

– Dis-moi que toi non plus, Rwen, tu n'as pas cessé d'y penser?

– Penser à quoi? réponds-je en sachant pertinemment à quoi il fait allusion.

– À mes mains. Sur toi, souffle-t-il en laissant choir son front sur l'arrière de ma tête.

Je déglutis, contiens mon envie de crier. Je voudrais lui dire de s'éloigner. Et… j'aimerais lui dire de ne surtout pas m'écouter. D'un côté, je me déteste car je ne peux pas être plus consciente, en cet instant, de mon envie de lui céder bien plus que quelques centimètres de peau à encrer. Je le déteste aussi. De me pousser à ressentir ça. Mais d'un autre, je ne parviens pas à le rejeter totalement.

– Parce que, moi, je n'arrête pas. C'est pire qu'un film passé en boucle dans mon crâne. Pire, parce que je n'ai même pas besoin de trop me concentrer pour te sentir encore sous la pulpe de mes doigts, ajoute-t-il, le timbre rauque.

J'opère une volte-face. Sans toutefois que Canaan se recule pour me libérer.

– Je croyais qu'on avait un deal, chuchoté-je, soudain incapable de me rebeller davantage. Je te donne ma peau pour un temps limité. Ne pense pas obtenir plus, Canaan.

Un sourire rusé s'ancre sur ses lèvres. Et au fond de mon ventre…

– Tu ne réalises même pas la portée de tes mots, Rwen… Pour un artiste de mon genre, ce que tu viens de dire se rapproche de… la possession.

– Sauf que tu ne me posséderas pas, sifflé-je avec un peu trop de véhémence.

– C'est un défi?

– En aucun cas. Tout le monde ne voit pas la réalité comme un immense plateau de jeu.

– Tu devrais, pourtant… Ça t'éviterait de raconter des conneries aussi épaisses que ce qui plombe ton ventre en ce moment même.

Je déglutis au moment où ses doigts s'étalent sur ma cuisse, la pressent légèrement avant que son pouce ne remonte sous le tissu de ma nuisette.

– Je me trompe ? insiste-t-il. Ose me dire que tu ne meurs pas d'envie que j'apaise cette douleur entre tes jambes.

– Explique-moi pour quelle raison je te répondrais, hein, Canaan ? Tu ne m'écoutes pas. Tu ne fais que démonter mot par mot ce que je pourrais te dire.

– Parce que tes réactions sont en contradiction avec tes propos.

– Et ? Putain, l'être humain n'est fait que de ça ! De contradictions ! Regarde-toi, par exemple, tu as eu une enfance heureuse, des parents présents, géniaux, et pourtant, tu ne te fies à personne ! Tu ne fais confiance qu'à tes analyses sans écouter une seconde les paroles qui sortent de ma bouche. Et pourquoi ? Parce que M. Canaan pense m'avoir cernée. Sauf qu'on ne peut apprendre à connaître quelqu'un sans lui accorder un minimum de confiance. Certes, mon corps réagit au tien, mais est-ce suffisant ? Pour toi, sûrement, je n'en doute pas, mais ce n'est pas mon cas. Pas…

– Mais tu te mens à toi-même, merde ! rugit-il tout à coup. Tu me parles de confiance alors que je suis le seul à être franc de nous deux ! Commence par arrêter de te dissimuler face à moi, Rwen !

Son regard se durcit davantage, transforme ses iris azur en pierres froides.

– Montre-moi alors, crache-t-il comme un défi.

Son corps massif se plaque contre le mien, l'incendie. Par réflexe, mon visage se lève sur lui, sur ces yeux aussi fiévreux qu'à la détermination implacable. Ses mains quittent leur point d'origine pour se déployer contre mes reins. De toute sa hauteur, il me surplombe, son regard s'enracine au fond de mes pupilles alors que sa voix claque à la surface de ma peau :

– J'ai très envie de toi, Rwen. Et comme je ne suis qu'un prétentieux, je vais avoir le culot d'affirmer que toi aussi, tu crèves de désir lorsque je te touche. Mais, comme je ne suis qu'un prétentieux qui capte que dalle, tu vas me dire à quel point je me plante, n'est-ce pas ? Et sans mentir bien sûr. Alors je vais me pencher et t'embrasser. Prendre possession de tes lèvres qui ne hurlent que la vérité. Évidemment, toi, tu vas me repousser. Toujours dans ce souci de pure sincérité…

Pétrifiée de colère, de panique autant que de ce putain de désir dont il parle et qui rue dans mes veines à une vitesse affolante, je n'esquisse pas le moindre mouvement quand il s'incline. Sa bouche frôle mon oreille, creuse un sillon brûlant le long du fil de ma mâchoire jusqu'à effleurer mes lèvres qui s'entrouvrent presque par instinct. Mes ongles se plantent dans ma cuisse d'impuissance. Pas seulement à cause de son petit manège, mais parce que je réalise que, même sans cela, je ne l'interromprais pas.

– Dis-moi stop, Rwen, chuchote-t-il tandis que son souffle se mélange au mien et que ses paumes accentuent leur pression sur le bas de mon dos. Interdis-moi de t'embrasser. Interdis-moi de te donner exactement ce que tu veux et dont tu as désespérément besoin.

Il a raison. J'en ai terriblement besoin. De me laisser aller avec lui. Contre lui. De me fondre dans cette étreinte qui n'implique rien d'autre qu'un désir d'une intensité presque effrayante. L'une de ses mains sinue le long de ma colonne vertébrale jusqu'à s'accrocher à ma nuque. D'une pression, il…

– Pitié, il y en a qui mangent dans cette pièce, gémit soudain une voix. Alors madame m'interdit de danser dans le couloir.

Par contre, elle, elle peut titiller les amygdales de son mec dans la cuisine. Nor-mal.

Pire qu'une douche froide, j'ai la sensation de me retrouver en plein *Ice Bucket Challenge* quand ma petite sœur débarque et, n'ayons pas peur des mots, sauve mon cul. En réponse, Canaan lâche un soupir qui vibre jusque sur ma bouche.

– Pas de doute, vous avez le même ADN.

– Ou on a juste très peu de patience face à la connerie, rétorque-t-elle.

Je pince mes lèvres pour ne pas rire et profite de la diversion créée par ma frangine pour repousser Canaan et refaire le plein d'oxygène.

– Occupe-toi du café, dis-je en m'adressant au tatoué qui me lance un regard prometteur de représailles.

– Un chocolat chaud pour moi, grogne Cleo en s'asseyant à table.

Canaan s'incline face à elle en une fausse révérence.

– Tout ce que Madame voudra...

Nullement impressionnée, ma sœur arque un sourcil avant de claquer des doigts en un geste impatient. Je lui offre donc un clin d'œil complice puis reprends ma préparation.

– Et sinon, vos parents vous laissent souvent seules?

– Notre père est en déplacement, réponds-je avec un soupir agacé.

Je fais craquer ma nuque dans le but d'apaiser mon épiderme en feu et mes nerfs en plein pogo. Cent pour cent effet Canaan. Un ricanement s'extirpe malgré moi de ma gorge en repensant à son #Canaaner. En fait, ce mec est à l'image de ces tatouages dont il est paré. Il s'incruste sur votre chair, y laisse une marque qui brûle plusieurs heures durant avec cette sensation douloureuse qui, paradoxalement, vous donne envie d'aussitôt recommencer.

– Et notre mère bosse dans l'armée. Qu'elle s'absente plusieurs mois est assez récurrent.

Des coups retentissent soudain à la porte pendant que je suis en train de faire cuire mon premier pancake.

– C'est matinée portes ouvertes chez les Davis ou quoi ? râlé-je en me dirigeant vers l'entrée.

D'un geste brusque, j'ouvre le panneau et me fige. Le feu qui embrasait ma peau à cause de Canaan s'évapore aussitôt comme un nuage de fumée.

– Maura ?

15

Rwen

– Maura ?

Super. Manquait plus que cela… Supporter le désordre sensoriel provoqué par le tatoué était déjà grandement suffisant. Pas besoin d'y ajouter cette couche de culpabilité que ma cousine ne manquera pas de provoquer. Un long soupir me fend la poitrine lorsque j'avise la silhouette légèrement en retrait. Maximilian. Parfait. Un peu plus et je vais regretter le bordel made in Canaan.

Mouais… trop tard. Parce que si je suis honnête avec moi-même plus de deux secondes, je peux m'avouer que je regrette déjà le feu de son regard… et de ses mains sur ma peau.

– Hé ! me salue chaleureusement Maura. On sortait de chez Max et, comme on a vu les lumières allumées en passant, on a eu envie de te faire un petit coucou.

– L'avantage d'avoir le fiancé de sa cousine comme voisin, c'est que cela permet ce genre de petite surprise, réponds-je d'une voix blanche.

Semblant ne pas percevoir toute l'ironie de mes paroles, Maura m'adresse un sourire resplendissant. Sourire qui se fige lorsqu'une présence s'impose dans mon dos et qu'un bras s'enroule autour de ma taille. Canaan me rabat ensuite contre lui, comme si j'étais soudain devenue une extension de son corps.

– Mais je te connais, toi… dit-il en s'adressant ensuite à la blonde qui a bien du mal à cacher sa surprise. Lu… Samantha ! L'expo photo, c'est ça ?

– Maura, réplique-t-elle sèchement.

Mes incisives se plantent dans ma lèvre inférieure afin de masquer ma satisfaction face à sa preuve évidente de mauvaise foi.

– Ouais, peut-être, lâche-t-il, peu intéressé.

Une flambée de colère semble électriser les yeux de ma cousine. Max, quant à lui, reste fidèle à Max. D'un calme et d'une sérénité imperturbables. Quand on sait qui se cache sous la surface… Une soudaine nausée me retourne l'estomac.

– Eh bien, Rwen, je n'en reviens pas que tu m'aies menti la dernière fois, s'indigne Maura. Pourquoi ne pas m'avoir dit que tu sortais avec ce… lui ?

Je m'apprête à répondre, mais suis devancée par Maximilian.

– *Sweety*, cousine ou pas, Rwen n'a pas à te rendre des comptes sur son intimité.

Parce qu'il connaît le principe d'intimité, lui ?

Cette réplique me brûle la langue, toutefois, je ne dis rien et me contente de changer de conversation. Étonnamment, je ne ressens pas le besoin et encore moins l'envie de les détromper sur ce qu'ils croient être.

– On s'apprêtait à prendre un petit déj, j'ai préparé des pancakes. Vous voulez vous joindre à nous ?

Maura reprend aussitôt contenance, réintégrant le rôle de la parfaite jeune femme qu'elle a toujours incarné à merveille. Rayonnante, elle entrelace ses doigts à ceux de son petit ami, puis ils nous contournent pour rejoindre la cuisine.

– Tu fous quoi, là ? aboyé-je sur le tatoué une fois que nous sommes seuls en me dégageant de sa prise.

– Arrête… Quand vas-tu incruster dans ta jolie petite tête que ça ne sert à rien de me mentir ? Tu as attendu que la blonde soit hors de vue pour me repousser. J'ignore ce qui se passe entre elle et toi, mais il est clair que te voir avec moi lui a presque filé un ulcère.

Mes poumons se vident. Peut-être ai-je sous-estimé ce petit con. Certes, son arrogance finira par l'étouffer. En revanche, je ne peux nier qu'il sait plutôt bien cerner les autres. Tout comme il paraît un peu trop en phase avec mes propres réactions.

– Maura et moi avons une relation… compliquée, confessé-je à voix basse.

Un voile doux imprègne ses traits durant un court instant, cassant momentanément son allure de mec trop sûr de lui. Et faisant soudain s'agiter ce qui bat contre mes côtes. Ses lèvres s'étirent doucement tandis que son pouce vient caresser le contour des miennes avant de migrer jusque sur ma tempe.

– C'est là-dessous que c'est trop compliqué j'ai l'impression, Rwen.

– C'est ce qui se passe généralement avec les relations humaines, Can'. Pour cela, il faut apprendre à mettre ses a priori de côté, monsieur Je-crois-tout-savoir-sur-tout-le-monde. Tu as tellement d'assurance que tu penses tout gérer. J'espère sincèrement qu'un jour, tu seras remis à ta place.

Un sourire carnassier dévore tout à coup son visage. Au lieu de m'agacer, je me mets à rire. Je dois me rendre à l'évidence : plus je passe du temps avec lui, moins je le trouve insupportable. Pire, plus je passe du temps avec lui, plus son côté trop sûr de sa personne me plaît et me fait fondre. Au moment où je pivote pour échapper à son emprise afin de rejoindre les autres, sa main s'étale brusquement sur mon ventre et me plaque contre son torse. Son nez s'amuse à caresser ma nuque puis dévie jusque sous mon oreille.

– Et j'espère sincèrement que tu seras cette personne, Rwen.

– Qui te dit que j'en ai envie?

Pour seule réponse, il trace un chemin incendiaire le long de mon cou avec sa langue. J'étouffe de justesse un gémissement qui meurt contre mon palais, mais qui ne passe pas inaperçu si j'en crois le ricanement qui me chatouille. Lentement, il me contourne, sa paume glissant sur ma taille et retroussant au passage le tissu de ma nuisette sur mes fesses. Je déglutis puis relève mon visage vers le sien quand il s'immobilise devant moi. Un choc résonne lourdement au fond de ma poitrine quand je plonge au creux de ses iris. Pour la première fois depuis que je le connais, je le vois. Lui. Son regard dépouillé de cette empreinte de suffisance et d'assurance. Pour la première fois, c'est lui qui paraît dépourvu de maîtrise. Ses prunelles brûlent de désir, d'un désir qui s'enlace également à chacune de mes cellules, mais aussi… d'une intensité qui me coupe violemment le souffle.

– Relation compliquée ou non, personne n'a le droit de voler ce que j'ai sous les yeux en cet instant, chuchote-t-il.

Sans rien ajouter, il opère une volte-face puis me laisse en plan dans le couloir.

Mon bras en travers de mon abdomen, je tente de soumettre la révolution qu'il a provoquée dans mes veines. Après avoir inspiré profondément, je plaque un sourire sur mes lèvres et rejoins tout le monde dans la cuisine. Je découvre Cleo derrière les fourneaux, Maura et Max s'occupant à préparer le café. Quant à Canaan, il gère le chocolat de ma petite sœur comme promis. Lorsque nous nous attablons tous enfin, l'ambiance est tendue. Cleo ne peut réprimer des coups d'œil carrément mauvais vers le couple assis en face d'elle. Je pourrais presque attraper des doigts la colère qui exsude de chacun de ses pores tant celle-ci semble épaisse. Cleo n'a jamais su faire semblant. La moindre émotion se lit sur son visage, se ressent à travers ses gestes. Or elle déteste notre cousine, et son mec encore plus. Depuis que mademoiselle a laissé ses oreilles traîner du côté de ma chambre un jour où je parlais avec Eli, son animosité envers Maura est devenue presque ingérable. Cette dernière ne semble même pas s'en offusquer… Pourquoi le serait-elle d'ailleurs ? Quand toute son attention est sans arrêt rivée sur moi… D'un mouvement brusque, ma cadette pose son mug sur la table, l'éclaboussant de quelques gouttes de chocolat. Mes sourcils se froncent pour lui enjoindre de rester calme, quand je réalise alors le pourquoi de sa réaction. Je suis son regard braqué sur Max qui ne l'a même pas perçu, trop passionné par mes seins. Merde, avec tout ça, j'en avais oublié ma tenue. Ce simple coup d'œil me retourne le bide. Mord ma peau d'amertume, de ressentiment et de colère. Je sais parfaitement que Max, comme beaucoup de spécimens mâles, si on leur colle une poitrine sous le nez, y réfléchira à dix fois avant de s'en détourner. Néanmoins, lui n'en a pas le droit. En s'apercevant qu'il vient de se faire griller, le petit ami de ma cousine papillonne des paupières avant d'enfin s'intéresser à sa dulcinée.

L'air s'engouffre de nouveau dans mes poumons, comme si j'avais tout à coup cessé de respirer. Par réflexe, je rabats mes bras contre mon buste, mal à l'aise. Et, lorsque je croise les billes azur de Canaan, je me fige. Ses yeux sont cristallisés d'une teinte plus profonde, plus obscure également. Sans prononcer un seul mot, il retire sa veste en cuir, se défait de son sweat sous nos yeux écarquillés puis se lève pour ensuite abattre le tissu sur ma tête. Alors qu'il se rassoit tranquillement, je bugge. Et crois carrément halluciner quand ma petite sœur tend le poing pour lui faire un *check* comme s'ils étaient potes depuis toujours.

– Et en plus il est protecteur, dit ma cousine en se marrant. Tu nous as trouvé le mec parfait. Il était temps.

– C'est sûr que ça la change, rétorque aussi sec Cleo. D'avoir quelqu'un qui la préserve…

Je termine d'enfiler le sweat, me rencogne ensuite contre ma chaise et réduis en charpie un pauvre pancake pendant que ma petite sœur en engloutit un avec la délicatesse d'un routier qui viendrait de traverser le pays. Un silence de mort s'installe. Je baisse le regard, me focalisant sur ma tasse fumante plutôt que d'affronter celui de ma cousine ou de son mec. Ou encore celui de Canaan que je sens polarisé sur moi. Les dents serrées, je demeure silencieuse quand l'envie de tous les envoyer chier tente de forcer la barrière de mes lèvres désespérément scellées.

Soudain, j'entends Canaan pousser un long soupir, suivi d'un ricanement sombre.

– Ça va… raille-t-il sur un ton traînant. Détendez-vous…

Mon regard fuse aussitôt sur lui, la peur déjà vissée au bide qu'il poursuive sa phrase. Ses grandes mains se posent à plat sur la surface de la table. Il accroche les yeux de ma cousine ainsi que de Max, sa bouche tordue en un sourire de p'tit con assumé. Doublé d'une sensualité à fleur de peau. Puis, il me mate avec un air si insolent que mes lèvres s'entrouvrent pour happer l'air qui me manque.

– Croyez-moi… Si on avait passé la nuit ensemble, elle ne ressemblerait pas à ça, fait-il en me désignant d'un geste alangui du bras.

Avant même qu'il ne poursuive sa phrase, je sais. Je sais qu'il s'apprête à balancer une connerie destinée à provoquer. Je devrais être effarée et oui, je le suis, mais en même temps… il y a quelque chose d'incroyablement sexy à le voir se transformer en une version plus sauvage de lui-même.

Merde, merde, merde!

– Si on avait passé la nuit ensemble, insiste-t-il, sa voix rendue métallique par les abus et la fatigue, elle ne serait pas habillée de ce bout de tissu. Du moins il serait fripé et déchiré. Sa jolie peau serait marquée et rougie, ses lèvres gonflées à force d'être mordues, ses cheveux en bataille tellement je les aurais enroulés autour de mon poing...

D'instinct, mes cuisses se resserrent pour éliminer la tension qui vient de dégringoler entre elles. Dommage pour moi, c'est pire. Et je ne parle pas du moment où ce crétin lèche ses incisives en une allusion claire et nette. Les images que ses paroles créent sont en haute définition entre les parois de mon crâne. Entre celles de notre petit couple parfait aussi, si j'en juge par les lignes de leurs visages choqués et outrés.

– Enfin, vous voyez sûrement de quoi je parle tous les deux... Je suis certain que vous devez passer votre temps à vous sauter dessus...

Impossible qu'ils n'aient pas capté l'énorme sous-entendu dans ses propos. En même temps, c'est vrai que j'ai du mal à imaginer que leurs ébats soient... aussi bestiaux que ce que vient de décrire le tatoué. Et puis, je sais de source sûre que Max n'est pas du genre animal déchaîné entre les draps...

Fier de son effet puisque les deux semblent soudain avoir envie de se planquer sous leur pile de pancakes, Canaan se renfonce contre son dossier, cherche une clope qu'il cale sur son oreille. Son attitude désinvolte se contredit d'elle-même. Avec ses muscles bandés sous le coton de son tee-shirt, il paraît carrément énervé et une part de moi se complaît dans le fait qu'il le soit car il me sait blessée. Et malheureusement pour moi... Canaan Sainclair est doublement attirant lorsqu'il quitte enfin son costume du mec peu concerné.

Je risque une œillade en direction de ma petite sœur qui doit avoir envie de se crever les yeux avec sa fourchette suite aux paroles de Can', mais, bien au contraire, elle le dévisage d'un air impressionné et presque énamouré. Super…

– OK, on a compris, vous n'avez pas couché ensemble, intervient Maura, essayant de dissimuler sa gêne. Non pas que ça nous regarde de toute façon. J'étais juste heureuse pour ma cousine, voilà tout. Elle est tellement renfermée et rejette tout le monde… que j'ai peur qu'elle en paraisse terne alors que…

– Alors qu'il en va tout autrement, la coupe Canaan d'un ton tranchant.

Il ne renchérit pas sur son intervention, mais ce qui transparaît de son regard à cette seconde électrise l'entièreté de mon corps.

– Bien sûr, rétorque-t-elle doucement, bien que je sente à quel point elle est piquée au vif. Mais tu ne la connais pas comme moi, je la connais. Rwen n'est pas le genre de fille à se laisser aller, à profiter de l'instant et…

Par habitude, je la laisse poursuivre son travail de sape. Si qui que ce soit d'autre me parlait ainsi, je le crucifierais sur place. Seulement voilà, il s'agit de Maura. Et dès que cela concerne ma cousine, je me fonds dans ce rôle de souffre-douleur, la culpabilité muselant tout ce qui fait que je suis… moi.

Toutefois… mes yeux toujours accrochés à ceux de Canaan, je me sens soudain… différente. Quelque chose gratte sous ma peau, me chahute méchamment. Soulève un vent tempétueux sous mes côtes.

– Bref, tout cela pour dire, conclut la voix de ma cousine, s'élevant dans le vide, que tu as clairement l'air d'être le type sur qui toutes les filles veulent sauter, mais crois-moi, tu ne trouveras pas ce que tu cherches chez Rwen. C'est vrai quoi, tu es juste… trop et elle… pas assez…

Sans cesser de me fixer, Canaan arque un sourcil. Me défie en silence. Le bleu électrique de ses prunelles me transperce. M'inonde d'une sensation à la fois délirante et... implacable. Notre contact visuel m'enveloppe d'une sorte de bulle protectrice contre laquelle les mots de Maura se fracassent lamentablement. Et où j'ai l'impression de retrouver la part de mon identité qu'elle me vole sans aucun état d'âme.

– Et si moi, j'y trouve mon compte? riposté-je aussitôt en m'arrachant à contrecœur du regard de Can'. N'est-ce pas là le principal après tout? Si tu te préoccupes tant de ce que j'éprouve, tu devrais plutôt me demander ce que moi, je ressens, plutôt que de mettre en garde un mec que tu ne connais même pas, non?

Peu accoutumée à ce que je la confronte, ma cousine se statufie, demeure muette quelques secondes avant de se reprendre:

– Enfin, Rwen. Tu sais à quel point je tiens à toi. Je veux juste être certaine que...

– Mon cœur, intervient doucement Max en posant une main sur la sienne, je pense que Rwen est assez grande pour savoir ce qu'elle veut. Et surtout, elle est en âge de faire ce dont elle a envie avec qui elle a envie sans avoir à en référer à une tierce personne.

– Puis, ce n'est pas comme si j'étais encore vierge, hein? lâché-je avec un rictus sournois.

Mes paroles retombent lourdement sur Maura et Maximilian. Ce dernier se raidit à tel point que ses os risquent la fracture et m'observe, le regard lourd de reproches. Quant à ma cousine, ses traits se chiffonnent et perdent de leur superbe. Avant de se muer en une colère à peine voilée lorsque Cleo se met à fredonner « Alléluia » entre ses dents. Je pivote aussitôt vers elle, lui intime d'un froncement de sourcil de se taire, mais, loin de m'obéir, elle chante de plus belle, un sourire éclatant s'épanouissant sur ses lèvres. Cependant, ce n'est même pas le pire...

Non, le pire est quand Canaan se joint à elle, en cognant l'épaule de ma sœur contre la sienne afin de l'inviter à le suivre dans son délire. Malgré mes pupilles menaçantes braquées sur eux, ces abrutis gesticulent sur leurs chaises, se balançant de droite à gauche en rythme. Je vais les tuer. Bande de...

Un soupir me broie la trachée lorsque je reporte mon attention sur Maura. Celle-ci me foudroie d'un regard meurtrier et blessé. Et qui me blesse en retour. Comme un boomerang, la peine et la culpabilité me reviennent en plein cœur. Aussi, je claque brutalement ma main sur la table pour que Tic et Tac cessent leurs conneries puis ne peux m'empêcher de clarifier la situation.

– En fait, Canaan suit les mêmes cours d'arts appliqués qu'Eli. Il cherchait une sorte de modèle pour se perfectionner dans l'art du tatouage et...

Sans me perdre plus en explications, je pivote sur mon siège pour dévoiler ma cheville tatouée. Max et sa fiancée se penchent alors au-dessus de la table et scrutent avec attention les lignes d'encre sur ma peau.

– C'est... sympa, mais étonnant sur toi, déclare ma cousine, les sourcils froncés, comme si elle essayait de résoudre une énigme.

– Sympa ? Je vais me vexer, fait alors Canaan en ricanant. De façon générale, je me fous pas mal de ce que l'on peut penser de moi. Mais une chose est certaine, lorsque je grave des lignes sur une peau, ça n'a rien de sympa. J'y mets toutes mes tripes. Tatouer une peau, c'est... meilleur qu'un shoot de *crystal meth*. Tu ne peux pas savoir tant que tu n'y as pas goûté. Voilà pourquoi on y devient vite accro. Elle, ajoute-t-il en me désignant avec un rictus en coin, ne m'oubliera jamais. Quoi qu'elle fasse. Quoi qu'elle vive... j'ai été le premier à la marquer. C'est presque... primitif.

À ces mots, ma poitrine se débat soudain lourdement afin

d'inspirer le minimum d'air nécessaire à ma survie. Quand… Maura se décide à me dérober toute sensation, me fauchant en plein vol.

– C'est vrai, concède-t-elle. Les tatouages sont une façon de marquer sa peau et de rendre visibles nos cicatrices comme la perte d'un être cher, d'une partie de soi, ou… un mauvais choix par exemple…

L'impression d'être jetée en pleine mer gelée. Qu'une piqûre glaciale pétrifie ma poitrine et m'empêche de retrouver mon souffle. Sauf que cette fois, je refuse de me noyer. J'en ai marre. De m'empêcher de vivre par culpabilité. Je ne lui en veux même pas… Bien au contraire, je comprends parfaitement ce qu'elle ressent. Je mérite la moindre de ses piques, de ses réflexions acerbes, mais là… j'en ai juste assez.

– Stop, déclaré-je à haute voix. Je crois qu'il est plus que temps que chacun regagne ses propres murs. Je suis crevée et je dois bosser dans quelques heures.

– Tu nous fous dehors? dit Maura en s'étranglant.

– Exactement, confirmé-je, glaciale.

– Mais…

Soudain, un bruit sourd résonne. Cleo, tout en finissant tranquillement sa bouchée, abat la batte de base-ball – sortie de je ne sais où – sur la surface plane entre nous.

– Ma sœur a été claire, je crois. Maura, toi, tu sais que Rwen est la plus raisonnable de nous deux. Perso, je n'hésiterai pas… déclare-t-elle en coulant un coup d'œil insistant sur l'arme qui les nargue.

Médusée, j'hésite entre l'engueuler, la louer aux dieux ou éclater de rire. Max se lève alors, les mains tendues en signe d'apaisement.

– Cleo…

Quasi en simultané, Maura lui offre un sourire qui ne lui fait ni chaud ni froid.

– Allez Cleo, on discute entre grands…

Ma cousine me fixe, cherche un soutien que je ne lui apporterai pas. Pas cette fois. Comprenant que j'ai décidé de quitter ce navire sur lequel nous sombrions toutes les deux, elle pare son beau visage d'une expression digne puis suit son mec qui grommelle un « désolé », la mâchoire serrée. Comme si une excuse lâchée du bout des lèvres pouvait suffire… Je retiens une moue soulagée en les voyant se décider à obéir à une adolescente survoltée. Elle est loin l'époque où je devais la protéger de tout et tout le monde.

Canaan, lui… se croit en plein ciné. Manque plus que le pop-corn. Les paumes croisées sur sa nuque, il nous observe tous tour à tour sans se départir de son air suffisant et exalté. J'ignore ce qu'il pense, mais une chose est sûre : son esprit est en plein trip.

– Ça vaut aussi pour toi, Can', dis-je alors que ma sœur raccompagne les deux autres à la porte.

Les raccompagner est un grand mot. Elle veut surtout avoir le plaisir de leur claquer la porte au nez, la connaissant.

– Mon petit chat caramélisé… tu ne veux pas…

– Canaan… le coupé-je.

Sa langue glisse entre ses lèvres avant qu'il se décide à s'exécuter. Après avoir contourné la table, il se poste dans mon dos. Ses doigts s'enroulent autour de mon cou. D'une pression sous mon menton, il m'oblige à rejeter le visage en arrière. Mon crâne choit contre son abdomen et mes yeux se nouent aux siens. Lentement, Canaan se penche jusqu'à frôler mes lèvres des siennes, provoquant un bordel sans nom sous mes côtes. Un sourire franc et sincère – bien loin de ces rictus suffisants qu'il balance à tout va – s'empare de sa bouche, me caresse et me drape d'une chaleur à la fois douce et incendiaire.

Puis, sans ajouter quoi que ce soit, il s'évapore. Comme s'il ne venait pas de me larguer en plein milieu d'un brasier.

Les pas de Cleo ne tardent pas à se rapprocher derrière moi. Au moment où elle frôle mon épaule, je la chope par la taille afin de la faire tomber sur mes cuisses. Ignorant ses grognements d'ours mal luné, je l'enlace puis murmure un simple :

– Merci.

Ma sœur cesse alors ses jérémiades. Après avoir embrassé ma joue, elle répond :

– Rwen, on se soutient entre sœurs, on prend soin l'une de l'autre. Cela dit… j'aimerais que toi, tu apprennes à prendre soin de toi.

– Je sais, murmuré-je. Tu as parfaitement raison. Et je pense savoir par où commencer…

16

Canaan

Une fois sur le trottoir, alors que la porte s'est refermée sur nous après qu'elle nous a virés comme des malpropres, on se retrouve là comme trois abrutis. Je devrais tirer la tronche, j'imagine. Sauf que… bah j'adore. J'adore qu'elle laisse ses sentiments exploser et sa nature emportée reprendre le dessus. Loin d'être con, j'ai bien remarqué combien elle se fout en sourdine dès que sa cousine est dans les parages. Le col de mon cuir remonté, je tape une clope dans mon paquet pour l'incendier et la coller entre mes lèvres en observant le couple. Un éclat de colère se fixe entre mes tempes lorsque mon regard accroche la silhouette du brun. J'ai encore en travers de la gorge sa façon de plonger en apnée dans le décolleté de Rwen. Même si je le comprends, vu sa poitrine d'enfer, qu'il le fasse me dépèce les nerfs. Faut être mort de faim pour saliver comme ça alors que sa meuf est juste à côté…

D'un chassé, je balaie ce qui pollue mon crâne et les regarde se lécher la glotte afin de m'en coller plein la vue. En silence, je me contente d'un mouvement à peine perceptible du menton lorsque la blonde pivote vers moi avant de tourner les talons. Au moment où elle bifurque au coin de la rue, j'assène une claque sur l'omoplate de son mec qui me guigne d'un œil impassible, ne sachant pas comment évaluer mon geste.

– Écoute… dis-je d'une voix hésitante, les yeux plissés pour tenter de retrouver son blase.

Serviable, il lâche un soupir puis m'aide du bout des lèvres.

– Maximilian.

Une paupière fermée, je « tchipe » en tapant son épaule avec mon poing.

– T'as l'air d'un bon samaritain, mon pote, et là, j'ai besoin d'aide. Comme tu me vois, déclaré-je en écartant les bras pour me désigner moi-même, je suis carrément cuit. Me laisser rentrer à pied relève de la non-assistance à personne en danger.

Son regard noir me scanne de haut en bas, sa lèvre supérieure retroussée en un rictus un brin condescendant. Rien à foutre. Du moment qu'il plie, ce qu'il peut penser ne m'intéresse absolument pas. Encore une différence entre Rwen et moi.

– T'as réussi à venir jusqu'ici, non?

Il hésite une seconde mais, heureusement pour ma tronche, son côté saint-bernard prend le dessus. La clé de sa bagnole en main, il déverrouille un énorme SUV garé quasiment devant la maison en marmonnant.

– Monte. Si tu gerbes à l'intérieur, je te fous dehors. Et pas de clope.

D'un coup de talon, j'écrase ma tige puis la ramasse. Je garde pour moi ma réflexion sur la comparaison malvenue entre la taille de sa caisse et celle de sa queue, acquiesce avec un salut militaire miteux avant de me traîner jusqu'à la portière en lui refilant mon adresse. Cinq minutes plus tard, je suis prêt à me flageller pour avoir eu cette putain d'idée. La prochaine fois que me vient une telle connerie, pitié. Que l'on me flingue. De préférence avec un peloton de Rwen en petite tenue comme celle qu'elle portait et qui a failli me faire perdre tout contrôle. Dire qu'il n'aurait fallu que quelques secondes de plus… Quelques secondes de plus et je goûtais à nouveau à cette bouche moqueuse. À peine une minute et je possédais ses lèvres.

À cette réflexion, un sourire perce sur mon visage, rapidement remplacé par une grimace. Parce que me retrouver enfermé dans la caisse de Mou-du-genou, y compris pour seulement quelques kilomètres, me paraît de plus en plus être un sacré mauvais calcul. Bon… si je me montre honnête, je dois reconnaître que Max est relativement sympa. Sans saveur, mais sympa. Sauf que là tout de suite, à cette heure précise, alors que je viens de me caler une nuit blanche dans les dents, être impartial n'est pas vraiment ma priorité. C'est connu. L'alcool rend con, très légèrement obtus et presque… étriqué. Je déteste ça. Chaque détail que je remarque, vautré sur le siège passager, égratigne mes nerfs.

L'attrape-rêves accroché au rétro intérieur : has been. Mon sens de l'esthétique se révolte.

Le diffuseur d'odeur, parfum forêt de pins : chiant. Mes narines rêvent de taper un sprint pour chasser ces effluves qui les polluent.

Ses doigts qui pianotent : l'envie de les arracher phalange par phalange.

Le simple fait qu'il respire et trop fort évidemment, son nez devenu une véritable autoroute : j'essaie de l'ignorer sinon je risque de me transformer en fils naturel de Hannibal Lecter et Anna Wintour. Élégance, sadisme et foie dégusté à la petite cuillère.

Ma mesquinerie : *check*. Elle crève le baromètre de l'échelle internationale.

L'arête de mon coude sur le rebord de la portière, je tente de garder le contenu de mon estomac enfermé dans mes tripes. Pas que dégueuler sur ses tapis de sol me dérangerait en soi, mais cela ferait désordre. Mes parents m'ont mieux éduqué que ça. Aussi, je fixe les rues, maudis Maxi Ducon sur dix générations, persuadé qu'il prend un malin plaisir à conduire de façon aussi saccadée.

– Putain… sifflé-je, mes mâchoires contractées quand les roues frottent méchamment un trottoir.

Du coin de l'œil, j'aperçois sa bouche se tordre en un rictus amusé.

– Du mal à digérer les pancakes, Can'?

Je constate que Maxi Connard manie le sarcasme finalement. Sa manière de prononcer mon surnom me fait grincer des dents. J'imagine l'avoir un peu cherché. Cependant, je suis moi et qui dit moi dit que la fermer n'est pas une option.

– Nan. Ils étaient parfaits, déclaré-je en me rencognant contre le dossier du siège en cuir. Dorés, moelleux… fondants.

Je lèche ma commissure droite, retiens un ricanement quand il serre le volant. Salopard jusqu'au bout des ongles, j'enfonce le clou.

– Délicieux. J'en salive encore. En demande plus, continué-je, incapable de me taire. Je suis du genre à me gaver.

Max la Menace tourne à gauche, emprunte une ruelle, vole presque sur un dos-d'âne monstrueux pour les amortisseurs qui couinent légèrement.

– Attention à l'overdose.

Mes épaules se haussent, je range la clope que je viens de fourrer entre mes lèvres après que, du regard, il m'a balancé un avertissement silencieux.

– J'aime le danger.

Son pied appuie sur l'accélérateur. Puis freine tout aussi brutalement quand un panneau prévenant de la présence d'une école apparaît. Vu l'heure, les gosses devraient bientôt envahir les trottoirs, réactivant la sagesse du gars assis à côté de moi. Il inspire lentement. Profondément. Avant de prendre ses burnes à deux mains.

– Tu crois la connaître. Parce que tu lui cours après comme un chien. C'est faux. T'as débarqué, jeté ton dévolu sur elle et décidé d'en faire ton casse-croûte, voilà tout. Mais tu sais quoi ? Tu vas te casser les dents sur Rwen. Ce n'est pas qu'une jolie blonde que tu peux sauter, elle en est même loin.

Au moins un point sur lequel nous sommes d'accord. Ce serait tellement réducteur de la résumer ainsi. Des qualificatifs pour la désigner, j'en ai à la pelle. Sexy. Déterminée. Affolante. Dingue. Têtue. Sensuelle, bien qu'elle n'en ait pas du tout conscience. Maligne. Rebelle. Des jambes à se damner. À me damner.

La voix calme de Max me ramène à la réalité de cette boîte de métal où règne un tel chaos que ma migraine enfle et s'amplifie.

– Tu la connais quoi ? Depuis dix minutes, radote-t-il, le regard vissé sur la bande d'asphalte devant nous. En ce qui me concerne, je la côtoie depuis le collège. Comme Maura d'ailleurs.

– OK, tu sors avec sa cousine, maugréé-je, bourru. Ça ne veut pas dire que tu…

Un sourire s'élargit sur son visage, grignotant le foutoir entre mes côtes et mon envie de lui décalquer sa tronche de jeune premier. La chance est avec lui, je n'ai pas spécialement envie de me retrouver en vrac dans le décor.

– T'as pas compris. Je la connais.

Le sous-entendu est tellement énorme qu'il faudrait être un abruti pour ne pas le capter. Même la cuite de cette nuit ne m'en empêche pas. Le comportement de Rwen à son égard il n'y a même pas une heure prend d'ailleurs tout son sens quand on y réfléchit.

– Elle peut te paraître d'un naturel électrique, dit-il en continuant sa morale à deux balles d'un ton empesé, mais la réalité est différente. Rwen est plutôt du genre effacé, pour ne pas dire passif. Fragile. L'intimité est une notion qu'elle a énormément de mal à gérer. Alors t'imagines bien que laisser un mec comme toi s'immiscer entre ses draps est une chose qui n'arrivera pas.

Même si j'ai parfaitement saisi le sens caché de ses paroles, je ne résiste pas à l'envie de le titiller.

– Et bien sûr, tu le sais parce que?

Il se redresse un peu sur son siège, me jette un coup d'œil en se rengorgeant. Un mec dans toute sa splendeur. Dans toute sa connerie plutôt.

– Disons que…

À moi de l'interrompre. Tout compte fait, je m'en cale de ce qu'il peut bien avoir à me révéler et que, finalement, je sais déjà. Je n'ai pas besoin d'entendre qu'il l'a déjà baisée. Alors je biaise.

– Laisse tomber. En réalité, je m'en fous. Moi, je vis au présent. Je me fous de la Rwen ado. Moi, c'est la Rwen d'aujourd'hui qui m'intéresse. C'est celle-là qui me torpille le crâne, avoué-je sans détour.

Je pivote d'un quart pour le mater de la manière la plus directe qui soit.

– Je sais aussi certaines choses. Foutrement importantes. La façon que Rwen a d'insulter le monde quand il est injuste. De se cacher derrière une façade alors que la trouille la sclérose. Comment ses jambes se croisent avec élégance. Sa peau qui capture la lumière. Les éphélides sur son nez qu'elle essaie de dissimuler. Je sais même mieux que cette têtue combien elle peut être bandante. Toi, tu vois une petite chose fragile, comme tu dis. Moi, une femme. Là est la différence entre nous.

Tout à coup, il pile. Le portail de la maison se dresse juste devant nous. Son regard s'enracine alors au mien. J'y lis une tranquillité tout en nuances. Je pige parfaitement le rôle qu'il tente d'endosser à cet instant. Celui du protecteur.

– Rwen est fragile, martèle Max avec un éclat dur dans la voix. Elle est importante pour moi. Après tout, j'ai été le premier garçon avec qui elle a…

Mon poing se resserre sur ma cuisse. Le coin de sa bouche se relève, donnant à ses traits un masque beaucoup moins chaleureux.

– Ce n'est pas une nana pour un mec comme toi, Canaan. T'es comme les éphémères. L'éclat qui attire Rwen s'épuisera rapidement de lui-même. Ce que tu as pour toi, c'est l'attrait de la nouveauté. Alors ne risque pas de la blesser pour que dalle. Pour un challenge.

Je déverrouille la porte métallique afin de m'empêcher de faire danser son râtelier contre mon poing. Faut croire que je m'étais vraiment trompé. Le savoir est une chose, entendre de sa bouche qu'il a été le premier amant de Rwen en est une autre. Pire encore, il adhère à son baratin. La ferveur brille dans ses prunelles. Un ricanement s'extirpe de mon torse alors que je sors de l'habitacle. Une fois dehors, je me baisse, le bras contre l'arête du toit. J'allume enfin ma cigarette, rejette une bouffée de nicotine à l'intérieur par-delà la vitre ouverte. J'explose de rire, un rire grinçant qui ne possède pas une once de gaîté. Mon front cogne contre mon avant-bras.

– C'est à ton tour de m'écouter. Je ne sais pas ce que Rwen traîne comme casseroles. Je comprends que tu veuilles la protéger. Cela dit, je te répondrais de commencer déjà par ta meuf parce que, même si je capte pas ce qu'il y a entre elles, c'est du *high level.*

Max arque les sourcils, agrippe le volant pour se barrer fissa de cette conversation qui ne peut aboutir.

– Tu parles de quelque chose que tu ne saisis pas. Écoute… je ne vais pas argumenter avec toi, Canaan. Ça n'aurait rien de constructif ni d'intéressant. Ensuite… tu la veux pour satisfaire une pulsion momentanée et rien que ça, tu devrais te douter que ça fera souffrir Rwen. Alors, le Frenchy... ta question à toi se résume à quoi ou à qui tu décideras de donner la priorité. Son bien à elle. Ou ton plaisir, conclut-il en me faisant signe de me décaler, le moteur vrombissant.

Je recule ou plutôt bondis en arrière pour qu'il ne roule pas sur mes pieds. Songeur, je le regarde s'éloigner en profitant de l'air vivifiant du petit matin, histoire d'arriver à aligner deux et trois. Ou quatre. Ou deux. Je ne sais plus et m'en contrefous. Je tire une dernière latte, écrase le mégot par terre sous les yeux outrés d'une petite vieille en train de sortir son clébard. Mon premier réflexe est de coller mon majeur sous son nez, pourtant je bifurque et décide de la #Canaaner comme le dit si bien ma sœur. Charmeur, je lui balance un clin d'œil incendiaire en le ramassant pour l'enterrer au fin fond de la poche de mon jean. Mamie Nova rougit, minaude malgré ses 80 ans bien sonnés avant de rentrer chez elle en trottinant. Quant à moi, je m'engouffre dans l'allée de la maison, en me bidonnant. C'est tellement plus délectable que de se faire détester. Lorsque je passe la porte d'entrée, soudain je rigole beaucoup moins. L'atmosphère est glaciale, genre la calotte glaciaire au pic de l'hiver. La saturation de l'air provient très certainement de la paire d'yeux qui me fusillent depuis le milieu du vestibule. Pas décontenancé pour autant, je me débarrasse de ma veste que je pose tranquillement sur la patère.

– Y a avalanche d'œstrogènes apparemment. Je suis HS, encore imbibé et tout ce que je veux c'est une douche et mon pieu. Alors pas maintenant. Reviens dans une douzaine d'heures me cracher ton poison. Là, j'ai clairement pas la moelle.

– Je t'attendais, annonce ma sœur qui me dévisage comme si elle me découvrait pour la première fois et que le constat ne lui plaisait pas du tout.

Je déteste cette manière qu'elle a de me scanner en me donnant l'impression de la décevoir. Sans plus me préoccuper de Méléri, je file à la cuisine afin de me confectionner un casse-dalle qui puisse éponger ce que le petit déj avorté de Rwen n'a pas éliminé. Lorsque ses pas retentissent dans mon dos, je change d'avis et chope la brique de lait dans le réfrigérateur. Les reins contre l'évier, je tire le bec et le porte à mes lèvres. Une fois le litre passé dans mon estomac, j'essuie ma bouche avec ma manche. Son silence me tape autant sur le système que si elle hurlait. Aussi, j'abandonne. La bouteille en carton rebondit quand je la jette sur l'îlot central, agacé.

– Quoi?

Les poings sur les hanches, elle part dans les tours. Sans même prendre le temps de s'échauffer.

– Bart nous a prévenus quand tu es parti vu que tu semblais avoir trois grammes dans chaque veine! Je t'ai appelé cent fois! Jamais tu réponds? Putain Can', tu fais chier!

Elle me gueule dessus à s'en décrocher les poumons. Or, tout ce qui me vient en tête est la série rétro que regardait maman sur le câble avec les tarés de Barry White[1]. Certainement parce que j'en ai trop rien à cirer pour le moment.

– « *You're the first, the last…* »

Je chantonne, mes hanches ondulent en rythme. Au lieu de l'écouter vociférer combien son frère est un con, tout ce qui me vient est la voix puissante de Barry. De plus en plus fort. Ignorant la folle furieuse aux cheveux roses, je glisse puis fais volte-face en exécutant une pirouette parfaitement maîtrisée dans le but de m'esquiver vers la sortie.

– « *My everything…* »

Le pied sur le premier palier de l'escalier, son timbre rauque me parvient.

1. Référence à la série *Ally McBeal*.

– Canaan !

– Qui me parle... chantonné-je dans ma langue maternelle en montant quatre à quatre les marches en mode Gene Kelly dansant sous la pluie.

– Moi ! Tu ne perds rien pour attendre ! me répond de loin ma sœur en français elle aussi.

Me voilà prévenu. L'orage tonne, prêt à me fondre droit dessus.

17

Rwen

Indécise, je fixe la devanture de la porte, enfoncée dans le siège de ma voiture. Cela fait deux jours depuis ce petit déjeuner totalement foireux. Deux jours que les paroles de Canaan comme celles de ma cousine me hantent, me pourrissent de l'intérieur. C'est étrange… Je connais ce mec depuis peu et déjà, il s'oppose totalement à celle qui partage ma vie depuis toujours. Ou celle qui la régit, dans un sens. Si je cède à l'un, je donne raison à l'autre, mais surtout… si je cède à Canaan… je résiste. Enfin. J'ai beau me dire que Maura m'aime, qu'elle ne fait qu'extérioriser une souffrance, il n'empêche que la douleur résonne également sous ma peau. Or, j'en ai plus qu'assez. Marre. Ras les ovaires.

Lorsque j'ai reçu un message de Can' m'indiquant l'heure et le jour de notre prochain rendez-vous – à savoir aujourd'hui –, je me suis sentie irradier de l'intérieur. J'ai conscience de l'effet qu'il a sur moi. Tout comme j'ai conscience de mon envie de m'abandonner à lui… Certes, il est plus qu'évident qu'il cherche à se glisser entre mes cuisses, cependant, je sais au plus profond de moi que cela va également au-delà. Son regard est bien trop profond et exalté pour qu'il s'agisse uniquement de désir. J'ignore où ce bordel avec lui va me conduire, mais je me fais une promesse:

je m'en gaverai jusqu'à la dernière goutte, arrachant au passage jusqu'à la plus petite barrière qui m'emprisonne. Et je sais que personne d'autre que Canaan Sainclair ne peut m'aider à être enfin libre. Mais pour ce faire… je dois d'abord nous délivrer de ce deal foireux qui nous lie tous deux. Hors de question que notre relation – qui n'en est pas réellement une d'ailleurs – soit entachée par une quelconque obligation. Néanmoins, j'ai décidé de lui accorder un ultime tatouage. Histoire de respecter ce pacte qui aura vite avorté finalement.

Lorsque je sonne à la porte, celle-ci s'ouvre sur un grand brun que je reconnais comme étant le mec de sa sœur. Aussi aimable qu'un caniche royal mal toiletté, il ne m'adresse même pas un bonjour, encore moins l'ébauche d'un sourire, et se contente de soupirer longuement puis s'évapore en laissant le panneau grand ouvert.

Dans le petit vestibule, je me fige un instant, pas certaine de devoir rejoindre Canaan à l'étage. J'ai longuement hésité avant de prendre une telle décision. Du coup, j'ai presque une heure de retard, or cela m'étonnerait qu'il soit du genre à m'attendre gentiment.

– Je pensais que tu ne viendrais pas, résonne une voix depuis le salon.

Je m'avance donc jusqu'à la pièce et tombe sur Can'. Assis dans un fauteuil, ses yeux électriques accrochent aussitôt les miens. Un livre en équilibre sur ses jambes, il me dévisage à travers le verre de ses lunettes d'un air impassible. Mon estomac vrille violemment dans mon ventre. Je ne saurais dire si cela vient de la soudaine intensité embrasant ses iris ou…

Non ! *Focus*, Rwen ! Tu es en train de te faire #Canaaner comme une débutante !

– Je n'étais pas sûre de venir, avoué-je sans détour.

– Mais tu es là.

– Perspicace en plus d'être beau gosse, ironisé-je.

Un sourire étire lentement les commissures de ses lèvres jusqu'à venir bombarder ma peau d'une étrange chaleur. En silence, il se lève, dépose son bouquin sur une petite table en cuivre puis avale les quelques mètres entre nous. Ses doigts s'enroulent autour de mon poignet avant de m'obliger à le suivre d'un geste autoritaire. Trop autoritaire même. Je le laisse donc nous mener jusqu'au dressing reconverti en salon de tatouage et m'assois sagement sur l'espèce de table de massage.

– Canaan, dis-je à voix basse une fois qu'il se retourne pour fouiller dans son matériel, ce sera notre dernière séance.

Tout son corps se raidit d'un coup. Les muscles de son dos visibles à travers le tissu de son tee-shirt se convulsent d'un seul et unique spasme. Sa main se stoppe à quelques millimètres d'un objet, comme s'il hésitait ou ne savait plus quoi faire. En réponse, mon abdomen se contracte, tel l'écho de ce qui semble l'agiter soudain.

Durant quelques secondes, je suis saisie. Par son attitude. À croire qu'il est réellement touché par ce que je viens de lui asséner. Par ce que je ressens aussi.

Toutefois, mon trouble est de courte durée. Canaan réintègre finalement son corps et redevient… bah Canaan.

– Laisse-moi deviner, ma petite perle sucrée, tu as décidé de reprendre ta vie de planquée? Trop de sensations te font peur?

Je ne peux réprimer un très long soupir. Ce mec est juste irrécupérable.

– Trop de sensations? me moqué-je.

Lasse, j'enlève mes chaussures, retire ces collants que je déteste porter l'hiver puis m'allonge.

– Rien à voir. En fait, tu ne pourrais être plus loin de la vérité, énoncé-je alors en fermant les yeux. C'est même tout le contraire.

Sans rouvrir les paupières, je peux affirmer avec exactitude le moment où il se plante à côté de moi. Sa présence se déploie immédiatement, m'enveloppe, lèche chaque grain de ma chair en une caresse trop enivrante pour mon bien. Ou juste assez enivrante pour mon bien justement.

– Comment ça, « c'est même tout le contraire »? demande-t-il alors que je l'entends s'asseoir sur son tabouret.

Les yeux toujours clos, je lâche un ricanement.

– Je l'entends hein, répliqué-je alors, cet accent jubilatoire qui fait légèrement trembler ton timbre. Je ne te laisse pas plus de trois secondes pour me balancer une de tes phrases légendaires du style: « Ma petite pomme des champs, un corps est fait pour être libre, la peau pour le plaisir des sens, bla-bla-bla. »

Son rire me force à rouvrir les paupières. Une fois de plus, la teinte de son regard est indéchiffrable. Et j'avoue que cela me perturbe. Autant son assurance me rend dingue, autant cette pointe moqueuse dans ses yeux me file l'envie de l'émasculer, autant ne pas saisir cette profondeur qui creuse ses prunelles me chamboule plus que de raison.

– En fait, reprends-je, tout ce cirque chez moi m'a ouvert les yeux. Enfin, non… je crois que c'est ta présence qui m'a rendu la vue… Je peux bien t'avouer ça, Canaan: tu réveilles quelque chose en moi. Une furieuse envie de… « trop de sensations »? Eli a raison: ça fait trop longtemps que je m'enferre dans une vie dont je ne veux plus.

Toujours figé dans une fausse impassibilité, il me fixe, me sonde avec une telle puissance qu'une boule de feu ravage mon abdomen. Ainsi que ce qui bat dans ma poitrine.

– Si je suis ta logique, ma présence te « réveille », et pourtant, tu veux tout arrêter…

– J'ai dit que je ne voulais plus de ce deal entre nous. Je n'ai jamais parlé de ta… de toi, Can'.

Durant quelques secondes, j'ai l'impression de me ratatiner sur moi-même. Son visage est plongé dans une immobilité flippante. Ma gorge se noue et une panique sournoise commence à enfler entre mes côtes à l'idée que ma confession le fasse rétropédaler. Panique qui se transforme en agacement profond au moment où un sourire énigmatique incurve soudain ses lèvres.

– Tu as peur que je t'envoie bouler, Rwen ? lâche-t-il dans un ricanement.

Ma paume fuse sur son épaule, lui arrachant un autre rire.

– T'es vraiment con quand tu t'y mets ! Tu me rabâches de cesser de te mentir ou de me mentir, et dès lors que je suis sincère, tu te fous de moi !

– Justement, mon cœur. Quitte à être sincère, ne fais pas les choses à moitié. Pourquoi tu flippes tout à coup ?

Un majeur planté pile sous son nez, je me ferme à nouveau et décide de me terrer dans un mutisme qui, je l'espère, foutra le feu à ses nerfs. Putain d'arrogant !

Après avoir avalé une immense goulée d'air – pour se calmer, j'imagine –, il écarte légèrement ses bras pour accrocher la table de massage et ainsi la tirer d'un coup sec vers lui. Mon corps pivote sous l'impulsion, obligé de se retenir sur ses cuisses pour ne pas chuter lamentablement. Les ongles enfoncés dans la toile de son jean, j'essaie ensuite de me redresser, en vain. Ses paumes enserrent soudain mes poignets, me retiennent captive. OK, visiblement j'ai réussi mon coup si j'en crois le souffle erratique qui balaie furieusement mon visage.

– Tu as peur que je te jette après m'être amusé avec toi. C'est bien cela, Rwen ?

La façon dont il susurre mon prénom me tire un frisson aussi désagréable que délicieux. Après avoir dégluti, j'acquiesce en silence.

– Si seule l'envie de me glisser entre tes cuisses me motivait, ce serait déjà fait. Je t'aurais déjà baisée, lâche-t-il. Parce que, crois-moi, si je n'avais pas une once de respect pour toi, je n'en aurais rien à branler de ces sentiments emmêlés dans ta tête ou de ta pseudo-culpabilité face à ton envie furieuse de liberté. Je t'aurais baisée et virée. Aussi simplement qu'on tourne la page d'un bouquin ou qu'on oublie son premier shoot. Je ne t'aurais jamais proposé ce plan foireux qui t'obligeait forcément à toujours traîner autour de moi, tout comme je ne me casserais pas le cul non plus à t'attendre pendant une heure. Et surtout… jamais je ne dessinerais pour toi. Jamais, Rwen.

Sa tirade me laisse sans voix et me vole toute repartie. Durant quelques secondes, je me sens vide. Décontenancée. Comme s'il avait tout aspiré. Encore. Avant que tout me revienne en plein visage. Et balance un bordel sans nom entre mes côtes.

Rien ne peut être simple avec lui. Rien. Putain de mec !

Désireuse d'instaurer une distance salutaire entre nous, j'acquiesce silencieusement et me désincarcère doucement de sa prise. Lorsque enfin je reprends ma position initiale, je ne me retiens pas de répondre :

– T'expliquer simplement en me disant : « Non, Rwen, je ne me fous pas de ta gueule », ça ne sonnait pas assez Canaan pour toi ?

Du coin de l'œil, je l'aperçois secouer la tête en souriant.

– Et juste m'énoncer ce qui agite tes pensées ne sonnait pas assez Rwen pour toi ?

OK. Un point pour la *team* #Canaaner.

– Maintenant, ne bouge plus, intime-t-il, tout à coup plus froid. Si ça doit être la dernière séance, j'aime autant ne pas te louper car tu m'auras… foutrement énervé comme toi seule en es capable.

18

Canaan

Le silence s'étire entre nous, loin de cette habituelle nonchalance piquée d'ironie. Les mâchoires serrées, les muscles contractés, je reste là, une minute, à reprendre ma respiration barricadée derrière un panneau d'abonnée absente. Pour la première fois depuis un sacré bail, le sourire affiché par mon visage n'a rien d'instinctif. Rien d'amusé. Au lieu de me filer la banane, il aurait plutôt tendance à piller mon bide d'une sensation franchement pas agréable. Je ne peux même pas dire que je suis surpris. Voilà deux jours que je rumine dans tous les coins de cette baraque pour le plus grand malheur de ma sœur et de son mec. Deux fichus jours qui m'ont semblé juste… interminables.

À présent qu'elle est là, je suis déchiré. Une part de moi est putain fière qu'enfin elle se décide à se laisser aller. Et putain enivrée aussi qu'elle s'ouvre à moi. À moi. Et à personne d'autre, ça, j'en suis certain. Néanmoins… et j'ai conscience que cela est pathétique… l'idée qu'elle ne veuille plus que j'encre sa peau me fout en l'air.

Tout à coup, sa paume recouvre ma main. Surpris par son geste, je relève la tête vers la jolie blonde inclinée au-dessus de moi. Adoucis, ses traits s'irisent d'inquiétude.

– On n'est pas obligés, tu le sais? TU n'es pas obligé. Après tout, c'est moi qui décide de mettre fin à ce pacte qui, montre-toi honnête, était sacrément ridicule. Tu ne trouves pas?

Sa tirade me tire, cette fois, un rictus railleur. Je ne lui rendrai pas l'existence plus… facile. Facile est bien trop neutre, bien trop terre à terre pour une fille comme elle. Pour une femme telle que Rwen. Et puis… je ne peux tout simplement pas me passer de cette dernière séance.

Pas après ces quarante-huit heures de merde à me demander en continu si elle allait se pointer ou non. Pas après qu'elle m'a obsédé la gueule pendant ces foutues quarante-huit heures. Pas après avoir enduré ces saloperies de quarante-huit heures en noircissant une bonne partie de mon carnet à croquis, littéralement possédé.

– Si, grommelé-je en reculant mon tabouret d'un mouvement brusque. On l'est. Je refuse que l'autre fois soit la seule. Tu comprends? Ce n'était pas assez fort, pas assez…

Je fourrage dans mes épis châtains, à la limite de les arracher.

– Bordel! Pas de retour en arrière! Fais pas ça, Rwen.

Sur ces mots, mon regard s'enracine dans le sien. Ce qu'elle y devine achève de la convaincre. Si je dois en passer par là pour obtenir ce que je désire, je la ligoterai.

– Hors de question que tu te barres sans ce dernier tatouage.

À défaut d'avoir apprécié ces derniers jours, ils m'ont permis de réaliser une de mes plus belles pièces. Et je la veux encrée sur sa peau. Ancrée en elle. Ma marque. Un peu de moi sur cette nana totalement azimutée.

***

Au bout d'une paire d'heures, la machine ronronnant fiévreusement tandis que je pique sa chair, je ne peux m'empêcher de l'enquiquiner. Une dernière fois pour compenser le plaisir teinté de tristesse que j'ai à la tatouer.

– Ça te manquera.

– De?

– Mon aiguille, et je ne te parle pas de ma queue, petite vicieuse, ajouté-je pour alléger l'atmosphère.

– Canaan!

– Bah quoi? Je t'assure que si tu y avais goûté, tu serais déjà en train de me supplier de remettre le couvert, dis-je en essuyant un surplus d'encre kermès. Mais je digresse. Je te parle de l'encre sur ta peau parce que soyons clairs, je refuse qu'un autre que moi te marque. Alors ouais, ça te manquera.

– Autant qu'une chlamydia.

Je repousse ma capuche, ôte mes lunettes pour les caler sur le sommet de mon crâne en reculant mon assise.

– C'est quand le soleil décline que l'on comprend combien la lumière nous manque, Rwen. Bref. C'est terminé. J'ai hâte que ta chère et tendre cousine te dise à quel point ce dessin est « sympa », ironisé-je.

À la seule mention de l'autre blonde, elle se crispe. Avant de laisser échapper un soupir que je crève d'avaler en l'embrassant. Ma lèvre inférieure prise entre mes dents, je m'empare de l'éponge pour nettoyer sa cuisse alors que Rwen se rassoit enfin avec une grimace. Je frotte le fil de ma mâchoire voilée de barbe en grognant, mes phalanges percluses de crampes. Elle me lance alors un regard chargé de non-dits.

– Tu sais, Maura n'est pas aussi... peste qu'elle l'a laissé paraître la dernière fois. En réalité, nous sommes très proches, je sais qu'elle tient à moi, mais...

– T'as raison, remarqué-je en retirant mes gants avec un claquement sonore. Chacune de ses remarques transpirait tant l'amour que je me noyais dans la joie et le bonheur !

Elle m'interrompt avec une moue si adorable que je sens mon sexe frémir violemment. À m'en filer une saloperie de torsion. Les éphélides qui constellent son petit nez retroussé attirent toute mon attention. Sa bouche se plisse, tout comme ses paupières. Je devine sans qu'elle le dise le combat intérieur qu'elle mène. Suis-je assez digne de confiance pour lâcher ce qu'elle meurt d'envie de m'expliquer afin de justifier le comportement de sa cousine ? Apparemment oui, puisque après avoir inspiré, elle se lance.

– Maura, déclare-t-elle avec précipitation, avait une sœur. Une jumelle qui est décédée lorsque nous avions 8 ans.

Anxieuse, Rwen s'interrompt, ses yeux soudain empreints d'une souffrance impossible à ne pas déceler. Sans même réfléchir à mon geste, le revers de ma main caresse sa pommette. J'emmêle mes doigts aux siens et, d'une pression contre ses phalanges, l'invite à poursuivre.

– Nous étions inséparables, petites. Nos mères respectives ont accouché à seulement quelques semaines d'intervalle et avec la mienne souvent en mission à l'étranger, j'étais tout le temps fourrée chez ma tante. Nous étions toujours toutes les trois ensemble si bien que j'en venais à les considérer comme mes sœurs. Maya était la plus effacée de nous trois, la plus douce aussi. Et… la plus influençable également, ajoute-t-elle après avoir avalé sa salive en grimaçant. C'était Maura qui menait toujours leur duo. Quand elle disait non, sa sœur disait non… et quand elle disait oui, sa sœur disait oui… Un jour, j'avais entrepris d'aller au lac, chose que refusait catégoriquement Maura car elle avait peur de l'eau. Sauf que… j'étais beaucoup trop têtue à l'époque. Encore plus que maintenant.

Elle coule un sourire timide sur ses lèvres avant de reprendre :

– J'ai attendu que ma cousine ait le dos tourné pour convaincre

Maya de me suivre. Ce qu'elle a refusé au départ, mais… je peux être très persuasive quand je le veux. Et… je crois qu'au fond de moi j'étais aussi jalouse de leur relation. Leur lien en tant que jumelles les concernait et je m'en sentais exclue. Je sais que… avec le recul, je me rends compte que c'est ridicule, mais…

Elle inspire longuement puis continue.

– Qu'elle me suive sur ce coup, c'était comme si… pour une fois, elle me choisissait. Ce que Maya a fini par faire…

Ses yeux se voilent d'une fine pellicule de larmes qui m'atteignent aussi violemment que le ferait un uppercut. Cela étant, je me garde bien de le lui dévoiler et me contente d'être celui qu'elle veut que je sois en cet instant : le Canaan qui se focalise sur le moment présent sans s'embarrasser du passé.

– Elle s'est noyée ? achevé-je à sa place, voyant qu'elle ne peut le dire à haute voix.

Elle hoche la tête avant de la secouer, amère.

– Le pire, c'est que là encore, elle ne voulait pas se baigner, mais… là encore, j'ai réussi à la convaincre.

Cette femme aura ma peau. Ouais, ce n'est carrément pas le moment pour avoir ce genre de pensées, mais alors qu'elle me livre ce morceau du passé qui la dévore, je ne peux m'empêcher d'être impressionné par sa force. Parce que pas une seule putain de fois elle n'a dévié son regard émeraude du mien. La honte, la douleur et la culpabilité la bouffent, toutefois, pas une seconde elle n'a cherché à me les dissimuler, à se dérober à mon attention rivée sur elle. Non, elle m'a affronté, digne malgré son mal-être.

– Rwen, tu…

– Je sais ce que tu vas dire, me coupe-t-elle. Ce n'était qu'un tragique accident, ce n'est pas moi qui lui ai maintenu la tête sous l'eau, etc. Je sais tout cela. Mes parents n'ont eu de cesse de me le répéter. Ma tante également. Moi-même, j'ai tenté. Je me disais qu'à force de tourner ces mots en boucle dans mon esprit, j'y croirais, mais… la vérité est là : si je n'avais pas joué les petites filles capricieuses, Maya serait avec nous aujourd'hui. Difficile de se débarrasser de sa culpabilité avec cette idée en tête.

D'instinct, mon bras fuse. Ma paume se plaque sur la naissance de sa poitrine, se déploie en étoile sur son cœur.

– Tu ne t'en débarrasseras jamais, Rwen. Mais ça, tu le sais déjà. En revanche, t'empêcher de vivre ne t'aidera pas non plus.

– Je sais, consent-elle dans un murmure ténu.

– Et autoriser ta cousine à déchaîner sa peine sur toi non plus.

Cette fois, son visage se baisse, m'échappe. Aussitôt, j'attrape son menton pour l'obliger à se suspendre à mon regard. Un violent soubresaut choque mon palpitant qui s'emballe comme en pleine rave. Rwen, sans même s'en rendre compte, m'épingle de ses yeux aussi verts que l'enfer. Ouais parce qu'avec de tels éclairs fendant ses iris, celui-ci ne peut qu'être de cette couleur. Et rien d'autre ne pourrait déclencher ce… truc que je sens tout piller sous ma peau. Et que je ne suis pas sûr d'aimer…

Putain.

Me désincarcérant de notre lien visuel, je reporte mon attention sur son tatouage qu'elle semble soudain avoir oublié puis renchéris :

– Tu ne fais que courir, Rwen. Une putain de fuite en avant. Tu t'enfermes par peur de vivre parce que tu penses ne pas le mériter. Et cette relation avec ta cousine pervertit encore plus l'image que tu as de toi. Tu dois apprendre à dégager ceux qui t'empêchent de respirer et, au contraire, te gorger de ceux qui te pousseront à te sentir… toi.

La pointe de sa langue titille la commissure droite de sa bouche qui s'étire en un sourire. Un sourire empreint de tellement de sentiments qu'il en devient désarmant.

– Et tu en connais un à me présenter? réplique-t-elle en ricanant, tout à coup malicieuse.

Je me renverse contre le dossier, les bras croisés.

– Suffit de demander... Un mot de toi et je te #Canaane!

Ses yeux s'écarquillent, s'irisent d'une nuance éclatante, emportant au loin sa détresse. Heureux de la voir quitter sa peine, je savoure le fait de la voir s'enflammer. J'admire l'éclat rougi colorant doucement ses joues, les pointes durcies de ses seins à travers son top, ses cheveux blonds en désordre... Putain, j'adorerais l'admirer après l'amour. Ou alors que son cul rebondi claquerait contre mon bassin. Esquisser la trace de mes doigts sur ses hanches. La dessiner tandis qu'elle jouirait sous mes coups de reins. Ramené à la réalité par un de ses regards de flingueuse, en mode Nikita, j'abats mes paumes sur mes cuisses avant de me lever et de m'étirer sous ses iris tout à coup à l'affût. Et à part ça, c'est moi le p'tit vicieux... Je claque les doigts devant son nez pour lui montrer à quel point je ne suis pas dupe. Je pourrais m'abstenir, mais c'est trop bon.

– Mes yeux ne sont pas au niveau de ma braguette, duchesse, mais plus haut, dis-je sur un ton théâtral. Et après cette séquence émotions-révélations, si on allait voir ce que donne ce tatouage de maître?

– Mouais, vaut mieux, bafouille-t-elle en prenant appui pour se lever à son tour.

– Hop, hop, hop. On ne bouge pas. Et par « on », je veux dire toi. Laisse-moi être ton crapaud, ma princesse.

Sans lui demander son avis, je m'avance, la saisis contre moi après l'avoir obligée à pivoter pour dégager sa jambe tatouée. Je fais mine de plier sous son poids, elle regimbe en me pinçant le biceps. Puis, j'avale les quelques mètres qui nous séparent de la psyché fixée au mur. Ses fins poignets noués autour de ma nuque, je me campe devant le miroir.

– Et voilà. Tu peux regarder.

Rwen tourne la tête vers la glace dépolie. Je resserre l'étau de mes bras lorsque, par-delà nos reflets entrelacés, je la contemple alors qu'elle découvre ce qui m'a pourri le crâne durant deux jours entiers. Hypnotisé, je l'observe en tentant d'occulter la sensation qui me bouffe de l'intérieur. Ses lèvres s'entrouvrent, elle cherche à parler, mais bute sur les mots.

– Canaan, je… je…

Mon menton se pose sur le sommet de sa tête. Cette fois, je ne plaisante pas.

– Il te plaît?

Ses yeux trouvent les miens, graves.

– S'il me plaît? bafouille Rwen. J'ai… Je suis…

Fascinée, elle ne termine pas sa phrase, se contente de reporter son attention sur le dessin. Deux silhouettes féminines de profil, l'une plus grande que l'autre, leurs visages tournés vers l'horizon. Chacune tient dans une main un ballon écarlate en forme de cœur à qui il manque un morceau tandis que dans la seconde se trouve la partie absente. Deux sœurs unies, toujours présentes l'une pour l'autre, quelles que soient les épreuves sur leur chemin. Des larmes – totalement différentes des précédentes néanmoins – perlent à l'orée de ses cils. Des larmes que ma guerrière ne versera pas.

Prise d'une impulsion, elle se blottit contre moi, enfouit son visage contre mon pectoral. Une bouffée brûlante s'épanouit dans mon ventre alors que les battements erratiques dans sa poitrine contaminent la mienne. Autant que mes tempes qui battent un tempo diabolique. Je ne suis décidément pas sûr d'apprécier ce truc qui palpite dans mes veines. Il m'oblige à trop penser. Le souffle court, j'imprime mes lèvres sur le haut de son front. Brusquement, son visage se relève vers moi, ses pupilles dilatées nappant le vert de ses yeux d'une couche nébuleuse. Mal à l'aise, elle se défait de mon étreinte d'un mouvement d'épaules pour réintégrer le sol. Elle se dandine, essaie de m'esquiver, mais je m'écarte d'un pas pour lui barrer le passage.

Je fixe sa bouche.

Je fixe ses yeux.

Sa bouche.

Ses yeux.

Sa bouche…

Ses yeux…

– Tu devrais y aller. Maintenant, Rwen.

Elle frémit, le souffle court. Sa paume se plaque sur mon torse, me repousse avec violence.

– Tu fais chier, Canaan !

Sans attendre, elle tourne les talons et s'enfuit. Les poings pressés le long du corps, je m'oblige à ne pas bouger. À m'en faire putain mal.

19

Rwen

– Rappelle-moi pourquoi je t'ai suivie déjà? râlé-je sans grande conviction.

– Parce que tu es ma cousine, réplique Maura avec un immense sourire lumineux. Parce qu'il est l'heure de repartir sur de nouvelles bases. Et parce que, même si tu prétends le contraire, toi aussi tu crèves d'envie de savoir ce que cachent les murs de cette baraque.

Alors que nous marchons le long d'une route étrangement déserte, elle enroule un bras autour de ma taille, histoire que je ne sois pas tentée de lui filer entre les pattes. Je ne peux pas prétendre ne pas avoir hésité lorsqu'elle est passée ce matin à la maison. Bien sûr que j'ai failli refuser sa proposition. Sauf que Maura a su employer les mots pour me convaincre. Sa volonté de vouloir faire table rase me séduit. L'envie de retrouver ma cousine me scie le ventre à chaque seconde que nous passons ensemble depuis l'accident. Alors faire la paix après la scène dans la cuisine s'est révélé ne plus être une option, mais un besoin. À mon tour, je l'enlace.

– Ce soir, place à la futilité et à l'aventure!

– Exactement, approuve Maura en me pinçant la taille. Et ce que dissimule cette maison en est l'exemple parfait! Alcool, mecs en chaleur, hormones en fusion.

Dans notre dos, une voix aux accents traînants s'élève, moqueuse.

– Bart… tu devrais déjà être en train de gratter à la porte pour les supplier d'entrer.

D'un bond, nous nous retournons pour tomber sur Canaan qui, une cigarette au coin de la bouche et les mains dans les poches de son jean, nous dévisage avec un sourire insolent. À ses côtés, un mec brun à lunettes balance une œillade incendiaire à Maura qui, l'air mauvais, se renferme aussitôt.

– Qu'est-ce qu'il fait là, lui ?

– Je l'ai invité, lui réponds-je avec un soupçon de mesquinerie et de plaisir à la sentir agacée.

Après tout, si je veux – comment le définir ? – si je veux tenter quoi que ce soit avec Can', il est temps d'assumer ce truc entre nous. Et puis, j'avoue être restée sur ma faim la dernière fois… Je me dévisse le cou pour apercevoir les silhouettes dans son dos.

– Par contre… je n'étais pas au courant que le roi Canaan viendrait accompagné de sa suite.

Il se met à rire, provoquant un raz de marée brûlant dans mon bas-ventre.

– Bart, mon bouffon, le présente-t-il en saluant pompeusement. Ma sœur Méléri et son mec, Shilow.

La pin-up me fixe un petit moment, ses prunelles inquisitrices, avant de me sourire avec tant de chaleur que mes lèvres s'étirent également en réponse.

– Ravie de te revoir. C'est de plus en plus souvent on dirait…

Je n'ai pas le temps de répondre que Maura me coupe en chuchotant à mon oreille avec une pointe d'amertume :

– Franchement, j'aurais préféré passer un moment seule avec toi. Sinon Max serait là.

Sans parler du fait qu'elle n'apprécie pas plus que ça Canaan. Son caractère, allié au fait qu'il ait assisté à ma petite rébellion, lui est resté en travers de la gorge. Pour éviter que l'on bavarde, elle cadenasse ma main entre ses doigts et me force à me retourner. Quelques mètres plus loin, l'ancienne bâtisse se découpe enfin sous nos yeux. Une vieille demeure victorienne perdue sur un terrain vague perdu lui-même sur une route isolée. La multitude de fenêtres peuplant la façade est illuminée. Certaines d'entre elles laissent même échapper par intermittence des lumières multicolores.

Bienvenue à King's House.

Domaine acheté il y a longtemps par un gosse de riche appartenant à la fraternité dont-j'ai-déjà-oublié-le-nom et complètement réaménagé en une sorte d'*escape game*. Chaque année, un peu avant les vacances de Noël, King's House ouvre ses portes pendant une nuit pour « choisir » le roi et la reine qui pourront porter leur couronne comme bon leur semblera, mais uniquement dans les couloirs de la fac. Et chacun des étudiants croisant leur route devra s'incliner sur leur passage durant le dernier semestre. Rien à voir avec les *prom queens* des lycées, ici il s'agit plus d'une excuse pour s'amuser avant la foule de partiels. Un délire bon enfant devenu l'une des plus vieilles traditions de KU. Nous bifurquons donc sur le chemin de terre menant à l'entrée où s'agglutine déjà du monde.

Au moment où nous arrivons enfin, un mec s'échappe de la porte d'entrée pour se hisser sur une sorte de piédestal. Habillé à la mode d'un Monsieur Loyal, il repositionne son haut-de-forme de façon théâtrale puis écarte ses mains dont l'une enserre une canne.

– *Welcome* mes amis, nous déclare-t-il avec un sourire éclatant. King's House est bientôt prête à choisir son roi et sa reine, ou ses reines ou ses rois, peu importe. Ici, seul l'amour fait loi. L'amour et… peut-être bien un brin de dépravation, ajoute-t-il en léchant ses canines.

– Oh putain, dis-je en ricanant. C'est peut-être le moment de se barrer, finalement.

– Surtout pas, souffle une voix dans mon dos, déclenchant un violent frisson le long de ma colonne vertébrale. Pas quand ça devient intéressant.

La scène de la veille me revient comme un boomerang. Cet instant « révélations » où il a juste été… parfait. Le coup au cœur qu'il m'a porté avec ce tatouage. Ses bras me serrant avec force contre lui. Son parfum. Sa peau contre la mienne. Et son regard… dilué dans cette nappe de désir pur. S'il ne m'avait pas dit de partir, je n'en aurais pas été capable. Je serais restée figée sous la puissance de ses yeux qui semblaient me supplier. Ou bien j'aurais cédé à mon unique instinct. Exactement comme la première fois dans sa chambre.

– Bien sûr, grommelle Maura. Tu ne peux pas t'empêcher de la ramener. Ça te ferait mal de la boucler, hein…

– Ce n'est pas dans la nature de notre Frenchy Boy, intervient un autre timbre, il n'est pas du style à rester incognito. On ne laisse pas bébé dans un coin. Et puis les filles, vous n'iriez pas empêcher notre Canaan de découvrir notre magnifique pays et ses traditions.

– Bart, rétorque Méléri, augmentant un peu plus le brouhaha ambiant. Combien de fois on doit te le répéter : nous sommes aussi américains ! Quant aux traditions, tu m'excuseras, mais je doute que tout ce bordel en fasse réellement partie.

– Donc, continue Monsieur Loyal sans se préoccuper de nos interventions, merci de vous placer en couple. Nous vous ferons entrer deux par deux pour… les réjouissances.

Après une moue un brin salace dans ma direction, il saute de son perchoir puis réintègre la maison.

– Pourquoi tu tapes toujours dans l'œil des plus tarés ? commente Maura avec un soupçon d'exaspération.

D'instinct, je dévie une petite seconde sur Canaan qui écoute son pote disserter sur les bienfaits des sous-vêtements comestibles tandis que sa sœur cajole son mec pour l'amadouer. Lorsque je retrouve les prunelles émeraude de ma cousine, celle-ci me répond par ce rictus qui me hurle : « Je t'aime, moi non plus. » Ma poitrine se fend en deux, la désolation au creux du cœur. Il faut croire que ses bonnes résolutions se sont évanouies en fumée. Que les bonnes vieilles habitudes reviennent au galop. Sauf que j'avais oublié ce « plus » qui, désormais, semble vouloir combler mes failles, ce « plus » qui se rappelle à moi à l'instant où mon enfer brûlant personnel déploie négligemment sa paume dans le creux de mes reins. Le bleu électrique de ses iris, cette nuance douce et chaude si propre à Canaan, m'hypnotise. Cette nuance qui vous file l'envie de vous y jeter tête la première.

Je papillonne des paupières pour échapper à son emprise. Je vais vraiment finir par croire que le terme #Canaaner devrait figurer dans les dicos. Ou au moins dans des manuels destinés à mettre en garde les cœurs trop sensibles. #Canaaner : désigne le processus utilisé par le sexe opposé pour vous séduire d'une façon totalement perfide à travers toute une panoplie d'artifices comme un sourire enjôleur, des paroles aguicheuses, un regard décadent à vous cramer la peau, un parfum aux notes de fantasmes scandaleusement… stop ! Je m'égare là ! En fait, suffirait d'une note : #Canaaner : ne cherchez pas, fuyez !

Néanmoins, sa présence soulève un regain de combativité perçant mes défenses mises à mal. Aussi, je me penche vers Maura, plus forte que jamais, et murmure à son oreille.

– Ça ne t'a pas empêchée d'en récupérer un. Tu sais? Un de mes tarés.

Son visage de poupée s'empourpre. Un feu bouillant lèche son cou pour s'évanouir sous son débardeur. Elle s'oblige à sourire, croise les bras sur sa poitrine.

– Si tu le prends ainsi. Ce n'était pas méchant.

Ça ne l'est jamais selon elle. Sauf que chacune de ses piques me fout en vrac et que si, elle en est parfaitement consciente. Canaan a raison, même si j'aime ma cousine, elle contribue à saper mon assurance. Or, je crois qu'est arrivé le temps de se rebeller.

Presque une bonne demi-heure s'écoule avant qu'enfin nous atteignions l'entrée dans une espèce de malaise général. Survolté, Monsieur Loyal se campe devant nous en exagérant les moulinets qu'il dessine avec sa canne. Son regard allumé se braque d'abord sur nous deux.

– Allez, gentes demoiselles, vous...

Il n'a pas le temps d'aller plus loin, coupé par le fameux Bart qui ne semble jamais à court de conneries.

– Hop, hop, hop! Pas d'équipe vagin! Pas d'équipe Dumbo! Bah ouais, trompe d'éléphant... Dumbo... Non, vous voyez pas? crie le brun en s'interposant entre ma cousine et moi. Sinon on va encore être taxés de sexisme primaire quand on vous aura pulvérisées!

Sans nous demander notre avis, son bras s'enroule autour du cou de Maura pour la rabattre contre son torse. Cette dernière geint, râle et peste, sans pour autant que le brun s'en soucie.

– T'es dans l'équipe des *winners*, babe... Tu vas voir, tu vas tellement kiffer la Bart *team* que t'en redemanderas, mon petit troll. Avoue que tu meurs d'envie de t'enfermer dans cette baraque avec moi.

Avant de s'engouffrer dans le ventre de la maison, Bart se retourne vers nous et exécute un étrange signe avec sa main. On dirait que le karma se dresse pour une fois de mon côté. J'éclate de rire, suivie de Canaan et Méléri. Quant à Shilow, un léger frémissement fait trembler sa lèvre supérieure. Je pivote ensuite vers Can' qui vient de se couler pile là où se tenait ma cousine il y a une minute.

– Je suppose que j'hérite de toi? me moqué-je avec un léger sourire puis un soupir, théâtrale. Pas grave. Je m'en contenterai. Même avec toi, je suis certaine de mieux m'en sortir qu'eux...

– Qui te dit que je vais te faciliter la tâche? chuchote-t-il à mon oreille.

Je grimace pour réprimer un gloussement. Puis, je lui réponds sur le même ton.

– Qui te dit que moi, je vais te faciliter la tâche?

– Tu me la compliques toujours, Rwen, raille-t-il.

– Faux, murmuré-je plus bas pour qu'il soit le seul à entendre. C'est toi qui as foutu le bordel avec ce tatouage.

Je risque un coup d'œil dans sa direction et me heurte au même regard qu'hier. Celui qui m'a volé tout mon souffle sans jamais me le rendre.

– Et cette façon de me regarder aussi, renchéris-je avec une désinvolture que je ne maîtrise pas vraiment. C'est plus possible.

Son rire chahute mes tympans avant de glisser au creux de mon ventre en un flux et un reflux absolument indécents. Un doigt d'honneur et dix minutes plus tard, l'étudiant très investi dans sa mission nous fait signe d'entrer à notre tour. Notre « hôte » s'incline ensuite en une révérence afin de m'inviter à ouvrir un autre battant. Canaan sur mes talons, je débouche sur une sorte de sas si exigu qu'il m'ait impossible d'ignorer sa présence – si tant est que cela soit possible un jour.

– Petite blondinette sexy, grand tatoué tout aussi sexy, nous interpelle l'homme déguisé, merci de patienter quelques minutes. Bientôt la première épreuve s'ouvrira à vous.

Une seconde plus tard, nous nous retrouvons seuls. Seuls et enfermés avec pour unique compagnie une faible lumière brasillant d'une ampoule accrochée au plafond.

– Intéressant, remarque Canaan en se postant à ma gauche. Peut-être que cette soirée ne sera pas si ennuyeuse finalement.

– Personne t'a demandé de venir.

Comme il arque un sourcil facétieux, je reprends en ricanant :

– Ah si, j'avais oublié. Mais qu'est-ce qui m'a pris ? Sûrement un mini-AVC qui a traumatisé mes neurones... Cela dit, si tu craignais tant de perdre ton temps, fallait rester avec tes carnets de dessin. Tu n'es même pas un vrai étudiant en plus. Qu'est-ce que tu en as à foutre de cette couronne ?

– Qu'est-ce que toi tu en as à foutre, ma princesse ? En plus de la compagnie de ta cousine, je veux dire.

Une drôle de sensation m'envahit. Je la ravale avant de me tourner face à lui.

– Gagner, voilà ce qui m'importe. Avoir l'impression que les choses ne me filent pas entre les doigts. Que je suis capable d'atteindre l'objectif que je me suis donné.

Son expression s'adoucit, les lignes de son visage se muant en quelque chose de plus tendre. Avec une extrême lenteur, il caresse ma joue, dérive sur le fil de ma mâchoire puis coince mon menton entre son pouce et son index.

– Je te mettrai moi-même cette fichue couronne sur ta jolie petite tête, mon petit pain d'épice, mais à une seule condition : toi et moi, on fait équipe ce soir.

Les yeux bloqués sur le mouvement gracieux et putain de tentateur de ses lèvres, je ne réagis pas immédiatement. Autorise mon corps à se nourrir de ce venin délicieux que Canaan diffuse. Ce n'est que lorsque je sens un courant d'air balayer nos peaux, signe qu'une seconde porte s'est ouverte, que je lui réponds enfin.

– Très bien, monsieur le grand tatoué sexy, faisons équipe.

20

Rwen

Une main entre mes omoplates, Canaan me suit dans une pièce de taille moyenne. Les murs sont habillés d'une tapisserie pourpre sur laquelle plusieurs tableaux anciens paradent majestueusement, on s'attendrait presque à voir apparaître Dorian Gray. Un bureau trône en plein milieu derrière lequel un jeune homme en costume trois pièces nous attend, un sourire indéchiffrable flottant sur ses lèvres.

– Bienvenus à King's House. Approchez-vous, ajoute-t-il en nous invitant d'un signe de la main.

Aucune chaise présente si ce n'est le fauteuil dans lequel l'autre est vautré, je suppose que nous sommes bons pour rester debout comme deux cons. Lorsque nous nous immobilisons, la réplique de Gray balade lentement ses yeux le long de mes jambes, bute un instant sur le bandage qui recouvre mon tatouage avant de réintégrer mon regard.

– Mec, intervient alors Canaan d'une voix étrangement basse, on a compris. Elle a des jambes à damner une saloperie de curé, maintenant si tu pouvais annoncer la couleur de votre jeu, ce serait cool. J'ai une promesse à tenir.

Le mec en question pose un coude sur le bureau en silence. Le menton à présent calé sur son poing fermé, son sourire s'évanouit pour muter en une ligne froide et tranchante.

– Le but de ce jeu est simple : traverser la maison. Chacun de vos passages dans chacune des pièces sera chronométré. Le couple ayant réalisé le temps le plus court gagnera.

– Compris. Du coup, il y va de ta survie d'accélérer la cadence là, non ? réponds-je sur le même ton que lui. J'ai une promesse à lui faire tenir moi, renchéris-je en désignant Canaan.

Sans esquisser le moindre mouvement, Gray se contente de nous observer tour à tour. Mettant à mal ma patience. Ainsi que celle de Canaan si j'en crois ses doigts qui se rétractent soudain sur ma nuque. Il n'en fallait pas plus pour que mes nerfs réagissent enfin et envoient mon peu de self-control se faire foutre. J'incline lentement mon buste jusqu'à accrocher mes paumes sur le bois et plante mon regard dans le sien.

– T'as pas l'air d'être au fait de ce qui se déroule au XXIe siècle, mon pote. Je ne te raconte pas le bordel que c'est devenu la société, de nos jours. Bon, je te rassure au moins sur un point : les hommes sont toujours aussi cons. Les femmes, en revanche, ont quelque peu perdu de leur soumission et leur passe-temps favori a gentiment dévié du macramé à la castration en tout genre. Une vraie boucherie. Donc si tu tiens à profiter des innombrables plaisirs que te réserve encore la vie, je te conseille d'en arriver aux faits. Genre… là, maintenant, tout de suite.

Canaan éclate de rire. D'un rire qui chasse aussitôt mon envie de tuer le type en face de moi. Au moment où ses doigts s'enroulent sur mes épaules pour me faire reculer, à croire que je ressemble vraiment à un animal enragé, Gray se décide enfin à nous faire grâce de sa voix :

– Première pièce. Premier défi. Embrassez-vous ou passez le reste des épreuves en sous-vêtements.

Second éclat de rire de Canaan. Seconde envie meurtrière qui me soulève le sang.

– Putain, grogné-je. Je suis sûre qu'en plus vous filmez tout pour vous masturber après…

– On ne peut pas leur en vouloir, susurre alors le tatoué en coulant un regard brûlant sur moi.

Troisième pulsion assassine. On va battre un record ce soir.

– La ferme, toi ! Et enlève tes fringues. On a déjà assez perdu de temps.

– Tout ce que ma future reine voudra, dit-il avec un rire en se débarrassant de ses chaussures.

– Bro, se réveille alors Gray version moderne, même pas t'essaies de négocier ?

– J'ai déjà goûté à ses lèvres, énonce tranquillement Canaan. À choisir, je l'embrasserais jusqu'à ce que mes poumons éclatent, que les siens rendent l'âme et que ma braguette explose. Sauf que, mec… Le jour où je me reprendrai un second shoot, ça sera en privé. Parce que je ne m'arrêterai certainement pas là… Ce jour-là, je la dévorerai.

Figée, en sous-vêtements, je l'observe, la bouche en mode carpe, me reluquer sans la moindre pudeur de la tête aux pieds. Merde. Merde ! Merde ! Putain de compétition à deux balles !

Quand, enfin, je réintègre la réalité, j'imprime un sourire vindicatif sur mes lèvres. Et attends… qu'il ait les mains prises. Alors qu'il est en équilibre sur une jambe afin de retirer son jean, je lui balance mes fringues en plein visage. Par réflexe, il les rattrape. Mes paumes s'abattent donc sur son torse, le propulsant sur le sol. Loin de se vexer, il se marre de plus belle avant d'étaler ses mains par terre, inclinant ainsi son buste en arrière.

– Ça, ma petite étoile des neiges, tu me le paieras, mais plus tard. Là aussi je te promets des représailles à la hauteur de ton affront et aussi délicieuses que ce corps que tu comptes balader sous mes yeux. Cependant… mon petit sucre, tu as déjà oublié notre deal?

Un long soupir s'extirpe de ma gorge. Je grogne, souffle et grogne encore, mais décide tout de même de lui tendre une main en signe de reddition. Non, de paix. Pas de reddition. Faut pas déconner non plus.

Canaan se remet donc debout, sans cependant dénouer nos doigts. Au contraire, il en profite pour m'attirer plus près de lui. Ses billes azur virent brusquement à deux pointes d'acier au moment où il regarde par-dessus ma tête. Je fais volte-face pour tomber sur le sale type qui a les prunelles rivées sur mes fesses dissimulées sous un shorty en dentelle.

– Je vais lui faire gober ses globes oculaires, marmonné-je. Mais quelle idée de merde j'ai eue.

– Je peux t'aider si tu veux, grogne Can' derrière moi.

Alors que je redirige mon attention sur lui et arque un sourcil face à son attitude hostile, il s'empresse d'ajouter, avec un sourire puant la fausseté :

– Dans un souci de coopérer et d'esprit d'équipe, bien sûr.

– Bien sûr…

Aussi, dans un souci de coopération et d'esprit d'équipe, je me retourne et me penche ostensiblement au-dessus du bureau.

– Et nos vêtements, on en fait quoi?

Le nez dans ma poitrine, le futur éborgné se contente d'agiter son index vers une boîte de métal posée à même le plancher. Préférant ignorer mon énième besoin de l'émasculer, je ramasse mes fringues puis les fourre dedans. Canaan, les muscles contractés et raides, m'imite avant de la refermer et de récupérer la minuscule clé permettant de la verrouiller. Je la lui arrache et, sous son regard halluciné, la glisse dans mon soutien-gorge.

– Vos affaires vous attendront à votre sortie, énonce Gray qui s'est de nouveau glissé dans son costume d'automate sans âme. Ne perdez pas votre clé surtout. Et maintenant... *step two*.

D'un mouvement de tête, il nous indique une autre porte. Sans demander mon reste, je me précipite, désireuse d'échapper au plus vite à cette galère. Un second sas, semblable au premier, nous engloutit alors que Canaan referme le panneau derrière nous et c'est là que je réalise. L'épreuve de ce soir n'a rien à voir avec ce qui se passe dans cette maison, mais tout à voir avec celui qui m'accompagne. Ignorer la chaîne lestée de plomb qui pèse soudain dans mon ventre. Ignorer cette autre chaîne, enflammée celle-ci, qui claque ma peau en une caresse à la fois douloureuse et envoûtante. Ignorer. L'ignorer, lui. Si je survis à cette soirée sans le choper dans un coin comme une psychopathe, je serai prête pour rentrer dans les ordres. Un putain de mental de bonne sœur.

– Respire, Rwenie jolie. Je ne vais pas te sauter dessus. Pas ici.

Toi, non. Mais moi, en revanche, ce n'est pas dit...

Le souffle de Canaan se répercute alors en ondes brûlantes sur ma nuque, son rire résonne contre les murs et m'engourdit.

– Mmm non, mon tournesol. Malgré ce que tu imagines, je ne suis pas un homme facile.

Il opère ensuite un pas, se moulant à mon dos, de façon que je ne puisse plus rien ignorer justement.

– En fait, si, enchaîne-t-il, c'est tout à fait mon genre.

– Putain, j'ai parlé à voix haute? réalisé-je soudain.

Cette fois, je suis persuadée que les murs vibrent carrément tellement il se paie ma tête. Petit con! Je me plante donc face à lui et écrase un index sur son torse.

– Joue pas au plus malin, Canaan Sainclair, ce n'est pas moi qui ai flippé hier!

Envolée la douceur qui imprégnait son visage. Ses traits se chiffonnent avant de se muer en un masque froid, implacable.

– Flippé ? répète-t-il d'un timbre polaire.

– Tu m'as parfaitement comprise, dis-je en déglutissant, perturbée par son changement d'attitude.

– Je t'ai dit de partir pour ton bien. J'ai uniquement fait en sorte que tu ne te retrouves pas dans une situation que tu n'aurais su gérer.

À mon tour d'exploser de rire. À mon tour de me transformer en reine des glaces. Le menton redressé pour arrimer mon regard au sien, je le provoque.

– T'as un vrai souci, toi, hein ? Toujours persuadé de tout mieux appréhender que les autres. Qui es-tu pour savoir ce que je suis en mesure de gérer ? Qui es-tu pour oser croire que toi, tu es en mesure de gérer ce qui se passe dans MON crâne ?

– Un point pour toi, Rwen. Dans ce cas...

Sa main entoure tout à coup mon cou. D'une pression douce, mais ferme, il me force à reculer, m'acculant ainsi contre un mur.

– ... montre-moi, achève-t-il dans un souffle.

Son index vient dessiner avec une extrême lenteur le contour de mes lèvres, les siennes s'entrouvrant par réflexe, chute dans le creux à la base de mon cou, glisse jusqu'à la naissance de ma poitrine puis s'arrête contre la couture de mon soutien-gorge. Malgré la tension qui bombarde mon corps, je me laisse aller sous sa présence. Son autre main coule sur mes reins. Plaque sèchement mon bassin contre le sien. J'incline le visage, lèche ma lèvre inférieure en une invitation...

Soudain, un énième panneau s'ouvre. Disperse le brouillard dans lequel nous baignions. De frustration, le poing de Canaan s'abat contre le mur, à quelques centimètres de ma joue.

– Putain... c'est mon karma qui me poursuit, gronde-t-il presque. Crois-moi, on n'en a pas fini, toi et moi. Maintenant, magne.

Avant que je décide de foutre le feu à cette taule pour te trouver ta couronne.

Mes jambes pesant une tonne, j'ai la sensation que mes os grincent à chacun de mes pas pour m'extirper de cet endroit. Au moment de passer le seuil, je réalise que Canaan ne me suit pas. Je lui lance donc un regard interrogateur avant qu'il ne me réponde d'un laconique :

– Vas-y. J'arrive.

Pourtant, il ne fait pas mine de bouger. Garde une main sur le mur et lutte pour retrouver un semblant de souffle. Constatant que je ne lui obéis pas, il se redresse et baisse son visage sur son entrejambe qui… bah, qui clairement a l'air de réclamer sa liberté. La couture de son boxer semble sur le point de céder sous la pression de son membre. D'ailleurs, plus mes yeux fixent ce dernier, plus le renflement sous le tissu augmente. Je penche la tête sur le côté, amusée. Avec l'envie de jouer plutôt. Les incisives plantées dans ma lèvre, je lui décoche un regard moqueur et aguicheur, du moins je l'espère.

– Rwen, tu te lances dans un jeu dangereux.

– Dangereux pour ? Mes nerfs ? Les tiens ? Ou juste pour toi, Canaan ?

Un clin d'œil plus tard, je le plante dans le sas et rejoins la seconde étape.

Plus je m'approche de Canaan et plus le désir me scie le ventre. Pire, plus je m'approche de Canaan et plus je veux qu'il me désire à lui en scier le ventre.

Et plus je l'autorise à m'approcher, plus je me sens en confiance. Forte. Invincible.

21

Canaan

– Alors ? Tu viens ? Tu as besoin d'un coup de main ou quoi ?

Un sourire vorace habille aussitôt mes lèvres quand sa voix amusée et teintée d'impatience me parvient de la pièce suivante. Malheureusement pour moi, je ne… désenfle pas. Mais alors pas du tout. La paume sur le mur, les yeux au ciel, je compte les lézardes. Pense aux copines de Scrabble de ma grand-mère. Opte carrément pour quelque chose de radical en m'obligeant à me focaliser sur la tronche de Keino, mon paternel. Rien n'y fait. Tout à coup, une seconde voix vient chahuter mes neurones, agissant enfin comme un médoc anti-érection.

– C'est moi qui vais venir te le filer ton coup de main, mon p'tit Frenchy ! braille Bart de l'autre côté du mur. Je vais te choper le manche et conduire ton cul jusqu'ici. Mesdames et messieurs, bonjour. Ici, votre commandant, mime-t-il, sa voix assourdie comme s'il parlait dans un micro. Bienvenue à bord de Canaan Airline, un grooooos Boeing qui devrait bientôt atterrir avant d'exploser et de paumer son kérosène en route. Et par kérosène, je parle…

– La ferme ! piaille la cousine sur un ton aigre.

– Je parle de speeeeeeeeeeeeerme ! hurle Bart, surexcité. Allez, ramène-toi, mon pote !

Ma jolie blonde finit de m'achever. Son ton cinglant me tord le bide, élargit le sourire épanoui sur ma gueule.

– Canaan! Je veux gagner! Tu te rappelles? Une équipe! Alors *focus*!

Le menton relevé, les paupières closes, j'inspire. Profondément. Une fois… la pression retombée, je me dirige tranquillement vers la prochaine étape et me fige sur le seuil, médusé. Ah ouais, quand même. À première vue, on dirait une salle à manger reconvertie en une espèce de piscine. Avec toutefois une différence notable. Ici, pas d'eau. Les meubles ont disparu, des barrières ont été montées pour l'occasion afin de contenir des balles et – mes yeux se plissent pour distinguer ce qui compose ce mur multicolore – des petites billes étincelantes. Sur un siège haut d'arbitrage planté au milieu de la pièce se tient un autre de ces cons habillé d'une toge romaine, une couronne de laurier vissée sur le crâne. Hautain, il s'éclaircit la gorge en toussant dans son poing et se relève, ses pieds chaussés de spartiates en équilibre sur un des barreaux de son siège. Mon index fuse, se dresse à la verticale dans le but de lui intimer le silence.

– Deux minutes, Brutus, et je suis tout à toi.

Je me tourne vers nos concurrents. Un rire transperce ma gorge.

– Qu'est-ce que vous avez foutu tous les deux?

Les lèvres de Bart s'incurvent jusqu'à donner l'impression qu'il va nous aveugler s'il continue de sourire ainsi. Quant à Maura, elle se contente de hausser les épaules en le fusillant du regard. Le buste entier du geek n'est plus qu'une gigantesque griffure. Des dizaines de zébrures marbrent sa peau.

– Il a essayé de m'embrasser! glapit-elle, outrée. J'ai dû lui expliquer ma façon de penser.

Bart simule la peur panique face à la brindille devant lui avant de venir se planter à mes côtés. L'arête de son coude s'enfonce dans mes côtes.

– Ce qu'elle ne te dit pas, c'est qu'elle s'est littéralement jetée sur moi, claironne fièrement le grand con à ma droite.

Les narines de Maura se dilatent de colère alors que Rwen se fout d'elle en la retenant tout de même par la taille.

– Je ne pige pas neuf mots sur dix de ce qu'il peut dire ! grogne-t-elle. J'ai juste envie de l'étrangler !

– Tout doux, ma belle, je ne suis pas contre un peu de sexe sportif, mais on n'a pas encore établi de *safeword*. Et maintenant, à l'eau ! Enfin… Bref, vous m'avez compris !

Sans attendre une réaction de qui que ce soit, il fonce et saute en faisant une bombe dans les balles. Mes yeux s'enracinent à ceux, vert d'eau, de ma douce. La teinte émeraude de ses prunelles s'éclaire, sa peau se colore d'un voile carmin adorable.

– Quand faut y aller… soufflé-je, la voix rendue caverneuse par ce truc que je ne souhaite pas réellement identifier.

Elle lâche sa cousine et fait volte-face, elle aussi troublée. Ses bras se lèvent comme pour assurer ses paroles.

– Faut y aller !

– Non, mais vous n'avez même pas eu les consignes ! hurle César du haut de son perchoir tandis que l'on saute tous dans leur bassin multicolore. Vous devez rejoindre la rive les premiers ! Et avec votre partenaire sinon vous recommencez depuis le début !

À ces mots, Maura arrête de se débattre au milieu du bassin pour se remettre debout. Elle scrute la piscine à la recherche de son binôme. Rwen, elle, rit tellement fort que le truc se décroche dans ma poitrine pour chuter dans mes reins. Ses cheveux forment maintenant un nid, son épiderme étincelle, sa chair constellée des petites perles mélangées aux balles. Un instant, je reste saisi quand nos regards se trouvent et s'aimantent. Malgré l'espèce de mer démontée par nos mouvements à tous, aucun de nous deux ne bouge. Je raccroche la réalité quand les deux autres se mettent à beugler.

– T'es où, bordel?

– Là!

Bart émerge de la marée, se dresse comme un suricate géant au grand soulagement de Maura qui commence à l'insulter copieusement.

– Excuse-toi, Nebula!

– Pas question!

Un rictus tordu s'imprime sur le visage du geek.

– Alors, tu ne me laisses pas le choix, Grumpy Cat.

Là-dessus, il plonge à nouveau et disparaît sous les balles.

– Reviens!

– Je suis là!

Il réapparaît un peu plus loin avant de sauter sous l'océan de plastique. Plus grand que les filles, je devine ses mouvements. On dirait le requin dans *Les Dents de la mer*. Ne manque plus que la musique flippante et l'aileron. Bart jaillit, hilare.

– Attrape-moi!

Insatisfait, il retourne se planquer. Puis surgit. Encore.

– Tu t'excuses?

– Non!

Ils continuent ainsi leur manège pendant quelques minutes. Soudain, je suis arraché du spectacle, un poids clouant mon dos pour me renverser en arrière. Noyé dans l'amas de boules, je me retourne comme je peux, chope la taille de ma walkyrie qui se débat furieusement. On se relève, chute encore. Les talons de Rwen cognent mes tibias. Je crois même que je me prends son coude dans le nez.

Rien à foutre.

Tout ce que j'entends, moi, c'est son rire. Tout ce que je vois, moi, ce sont ses iris brûlants. Tout ce que je sens, moi, ce sont ses seins tendus qui frottent contre mon torse quand je l'attrape par les aisselles. Tout ce que je…

– Salut, les branleurs ! On se revoit quand on sera sur notre trône, les *losers* !

Je me remets à la verticale, Rwen accrochée à mon cou, et vois le couple infernal devant la porte menant à l'épreuve suivante. Le menton de la blondinette dans le creux de mon épaule, je les regarde traverser le seuil en se foutant clairement de nous.

– C'est mal parti, grondé-je avec agacement tandis que je nous emmène vers le bord, Rwen se laissant entraîner sans chercher à m'aider plus que ça.

Son souffle caresse mon oreille. Un peu plus et ce seraient ses lèvres pulpeuses…

– Pas grave. (Ses bras se resserrent autour de moi.) Et puis ce n'est pas terminé.

Le sang fouettant mes veines, je pivote pour harponner sa main et nous extraire rapidement du bassin.

– Ma moufette, on n'a pas dit notre dernier mot.

Enfin, nous pénétrons dans la dernière salle. La der des ders. Il ne nous faut qu'une quinzaine de minutes pour réussir l'épreuve. Affublé d'un déguisement douteux de licorne arc-en-ciel, je sers de monture à Rwen. Les yeux bandés, toujours à demi nue, le corps secoué par les rires, elle se trémousse en me chevauchant avec entrain pour abattre la *piñata* en forme de pénis géant qui pend du plafond. Je parie un tatouage que mes hanches garderont l'empreinte de ses cuisses pendant quelques jours. À cette simple pensée, je me maudis, elle aussi un peu, quand dans mon boxer, la samba reprend. Ma coéquipière bondit partout comme une malade. Ses immenses yeux scintillent de plaisir, sa poitrine tressaute à chaque saut.

– On l'a fait ! On l'a fait putain !

Une fois sa danse de la victoire terminée, j'entrouvre une porte située au fond de la pièce sur laquelle est punaisée une pancarte notifiant la sortie. Nous nous retrouvons alors dans ce qui s'apparente à des vestiaires. Rwen plonge les doigts dans son soutien-gorge avec un clin d'œil à mon attention avant d'en extirper la clé. Étrangement, je crois bien avoir hâte qu'elle se refoute quelques couches de tissu sur les fesses. Sinon, mes rétines vont finir par fondre à force de la reluquer. Et puis... un sentiment moins reluisant grignote l'intérieur de mon crâne. Si elle paraît heureuse, perso je suis sur les nerfs.

J'ai merdé. Je lui avais promis de coller sur sa jolie tête sa couronne à la con. J'ai merdé, putain. Empressé, je déverrouille le cadenas de la boîte contenant nos affaires, retire sa robe que je lui lance sans la regarder. Sombre, je m'apprête à enfiler mon jean quand sa voix me chope par les burnes.

– Canaan...

Sans réfléchir, mon fute à la main, je me retourne et manque de basculer quand, d'une impulsion, elle prend son élan et me saute au cou. Un premier réflexe me fait lâcher mon pantalon. Un second place mes paumes sous ses cuisses pour la maintenir contre moi. Ses bras se nouent sur ma nuque, ses chevilles sur mes reins. Je déglutis au moment où, d'instinct, ses hanches ondulent contre mon bassin.

– Tu vois? Tu les auras eues autour de ta taille... chuchote Rwen avec tellement de sensualité que je perds pied. Mes jambes.

Mes doigts s'enfoncent dans sa chair, la pressent durement. Un sifflement filtre d'entre mes lèvres. Il n'y a que nos sous-vêtements qui séparent mon sexe du sien. Une putain de barrière si mince qu'il suffirait d'un rien pour que je plonge en elle. D'un rien pour que je déchire ses chairs. D'un rien pour qu'enfin... La chaleur sous ma peau rampe, rebondit pour devenir un feu de joie. Avide et vorace. Je relève le visage, la bouche pincée pour plonger dans les eaux claires de ses iris.

– Écoute, Rwen…

Son index se pose sur mes lèvres. Que je la ferme.

– Stop. Je l'ai fait, Can'. Grâce à toi.

Elle me dévisage gravement, son doigt désormais sur ma pommette.

– Avec toi, souffle-t-elle doucement en se redressant pour sinuer de nouveau le long de ma queue durcie contre son ventre.

La sensation que Rwen me prend en elle sans que je la pénètre. Et puis… ma bouche contre la sienne. À moins que ce soit le contraire. Je ne saurais même pas dire avec exactitude lequel embrasse l'autre. Tout ce que je sais, tout ce que je sens… ce sont nos dents qui s'entrechoquent violemment. Sa langue qui me trouve. La mienne qui l'enlace. L'impression de respirer pour la première fois.

22

Canaan

Quand j'étais ado, je me rappelle avoir crocheté la serrure du bureau de mon paternel. Parce que… disons que je désirais m'instruire. À 14 ans, on sait. On sait ce qu'est une queue, un vagin… On sait ce qu'est une fellation, un cunni, comment pénétrer le sexe d'une femme. Ce que l'on sait moins, pour ne pas dire du tout, est le reste. Le mythe autour que l'on se tisse à force de pornos plutôt cradingues. Fourrer pour fourrer, très peu pour moi. J'ai été élevé par une mère posthippie. Aussi, j'ai l'esprit de communauté. Et puis… j'ai toujours été curieux. Or, je savais qu'à défaut de journaux de charme, mon vieux avait carrément des bouquins. Il avait la docu et moi, besoin de potasser le sujet.

Pourquoi, à cet instant précis, je pense à ces conneries? Parce qu'un de ces livres me revient de plein fouet. Le *Kama-sutra du baiser*. Il y en a tellement…

Le baiser nominal. L'incliné. Le mouvant. Le touchant. Le frotté. Le combat.

Avec Rwen… c'est une putain d'explosion. L'impression de tous les vivre. Les expérimenter comme si mon souffle se résumait à la sensation de sa bouche sur la mienne. Je ne suis pas certain d'aimer cette dépendance, mais je pourrais tuer quiconque tente de me l'arracher. Mes bras se resserrent autour de son corps. Je titube en avançant de quelques pas jusqu'à ce que son dos entre en collision avec une rangée de casiers métalliques. Une de mes paumes s'abat contre la porte de l'un d'entre eux, se rétracte sur l'acier. Pressée entre mon corps et la cloison, Rwen ondule, danse carrément contre mon sexe si dur que j'en gémirais de douleur autant que de frustration si seulement la moindre de mes cellules n'était pas focalisée sur l'amour que sa bouche fait à la mienne. Elle se retire, je grogne avec hargne. M'incline au-dessus d'elle. Un frisson presque primitif se coule sur mes flancs. Un sourire s'épanouit sur ses traits mutins, mes lèvres s'appliquent sur les siennes. Affamée, elle en aspire l'ourlet inférieur, le lèche doucement. Ses deux mains en coupe autour de mon visage, elle lutte, se rend, s'esquive.

Elle me hante. Un baiser exigeant. Terriblement sensuel.

Je la dévore. Un baiser qui devient morsure. Un baiser qui…

– Sérieux ? Vous êtes au courant que vous n'êtes pas seuls dans une chambre genre… fermée à double tour ? Pitié, j'ai failli devenir aveugle là.

Hors d'haleine, pas d'humeur, je prends deux secondes pour ne pas envoyer chier celui – ou en l'occurrence celle – qui vient de mettre un terme à une expérience confinant presque au mystique. Mon front se cale contre celui de Rwen, les paupières closes. Encore une seconde. Mes narines se dilatent pour la respirer à m'en crever les poumons. Enfin, mes yeux se rouvrent à regret. Je la libère, recule d'un pas puis me tourne vers ma sœur qui me scrute d'un œil affûté, Shilow sur les talons. Sans réfléchir, j'entoure la taille de Rwen, l'oblige d'un mouvement à se poster dans mon dos. Manquait plus qu'une sœur en mode fouineuse. Avant que je puisse riposter en mode bouledogue, elle me devance :

– T'inquiète, on vous laisse. Cela dit, magnez-vous de nous rejoindre, hein… On vous attend.

Sous-entendu : j'ai hâte de te cuisiner et de t'arracher chaque minuscule détail.

– Si vous n'êtes pas là dans dix minutes, je lâche Bart sur vos traces.

Dès qu'ils ont tourné le dos, je fais volte-face, récupère mes fringues sur le sol et tends les siennes à Rwen. Sans un regard.

– Can'…

J'enfile rapidement mes vêtements sans tourner la tête vers elle. Rien que d'imaginer son corps encore à moitié nu, ma gorge se contracte. Et pas que ma trachée d'ailleurs.

– Canaan… insiste Rwen dans un souffle rauque.

Mon prénom sur sa langue, ces syllabes prononcées avec un soupir lascif, s'enroule dans ma cage thoracique. Encore une fois, je m'abstiens de répondre. Plusieurs minutes défilent, uniquement coupées par le bruissement des tissus.

– Je suis prête.

L'insatisfaction résonne dans ses mots, dépouillant mes côtes pour y coller le bordel. Une clope au coin de la bouche, je me tourne vers elle, cadenasse sa main dans la mienne sans lui demander son avis.

– On y va.

Rwen rouspète, dépitée que la tension entre nous s'effiloche. Lorsque nous pénétrons dans le vestibule, j'inspire et fonce vers l'entrée sans m'intéresser au panneau indiquant l'escalier pour rallier le toit où a lieu la fête qui célébrera les gagnants.

– Qu'est-ce que tu fous ? On doit…

Je freine si brusquement qu'elle bute contre moi. Me maudit jusqu'à la cinquantième génération en frottant son flanc. Je lâche sa paume pour attraper son menton afin de capter son attention. Si elle croit que j'en ai terminé…

– Tu veux y aller?

La teinte de ses iris s'électrise. Je lui laisse le choix. À elle de décider. Enfin… je le lui laisse surtout le croire. Avec ce que j'ai en tête depuis des heures, je refuse qu'elle m'échappe.

– Tu as dit à ta sœur…

– Je dis toujours beaucoup de choses, Rwen.

– Et Maura? Je ne peux pas la planter comme ça…

– Et si tu pensais à ce que toi, tu veux?

Ses doigts pétrissent les miens.

– Qu'est-ce qu'on attend dans ce cas?

Le seuil à peine franchi, Dorian – qui décidément ne tient pas à ses couilles – en rajoute une couche en s'engouffrant, lui, dans la maison.

– Dommage que tu ne restes pas, blondinette! J'ai encore l'image de ton cul gravé sur mes rétines!

Ni une. Ni deux. Je pivote puis le rattrape après avoir planté Rwen dehors d'un coup d'œil autoritaire. Les poings dans les poches de mon jean, je l'interpelle.

– Hé!

Surpris, il se retourne. Trop c'est trop. Il n'a pas dit un seul mot que mon front entre en collision avec son nez qui craque. Il bascule en arrière avec un cri, tombe lourdement sur le sol. Au-dessus de lui, un filet de sang coulant de mon arcade, je le surplombe.

– La prochaine fois que t'emmerdes une nana, tu penseras à moi. Méthode cent pour cent française, trouduc.

Je repasse aussitôt à l'extérieur en m'essuyant le visage avec le revers de ma manche, taxe de nouveau la main de Rwen avant de l'entraîner.

– On se tire.

– Tu m'emmènes où?

– Tu verras.

***

– Shilow va me tuer.

Rwen glousse en imaginant la manière dont celui-ci me bouffera quand il découvrira que je lui ai taxé sa caisse dont j'ai dénudé les fils pour la démarrer. Le moteur tout juste éteint, je regarde droit devant moi puis me renverse contre le dossier afin d'allumer une clope. Elle piaille contre ma sale manie, descend la vitre pour chasser le nuage opaque, créant un véritable aquarium à l'intérieur de l'habitacle. Finalement, elle abandonne et se met à rire, ses jambes étalées sur le tableau de bord. Suivant leur propre impulsion, mes billes remontent la ligne gracieuse de ses mollets pour s'arrêter sur le bandage enveloppant sa cuisse.

– Tu n'as pas mal ? La piscine à balles n'était pas franchement idéale.

Ses doigts caressent le film plastique ceinturant la gaze.

– Ça pourrait être pire. En fait, j'aime sentir cette légère pique douloureuse. Elle me rappelle qu'il est là. Que Cleo est désormais partout avec moi.

– Je ne te connaissais pas des tendances BDSM.

Faussement boudeuse, elle souffle sur une mèche de ses cheveux qui volette.

– Qu'est-ce qu'on fait là ? Sur ce terrain vague paumé ?

Au lieu de lui expliquer en long, en large et en travers que je n'avais pas de destination précise, juste l'envie de me retrouver seul avec elle dans un coin tranquille, je déverrouille la portière, contourne la Chevrolet et ouvre la sienne. Avec une courbette ridicule, je l'invite à extirper son adorable derrière du siège en cuir. Ma clope au bec, je reste là. Dans la nuit noire uniquement éclairée par les étoiles.

– On n'en voit pas des comme ça à Paris. Les étoiles, précisé-je en apercevant ses sourcils froncés.

– Ta ville te manque? chuchote Rwen alors que nous sommes seuls.

J'avance, vais me caler l'arrière-train contre le capot de la voiture pendant qu'elle hisse son magnifique cul dessus. Lorsque le mégot est atteint, je l'écrase contre ma semelle puis l'enfouis dans mon paquet en attendant de le jeter plus tard.

– Pas vraiment, non. Sa vie nocturne peut-être. Faut dire que Lawrence n'est pas l'endroit le plus fun qui existe. Mais non, pour l'instant, je n'ai pas envie de décoller d'ici.

– Tes parents?

– Non plus. Si tu connaissais mon vieux, tu saurais que s'émanciper relève de la survie mentale, raillé-je quand l'image de Keino s'impose.

– La famille est importante, crois-moi.

– Je sais… mais là, je m'en contrefous royalement…

Une de mes paumes plaquée contre le capot, je me penche sur elle. La recouvre. Sa joue dans mon autre main, je me jette sur sa bouche. La pille, impérieux. La cajole, joueur. Les battements contre mes tempes s'intensifient, deviennent une cavalcade monstrueuse quand ses poignets se nouent sur ma nuque afin de m'attirer plus près. Sauf que l'infime hésitation que je sens poindre m'enrage. Non. On ne recule pas. On ne recule plus. Pas après ces dernières heures passées à se défier et se télescoper tellement on se cherche. Je m'arrache d'elle, fais presque un bond en arrière. Assise sur la caisse, elle m'observe. Pour une fois silencieuse. Frémissante. Indécise parce qu'en dépit de ses résolutions, on ne balaie pas des années de mal-être d'un revers.

– Putain, Rwen.

Aussi, la décision, je la prends pour nous deux. Sans un mot de plus qui serait superflu, je fonds entre ses jambes, épingle sa mâchoire avec force. La renverse sur la tôle, mon corps l'y clouant de tout son poids.

– Canaan…

Haletante, elle essaie de respirer. S'apprête à parler quand je la coupe, tranchant :

– Dis-moi que tu ne veux pas.

Je m'incline, ma langue dardée vient lécher sa lèvre.

– Dis-moi que tu ne veux pas de ma bouche sur la tienne.

À travers le tissu de sa robe, alors que le froid crée une légère brume piquée d'humidité, je taquine la pointe de son sein. Le mords doucement. Sa plainte m'arrache un grognement qui vient nourrir l'envie d'elle pourrissant mon bide. Alimentant la sienne.

– Dis-moi que tu ne t'es jamais demandé ce que tu ressentirais, mes mains sur chaque centimètre carré de ta peau… Dis-le-moi, Rwen. Caressant la rondeur de ta poitrine…

Mon index sinue jusqu'à ses lèvres, s'introduit entre elles.

– Mes doigts dans ta jolie…

Ma belle se rebelle. M'interdit de terminer ce que j'allais dire en croquant mes phalanges. Pas grave. C'est encore plus excitant. Ma poigne dérive alors sur la naissance de sa gorge tandis que j'appuie sciemment mon entrejambe durci contre le sien.

– Dis-moi. Que tu ne veux pas que je me coule entre tes cuisses pour te prendre. Que tu n'as jamais…

Je sinue contre elle jusqu'au pavillon de son oreille que je cisaille d'un coup de dent avant d'en apaiser la morsure d'un baiser.

– Que tu n'as jamais imaginé ce que donnerait mon corps fracassé contre le tien, Rwen. Ce que ce serait de m'avoir en toi. Fendant ton ventre.

Joueur, je propulse mes hanches contre les siennes, lui soutirant un cri. Ma paume désormais plaquée contre son sexe.

– Que tu ne t'es jamais touchée en pensant à moi ? Que tu ne t'es jamais fait jouir en murmurant mon prénom...

Je me baisse sur elle, l'écrase presque pour lui avouer une vérité au creux de l'oreille :

– Parce que... perso, je ne m'en prive pas, mon cœur.

N'attendant pas qu'elle acquiesce, je retrousse sa robe jusque sur son abdomen d'un geste leste, lui offrant tout le temps nécessaire pour me stopper. Le buste redressé, je la fixe intensément. Une seconde. Une longue minute peut-être. Contemplant son épiderme rougi par le froid et le plaisir. Par le désir. Ses pupilles si dilatées qu'elles m'engloutissent.

– T'as vraiment arrêté de courir, bébé ?

– Je cours après moi, Can'.

Son soupir me suffit. Ses mots également. Mieux que cela, ils sont exactement ceux que je souhaitais entendre. Pas de promesses inutiles. Juste ce moment. Cet instant. La délaissant, j'embrasse son ventre dénudé. Mes lèvres courent sur ses flancs. Sur ses cuisses. Reviennent vers leur intérieur pendant que ma paume stimule ses chairs après lui avoir baissé son collant d'un geste sec. Lorsqu'elle n'est plus qu'un corps transpirant de frustration, je passe au *level* supérieur et m'attaque à son shorty. Mes doigts s'enroulent autour de la dentelle que je maintiens dans mon poing afin de dégager son intimité. Sa main s'abat dans mes cheveux, les massacre. Je me cale pesamment entre ses cuisses de façon à les écarter comme moi je l'entends. Ses reins arc-boutés ainsi que la crispation de ses muscles m'amènent un sourire narquois. Je doute que Rwen se soit souvent retrouvée prête à se faire croquer en plein air ni de manière un peu plus... sauvage. Le missio, très peu pour moi. Encore moins avec elle.

Sans compter que j'ai une dalle d'enfer. Alors je profite et plonge en elle.

Ma langue remonte le long de ses chairs, insistante. Avant de tracer le chemin inverse. La boule bardée de picots en silicone de mon piercing l'achève quand les pointes minuscules la frôlent, exacerbant son excitation. Pas besoin d'être un bourrin. Au contraire. C'est un putain d'art. Je ne la mate pas. Ne lui demande pas son avis, me référant uniquement aux messages renvoyés par son corps. De la confiance, voilà ce qu'il faut. Et Rwen exalte mon âme d'artiste. Tout comme ces petits gémissements sourds qu'elle lâche et qui deviennent des cris à mesure que je modèle son plaisir.

Plus rapide. Plus appuyé. Ma main restée libre agrippe son cul, l'obligeant à se presser contre mon visage. Vorace, j'alterne le sens, le rythme... Qu'elle devienne folle. Ce qu'elle est. Une dingue. Aussi affamée que je peux l'être. Sentant l'orgasme se propager sur sa peau, je coince son clitoris entre mes lèvres pour le sucer et, au moment où l'onde se déchaîne, l'aspirer en claquant la couture de sous-vêtement sur son aine. Rwen sursaute, se cabre avant de retomber contre la tôle en abandonnant un long râle.

J'inspire afin de tenter de dégourdir mes jambes. En essayant d'ignorer la barre d'acier qui cherche à foudroyer la barrière de ma braguette. Pas maintenant. Je n'oublie pas pourquoi tous les deux, nous en sommes là. En dépit de son envie de cesser ce deal entre nous, j'entends bien tenir au moins ma part du marché. Et ce, malgré elle s'il le faut. Les gestes pas tout à fait assurés, je la rhabille tandis qu'elle gît, les membres empreints de mollesse. Ses doigts tremblotants se tendent vers ma queue. Avec un clin d'œil, je les cadenasse et lèche son majeur. D'une impulsion, je tire sur son bras pour qu'elle s'asseye. J'enveloppe ensuite sa nuque pour la rabattre sèchement contre moi.

– Quand tu me baiseras, Rwen, c'est parce que tu le voudras à en crever, murmuré-je, ma bouche contre sa tempe. Quand tu me baiseras, tu devras faire cette saloperie de premier pas.

23

Rwen

Les rayons du soleil filtrent à travers les persiennes, s'échouent sur mes paupières, me réveillant pour de bon cette fois. Je ne me souviens même plus de la dernière fois où je suis restée dans mon lit juste pour le plaisir de me prélasser. Mes muscles sont encore endoloris de mon passage dans cette baraque de tarés obsédés. Mes cellules, elles… encore plongées dans cette transe euphorique depuis qu'elles se sont fait #Canaaner. Outre l'orgasme en lui-même, Canaan a cette façon de me toucher qui tient presque du fanatisme. Et je n'ai pas besoin de le regarder pour m'en rendre compte. Ses mains effleurant mon visage, s'accrochant à mes hanches, s'incrustant dans mes cuisses… suffisent à répercuter sous ma chair un désir dévorant et primaire. Voilà pourquoi je suis tant attirée par Canaan. Ses étreintes sont exigeantes, impérieuses. Je ne veux plus rester à l'abri derrière mes barrières. Je veux qu'elles explosent. Je sais en avoir besoin. Qu'il me pousse plus loin, me libère, me permette de me retrouver… Un sourire aux lèvres, je caresse la silhouette de Cleo tatouée sur ma jambe. Ma copie. Mini-moi, comme dirait Canaan.

Comme si mes pensées l'avaient appelée, des coups retentissent à la porte de ma chambre. Avec une telle délicatesse que je crains que le bois ne cède.

– Entre, Cleo !

– Comment tu sais que c'est moi ? demande-t-elle, suspicieuse, en pénétrant dans la pièce.

Je rejette les draps au bout du lit puis m'assois sur le matelas.

– Parce que tu es la seule dans cette maison à pouvoir concurrencer Hulk.

Un sourcil arqué, elle me décoche un regard de *serial killer* en devenir et me rejoint.

– Tu bosses aujourd'hui ?

– Non, pour une fois que je ne travaille pas et n'ai pas cours, je compte bien en profiter… enfin, en profiter au moins une matinée vu que les examens approchent.

Ma jambe allongée, je m'affaire à retirer le bandage de ma cuisse. Des croûtes commencent à se former sur les lignes d'encre. J'attrape le tube de crème acheté sur les ordres de Dr Canaan et entreprends de me badigeonner avec lorsque je suis interrompue par ma petite sœur.

– Je peux ? s'enquiert-elle avec une hésitation inhabituelle chez elle.

J'acquiesce d'un sourire et la laisse donc étaler la pommade sur ma peau. J'ai l'impression que l'œuvre du tatoué l'a encore plus touchée que moi. Son regard à la fois bouleversé et heureux quand je le lui ai montré restera également gravé en moi. Et rien que pour cela je serai à jamais reconnaissante à Canaan. Cleo et moi avons beau partager une relation forte, certains moments n'en restent pas moins parfois difficiles. Déjà car nous sommes deux sœurs, les crêpages de chignon vont donc forcément de pair. Mais aussi car parfois je ne sais plus moi-même où se situe la limite entre mon rôle de sœur et celui de figure maternelle de remplacement. Et maintenant, grâce à Canaan, il nous suffira de poser nos yeux sur ce tatouage pour nous rappeler que nous sommes ensemble et que c'est tout ce qui compte, finalement.

Quel petit con quand même. Plus ça va et plus il trouve le moyen de s'implanter partout.

– J'avais pensé qu'on aurait pu faire les magasins ensemble, chuchote soudain Cleo, comme si elle craignait je ne sais quoi.

– Tu as horreur de ça d'ordinaire.

Un long soupir franchit ses lèvres pincées.

– J'ai besoin de sous-vêtements, je ne sais pas si t'as remarqué, mais il y a au moins un point sur lequel je ne te ressemble pas. Mes soutifs ne s'arrêtent pas au bonnet B, souffle-t-elle en levant les yeux au ciel alors que je lui assène un taquet sur l'arrière de son crâne. Et j'ai pas tellement envie d'aller en acheter avec papa. Puis… non, laisse tomber.

D'un geste un peu trop violent, elle rejette le tube qui part valdinguer par terre. La tête penchée sur le côté, je coule sur elle un regard insistant, signe que je ne la lâcherai pas.

– Cleo, accouche. C'est ma première journée de libre depuis une éternité. Je ne compte pas la passer à te fixer dans le blanc des yeux.

– Bah… dit-elle avec hésitation en triturant la manche de son gilet, demain je vais au ciné avec… quelqu'un. Et j'aimerais bien me trouver une tenue… comment dire, pas trop moche.

– Pas trop moche ? réponds-je, sans pouvoir m'empêcher de me marrer. OK, OK, fais-je au moment où l'éclat émeraude de ses iris lance des étincelles, tu peux compter sur moi, et tu le sais, mais j'émets une condition.

– Bien sûr que tu as une condition…

Je m'incline vers elle et murmure sur un ton de conspiratrice :

– C'est qui ce « quelqu'un » ?

– Rwen… réplique-t-elle avec un soupir en posant le plat de sa paume sur mon front pour me repousser. Si je t'en parle, tu vas devenir saoulante et osciller entre le mode mère poule et celui de sœur casse-couilles.

– Et ? J'y suis pour rien si j'excelle dans ces deux catégories.

– Ah ça… je peux difficilement te contredire.

Ignorant sa dernière remarque, je me lève enfin et m'étire paresseusement. Je branche mon portable aux enceintes et les notes de « Mediterranea » d'Irama envahissent l'atmosphère. Depuis peu, Cleo a décidé de suivre des cours d'italien et comme à chaque fois, la maison vit au rythme de ses lubies. Et donc au rythme des chanteurs italiens également. Je fais volte-face et, en dansant, vais choper la main de ma petite sœur. D'un geste sec, je l'oblige à se mettre debout avant d'attraper ses épaules, l'incitant ainsi à se dandiner avec moi. Un sourire effleure ses lèvres puis se transforme en une moue boudeuse lorsque j'enroule un bras autour de son cou pour l'attirer contre moi.

– Très bien, petite emmerdeuse, dis-je d'une voix douce en embrassant son front. Tu m'en parleras quand tu le sentiras. En attendant, bouge tes fesses, parce que relooker Hulk miniature va nous demander une sacrée dose d'énergie.

– Saleté, grommelle-t-elle malgré la pointe de joie que je devine dans son timbre.

– Moi aussi, je t'aime, petite sœur.

***

Pendant que je marche jusqu'à l'entrée de la maison victorienne, mes yeux sont irrémédiablement attirés par les tatouages sur mes jambes. Ma jupe courte effleure celui sur ma cuisse à chaque pas et un nœud se loge dans mon abdomen à l'idée qu'il soit peut-être le dernier. Je comprends que certaines personnes ne s'arrêtent jamais et deviennent accros. Comme on peut devenir accro du parfum d'une peau...

La porte s'ouvre enfin sur une petite silhouette aux cheveux roses vêtue d'une robe à frou-frou. Une main calée sur sa hanche, elle me lance un regard chaleureux et rusé.

– Salut Rwen ! s'exclame-t-elle. C'est moi ou j'ai l'impression de te voir partout en ce moment ? Du moins, partout où se trouve mon frère.

– Étant donné qu'il vit ici, c'est plutôt logique, non ?

Une moue moqueuse sur son visage, elle s'efface afin de me laisser entrer. Je pénètre dans le vestibule et m'immobilise en bas des marches.

– Mon frère doit sûrement t'attendre dans le dressing, j'imagine, fait Méléri.

– En fait, il ne m'attend pas... je ne l'ai même pas prévenu que je venais.

– Hum... dis, Rwen, je peux te poser une question ?

Curieuse, je pivote afin de lui faire face pendant qu'elle croise ses bras sur sa poitrine et s'appuie contre la porte tout juste refermée.

– Laisse-moi deviner, dis-je en ricanant. Tu vas jouer les sœurs protectrices ? Ou juste curieuses ?

Un sourire s'étale sur ses lèvres et semble s'épanouir jusqu'au fond de ses yeux bleus.

– Un peu des deux ? Écoute, Canaan est un grand garçon. Et je ne suis pas du genre à m'interposer dans ses relations. Quoique... jusqu'ici il n'a jamais vraiment entretenu de relation... Mais, tu vois, lui et moi faisons partie d'une famille très soudée. Notre père nous a même rebaptisés comme étant une « meute », ajoute-t-elle en mimant des guillemets. Et je veux juste... comprendre ce qu'il se passe entre vous. Je n'ai pas l'habitude que Can' soit aussi… concerné. D'ordinaire, tout glisse sur lui et là… je sens bien que c'est différent.

Bien qu'une sensation de bien-être pur m'étourdisse presque à ces paroles, je ne peux m'empêcher de répondre d'une voix un peu plus sèche :

– Méléri, désolée, mais… ce n'est certainement pas avec toi que je m'étendrai sur ce qui se passe entre ton frère et moi. Cela étant, je comprends ton inquiétude. Ma petite sœur m'a plus ou moins annoncé ce matin qu'elle avait son premier *crush* et ça m'a tordu le ventre. J'ai peur qu'elle ne tombe pas sur quelqu'un de bien, qu'elle souffre aussi même si… je sais que ça arrivera fatalement. Cependant, j'ai ravalé mon angoisse. Je l'ai emmenée faire les magasins et j'ai partagé avec elle l'excitation de son premier rendez-vous. Parce que je veux… qu'elle soit libre de faire des erreurs et surtout, qu'elle prenne le risque de souffrir. De vivre. Alors si mon petit monstre de 13 ans en est capable, je pense que concernant ton frère de 20 ans qui possède une assurance à toute épreuve, tu n'as pas d'inquiétude à avoir…

Un court instant, la jolie tatouée ne réagit pas. Avant qu'un éclat de rire s'échappe de sa gorge. Le visage rayonnant, elle se contente ensuite d'indiquer l'étage d'un geste de la main, signe que notre conversation est close. Alors que je m'apprête à rejoindre mon enfer brûlant sur pattes, Méléri m'interpelle. Encore.

– Tu dînes avec nous ce soir ? Bart va venir squatter de toute façon… et plus on est de fous…

Mouais, dis plutôt que tu veux nous avoir sous le nez, ton frère et moi…

– J'ai prévu de passer la soirée avec mon meilleur ami, prétexté-je.

– Parfait. Invite-le alors !

– Je ne…

– Rwen, tu viens déjà de me coller un refus dans les dents. Un second ne serait franchement pas cool, geint-elle de façon exagérée.

Une chose est certaine : elle ne peut pas renier son ADN commun avec Canaan. Un chouïa trop théâtraux, les *Frenchies*…

– OK, dis-je en soupirant.

Je me retourne ensuite – de peur qu'elle me retienne encore –, grimpe la première marche, mais me ravise néanmoins et reviens sur mes pas.

– J'ignore si tu as déjà eu cette impression : celle d'être habituée à ne respirer qu'à la moitié de tes capacités et qu'un jour, tu te prends un shoot d'oxygène dans les poumons. Bah, tu vois, ton frère, c'est ce shoot. Cette volonté de ne plus revenir à cette normalité qui n'aurait jamais dû en être une.

Sans m'attarder sur sa réaction, je me lance dans l'escalier tout en envoyant un texto à Eli pour le prévenir. Une tout autre envie ruant dans mes veines : celle de le retrouver.

Quelques secondes après, j'observe, figée contre le chambranle de la porte, Canaan. Absorbé par les lignes qu'il dessine sur sa feuille, il ne m'a pas remarquée, hermétique au monde extérieur. Vêtu de son sweat à capuche qui dissimule une partie de son visage, il est assis sur un fauteuil situé pile en dessous de l'unique fenêtre de la pièce. Le son des basses crachées par les écouteurs sur ses oreilles est l'unique signe de vie qui résonne entre les murs. Ça et… ses yeux qui ne cessent de se mouvoir en rythme avec les tracés de sa main. Sa lèvre inférieure se forme et se déforme sous les assauts de ses incisives que, là, tout de suite, j'envie violemment. Je demeure un long moment ainsi. À le contempler. À lui voler cet instant. À refuser de lui tourner le dos sans pour autant rompre sa solitude.

Ce n'est que lorsque je me décide enfin à ne pas le déranger que ses billes azur délaissent leurs entrelacs pour m'aspirer.

Toujours cette brûlure naissante dans mon ventre. Toujours cette envie furieuse de me jeter dans cette mer d'eaux chaudes, tête la première. Ses lèvres s'étirent d'abord lentement, jusqu'à finalement afficher un sourire renversant sur son visage. Sa paume s'élève ensuite et se déplie. Dans l'attente. Que je l'attrape. Et le rejoigne enfin.

Quand mes doigts se mêlent aux siens, il m'attire soudainement contre lui. Ma main libre chute sur le dossier du fauteuil, juste au-dessus de sa tête. Nos visages à quelques millimètres, je m'immobilise encore. Son souffle s'échoue sur ma bouche lorsqu'il ricane, déposant un goût de tabac mélangé à son parfum. Celui qui greffe à mes cellules un besoin vif de me ruer sur lui. Toutefois, je me contrôle. Mais uniquement car ce désir qui inonde mes veines est aussi délicieux que l'embrasser. Et puis, le défier a quelque chose d'addictif. Surtout quand le coin de ses lèvres se rehausse en un rictus arrogant et – malheureusement pour moi – craquant, ou que l'éclat magnétique de ses prunelles s'embrase davantage devant ma provocation silencieuse. Canaan s'incline légèrement, darde sa langue pour qu'elle effleure doucement ma mâchoire puis, sans que je m'y attende, cadenasse ma nuque à l'aide de son bras. Autoritaire, il écrase mon corps sur le sien, m'obligeant à m'asseoir sur lui. Son autre main glisse sous mes fesses, les ramène sur ses jambes. Et, d'une impulsion, il m'oblige à me positionner en chien de fusil de façon que mes cuisses lui servent d'appui pour son carnet de dessin. La tête dans le creux de son épaule gauche, je me laisse aller contre son torse, quelque peu chamboulée par cette étreinte différente de celles auxquelles a pu m'habituer Canaan. Son bras vient se caler sur ma hanche pendant que l'autre reprend tranquillement sa tâche précédente. Dessiner. Esquisser… Ébaucher une étrange sensation au creux de ma poitrine qui me perturbe plus que je ne l'aurais pensé. Mue par je ne sais quel instinct, je passe ma main sous son sweat, remonte l'ourlet de son tee-shirt qui était coincé sous sa ceinture puis déploie mes doigts sur son buste, à même sa peau. Son corps se tend aussitôt, je sens son abdomen se contracter contre moi avant qu'il ne ferme ses paupières. Ses poumons se gavent d'air. Une fois. Une deuxième. Puis une troisième. Son cœur s'emballe. Toutefois, il ne tente pas de rompre ce contact. Bien au contraire. On dirait qu'il cherche à s'en nourrir, à se focaliser dessus pour en capter chaque nuance.

Canaan rouvre ses yeux. Sans cependant les poser sur moi. Son intérêt de nouveau entièrement polarisé sur ses tracés. Je n'essaie même pas de voir ce qu'il dessine, mon attention est ailleurs. Sur sa jugulaire qui pulse dans son cou. Sur sa lèvre une fois de plus martyrisée par ses dents. Sur cette croix figée au coin de son œil. Sur mon corps enveloppé par sa chaleur. Sur ce sentiment de paix et de sécurité qui m'envahit. Je me sens bien. Juste incroyablement et profondément bien. La musique qui m'arrive de ses écouteurs par vagues semble changer de registre. Des notes de piano et de violon me bercent et terminent de me faire sombrer dans ce brouillard éthéré…

– Rwen…

Mes paupières papillonnent et s'ouvrent sur le ciel nocturne visible à travers la fenêtre.

– Merde, grommelé-je. Il fait déjà nuit ?

– Tu t'es endormie. D'ailleurs, je te le dis, ça ne va pas le faire, mon petit sucre. Tu vas faire baisser ma cote là. Une fille qui s'endort dans mes bras sans avoir goûté à mini-Canaan, du jamais-vu.

La nuque raide et la moitié du corps endolori, je tente de me redresser.

– Charmant, maugréé-je plus pour la forme.

– Tu sais ce que ça veut dire, bébé ? Qu'il faut renverser la tendance… littéralement.

– Hein ? De quoi…

Les mots restent bloqués dans ma trachée quand, j'ignore comment, je me retrouve le dos sur l'assise du fauteuil avec un Canaan, les genoux sur le sol, le buste aplati sur le mien. Mes lèvres capturent aussitôt les siennes, bien avant que l'idée même de l'embrasser ne parvienne à mon cerveau. Putain d'instinct. Ses paumes s'infiltrent sous ma jupe, pétrissent mes fesses en les soulevant pour venir caler son érection pile contre mon intimité. Un arc électrique me fouette les sangs et fait naître un gémissement dans ma gorge qui meurt dans sa bouche.

Alors que je rejette la tête en arrière, Canaan enfouit son nez dans mon cou, inspire à m'en cramer les cellules nerveuses. Un cri agresse mes tympans, ou devrait les agresser plutôt, mais je m'en contrefous.

– Ils nous attendent pour bouffer, grogne-t-il en mordillant la chair de mes cuisses.

Putain, à quel moment il est descendu si bas ? Pire qu'une anguille, ce mec !

– Manger ? C'est surfait Canaan, ahané-je en m'arc-boutant.

– Ah ouais ? Dommage, parce que je suis affamé, perso.

Soudain, une voix grave et carrément flippante rugit à travers les murs.

– Canaan ! Ramène tes putains de tatouages ici si tu veux pas que je m'amuse avec tes os ! J'ai faim, moi !

L'air saoulé, Canaan se redresse alors. Pose ses deux mains sur les accoudoirs de part et d'autre de mes hanches.

– Ton beau-frère te menace et tu réponds direct ? râlé-je.

– C'est la famille, mon cœur. Ce mec est comme un Gremlins. S'il ne mange pas à heure fixe, il est capable de déchaîner l'enfer sur terre, dit-il en se marrant. Allez, debout ! Une soirée entière sous le radar de ma sœur, j'en bande d'avance !

24

Canaan

Ce soir, je me sens l'âme d'un prédateur. Sans parler du fait que je n'ai pas spécialement envie de faciliter les choses à Rwen. Je dirais même que c'est plutôt l'inverse qui triture mes cellules nerveuses. Ce que je veux, c'est que Rwen vive l'instant et pas forcément dans l'ombre, y compris la mienne. Aussi, dans le salon, je prends place délibérément de l'autre côté de la table, près de Bart, la laissant entre Eli qui semble très à son aise et le mec de Méléri qui ne décroche pas un mot, fidèle à son habitude. Comme si elle avait parfaitement capté le fond de ma pensée, ses iris s'assombrissent malgré le sourire qu'elle décoche vaguement à son ami qui l'a embarquée dans une conversation aussi passionnante qu'une mycose sur le vagin de Cardi B. D'un côté, je la comprends à cent pour cent. Pourquoi ? Tout simplement car j'ai le même souci. Rwen, ses courbes, son aura douce et pourtant épicée me pompent toute ma capacité de concentration. Ma sœur ou bien encore les conneries de Bart ne m'atteignent pas. L'extérieur ne compte pas. Les autres ne comptent pas. Elle seule m'intéresse. Le moment que chacune de ses attentions me promet. Ces instants que je lui vole.

L'air de rien, je me délecte durant l'heure qui suit. À la fixer tandis qu'elle bataille avec des filaments de fromage. Qu'elle repousse discrètement les morceaux d'ananas du morceau de pizza dans son assiette. Qu'elle envoie bouler Bart qui a jeté son dévolu sur elle, histoire de lui montrer que, ça y est, elle fait dorénavant partie de son cercle. Qu'elle discute tranquillement avec ma sœur sur les cours qu'elles suivent chacune à la fac. Je l'avoue, je suis un con. Parce que rien ne me plaît plus que de la titiller, de la pousser dans ses retranchements. Elle esquive mes regards quand j'insiste. Me bombarde d'éclairs lorsque c'est moi qui perds le fil. Tout à coup, je réintègre la réalité au moment où la voix de ma sœur s'élève par-dessus les autres. Ses paroles égratignent mon oreille et ma conscience mise en sommeil par le jeu auquel on s'adonne, Rwen et moi.

– Au fait, Can'ton… lance-t-elle avec nonchalance en usant du surnom dont m'affublait maman, je t'ai dit la bonne nouvelle ?

Je manque alors d'avaler de travers quand elle continue sans attendre que je réponde.

– Les parents viennent pour Noël !

Je laisse retomber les pieds avant de ma chaise sur le sol pour mieux la dévisager. Un sourire banane se colle sur ma tronche.

– Vraiment ?

– Hin hin, acquiesce-t-elle, surexcitée. Ça va être grandiose…

– Le bordel ouais… grommelle Shilow, dépité.

– Les parents, reprend Méléri en se lançant dans les explications pour Rwen et Eli. Ceux de M. Grognon ici présent rentreront exceptionnellement de leur chantier de fouilles. Ils sont archéologues.

– La plaie…

– Et les oncles, les tantes, les cousins ! J'ai super hâte !

– Je réitère : le bordel ouais, râle son mec en fermant les paupières pour mieux savourer son désespoir.

Les épaules de Méléri se soulèvent tandis qu'elle dissimule un petit rire étouffé, le câline avant de planter ses yeux turquoise dans ceux de nos invités.

– Et vous deux? Quels projets pour les fêtes?

– En famille à Atlanta pour une semaine. Priez pour moi, répond Eli en se marrant.

Une grimace indifférente tord les traits de Rwen.

– Maman ne peut pas rentrer. Du coup, je serai avec mon père et Cleo, ma petite sœur.

– Mais c'est tristoune, ça!

Méléri croise les bras, son index tapotant son menton. Je la connais sur le bout des doigts et rien qu'à la voir agir, je sais qu'elle mijote quelque chose. Tout à coup, son visage s'illumine. Son regard s'ancre au mien, joueur, avant de se reporter sur Rwen.

– Vous venez. Pour le réveillon, précise-t-elle sous les yeux ébahis de ma blonde.

– Quoi?

La mine ahurie de ma jolie pomme d'amour me soutire un ricanement que je garde pour moi.

– Vous viendrez ici. Plus on est de fous...

– Plus on a envie de se pendre, conclut Shilow, sombre.

– Non, mais... bafouille Rwen en agitant les mains en signe de négation.

– Mais rien. Vous êtes seuls et ici, ce sera le foutoir. Trois de plus ou de moins... Ne t'inquiète pas, tu seras perdue dans la foule! Et puis, franchement, nous serions ravis que tu acceptes, n'est-ce pas Can'? Ravis, ravis, ravis.

Je m'enracine aux prunelles angoissées de Rwen qui, au bout de quelques secondes à mon contact, s'apaisent.

– Ne lui dis pas non. Ça ne sert à rien. Méléri serait capable de venir dénicher ton cul le 24.

– J'imagine que je n'ai pas d'autre choix que d'accepter alors… Je ne voudrais pas que tu viennes me débusquer jusque chez moi, dit-elle en souriant avec un soupçon de mordant qui me propulse loin dans la stratosphère.

– Maintenant que c'est acté, intervient soudain Bart, et qu'évidemment je vous annonce m'incruster également, un jeu vous tente ? Vu comment il caille, je refuse de mettre un orteil dehors. Mes burnes risqueraient de geler et l'un d'entre vous n'aurait plus qu'à les peler. Je vous le dis tout de suite, je ne veux qu'une main féminine pour cette tâche délicate.

Shilow se fout debout, ses paumes claquent le bois de la table.

– C'est moi ou il devient de plus en plus con ?

– Impossible, dit Mel en léchant sa cuillère pleine de glace à la fraise.

– En tout cas, c'est le moment où je me casse. Avant d'être tenté de lui enfoncer ses lunettes dans le fond de la gorge.

Ses yeux bifurquent sur ma sœur, l'implorent presque. Je retiens un rire moqueur à voir ce grand type baraqué dépendre à ce point de la volonté d'un minuscule bout de femme. Cette dernière le fait mariner quelques minutes puis, avec un soupir, se lève à son tour. Elle lisse le jupon de sa robe puis nous fixe les uns après les autres avec un sourire gourmand.

– Désolée de vous planter, mais je suis demandée…

– Et attendue.

– Et attendue, répète Méléri, les yeux au ciel. Sur ce, amusez-vous bien avec le jeu de Crève-la-dalle. Rwen ? Je suis heureuse à l'idée de partager cette soirée avec toi et les tiens.

Alors qu'elle trottine derrière Shilow et que tous les deux quittent la pièce, Rwen ne peut s'empêcher de demander :

– Crève-la-dalle ?

Je me rencogne contre ma chaise en croisant les bras quand le visage de Bart s'illumine.

– Putain non ! Le lance pas sur le sujet !

Il me brandit son médius puis se reporte sur ma belle blonde dont le petit nez se retrousse. De toute évidence, elle a réalisé s'être pris les pieds dans un traquenard.

– Crève-la-dalle est, geint-il en attrapant sa main, le symbole de ma position dans ce groupe. Le mal-aimé. Celui que l'on torture. Et uniquement pour le plaisir. Je suis un incompris. Appelle-moi Barto Guevara. Ou Guevabart.

– Ta plaisanterie est à chier, raille Rwen avec un geste sec pour retirer ses doigts.

D'une pichenette, je lance un bout du gâteau qu'a servi Méléri avec la glace et le rattrape en le gobant.

– Crève-la-dalle parce qu'il saute sur tout ce qui bouge.

– J'avais compris ! s'amuse-t-elle, renversée contre le dossier de son siège.

À cet instant, la pointe de sa langue vient cueillir un cristal de sucre abandonné à la commissure de sa bouche. Bordel... Comment je morfle. Sans le savoir, elle frôle l'indécence. Cette nana est un putain d'attentat. Un sourire gourmand éclate sur mon visage quand je capte, au regard avec lequel elle m'assassine, que cette coquine se fout de moi. Qu'elle est parfaitement au courant de ce qu'elle est en train de faire.

– Ce qui est, au demeurant, totalement faux, s'insurge Bart en roulant des yeux. Ce qu'il y a, c'est que je suis américain. Donc adepte du capitalisme. Je ne fais qu'ajouter ma pierre à l'édifice du libre-échange. CQFD. Ils sont juste jaloux de mon *chipmunk*.

Équivoque, il baisse la tête pour attirer notre attention sur son entrejambe. Rwen émet un grognement dégoûté, son pote, lui, se met à rire à gorge déployée en claquant ses paumes sur ses abdominaux.

– Je suis ravi d'être venu et de ne pas avoir manqué cette soirée !

– Tu ne diras plus ça d'ici quelque temps, balancé-je avec nonchalance. Attends deux, trois fois et tu essaieras de te transpercer les tympans avec un cure-dent…

– Je ne suis pas certaine d'en dire autant… souffle Rwen alors que, l'air aussi innocent qu'un nouveau-né, elle continue de m'aguicher.

Tu parles… Innocente ? Mon œil ouais. Discrètement, je me tortille presque sur ma chaise pour réajuster du mieux que je le peux mon jean. Ses prunelles pétillent joyeusement lorsqu'elle remarque mon manège. Aussi, silencieux pour ne pas me faire toper par les deux autres qui palabrent, j'articule en détachant chaque syllabe :

– Tu. Ne. Perds. Rien. Pour. Attendre.

Elle ne me répond pas, se contente de planter son regard dans le mien, mais son attitude rebelle se suffit à elle-même. Cette diablesse a su tirer profit de nos leçons aussi bancales que savoureuses. Or, si une part de moi irradie de fierté à ce constat, une autre assombrit un brin mon humeur. L'idée qu'elle vole enfin de ses propres ailes me fait soudain flipper. Plus que je ne pourrais me l'avouer.

***

Deux heures plus tard, Eli et moi avons migré jusqu'au canapé, Rwen dans un fauteuil club et Bart est assis en tailleur, accoudé à la table basse. Tous, nous sommes juste ridicules, avec chacun un Post-it collé sur le front. Heureusement, la tequila qui trône entre nous aide grandement à avoir l'air moins con. Du moins, elle le liquéfie dans une nappe de brouillard bienvenue à ce stade. Au bout de quelques parties, les réponses commencent à manquer de panache.

– Mon père? *Really*? s'exclame mon pote à lunettes en arrachant le papier de sur son crâne pour se le coller sous les yeux.

Ses traits se froissent une minuscule seconde puis il chope la bouteille dont il siffle presque un quart en une longue goulée.

– Voldemort en soit remercié, non. Carrément pas.

Comme toujours lorsqu'il laisse se fissurer le masque quasi impénétrable qu'il porte en permanence, je ne peux m'empêcher de le fixer en me demandant qui il est réellement sans toutes ces couches qu'il superpose pour mieux se fondre dans ses propres ombres. Puis j'abandonne quand Eli découvre sa dernière identité en date.

– Ça aurait pu être pire, déclare-t-il en jetant la note où est écrit « Chronic », le nom du super-héros totalement à la ramasse des films de Kevin Smith. Au moins, mon arme est terrible. Un double bang de la mort.

Quant à moi, il y a un moment que j'ai retiré le #Canaaner de mon front.

– Ne reste plus que toi, mon petit oiseau des îles arc-en-ciel. Alors?

Soudain, il n'y a plus qu'elle et moi. Plus que nous et la ribambelle de signaux que l'on s'envoie depuis le début de la soirée. Des signaux qui ne sont plus de la fumée, mais carrément un brasier. Heureusement pour son p'tit cul, je ne suis pas du genre exhibo. Parce que là, tout de suite, je lutte férocement pour entraver mon corps et ne pas me jeter sur le sien pour la coucher sur le tapis. Ou sur la table. En équilibre sur le fauteuil. Contre le dossier du canapé. Mon imagination n'a plus aucune limite dès lors qu'il s'agit de moi en elle.

– Tu donnes ta langue au chat?

Ce n'est peut-être pas hyper glam ou élégant, mais perso, je veux bien offrir ma langue à sa jolie chatte. Provocant, je laisse apparaître mon piercing, le coince entre mes lèvres. Pas en reste, l'alcool aidant, elle hausse un sourcil railleur puis lèche la ligne de ses dents.

– Putain de tequila, grondé-je en sifflant un shot pour donner le change.

– Ouais, ironise Bart, hilare. Et y a des chambres à l'étage sinon.

Inutile de répondre. Il s'en carre de ce que je pourrais dire. Constatant qu'elle se fout complètement de ce qui peut bien être écrit sur ce foutu bout de papier, je me lève sans trop vaciller et me penche vers elle, une paume en étoile sur la table. Mon autre main trouve appui sur sa cuisse, la broie entre mes doigts. Sa bouche s'entrouvre sur un cri muet que j'ai la foutue sensation de capturer dans ma poitrine. D'un geste, je frôle sa mâchoire, remonte sur sa pommette puis saisis le Post-it que je décolle. Le vert de ses prunelles s'irise, étincelle avant de muter en une tessiture beaucoup plus voluptueuse. L'envie, le besoin même, de croquer son regard sur mon carnet à dessins me cisaille le bide.

– Alors ?

– Quoi ? murmuré-je d'une voix rauque.

– Qu'est-ce qu'il y a dessus ?

Mon poing chiffonne le papier puis s'ouvre pour le laisser tomber sur le parquet. Au point où on en est… Je m'incline encore un peu plus, effleure son oreille afin qu'elle soit la seule à m'entendre lorsque je souffle :

– On s'en fout. Il n'y a que Rwen qui m'intéresse, moi.

Je réintègre ma place, à l'aise parce que rien à cirer des tronches d'ahuris des deux autres tandis qu'elle saute sur ses pieds. Je pourrais jurer la voir vibrer sur une fréquence que moi seul suis en mesure de capter. La respiration étrécie, elle contourne la table jusqu'à se camper devant moi, attrape mon bras et le tire d'un geste sec afin de m'obliger à me mettre debout. Sans un mot et sous les rires des deux branleurs, elle m'entraîne dans l'entrée et s'arrête dans un coin, à l'abri des regards indiscrets. Avant que je n'aie le temps de quoi que ce soit, elle me repousse contre le mur, ses mains sur mes pectoraux, puis s'écrase littéralement sur moi.

– C'est la première fois que je me fais plaquer contre un mur, feulé-je, l'adrénaline pulsant dans mes artères. C'est pas déplaisant dans ce sens, surtout venant de…

– Can'ton? gronde ma belle en me bâillonnant. Ferme-la un peu.

Elle me libère aussitôt pour se jeter sur ma bouche. Contre ses lèvres, je marmonne, excité comme jamais. Parce qu'elle prend les devants. Parce qu'elle prend enfin conscience de qui elle est, de cette assurance qui rampe sur sa peau et qui m'enivre.

– Putain, Rwen…

– Chhhh… Je veux profiter avant Noël… chuchote-t-elle en mordillant l'ourlet de mon oreille. Avec les exams, je ne pourrai pas te voir avant.

Sûre d'elle, de moi, de ce nous que cet instant provoque, ma sirène ondule, se frotte contre mon propre corps affamé d'elle.

– Autant emmagasiner un max de…

Elle se cambre, lève sa jambe de manière à crocheter ma hanche et rapprocher ainsi son sexe du mien. Ses doigts glissent sous mon tee-shirt, griffent un de mes obliques tandis que j'empoigne fermement ses fesses rebondies pour les presser avec rudesse.

– Un max de sensations, dit-elle en terminant avec un coup de langue sur la peau sensible de mon cou.

Sa main se glisse entre nos deux corps, cueille ma queue et la masse à travers la toile de mon jean. Sous ses mouvements, ma hampe, déjà durcie, devient du marbre. De nouveau, elle ondoie contre moi, me foutant au supplice, pour susurrer, sa joue contre la mienne :

– Attention à la luxation… Pense à moi sous la douche.

Elle plante alors son regard dans le mien, me colle un baiser sonore sur les lèvres avant de se détourner avec un clin d'œil salace et de rallier la porte d'entrée.

– Moi, je penserai à toi… Eli ! On y va !

Le temps de calmer le chaos dans mon boxer, je m'élance derrière Rwen, mais pas assez vite. En gloussant, elle me claque la porte au nez comme si elle me virait de chez moi alors qu'elle en sort. Et je la laisse faire. Mes yeux rivés sur le battant de l'entrée refermé, j'éclate de rire. Elle est totalement folle.

J'adore ça.

25

Rwen

L'esprit en mode ogive à tête chercheuse, je fonce dans les couloirs sans m'arrêter, focalisée sur un seul but. Le besoin de voir mon meilleur ami. Mis à part cette soirée chez Canaan et sa sœur, nous n'avons pas vraiment eu l'occasion de passer du temps ensemble ces dernières semaines. Résultat? Eli me manque incroyablement. Voilà des années qu'il est indispensable à mon équilibre même si ce dernier s'est toujours révélé fragile. Il m'ancre un peu plus dans ce qu'il estime bon pour moi.

La démarche décidée, je fends la foule des étudiants, bifurque à droite. Prends à gauche. Descends deux étages par l'escalier. Sinue dans une espèce de boyau qui n'aurait rien à envier à la maison d'Amityville. Avec un grognement, je fais machine arrière pour tourner en sens inverse devant le bureau de l'économat de l'université. J'avais oublié que venir au labo photo tenait presque du mystique. Une fois devant la porte close de la chambre noire, je vérifie, ainsi qu'il me l'a appris, que le boîtier de signal au-dessus du battant est bien éteint, mentionnant que je peux me permettre d'entrer. Malgré l'autorisation, je n'arrive pas à me résoudre à passer le seuil sans frapper. Lorsque sa voix grave braille un « entrez putain! », là, je n'hésite plus.

Une fois à l'intérieur, je progresse avec précaution, impressionnée. Dans la mesure du possible, j'ai toujours préféré laisser Eli seul sur son terrain de prédilection, mais là, l'envie a grignoté mes convictions. D'un œil, j'englobe la petite pièce plongée dans le noir, uniquement éclairée par une ou deux lumières rouges. Des dizaines de clichés sèchent, certains épinglés à des fils tendus. D'autres encore sous un séchoir électrique dont le moteur ronronne doucement. Quelques-uns placés sous des plaques de Plexiglas sur des claies. Devant une double cuve, Eli patiente en remuant avec précaution une sorte de pince. Je me faufile jusqu'à lui, jette un coup d'œil sur le papier glacé qui gît dans le bac avant de claquer un baiser sur sa nuque.

– Je me demandais quand tu allais pointer le bout de ton nez. Mademoiselle me fait des infidélités.

Pendant qu'il me saoule gentiment, je tire une chaise jusqu'à lui. Assise, je croise les bras sous ma poitrine et attends qu'il en ait terminé.

– Ça y est? Tu as fini?

De profil, je le vois esquisser un sourire amusé.

– J'imagine qu'on peut dire ça. Disons que je te pardonne si tu me délaisses pour quelque chose qui en vaut la peine. Quelque chose ou quelqu'un.

– Comment mettre les pieds dans le plat en une leçon, maugréé-je en levant les yeux au plafond.

– Quelqu'un de tatoué, par exemple.

Décidément, il ne gagnera jamais le premier prix de subtilité.

– Par exemple, le raillé-je tandis qu'il enfonce le clou, son attention focalisée sur sa tâche.

Soudain, il se tourne vers moi, la mine plus sérieuse. Ses yeux noirs cherchent à me sonder en dépit de la pénombre ambiante. Avant qu'il n'ouvre la bouche, je l'interromps d'un geste vague.

Avec la paume dressée entre nous, je lâche d'une voix douce, mais ferme :

– Je ne suis pas la dernière des connes, naïve au point d'attendre, les yeux énamourés, que Canaan pose un genou à terre pour me demander en mariage et me faire une flopée de gosses.

Il lâche un rire étouffé, hausse les épaules.

– Je n'ai jamais pensé que tu étais conne, Rwen. Loin de là. Trop sensible, engluée dans le merdier que ta cousine crée autour de toi, ouais, carrément même. Mais certainement pas conne.

Tout d'abord silencieuse, je rumine ses paroles en l'observant tandis qu'il accroche son cliché sur un des fils puis me sens presque obligée d'expliquer ce que Canaan est le seul à provoquer.

– Il…

Je m'arrête une seconde, réfléchis à comment tourner mes paroles.

– Fréquenter Canaan m'a appris une chose. À ne pas anticiper la portée de mes actes. À apprécier de vivre dans le présent. À savourer ce dont, moi, je suis capable. À ne pas me brider, tout simplement. Et putain, tu sais quoi ? Ça fait un bien fou.

Un long silence s'installe et s'étire, seulement perturbé par la sécheuse. Eli me scrute intensément, semblant peser le poids de chacun de mes mots.

– Et c'est tout ? dit-il tout à coup d'une voix brusque. Des moments, des instants et rien de plus ? Parce que, moi, je n'ai pas l'impression que ton cœur se contente de ces instants, ma puce…

J'inspire profondément pour me donner le temps de trouver la bonne réponse. Si elle existe.

– Je… je n'en sais rien, Eli, mais une chose est certaine, en revanche : je ne le regretterai pas. Et tant pis si je souffre de m'être trop attachée. Que ça dure quelques minutes ou plus, ce temps m'aura été précieux. Et aura au moins eu le mérite d'exister. D'être réel. Et je sais que… Eli, je sais que j'ai besoin de lui. Même si tout ceci est sûrement voué à se terminer à peine commencé.

Nouveau silence.

– Tu es la seule juge, Rwen. Mais fais-moi plaisir. Si tu estimes que tu es assez blindée pour ce qu'il a décidé de jouer comme partition sur ta peau, sois totalement honnête.

Vexée, j'arque un sourcil, l'air franchement mauvais.

– J'ignore comment je dois le prendre…

Avant que je ne réalise son geste, il s'abaisse, attrape mon bras pour me tirer sèchement vers lui, son visage fermé. Sans difficulté, il me retourne comme une crêpe, collant mon dos à son torse. Ses doigts épinglés à mon menton, son autre paume en étoile sur mon ventre, il nous dirige vers un des fils sur lequel sont suspendues une série de photographies.

– Je t'adore, souffle-t-il sur un ton impérieux afin d'être sûr que je l'écoute attentivement. Vraiment, je t'aime, Rwen. Mais arrête de te voiler la face. Ça, déclare-t-il en collant une pichenette sur un des clichés, ce n'est pas juste un instant volé.

Un étrange frisson me parcourt l'échine devant ce qui s'étale sous mes yeux.

– Quand est-ce que… Je n'ai rien remarqué…

– Trop occupée, il faut croire.

J'entends mon ami continuer à parler, mais ses mots ne parviennent plus à mon cerveau. Une explosion de chaleur bombarde mon cœur alors que son étau me relâche. Il s'éloigne de quelques pas tandis que je me gave des images en noir et blanc. Canaan qui me regarde, les lignes de son visage dévorées par la faim, mais pas seulement… Me couvant avec tendresse lorsque je ne le vois pas. Me fixant avec une intensité profonde et désarmante. Moi, radieuse. Épanouie comme jamais je ne l'ai été. Tremblant, mon index touche la photo, histoire de vérifier qu'elle existe bel et bien. Qu'elle n'est pas le fruit de mon imagination.

C'est absolument rageant, mais Eli a raison. Il a toujours su avant moi ce qui agitait mon cœur. Je pivote sur mes talons, ravale mon envie de lui faire bouffer son sourire satisfait quand ses billes velours s'enfoncent dans les miennes.

– T'es vraiment qu'un p'tit con.

Il éclate de rire, me chope par le cou pour me rabattre contre son buste.

– Moi aussi, je t'aime, ma Rwen.

26

Canaan

– Ne bouge pas. Bouge pas, je te dis!

– T'en as de bonnes, toi… bougonné-je après ma sœur en me tortillant exprès sur la table de massage, espérant ainsi l'agacer encore plus. Bouge pas… J'ai pas spécialement envie que tu défigures ma jolie p'tite gueule de *so sexy* Frenchy. Elle me sert, figure-toi. Et pas qu'un peu. Un vrai aimant à gonzesses. Sans compter la plastique autour.

– Les parents ont oublié d'inclure la modestie dans le package.

– La confiance en soi n'est pas forcément mauvaise, tu sais. Au contraire. L'important est le dosage.

– Ouais… bah toi, tu es tombé dedans apparemment.

Un grognement sourd et inaudible me parvient, espèce de conclusion à notre échange typiquement fraternel. Je ne me tourne pas vers Méléri, refusant tout à coup de lui offrir ma tête en pâture. Cela étant dit, je n'ai pas franchement besoin qu'elle répète. Je devine son majeur dressé à mon attention et la flopée d'insultes qui l'accompagne.

– T'es vraiment qu'un gamin, Can'. T'as dit ce matin que je pourrais te le faire…

Peste. Sa voix grincheuse de gamine trop gâtée m'a toujours retourné le cerveau et elle le sait très bien. J'imagine que ce sont les gènes paternels qui possèdent ce chromosome défaillant incapable de résister au poussin de la couvée. Impossible de l'envoyer bouler, je suis bien obligé de l'admettre. Elle utilise peu son superpouvoir, mais quand elle s'y résout… on est tous dans une sacrée merde. Notre père Keino, Shilow ou moi. Tous embarqués dans la même foutue galère. Il n'y a que maman à être immunisée. Heureusement pour nous d'ailleurs…

– Tu l'as dit ! Et puis tu me le dois bien ! déclare Méléri avec une pointe de mesquinerie zestée de colère. Vu comme tu me délaisses en ce moment…

Cette fois, je roule comme je le peux sur la table de kiné et la mate d'un œil torve, le visage presque entièrement dissimulé entre mes bras croisés sur l'appui-tête. Occultant sciemment la seconde partie de ce qu'elle vient de me jeter à la tronche.

– Je te dois quelque chose, moi ? Première nouvelle. C'est toi qui m'en dois un wagon pour vous avoir soutenus, toi et l'autre *control freak* psychopathe. Tu connais le « sans bras, pas de chocolat » ? Je suis le bras et ton mec… Bref. T'as compris le concept. Sans moi, ce ne serait pas le concert du siècle dans ta piaule toutes les nuits. Pourquoi me suis-je montré si généreux d'ailleurs ? C'est tout moi, ça, gémis-je, théâtral.

Elle chope le morceau d'éponge sur la desserte à roulettes et me cingle le biceps.

– Chut ! Arrête de parler de ça, c'est trop bizarre…

Je me redresse sur un coude, l'arête de ma mâchoire plantée sur mon poing fermé.

– De quoi ? Parce que j'associe sexe et sœur dans la même phrase ?

Mes traits se congestionnent d'un dégoût surjoué. L'envie de gerber remonte mon œsophage.

– Tu sais quoi ? Oublie ce que je viens de dire, c'est trop crade. Même pour moi. En particulier pour moi. Avec ces conneries, je vais devoir me crever les yeux moi-même et peut-être même me percer les tympans si je ne veux pas finir en HP.

Cette fois, elle se met à rire. Sa queue-de-cheval d'un vert profond à présent se balance sur son épaule. Elle réajuste son tee-shirt noir où est dessiné le logo du salon de tatouage de Keino et enfile une paire de gants en les faisant claquer, un sourire dément épanoui sur ses lèvres rouge sang.

– Cela étant, je ne vois pas à quoi tu fais allusion, gamine, rétorqué-je, la mauvaise foi vissée au bide.

Je tends le bras pour attraper mon paquet de roulées sur la tablette, mais elle écarte le petit meuble d'un geste vif.

– Sale menteur… dit-elle en soupirant.

Après avoir levé les yeux au ciel, ma frangine se penche sur moi. Sa paume claque sèchement mon front pour me forcer à me rallonger sur la banquette.

– J'aime pas que tu me fermes tes pensées… Surtout que c'est bien la première fois. J'ai toujours tout partagé avec toi. Alors ne joue pas les offusqués si je boude parce que mon frangin ne me rend pas la pareille.

– Et si tu précisais ta pensée, Mel ? Je suis un mec, je te rappelle. Les sous-entendus, je ne les comprends que lorsqu'ils sont à tendance sexuelle. Pour le reste… un schéma ne serait pas de trop.

– Je te parle de Rwen, patate ! Tu ne penses pas que tu lui as pourri la vie à utiliser ton « Canaansignal » pour la faire céder à tes avances tout sauf honnêtes ? C'est égoïste, Can'. On sait tous les deux de quelle manière tu conçois l'existence. Or, il est clair que Rwen n'est pas du genre à se contenter de quelques parties de jambes en l'air.

– Et sinon, si tu arrêtais de t'occuper de qui baise Rwen ? Ou de qui ne la baise pas d'ailleurs… Je vais finir par croire que c'est toi que le cul de ma coccinelle en sucre intéresse.

Je ne peux m'empêcher de lui balancer un clin d'œil afin d'alléger l'atmosphère pesante que le simple fait de mentionner le prénom de Rwen déclenche, tout comme son absence, aussi. Presque deux semaines que je ne l'ai pas vue. Période d'examens oblige. Presque deux semaines que je résiste par je ne sais quel miracle au désir de me ruer chez elle pour m'enfoncer au creux de son ventre.

No way. Je décline d'office la séance cœurs ouverts dans laquelle Méléri est persuadée de m'avoir piégé. Je vois bien ce qu'elle fait. Prêcher le faux pour savoir le vrai. Savoir si je vais démentir ses propos. Sauf que je le refuse. Je préfère encore m'émasculer plutôt que de m'arrêter sur le bordel – pour ne pas parler de chaos – que ces derniers jours ont créé sous mes côtes. Plus encore en présence de ma petite sœur qui conçoit l'amour comme une fin en soi. Surtout quand elle s'apprête à… Ses doigts fuselés appuient sur ma joue dans le but de me voir adopter la bonne position. Alors seulement, elle s'installe sur mon tabouret à roulettes et saisit le dermo pour l'enclencher, ses prunelles étoilées d'excitation.

– On dirait une barge prête à prendre son pied à torturer sa pauvre victime, marmonné-je sans pour autant bouger.

Avec un rictus en coin, elle fait vrombir la bête en éclatant d'un rire à la Docteur Frankenstein avant de le ranger, le temps de fignoler les détails.

– Tu es en mon pouvoir, Igor ! Par contre, je te confirme. Je vais prendre mon pied d'enfer à te charcuter, supermâle.

– Et il est où ton supermec à toi ? Finalement, tu devrais jouer les tatoueuses avec Shilow. Je suis certain qu'il serait ravi que tu lui colles un joli petit cœur rouge bien dodu sur la fesse droite.

– Tu es venu me chercher, je te rappelle, objecte ma sœur avec un brin de condescendance. Pas l'inverse.

Pas faux. Voire très vrai.

– Mouais. Tu me regardais avec tes grands yeux mouillés de bébé chat, raillé-je en insistant sur le surnom que lui donne Shilow. Comment j'étais censé résister, moi ? En revanche, je me demande si je n'ai pas changé d'avis. Je préfère éviter que tu me colles une bite sur l'oreille… T'as capté le jeu de mots ? Bite, oreille…

– Tais-toi ! s'exclame-t-elle sur un ton plus enjoué.

Avec un geste quasiment expert, elle désinfecte le carré d'épiderme puis reprend l'instrument qui patiente sur son support. Au-dessus de moi, Méléri lisse le pavillon de mon oreille et commence enfin le taf que je lui ai confié. Réveillé ce matin avec l'envie d'un nouveau dessin à graver sur ma propre chair, je l'ai serinée pour qu'elle accepte. Et pas le contraire. Quand je parlais de mauvaise foi… Obnubilé par ce que la nuit a tissé entre les parois de mon crâne, le dessin était déjà tatoué sur mes cellules. Pire qu'un gosse en train de faire un caprice devant un jouet, impossible de ne pas aussitôt assouvir mon penchant fou furieux pour l'aiguille.

Je ne suis pas un novice. Inutile d'attendre d'être sûr et bla-bla-bla. C'est ma came. Ça et les jambes d'une certaine blonde… Mon corps entier est la somme de mon impulsivité. De mes humeurs. De mes désirs. Du coup, refusant d'accorder le bénéfice à un inconnu, je me suis rabattu sur la seule autre personne présente ayant subi l'influence de notre père. Même si elle n'a pas la main aussi sûre que Keino ou moi, je fais assez confiance à la peste pour ce que j'ai en tête. Comme si elle suivait exactement le fil de mes pensées, Méléri intervient.

– Tu as conscience d'agir ainsi uniquement pour provoquer papa ? Tu sais qu'il n'aime pas qu'un autre que lui nous tatoue.

Un sourire féroce éclate sur mon visage sans que j'ouvre le bec pour répondre. Bien sûr que la provoc' dicte mon attitude.

J'adore enquiquiner notre père. Mais pas que. Sauf que je n'ai pas du tout envie de m'étendre sur cette partie-là.

– Pourquoi je pose la question? dit-elle avec un soupir en commençant à piquer après avoir examiné le modèle croqué sur mon carnet. Bon... entre nous, j'avoue que ça m'arrange. Je ne serai pas la seule à manger quand il verra la flamme tatouée sur mon mollet qui ne provient pas de sa main. Et puis, tu sais ce qu'on dit, hein. Je me répète, mais *karma is a fuckin' bitch*. Tu déconnes avec Rwen parce que tu es incapable de tenir ta braguette fermée, Canaan. Tu vas raquer. CQFD.

Lorsqu'elle frôle le cartilage, une grimace poinçonne mes traits avant de tout aussi rapidement disparaître. L'habitude. Le vrombissement de la machine apaise ces nerfs à vif que je cache sous mon habituelle détente. Face à mon silence soudain buté, ma frangine pivote sur son siège pour changer d'angle et réattaquer. Cette fois, je ne la laisse pas s'engouffrer dans la brèche. À l'opposé, j'étouffe la mèche. Ou l'alimente. Je ne saurais pas vraiment le certifier. Tout devient flou dès qu'il s'agit de Rwen.

– Et en quoi j'ai merdé? Tu ne la connais pas, Mel. Pas comme moi, je la connais. Je sais que... ouais, elle a besoin de moi.

Un grognement s'extirpe de sa gorge tandis qu'elle procède aux légers ombrages que demande le tatouage sur la conque de mon oreille.

– Justement, Canaan, elle a besoin de toi, mais la réciproque est-elle vraie? Toi, tu ne fais jamais que t'amuser. Encore et toujours. Tu papillonnes, tu vas là où te portent tes envies. Rien n'a d'importance. Tu ne vis que pour l'instant. Alors pourquoi tout ça? Pourquoi tu éprouves une telle nécessité à la garder près de toi? Ce n'est pas un peu malsain? Tu ne penses pas qu'elle risque de trop s'accrocher alors que toi, tu joues, tu paries, tu triches s'il le faut...

Ma main fuse entre nous, mes doigts s'enroulent autour de son poignet. Le visage fermé, je contemple une seconde le sien. J'y lis toute l'empathie dont elle est pétrie, combien elle s'inquiète. Pour Rwen, mais avant tout pour moi. La voix rauque d'où perce un manque de confiance que je n'ai jamais ressenti jusqu'à maintenant, je la coupe :

– Et si je ne joue pas ?

Pas un mot de plus. Entre nous deux, c'est inutile.

– Si tu ne joues pas…

Elle stoppe l'appareillage, repose le manchon délicatement dans sa gaine. Un sourire doux autant que moqueur incurve les commissures de sa bouche.

– Alors ce dessin est drôlement approprié. Certains pourraient dire que c'est ce que l'on appelle un acte manqué. Ou calculé. À toi de choisir la meilleure définition.

Silencieux, je me lève et rejoins la glace fixée sur le dos de la porte de l'armoire. Derrière moi, Méléri s'empare d'un miroir de taille plus modeste et le brandit de façon que je puisse admirer le tracé. Minimaliste, il ne s'agit pas ici de rondeur, ni d'entrelacs ou je ne sais quoi. Ce dessin-là est sommaire. Quelques lignes pures, des arêtes affûtées qui griffent l'anarchie entre mes côtes.

– Et cette clé que tu m'as fait tatouer… souffle Mel derrière moi, elle ouvre quelle serrure, grand frère ?

Le truc qui me crame le bide depuis des jours flambe. Il crépite, électrique. Ne demande qu'à s'affranchir, furieux d'être muselé. Avant de refluer par manque de temps. Pas le temps parce qu'une voix bourrue aux accents tellement écorchés qu'elle raye presque le parquet résonne. Elle emplit la pièce pour s'approprier l'air, nous réduisant à l'état de bébés braillards.

– Vous foutez quoi ?

Nous faisons volte-face comme un seul homme pour tomber sur

un mec qui nous mate, l'air mauvais. Il est accoudé au chambranle et sa carrure massive avale l'espace entier. Les bras croisés, le talon de son énorme botte tapant contre le vieux parquet, il gratte son arcade percée avec l'ongle de son pouce. D'un mouvement du menton, il me désigne avant que son regard n'atteigne ma sœur.

– T'es devenue tatoueuse ? Ce n'est pas parce que l'on sait dessiner des licornes que l'on peut jouer de l'aiguille.

Un des sourcils de Méléri s'arque, hautain.

– Je préfère les loups, lance ma sœur, les poings sur les hanches. Les licornes, je les bouffe.

Notre père lâche un ricanement qui ressemble à un gond sacrément rouillé puis se décolle d'un bond de la porte pour entrer dans le dressing reconverti en salon de tatouage. Il nous fonce dessus, nous cadenasse dans son étau, un sous chaque bras, pour nous rabattre contre son large torse.

– Salut mes verrues.

27

Canaan

Qui a dit que Noël était l'occasion de retrouver les siens, famille et amis compris? Qui que ce soit, c'était un idiot. Doublé d'un sociopathe. Personne de sain ne peut vouloir se cloîtrer avec autant de monde pour célébrer l'amour universel. Ainsi que je l'ai déjà dit… conneries. Tout ce que moi, je vois, ce sont mes parents. Ceux de Shilow et plus particulièrement sa mère frappadingue. Le père légèrement désemparé de Rwen et son microbe de frangine. Les cousins éloignés et leur ribambelle de frères et sœurs, tellement que je n'ai même pas été foutu de pouvoir tous les compter. Dieu, le karma, Allah ou Bouddha soient remerciés, Bart est venu seul. Comme quoi ce mec est un vrai pote. Lui au moins ne m'a pas collé dans les bras un bébé de 2 piges qui pue la mort et dont la morve est quasi cristallisée sous son nez… Rapide, je décroche la petite menotte de la barre transperçant mon oreille et le fourre dans les bras de sa grande sœur avant de fuir avec courage.

Direction le placard dissimulé sous l'escalier. Je ricane en fermant le battant derrière moi.

– Mec, trouve-toi une autre planque. Celle-là, c'est la mienne.

Je me retourne dans l'espace exigu pour me retrouver nez à nez avec Shilow. Voûté pour tenir sous l'appentis, il tire une bouffée de sa clope. Je l'attrape entre deux doigts et la cale entre mes lèvres.

– C'est Noël, faut partager, Grinchman, rétorqué-je à voix basse afin d'éviter que nous soyons découverts.

Un soupir si profond qu'il doit venir du fin fond de ses entrailles lui échappe.

– Je savais que j'allais le regretter. J'aurais dû choper ta sœur et l'embarquer loin d'ici.

Bidonné, je carotte la cigarette, créant un aquarium dans le cagibi.

– Il t'aurait fallu du chloroforme. Mel adore baigner dans le foutoir familial. Elle prend son pied là.

Malgré la pénombre, je devine un sourire se dessiner sur son visage froid. Il ne l'admettra jamais, et sûrement pas devant quelqu'un, mais le simple fait que ma sœur soit heureuse lui suffit. Quitte à se prendre de temps en temps un méchant revers. Grâce à lui – et pas toujours de la meilleure des façons –, Méléri s'est émancipée. Tout ce que j'espère pour Rwen. Un frisson se grave sur ma peau lorsque, sans le vouloir, me voilà de nouveau sur le capot de la caisse. Entre ses jambes. Une bouteille de tequila apparaît soudain sous mon nez. Il la remue en une invitation muette que je capte au quart de tour. Je porte aussitôt le goulot à mes lèvres, laisse les épices me brûler la trachée avec plaisir avant de m'essuyer avec le dos de la main.

– Du bien par où ça passe!

– Putain oui.

Il lâche un second soupir. S'adosse du mieux qu'il le peut contre une pile de cartons. Les chevilles croisées, il se masse les tempes.

– Je ne sais pas comment je vais pouvoir survivre. Entre ma mère et la tienne qui complotent déjà pour notre mariage et le prénom de nos dix mômes à venir. Sans parler de ton père que je dois esquiver, question de survie. Et maintenant…

Ses bras s'écartent comme pour mesurer son impuissance face

au désastre de l'autre côté de la porte

– … et maintenant ça. Personne n'a entendu parler de contraception ou quoi ?

Tout à coup, le panneau s'entrouvre. Une masse s'engouffre dans notre repaire en nous bousculant sans ménagement. Je me retrouve plaqué contre la paroi, Shilow s'emmêle les pinceaux dans les cartons qui lui tombent dessus. L'intrus éclate d'un rire tonitruant en nous voyant, se carrant à cent pour cent de déranger.

– Bart ! Tire-toi de là !

– Poussez-vous, les Serpentards ! Vous savez donc pas que le placard sous l'escalier est réservé au beau gosse à lunettes et qui en a ici ? beugle-t-il en se désignant de l'index. Pas toi, le ténébreux, tu serais plutôt *team* Voldemort. Ni toi, le tatoué. Can', t'es carrément hors contexte. Bref. Me faut une position de repli, les gars. J'ai une meute de Gremlins à mes trousses. Putain d'guerre.

Il regarde tout autour puis nous guigne, un sourire puant aux lèvres.

– Sinon, vous faisiez quoi ? Est-ce qu'on serait tenté par de nouvelles possibilités ?

Ma paume cueille l'arrière de son crâne en même temps que celle de Shilow. Ce dernier grognonne avant de tourner le bouton de la porte.

– S'il est là, autant souffrir avec Méléri.

Bart s'esclaffe.

– Ouais et puis faudrait pas qu'elle respire sans que tu puisses compter chaque souffle, hein le maniaque ?

Il inspire tandis que je pioche une clope que j'allume tranquillement. Ses traits se coulent soudain en un masque lisse, voire froid, à l'antipode de celui qui l'habille en général. Il imite ensuite Rambo en train de se peinturlurer pour la guerre et s'exfiltre du placard en hurlant, histoire de contrer la bande de gamins excités de lui avoir remis la main dessus. Deux d'entre eux lui sautent au cou, le ceinturent alors que deux autres encore se pendent à ses biceps. Il piaille, halète comme un bœuf puis s'arrête soudain, retors.

– Elle est où, miss Ombrage? dit-il d'un ton conspirateur à propos de… putain, je n'en ai pas la moindre idée.

– Là-bas!

Alourdi par l'avalanche de mini-corps, il se traîne en direction du salon. Pas le temps de m'enquérir de l'identité de cette fameuse miss Ombrage qu'un ton bien plus doux m'extirpe de mes pensées.

– C'est ici que tu te cachais, Can'ton.

Je tourne la tête pour tomber dans le regard noisette de ma mère. Ses longs cheveux roux domptés en une natte écroulée sur son épaule, elle me dévisage, un plat entre les bras. Sans réfléchir, je l'en débarrasse, mon filtre coincé entre les dents.

– Salut m'man.

– *Hello sweetheart*. Tu ne crois pas que tu es un peu âgé pour te planquer comme un gamin?

Mes épaules se haussent par automatisme.

Elle se penche ensuite, saisit mon mégot, tire quelques lattes avec un soupir de bien-être avant de le replacer là où elle l'a pris. Une grimace moqueuse tord les lignes de mon visage.

– Je croyais que tu avais arrêté.

– De temps en temps, une petite griffure au contrat ne perturbe personne. Interdiction d'en parler à ton père. Il en profiterait. Or, avec lui, une griffure se transformerait vite en une balafre impossible à combler et en moins de temps qu'il n'en faut pour le dire, ce sera deux paquets par jour.

– Je me crache dans la paume pour sceller le pacte ou ma parole suffit?

Un sourire bienveillant éclaire ses traits, si solaire que ma poitrine se réchauffe instantanément. Putain ce qu'elle m'avait manqué… Avant que je ne réalise, c'est une moue machiavélique qui la pare.

– Ça marche. Enfin… si tu me dis qui tu évites ainsi? Mon garçon n'appartient pas à ce genre-là.

Je me rembrunis aussitôt. Peut-être parce que je ne suis pas certain de la réponse à y apporter.

– Faut croire que si alors.

Son bras s'enroule autour de mon cou, même si, pour cela, elle doit presque se dévisser les vertèbres.

– Tu es trop grand, glapit-elle, sur la pointe des pieds. Écoute mon lapin des bois…

– Kat? Kaaaaat!

Je m'incline, embrasse sa tempe, satisfait de la diversion qu'offre ma tante Ada.

– Sauvé par le gong, dis-je en ricanant avec un accent de sale gosse. Je crois qu'on te cherche.

– Tu ne perds rien pour attendre.

Elle me menace avec son index en éclatant de rire lorsque mon oncle Clay déboule dans le couloir. Les yeux au plafond, il fait mine de glisser sa tête dans un nœud coulant et de se pendre puis disparaît. Au moment où nous allons traverser le seuil pour entrer en zone de guerre, elle se tourne de manière à se planter face à moi et avance à reculons.

– Si c'est ton père que tu évites, tu ne pourras pas t'y soustraire longtemps, Can', déclare-t-elle précipitamment à voix basse de façon que je sois le seul à l'entendre. Il est en colère que tu aies arrêté ta formation avec lui. Il a l'impression que tu ne l'as pas trouvé à la hauteur… Tu le connais, je n'ai pas besoin de te faire un dessin. L'alpha de la meute se sent en danger quand ses louveteaux désertent. Ou si ce n'est pas lui, il s'agit de cette jolie blonde...

– À table !

Je n'entends pas la fin perdue quelque part entre les éclats de conversations et Ada qui se jette sur ma mère pour l'entraîner afin de comploter je ne sais quoi concernant les places attribuées. Foutaises. Je ne l'entends pas car tout ce que je perçois est mon pouls battant contre mes lèvres. Devant la chaise que lui a désignée ma tante, ses mains aux ongles manucurés d'un rouge aussi sombre que celui dont ses lèvres sont filmées, Rwen discute avec Cleo. Ses cheveux blonds rassemblés en un chignon lâche surmonté de deux espèces de minuscules oreilles écarlates, l'émeraude de ses iris accentué par son maquillage charbonneux, elle est resplendissante. Lorsqu'elle se décale et se positionne de profil afin de murmurer à l'oreille de sa sœur, là c'est derrière ma braguette que dégringole le sang alimentant mes artères. Ses courbes moulées dans une robe noire trop courte pour mes synapses, son dos nu, la couture des bas que je devine au moment où elle se penche... Je vais crever. Brusque, j'arrache mon siège de la table pour m'écrouler dessus. J'écrase d'un geste brutal ma clope dans un cendrier et me rencogne contre le dossier, l'esprit rageur. Rageur autant qu'excité. Excité autant qu'amusé. Trop d'émotions jouent au flipper sous mon crâne. Aussi, je m'applique à mater tout et tout le monde sauf elle. Pour ne pas être tenté d'imaginer tout un tas de scénars aussi érotiques que limite porno. Je bouffe, je picole, je parle même avec qui le veut, mais derrière la barrière de mes pensées, c'est décadence, luxure et vice à gogo.

Rwen sur le capot. Rwen sur ma table de tatouage. Rwen à quatre pattes. Ou sur le bureau. Entre les assiettes là tout de suite. Ou dans la piscine à balles de la fraternité. Les jambes autour de ma taille. Les cuisses largement écartées. Les reins arqués à s'en briser les os. Juste… juste Rwen.

Uniquement mû par l'impulsion, je déniche mon portable dans la poche arrière de mon jean sans me soucier du brouhaha que je ne parviens plus à suivre. Tout est comme en sourdine, filtré à travers une bulle géante. La pulpe de mon index passe sur l'écran, le déverrouille avant de chercher l'icône de la messagerie instantanée. Je ne réfléchis pas, me laisse comme toujours porter par la vague.

[Tu as l'air de t'amuser autant que Shilow
à une convention d'accros aux licornes.]

Mon attention rivée sur l'écran, je sens mes nerfs s'effriter au moment où les trois petits points de la discussion s'agitent sous mon nez.

[Je suis coincée entre ton père et Bart…
C'est comme se retrouver entre
Roger Rabbit et Hannibal Lecter.
Difficile de savoir comment réagir.
Ou juste survivre d'ailleurs ;-)]

La voix féminine sur ma droite revient hanter les quelques neurones qui tentent de donner le change. Je souris, hoche la tête, retourne à mon activité bien plus savoureuse.

[Te plains pas. Ma voisine de table essaie
de me convertir aux bienfaits de la
méditation tantrique. Sauf que tout ce à quoi
j'arrive à penser n'a rien d'abstrait…]

Une seconde. Puis les points qui remuent.

[Tu penses, toi? C'est nouveau?
Tu expérimentes?]

Un sourire railleur se couche sur mes lèvres. J'attrape mon verre quand son prochain SMS arrive, avale une gorgée de vin qui titille ma gorge.

[Et à quoi tu penses au juste?]

Bingo.

[Au goût de ta peau.]

Je riposte aussitôt, histoire de garder la main:

[Non. En réalité, je ne pense pas à ta peau.
Je ne pense qu'au goût de ta jolie chatte,
explosant mes papilles.]

Avec l'ombre d'un sourire, j'admire ses joues se colorer de pourpre. Elle aussi lève les yeux. Les plante dans les miens, tempétueux. Avec une lenteur calculée, ma langue passe sur mes lèvres, les lèche. Elle déglutit si difficilement que je peux suivre le chemin de sa trachée. Elle mordille son ourlet inférieur, tapote furieusement sur le clavier de son téléphone. Tentant de reprendre un semblant de contrôle. Sauf qu'à ce jeu, Rwen ne mène pas.

[Tantrique? Je t'imaginais plutôt penser
à mes jambes autour de ta taille.]

Ma réponse fuse.

[Je ne les imagine plus seulement
autour de mes hanches…]

Rwen réfléchit une seconde. Enchaîne.

[Et moi, je ne m'imagine plus ta langue
seulement sur ma…]

Un frémissement dévore la peau de ses bras nus. Constatant que je ne bouge pas, elle soupire, agacée, puis rattaque.

[Ma chatte.]

Suivi de :

[Sale con !]

[Tout le plaisir est pour moi.
Et tu l'imagines où ma langue ?]

Ma mère fixant tour à tour mon visage, mon portable et mon assiette pleine, je saisis ma fourchette et picore un truc franchement insipide à côté de ce que ce jeu avec Rwen brûle à même ma chair. J'avale rapidement avec un sourire niais puis replonge aussi sec dès que, satisfaite, ma mère se détourne. Je lis la réponse.

[Aucune idée… Ou si, j'en ai des tonnes
au contraire… Tu crois que ta langue
sur ma peau arriverait à me marquer

autant que ton encre, Canaan?
À me procurer cette même sensation
de douleur et de plaisir?]

Ma main glisse sous la table, je me réajuste du mieux que je le peux parce que, de toute évidence, ma queue n'a pas pigé qu'elle n'est pas sur le point de s'enfouir dans son ventre à elle. Que tout ça n'est qu'un jeu virtuel absolument délicieux.

[Ma douce... Je te marquerai de toutes
les manières possibles. Tes seins...
ma langue... ta bouche... mes doigts...
ton ventre. Et pour terminer...
Putain, je te jure, Rwen, que je tatouerai
mon prénom sur chaque cellule de ton
petit corps, tellement que tu jouiras à en avoir mal.]

Ses lèvres s'arrondissent, formant un o parfait pour m'y glisser. Rien que de l'envisager, je suis à deux doigts de l'orgasme, sauce prépubère devant Pornhub.

[Tu veux que je sois libre et en même temps,
tu désires graver ton prénom...
Ça ne te semble pas paradoxal?
Mais je t'écoute:
qu'attends-tu de moi, Canaan?]

Parce que tu es un putain de paradoxe, Rwen Davis.

[Ce que j'attends de toi? Que tu te montres
aventureuse. Je veux que tu désires

mes mains sur toi. À cet instant précis.
Que ces dessous sexy que tu as
enfilés juste pour m'aguicher
se voilent d'excitation.
Tout ça car tu me désires, moi.]

Au bord de la rupture, j'envoie chier Méléri qui me pose une question, brandis un *fuck* à Shilow qui s'en mêle et reprends :

[Glisse ton doigt sous la couture de ce bas
avec lequel tu m'allumes.
Claque-le contre ta cuisse.]

Mon ton impérieux fait monter la fièvre qui se déploie sur le grain de son épiderme.

[Je suis choquée. À côté de ton père ?
Alors que Bart risque de flairer
la saturation d'hormones ?]

Un éclat de colère vrille mes synapses. Dur, froid et métallique. Totalement étranger à ce que je suis. À qui j'ai toujours été.

[S'il pose un doigt sur toi, ou même
un seul regard, je le démembre. Et Rwen ?
Fais. Le.]

[#JaiChaud]

Et moi donc. Cela dit, je ne suis pas un exemple. Cette nana ferait n'importe quoi qu'elle me filerait la trique. Sa main s'éclipse sous la nappe, un éclair lascif épingle ses prunelles luisantes. Puis un nouveau message.

[Tu l'as ressentie ? Dis-moi que toi aussi,
tu l'as ressentie jusque dans ton ventre,
la brûlure qui vient de me cingler la cuisse.
Dis-moi que pour toi aussi, ce ne fut pas suffisant.
Dis-moi que tu vas soulager cette douleur, Canaan.
Ou alors… dois-je plonger mon doigt
entre mes chairs également ?]

Bordel. Putain. Cette fille me retourne le cerveau. Qui est le maître et qui est l'élève ? La frontière s'est véritablement brisée. Je n'ai qu'à voir la façon dont elle me retourne mes propres paroles. Alors que je vais choper mon verre, je dévie, le rattrape de justesse quand il manque de tomber. J'inspire. Une fois. Deux fois. Ou cent. Peut-être même mille. Au lieu de me ruer sur l'écran, je me focalise sur les dernières paroles échangées sur la Chevrolet de Shilow. Mes lèvres s'incurvent en un sourire insolent. Quitte ou double. Soit elle marche, soit elle me la met profond dans l'os.

[…]

Distraite, elle lit mon message, son coude planté sur la table. Ses doigts triturent la boucle pendant à son oreille. Lissent une mèche de cheveux qu'elle replace. Parce qu'elle a parfaitement saisi le sens de ces points de suspension. Enfin, elle tapote sa réponse. Les trois points s'affichent, s'arrêtent avant de reprendre leur course.

[Je te le demande.]

Mon palais s'assèche. Au bout du bout, je commence à sérieusement saturer rien qu'en imaginant ce qui est sur le point d'arriver. Les percussions contre mon crâne m'empêchent d'établir la moindre connexion avec qui que ce soit.

[Quoi, Rwen? Sois plus précise.]

Ses incisives croquent furieusement sa lèvre. Elle n'a pas besoin de brandir son majeur pour que je le perçoive. Sauf que… rien à foutre. Je me renverse contre le dossier, joueur. Si elle est un missile, j'en suis le seul détonateur. Un de mes sourcils s'arque lorsque nos regards se heurtent. Après quelques secondes pendant lesquelles nos volontés croisent le fer, elle tape rageusement sa réponse.

[Baise-moi.]

Cette fois, l'air me manque. Je me redresse comme si une saloperie de ressort venait de me bouffer le cul, prêt à bondir.

[Ma chambre.]

Elle me contre. Le plaisir d'avoir le dernier mot.

[Le dressing.]

Rwen tapote les coins de sa bouche, s'excuse alors que perso, je compte juste me tirer sans une explication. Je l'admire tandis qu'elle se lève, m'apprête à suivre son exemple quand la voix bourrue de mon père me sort de ma transe.

– Pas mal, ton tatouage, là… Il est de mon fils, je me trompe?

D'un mouvement du menton, il désigne la cuisse à découvert de Rwen. Songeur, il caresse sa barbe, signe qu'il est à deux doigts de déclencher une embrouille. Méléri se tend, ma mère cesse sa conversation pour reporter son attention pleine et entière sur son mec. Pourquoi ? Parce qu'elle le connaît et comme elle m'a gentiment prévenu, Keino est dévoré par la colère et la tristesse que ses deux gosses se soient barrés de l'autre côté de l'océan. Son visage taillé à la serpe pivote vers moi, la croix tatouée sous son œil – la même que celle qui tranche le coin du mien – frémit quand ses iris se plissent. La tempête vient d'éclater.

– Tu m'as habitué à mieux que… ça. Les contours ne sont ni faits ni à faire. Pas assez marqués, mon gars.

– Kein'…

J'élude l'intervention de maman d'un mouvement ample des bras avant de les croiser sur mon torse. La séance investissement/baise est passée à la trappe de toute façon.

– Laisse parler le maître, m'man. Qu'il s'exprime. Montre-lui bien, Rwen. Qu'aucun détail ne lui échappe pour prouver à quel point j'ai été mauvais.

Au lieu de relever sa jupe pour dévoiler ce dessin que, je le sais, elle adore, Rwen se rassoit, sombre. Elle croise les jambes, tire sur sa robe pour couvrir sa cuisse.

– Le trait n'est pas assez piqué, il vieillira mal. Les perspectives sont bancales et les ombrages pas ourlés ainsi que je te l'ai appris. On dirait que t'as pas assez bossé ton sujet avant de te lancer et de lui laisser un désastre à vie sur la peau.

J'adore mon père. Vraiment. Mis à part à cet instant précis. Je ne suis pas certain qu'il pense ou pas ses putains de remarques. Après tout, il a toujours été critique afin de m'obliger à viser l'excellence. Or là, je ne détermine pas s'il est juste de mauvaise foi ou si j'ai réellement déconné. Ébranlé, je ne sais pas quoi répondre. Un spasme déchire mon visage quand, sans pouvoir m'en empêcher, je regarde Rwen.

– Keino !

– Kat, tu sais que j'ai raison. Il a voulu venir ici et pour quoi ? T'as vu le résultat ?

– Stop, tu vas dire quelque chose que tu risques de regretter… répond ma mère en pressant son biceps pour essayer de l'apaiser.

Je hausse les épaules, happe l'air qu'il vient de faucher, et vais enfin riposter lorsqu'il me fauche comme jamais.

– Je suis déçu, Canaan.

Une voix qui me retourne le bide intervient soudain, nous prenant tous de court.

– Vous êtes en colère. En colère et injuste. Je ne veux pas rentrer dans les raisons pour lesquelles vous venez de descendre ce dessin que j'adore. Ça ne regarde que Canaan et vous. En revanche, siffle Rwen, sa paume à plat sur la table et le buste penché vers mon père, je vous interdis de critiquer mon tatouage. Il est parfait comme il est. Réussir à capter un morceau de mon âme et parvenir à le sublimer, peu en sont capables. Faire transparaître sur la peau ces lignes qui nous animent de l'intérieur, ce n'est pas ce qu'est censé réaliser un tatoueur ? Parce que si j'ai bien compris le concept, je pense que vous avez de quoi être fier, au contraire.

Un sourire évanescent naît sur ses lèvres, un putain de sourire qui me ravage un peu plus. Rwen se lève avec lenteur, consciente des regards sur elle.

– Et maintenant je vais à la cuisine, histoire de vous laisser le temps de débriefer ce qu'il vient de se passer. Seule, dit-elle à l'adresse de Cleo quand cette dernière fait mine de l'imiter.

Ses prunelles dérivent de mon côté.

– Ou presque, murmure-t-elle, la voix rauque.

J'attends qu'elle se soit échappée, recule ma chaise et me remets à la verticale. Mon père se marre, me balance un clin d'œil. La tempête est passée. Putain de bipolaire.

– Je crois que tu es attendu, fils.

28

Rwen

Agacée et frustrée, je rentre en trombe dans la cuisine, jette mon téléphone sur le plan de travail puis en attrape le rebord. La tête baissée, j'inspire lentement. Je suis parvenue à garder un certain contrôle devant le père de Can', mais là, j'ai envie d'entrer en guerre. Qu'il ait aussi facilement descendu mon tatouage, je m'en fiche dans un sens. Ce dessin ne concerne que son fils et moi. En revanche, voir Canaan si ébranlé m'a foutu les nerfs à vif.

Soudain, des lèvres se posent délicatement sur ma nuque. Deux paumes se croisent sur mon ventre et me rabattent contre un torse ferme alors qu'une voix glisse à mon oreille :

– Tu es une putain de louve, Rwen.

– Hein? Qu'est-ce que…

Je n'ai pas le temps de terminer ma phrase que Canaan me fait pivoter et se rue sur ma bouche. Impérieuses, ses paumes pressent mes fesses, m'assoient sur le plan de travail au beau milieu de la vaisselle sale et longent mes jambes pour les croiser sur ses hanches. Un gémissement m'échappe quand, d'un coup de reins, il s'imbrique au plus près de mon intimité, nourrissant enfin mon corps en manque de lui depuis ces dernières semaines.

Toutefois, ce n'est pas assez. Avec Canaan, je deviens insatiable, désire comme je n'ai jamais désiré.

– Rwen, ahane-t-il en se détachant de mes lèvres malgré mon grognement menaçant, à l'étage, maintenant. Perso, j'en ai rien à foutre de te prendre ici, mais je suis pas certain que papa Davis apprécie de bouffer avec les râles de plaisir de sa fille en fond sonore.

Du plat de la paume, je tape son front.

– T'es sérieux? T'étais obligé de parler de mon père? Tu sais comment faire retomber la pression, toi!

– T'inquiète, babe, susurre-t-il en me soulevant d'un bras autour de ma taille. Je sais surtout comment la faire grimper.

– Attends, Can', dis-je en le retenant de deux mains sur ses joues.

Il fronce ses sourcils, incertain, avant de soupirer en me reposant sur le sol.

– Relax, je n'essaie pas de m'esquiver, fais-je afin de le rassurer. Je veux juste savoir si tu vas bien.

– Rwen, j'ai pas envie d'en parler. C'est… mon père, dans toute sa splendeur brute et dure. Il nous en veut, à Mel et moi, d'être partis donc il me le fait payer.

– Et pas à ta sœur?

Récupérant son paquet de clopes dans sa poche, il en allume une et la coince entre ses lèvres.

C'est normal d'être jalouse d'une saloperie de cigarette?

Un coude planté sur la table, il me répond d'un ton qu'il espère sûrement indifférent, mais je commence à le connaître. Et à percevoir cette nuance légèrement cassante dans sa voix lorsqu'il est touché.

– Tu ne le connais pas, Rwen. Il a des idées bien arrêtées sur certaines choses. Par exemple, les hommes se doivent d'être des putains d'animaux sauvages prêts à planter leurs crocs dans la jugulaire de ceux qui s'approchent trop et les femmes ne sont que des petits êtres fragiles destinés à être protégés du mal qui rôde. Et donc, comme je suis son fils, l'héritier de la famille, je me dois d'être à son image. Ce qui, tu en conviendras, est loin d'être le cas.

D'un geste un peu trop emporté, il écrase sa cigarette dans une assiette sale alors qu'elle est à peine entamée.

Je demeure muette pendant quelques secondes. Pour quelqu'un qui ne voulait pas parler…

– Canaan, je sais pas si tu vas apprécier, mais… tu ressembles plus à ton père que ce que tu penses. Certes, tu as ce côté très solaire que, apparemment, il ne possède pas, néanmoins, le côté protecteur… il est bien ancré dans tes veines.

Comme il ne me répond pas, se contentant de me dévisager comme si une corne me poussait sur le front, je renchéris :

– Dois-je te rappeler l'épisode *escape game* ? Ce mec que tu as démoli parce qu'il m'a trop reluquée ?

– Comment tu…

– Gros malin ! Tu avais un peu de sang sur le visage quand tu es revenu !

Un sourire fier explose sur ses lèvres, contaminant les miennes au passage.

– Je voulais juste le remettre un peu à sa place, s'explique-t-il.

– Et ce que tu fais avec moi ?

– Rwen, je fais tout sauf te protéger.

Je roule des yeux, dépitée, puis crochète sa ceinture pour le plaquer contre moi. Le regard levé, je plonge dans le sien. Avec la même délectation que le drogué qui peut enfin sombrer à nouveau.

– Bien sûr que si, mais toi, tu le fais en m'insufflant plus de force. Parce que… même si je suis incapable de dire comment, tu sais où est mon bonheur et ce dont j'ai besoin pour y parvenir.

Alors ouais, Can', tu me protèges, mais d'une tout autre façon que ce que ton père t'a inculqué.

Pendant un instant, je crois bien avoir enfin trouvé le moyen de le réduire au silence, de lui voler sa si légendaire assurance. Un pli se forme entre ses yeux. Ses mains se plaquent brutalement dans le bas de mon dos alors que, paradoxalement, un sourire tendre et chaleureux s'épanouit sur ses lèvres.

– Tu te trompes, je n'ai jamais développé cet instinct pour une fille, pour une femme, Rwen. Mais avec toi, c'est différent. À la seconde où je t'ai vue, j'ai eu envie d'arracher ce malaise couché sur ta peau. Parce que je voulais te voir. Te voir, toi. Pas la guerrière. Pas la peureuse. Juste toi.

Sans rien ajouter, ses doigts suivent la ligne de ma colonne vertébrale, contournent ma nuque pour se déployer sur ma gorge. D'une douce mais ferme pression, il me rencogne une nouvelle fois contre le plan de travail. M'embrasse. Ou me dévore plutôt. Non, c'est pire encore. Comme s'il cherchait à me posséder à travers ce baiser, à travers les mots qu'il vient de prononcer. S'en rend-il compte au moins ? Que plus il me libère, plus il m'enchaîne à lui ? Que plus je me gave d'oxygène, plus j'ai le vertige ?

Toutefois, malgré cette évidence qui s'impose à mon esprit, malgré la peur que cela engendre, je m'abandonne totalement. Me fonds dans nos souffles qui se mélangent. C'est à peine si j'entends le bip de mon téléphone retentir dans mon dos. Canaan en revanche... le capte parfaitement vu que son corps se raidit aussitôt. Je rouvre mes yeux sur les siens rivés à mon portable. Soudain inquiète, je romps notre baiser et cherche à tourner le visage sur l'écran afin de voir l'émetteur du message, mais Canaan m'en empêche en posant deux mains fermes sur mes joues.

– Can' ?

Ses prunelles me rejoignent, s'enfoncent douloureusement au creux des miennes.

– Tu sais, déclare-t-il, glacial, je ne suis pas certain que faire ressortir l'ADN de Keino soit bon pour toi, ma jolie Rwen.

Piquée autant par sa phrase que par sa façon de prononcer ces derniers mots, je dégage mon cou de sa prise.

– Qu'est-ce qui t'arrive tout à coup?

– C'est ça que tu veux, Rwen, te couvrir de frissons avant de te ranger définitivement? Te sentir en vie pour ensuite la livrer à un autre?

– De qu… putain, mais de quoi tu parles?

– Joue pas à la biche innocente avec moi, Rwen. Surtout pas avec moi. Sois honnête plutôt et dis-le-moi, bordel!

– Te dire quoi? réponds-je avec colère en le repoussant. Que tu es un putain de bipolaire comme ton père? Que l'encre sur ta peau a dû engluer tes neurones? Sérieux, t'as un grain, Canaan! Tu me fais quoi comme délire là? Je ne comprends pas un traître mot de ce que tu dis!

Une grimace mauvaise s'imprime sur son visage. La lèvre supérieure retroussée, il bondit presque sur moi et mêle ses doigts à mes cheveux pour tirer ma tête en arrière.

– Tu veux que je te baise? Tu veux que je retrousse ta jolie petite robe, déchire tes bas et envahisse enfin ton ventre? Que je ravage ton corps de toutes ces sensations qu'en réalité tu crèves de ressentir avec un autre? Toutes tes belles paroles, tes airs innocents ne sont que mensonges! Parce qu'en vrai, ce n'est pas moi que tu veux, n'est-ce pas? Je ne suis qu'un moyen pour parvenir à tes fins! Sauf que je ne suis pas un saint. Je refuse de donner sans rien avoir en retour. Et certainement pas avec toi. Sache une chose, Rwen, je ne supporte pas qu'on se joue de moi. Si tu veux agir comme une salo…

Ma main trouve sa joue avant même que je ne réalise ce que je viens de faire. Lui comme moi restons interdits durant de longues secondes. Moi par ces paroles cruelles et totalement injustes qu'il vient de me cracher au visage. Lui par la gifle que je viens de lui asséner. Canaan se recule, soufflé et haletant. Sa cage thoracique chahutée par sa respiration anarchique, il me dévisage comme s'il me découvrait pour la première fois. La puissance de son regard me vrille le bide. Pourrait me faire peur. Sauf que je suis au-delà de la fureur.

– Personne, sifflé-je, les dents serrées. Je n'autoriserai personne à me rabaisser de la sorte. Plus jamais ! Je ne sais pas ce qui se passe entre les parois de ce qui te sert de crâne, mais là, tu as dépassé les bornes ! Et ça, même à toi, je ne peux le concéder !

La lueur de ses iris frôle la folie. Tout comme ce qui agite mes cellules nerveuses.

– Alors reste loin de moi, Rwen.

Une douleur vive irradie tout à coup ma poitrine. Je ne bouge pas un seul muscle au moment où il se détourne pour sortir de la pièce. Tout se mélange. J'ignore ce qui me meurtrit le plus. Sa fuite ? Son rejet ? Son regard d'animal blessé avant de faire volte-face ? Ou la prise de conscience de ce qui m'anime réellement quand je suis avec lui ?

Tremblante, je récupère aussitôt mon téléphone. Sur l'écran de verrouillage apparaît le début d'un message de Max.

[Ma jolie Rwen, rappelle-moi qu'on…]

Non, mais merde ! Il a de ces timings celui-là aussi ! Et « ma jolie Rwen » ? Sérieux ? Pour qui se prend cet empaffé ? Maintenant, je comprends mieux le craquage de Canaan. Quoique… non, en fait. Je ne le comprends pas. Max est le petit ami de ma cousine, à quel moment peut-il penser que j'essaie de le séduire en douce?

D'un geste du pouce, j'ai accès au reste du message et un long soupir me déchire les poumons.

– Fait chier! Foutue famille de psychopathes! explosé-je.

– Je ne peux pas entièrement te donner tort sur ce coup-là, s'élève une voix dans mon dos.

Je bondis, mon cœur prêt à rendre les armes suite à la crise de Canaan, et me retourne sur la mère de ce dernier qui, accoudée au chambranle de la porte, m'observe d'un regard tendre et implacable à la fois.

– Désolée, c'est juste que… ou pas désolée, en fait. Votre fils en tient une sacrée couche, hein!

Un sourire énigmatique flotte un instant sur ses lèvres. Puis, elle se décolle de l'entrée et marche lentement jusqu'à moi.

– J'ai assisté à sa… son petit pétage de plombs.

– Petit? Étrangement, qu'on m'insulte même en « petit » a tendance à me faire vriller en « grand ».

– Tu as été blessée, Rwen? Par ses paroles?

Les poings sur les hanches, je les contracte pour m'inciter à un tant soit peu de calme. Envoyer chier le père, passe encore. Gifler le fils… peut passer, mais m'en prendre à la mère, vaut peut-être mieux éviter.

– Pas du tout, réponds-je avec ironie. Je n'avais pas assez de ma cousine pour me rabaisser… me manquait plus que votre fils.

Kat penche légèrement sa tête sur le côté, semble prendre son temps pour analyser chaque trait de mon visage puis étale sa main au-dessus de ma poitrine.

– Tu as eu mal là? demande-t-elle d'une voix douce.

Si douce que j'en suis ébranlée sans en comprendre la raison. J'acquiesce silencieusement, un nœud se logeant dans ma gorge.

– Et là? insiste-t-elle en serrant un poing contre mon ventre.

– Atrocement.

Elle est satisfaite. Son sourire s'épanouit davantage, illumine son visage de la même chaleur que celle de son fils. Aérienne, sa main remonte et caresse ma joue avant de m'abandonner.

– Tu sais, tu as marqué un point tout à l'heure. Canaan ressemble énormément à son père. Beaucoup plus que ce que tout le monde peut penser.

– J'hallucine, vous nous avez carrément espionnés!

– Qu'est-ce que tu crois? Je ne suis certes pas dans l'extrême comme Keino, mais moi aussi je prends soin de mes petits.

– Je réitère: famille de psychos, grommelé-je.

Kat éclate d'un rire cristallin qui s'envole dans les airs. Machinalement, elle joue avec la natte qui retombe sur son épaule tout en m'étudiant une fois de plus. Ses yeux noisette me couvent, me drapent d'un sentiment de bien-être alors même qu'un bordel sans nom règne entre mes côtes. Exactement comme sous le regard de maman.

– Rwen, cette gifle, il l'a méritée, mais tu dois savoir: Canaan, à l'instar de son père, est un être exalté. Tout ce qu'ils vivent, ressentent, est décuplé. Et là où mon fils est encore plus… insaisissable, c'est que, contrairement à Keino, il donne toujours cette impression que rien ne l'atteint vraiment. Bon, c'est en grande partie vrai, mais c'est surtout sa façon à lui de se prémunir, de se protéger en quelque sorte. Je me souviens quand Shilow a débarqué dans nos vies. Can' a eu beaucoup de mal à s'y faire, il avait tellement peur pour Méléri qu'il en devenait hostile et même carrément méchant. Il lui a fallu du temps pour accepter leur relation, tu sais. Est-ce que tu comprends ce que j'essaie de te dire, Rwen?

La colère, non, la fureur qui m'habite se dissipe à mesure qu'elle parle. La pression qui entravait ma cage thoracique diminue enfin.

– Je crois, oui. Canaan fait genre qu'il ne s'intéresse pas à grand-chose à part lui, mais ce n'est pas le cas.

– Non, me contredit-elle en riant presque. Canaan s'intéresse effectivement à peu de sujets. À part sa famille, sa passion et… toi, Rwen. Si sa réaction était si disproportionnée, c'est parce que… ce que tu lui inspires est disproportionné. Il n'a pas l'habitude d'être autant touché par une personne extérieure à son cercle… J'ignore quelle relation vous entretenez tous les deux, mais tu dois prendre conscience d'une chose. Cette part de lui plus obscure que tu viens de découvrir, c'est… Canaan. Tout comme ses sourires séducteurs, son assurance un poil trop exacerbée, sa légèreté… Seulement, tout le monde n'a pas le mérite de le pousser dans ses retranchements.

– Je ne vois pas où est le mérite. En quoi le faire souffrir est une bonne chose?

– Tu ne le fais pas souffrir, tu le pousses à trop ressentir. Je n'ai jamais été d'accord avec cet adage: l'amour rend aveugle. Au contraire, l'amour nous permet de voir chaque aspect d'une personnalité, chaque facette d'une âme. Qu'elle soit parfois lisse, parfois tranchante et parfois brisée. Sinon, ce n'est rien de plus que de l'idolâtrie.

Mes yeux dévient quelques secondes derrière elle, vers cette porte qu'il vient de franchir, créant ce vide que je meurs déjà d'envie de combler. Parce que oui, c'est… complètement dingue, mais je sais parfaitement que Kat a raison. Je l'ai vu dans sa façon de me regarder… D'abord quand son père s'en est pris à lui et ensuite quand il m'a balancé toutes ces choses horribles. Ce n'était pas de la méchanceté, seulement une envie de contre-attaquer. De me blesser comme il pense que je l'ai blessé.

Ouais, ça fait chier…

– Bordel, je suis bien dans la merde, fais-je avec un soupir, ayant occulté l'autre présence en face de moi.

Et qui, au vu de son peu de réaction face à mon langage, doit déjà être habituée à la vulgarité. J'inspire profondément, rassemble ma volonté éparpillée aux quatre coins de mon esprit puis opère quelques pas. Avant de me raviser et de rebrousser chemin. Un bras autour du cou de Kat, je lui embrasse tendrement la joue. Surprise, elle hoquette, mais s'empresse ensuite de me dévoiler un sourire capable d'amadouer Satan lui-même.

– Un conseil ? Vous devez bien en avoir avec deux spécimens mâles du style. Après tout, vous en avez épousé un et avez donné naissance à l'autre.

– Non, répond-elle. Débrouille-toi, Rwen.

Sous mes yeux écarquillés, elle reprend en rigolant :

– J'ignore ce que tu fais à mon fils, mais ça fonctionne plutôt pas mal. Alors… continue.

J'ai bien envie de lui répondre que pour le moment, à part le nourrir de frustration, je me demande ce que je peux lui apporter… Toutefois, je me contente d'afficher une mine grave tout en mimant de me retrousser les manches.

– Bon, souhaitez-moi bonne chance. Je m'en vais dénicher une bête sauvage dans son antre… et je risque d'y laisser quelques morceaux de peau.

Au moment où je passe le seuil, sa voix moqueuse, qui n'est pas sans me rappeler celle de son fils, me cueille :

– C'est tout ce que je te souhaite, Rwen !

29

Rwen

Depuis l'enfance, ma mère n'a cessé de nous répéter à ma sœur et moi qu'en tant que femmes, nous devions exiger ce respect que trop peu d'hommes nous accorderaient. Elle nous a martelé combien notre bonheur primait sur l'amour, que notre quête d'identité était bien plus importante que celle du prince charmant. J'ignore si sa carrière dans l'armée a forcé ce discours. En revanche, ce que je sais, c'est à quel point je me suis éloignée de ces paroles, je les ai oubliées. Surtout depuis mes 15 ans…

Et c'est là, alors que je grimpe l'escalier, qu'elles me reviennent tel un boomerang. À mesure que je me rapproche de Canaan, je prends conscience de la raison qui me pousse réellement à le rejoindre. Ce n'est pas juste une faim de sa peau. Pas l'amour non plus. Ou… pas seulement? Non, c'est autre chose, le désir de juste me sentir bien.

Après avoir fouiné du côté du dressing où je fais chou blanc, je me dirige vers sa chambre. Devant sa porte, j'hésite quelques secondes avant de décider d'entrer sans frapper. De toute façon, il peut difficilement s'énerver plus qu'il ne vient de le faire. Aussi, sans me démonter, j'actionne la poignée et plonge dans l'antre de la bête. Une odeur entêtante de tabac mélangée à de l'alcool flotte dans l'air ainsi que les notes de « Hurt » de Johnny Cash. Assis sur le rebord de sa fenêtre ouverte, Canaan tire sur sa clope comme si elle détenait les secrets de l'univers. L'arrière de sa tête calé contre le béton, il le dévisage justement, cet univers. Et je crois même qu'il est en train de l'insulter intérieurement vu ses traits tendus et empreints d'animosité. Canaan m'ignore royalement et, si ses mâchoires ne semblaient pas prêtes à percer sa peau, je jurerais qu'il ne m'a pas entendue. D'un coup de talon, je claque le panneau, nous isolant une fois pour toutes du reste du monde.

Je me laisse couler le long du bois, le fixe alors qu'il persiste à ne m'accorder aucune attention, et m'assois en tailleur par terre. Puis, j'allume mon portable pour le faire glisser sur le parquet jusqu'à ce qu'il bute contre son pied. Par réflexe, il penche son visage.

– Lis.

Canaan tique à ma voix ne souffrant aucune contradiction. J'ordonne et il a plutôt intérêt à s'exécuter s'il ne veut pas que je le pousse de sa fenêtre. Remarque, il a le cuir épais le garçon. Une assurance pareille a de quoi amortir sa chute. Comme, étonnamment, il ne m'obéit pas, je tente la provoc'.

– Lis. Et à voix haute, Canaan. Parce que, je te jure que si je pars maintenant, je me rue dans un bar, me saoule et trouve un mec – n'importe lequel fera l'affaire, crois-moi – à baiser. Et toi, tu resteras seul avec la saveur de ma chatte – comme tu le dis si bien – sur ta langue.

Bon, le souci avec Can', c'est qu'il est loin d'être idiot. Ni lui ni moi n'accordons un quelconque crédit à ce que je viens de balancer. Du moins, concernant le premier point. Surtout si j'en crois ce début de sourire taquinant ses lèvres.

– Lis, répété-je, à la limite de la rupture.

– Tu sais ce qu'il y a sur ce putain de texto, Rwen.

Alléluia, sa colère ne lui a pas bouffé la langue. Je passe sur son timbre cassant et insiste :

– Ouais, moi, je le sais. Mais je veux être sûre que toi, tu as compris. Alors tu vas le lire et m'expliquer ce qu'il sous-entend. Et je veux tout, mec. Thèse, antithèse, synthèse. Tout !

Ses doigts se resserrent si brutalement sur sa clope qu'elle se rompt. De la cendre tombe sur sa main, ne lui soutirant aucune réaction si ce n'est une grimace furieuse.

– Tu sais quoi ? J'ai changé d'avis. Finalement, je ne vais pas me barrer. Je préfère rester là, t'emmerder et t'avoir à l'usure, c'est plus... jouissif.

– Putain, Rwen... Je viens de t'insulter, de te traiter comme la dernière des allumeuses et tu reviens quand même ? T'as pas de respect pour ton estime personnelle ou merde ?

Le con ! Il n'y a pas à dire, il est sacrément doué, ce petit enfoiré. Il sait taper où ça fait mal. Et bordel... ça fait même très mal. Dommage pour lui, je suis aussi têtue que la misère cherchant à s'emparer de ce monde.

– J'ai assez d'estime personnelle pour refuser qu'on se foute de ma gueule ou qu'on essaie de me manipuler. Une fois m'a amplement suffi. Je n'accepte pas que tu t'amuses avec mes sentiments pour venger ton propre cœur. Pas toi, Can'. Fuir, se protéger... ça, je peux le comprendre. Blesser pour se soulager, par contre... Non. J'ai trop joué les punching-balls. Autant, de la part de Maura, je le comprends. Autant de toi... je ne le supporterai pas.

Enfin, son visage pivote vers moi. Ses yeux me transpercent, luisent de cette intensité qui, comme souvent, perce ma peau pour l'infiltrer. Sauf que cette fois, ses prunelles s'agitent d'une nuance supplémentaire : l'incertitude. Si je pensais que ses mots pouvaient me faire souffrir, ce n'est rien en comparaison de la douleur qui m'envahit alors.

– Canaan, reprends-je plus doucement, s'il te plaît, lis.

Ses paupières se ferment une seconde avant de se rouvrir. Il déglutit puis baisse le regard sur l'écran de mon portable.

– « Ma jolie Rwen… » Il s'interrompt, reprend sa respiration puis poursuit sa lecture. « Rappelle-moi pour qu'on puisse se voir et organiser la fête pour l'anniversaire de Maura. J'ai déjà quelques idées, mais tu la connais aussi bien – voire peut-être même mieux – que moi alors je me dis que si on s'y met à deux, elle sera super contente. Je te souhaite un joyeux Noël à toi, ton père et Cleo. À très vite, je l'espère. »

Un silence s'installe ensuite et s'étire.

– Canaan, dis-je au bout de longues minutes, incapable de me retenir plus longtemps, tu m'expliques ta petite crise dans la cuisine ? Pourquoi t'énerver et me balancer des paroles si blessantes pour un simple texto ? Texto qui provenait du fiancé de ma cousine en plus…

– Sauf qu'il n'est pas que son fiancé, n'est-ce pas ? rétorque-t-il, glacial. Cet abruti sans saveur est aussi ton premier…

Choquée, je mets un temps à réaliser ce qu'il vient de sous-entendre.

– Comment tu es au courant de ça ?

– D'après toi ? Il doit tellement se faire chier avec sa meuf qu'il s'est empressé de m'informer qu'il t'a eue en premier, crache-t-il, la lèvre supérieure retroussée.

Une violente rage flamboie entre mes côtes. Soulève une pulsion assassine dans mes veines. Toutefois, je me contente de demeurer figée. Coulée dans une chape de métal. Quand je pense que… quel sale enfoiré !

– Et donc, toi, tu as pensé que j'aurais envie de remettre le couvert avec lui ? répliqué-je, indignée.

Pour toute réponse, Canaan hausse les épaules.

– Je vais passer sur le fait que tu me penses assez garce pour voler le petit ami de ma cousine ou que tu me penses assez salope pour t'utiliser… parce que sinon, je risque de te priver de descendance en t'émasculant ! Tu veux savoir pour quelle raison jamais je ne recoucherai avec ce type ?

La couche épaisse de rage vibrant dans le ton de ma voix le fait enfin réagir. Sans regagner le sol, Canaan pivote vers moi, me ferre de ses prunelles tourmentées et… toujours incertaines.

– Bien, maintenant que j'ai ton attention… T'as déjà entendu parler de ces paris débiles sur la virginité des filles ? Tu sais, ces lycéens qui se lancent des défis sur qui sera le plus apte à faire écarter les cuisses d'une vierge… Eh bien, j'en ai été la victime. Cet… ce connard de Maximilian m'a utilisée pour cumuler des points afin de passer pour le tombeur de l'année. Mais le pire… c'est que je ne l'ai même pas su sur le coup. Parce qu'il s'est comporté comme le charmant petit ami que toutes les jeunes filles rêvent d'avoir. Il était adorable, doux, prévenant… même lorsque nous avons couché ensemble, il était si… touchant. Et ce même bien après notre première fois. J'ai terminé mon année scolaire sans jamais apprendre la véritable raison de son soudain intérêt pour moi. Comme c'est le cas pour la plupart des amourettes d'ados, on s'est séparés durant les vacances scolaires. Ce n'est qu'à la rentrée que j'ai appris qu'il sortait avec Maura. Il s'était rapproché de cette dernière pendant que nous étions en Floride avec mes parents. Dans un sens, je m'en fichais. Je n'étais pas vraiment amoureuse de lui, et ma cousine était aux anges alors… je les ai laissés à leur idylle. Jusqu'à… jusqu'à ce qu'un soir, Maura vienne me voir en pleurant.

Je m'interromps un instant. Mes yeux accrochés à ceux de Canaan, je tente, comme souvent maintenant, de puiser dans ce lien qui nous unit et s'intensifie de jour en jour la force nécessaire pour poursuivre. Son regard n'a plus rien d'incertain. Bien au contraire, ses iris se sont transformés en deux pierres tranchantes.

– Ma cousine, reprends-je après avoir dégluti, m'a alors expliqué que son cher et tendre s'était soudain trouvé une conscience parce que, tu comprends, pour les beaux yeux de sa Maura, il se devait de lui avouer ses secrets afin de prouver qu'il voulait être un meilleur homme pour elle. Elle m'a donc raconté que, loin d'être la première « fille » de Max, je n'avais été qu'une de plus qu'il avait manipulée dans le but de lui voler son pucelage. Ouais, cet enfoiré m'a volé ma virginité pour un putain de pari.

Je me stoppe un instant, l'esprit à la dérive. Je me souviens exactement ce que j'ai ressenti ce soir-là. Au-delà de la colère et du sentiment de trahison, je me suis sentie… honteuse. De m'être fait avoir. Ou tout simplement d'avoir cru qu'une fille de mon genre puisse attirer un mec…

– Voilà, dis-je alors pour conclure. Tu sais tout. Et je pense ne pas avoir besoin d'un psy pour savoir qu'une bonne partie de mon mal-être, non, rectification, du mal-être que je ressentais, provient de cette histoire. Et tu comprendras aussi que non, je ne compte pas coucher à nouveau un jour avec Maximilian.

– Putain, mais qu'est-ce que ta cousine fout avec cet enfoiré ? siffle-t-il, les dents serrées.

– Elle l'aime. Lui aussi l'aime, d'ailleurs. Maura a tellement souffert de la mort de sa sœur… Je ne pouvais pas en plus la priver de son petit ami. Elle a été assez sincère avec moi pour m'avouer ce que Max avait fait en prenant le risque que je dévoile cette histoire. Alors je lui ai assuré que je me tairais… pour lui laisser le droit au bonheur.

– Et le tien dans tout ça, Rwen ?

– T'inquiète pas pour moi… je suis sur son cas.

Un mince sourire effleure subtilement ses lèvres. Mais s'envole presque aussitôt, me laissant frustrée et un brin agacée.

– Putain, Can', fais-je avec un soupir en secouant la tête au moment où il repart dans son mutisme, tu réalises que tu es plein de contradictions ? C'est toi qui es venu me chercher, toi qui m'as proposé cet accord débile. Tu… tu n'as pas le droit de me rejeter maintenant, merde. Tu… Dis-toi que… toi et moi sommes dans le même bateau. Moi non plus je ne m'attendais pas à… ça, dis-je alors que mon index opère un aller-retour entre lui et moi.

Mes incisives se plantent dans ma lèvre inférieure. Perturbée, je ne parviens pas à retenir la vague d'émotions – bien plus brutale et vive que les souvenirs évoqués juste avant – qui me submerge. J'ai soudain beaucoup de mal à gérer son rejet et sa froideur. Par instinct de protection, je ramène mes genoux contre ma poitrine et y enfouis mon visage.

Plusieurs secondes défilent avant qu'une main ne caresse mes cheveux et qu'une deuxième m'oblige à relever la tête. Canaan, accroupi, me sonde gravement. Avant qu'un sourire à la fois doux, résigné et douloureusement beau n'étire ses lèvres.

– Je ne sais pas ce que je veux exactement, Rwen… Je ne sais pas comment définir ce truc entre nous comme tu dis, dit-il en reproduisant mon geste de la main. Et je ne suis pas sûr de vouloir poser un mot là-dessus. Ce que je sais, en revanche, est que j'ai fait mon Keino. J'ai été un vrai con et je devrais te baiser…

Sous mes yeux hallucinés, il m'offre son rictus de sale gosse.

– … les pieds. Jusqu'à ce que tu m'accordes ton pardon. Car ouais… JE suis venu te proposer ce deal merdique. JE t'ai attirée dans un jeu dont je n'assume plus les règles, mais Rwen… tout ça… là, c'est moi qui ne maîtrise plus la partie. J'ai l'impression que tout est entre tes mains, et franchement, je suis loin d'aimer ça. En revanche… ce que tu viens de révéler, ça, ça me fout en l'air. Parce que, putain, je crois que… je crois que je donnerais tout pour avoir eu la chance de crevard d'être ton premier.

Merde. Si lui ne maîtrise plus rien alors moi, je suis à la dérive totale. Parce que je ne suis pas sûre non plus d'aimer le Canaan sincère et si touchant qui me fait face à cet instant. Ou de ne pas trop aimer cette partie de lui justement… Une vague brûlante afflue tout à coup au cœur de ma poitrine. Quelque chose de différent de tout ce que j'ai pu ressentir jusqu'ici. L'envie qu'il saisisse. Le besoin de le retenir. Le désir de me cramer les ailes, mais pas pour moi. Pour lui. Uniquement pour lui.

Je me redresse alors sur les genoux, me rapproche au plus près de Canaan et glisse mes doigts sur sa nuque.

– Je te pardonne… pas, soufflé-je contre sa bouche. Ça t'apprendra à passer tes nerfs sur moi. Par contre, je t'offre une chance de te rattraper. Embrasse-moi, Canaan. Tous ces doutes, cette colère, ce bordel sous ta peau, montre-les-moi. Embrasse-moi, Can'…

Ses lèvres s'emparent aussitôt des miennes. Et son corps du reste… Il parvient par je ne sais quel moyen à m'allonger sur le sol en douceur malgré ses gestes empreints d'une urgence folle. Une paume en étau sur ma mâchoire et l'autre sur le sommet de mon crâne, il me recouvre totalement. Se détache de ma bouche pour mieux la dévorer ensuite. Férocement. Furieusement. Son poids sur moi devient plus lourd, comme s'il se laissait complètement aller.

C'est le moment. Maintenant. Celui où je prends conscience que d'une façon ou d'une autre, je l'empêcherai de disparaître de ma vie. Celui où Canaan doit comprendre. Que je le veux. Et que, quoi que le futur nous réserve, il aura toujours une place dans mon présent. Dans ces « instants » si précieux à ses yeux.

– Canaan, ahané-je alors qu'il enfouit son nez dans mon cou. Je… ton cadeau de Noël!

Saisi, il relâche mon visage, se redresse sur ses coudes pour capter mon regard.

– J'ai un cadeau de Noël pour toi, précisé-je. Sauf que si on continue ainsi, je ne pourrai jamais te l'offrir.

– Rwen, crois-moi, tout ce dont j'ai besoin, je l'ai bien en main là.

Je roule des yeux devant sa formulation. Ce mec est capable d'user d'une verve de poète comme de s'exprimer tel un bûcheron resté trop longtemps dans sa cabane au fin fond de la forêt. J'enroule mes jambes autour de sa taille et, d'un coup de reins, échange nos positions. Bon, parce qu'il le veut bien, hein. Sinon je serais encore clouée au sol. À califourchon, je le surplombe fièrement et éclate de rire face à ses prunelles implorant ma pitié.

– Tu réalises que si mes nerfs sont aussi à vif, c'est ta faute? Aucune femme ne m'a encore collé autant de stops, Rwen. Et là, je commence à avoir le cerveau en bouillie à force de me prendre des murs.

Nouvel éclat de rire. Toutefois, pas de quartiers. Si je peux, en plus, lui faire payer sa petite crise, hors de question que je m'en prive. Et puis... il me remerciera après. Mes mains s'infiltrent sous son tee-shirt, caressent lentement ses abdominaux, griffent ses pectoraux bandés avant de retirer le tissu. À présent torse nu, Canaan s'étend sur le sol, l'air grave, tout en me défiant silencieusement. Bien... *challenge accepted.* À contrecœur, j'abandonne sa peau et attrape l'ourlet de ma robe. Deux secondes plus tard, elle vole à travers la pièce. Sa respiration s'emballe alors que la mienne s'alourdit dangereusement. À l'instar de ce qui enfle sous la toile de son jean et pousse délicieusement mon intimité. Je prends quelques secondes pour me noyer dans la profondeur de ses iris bleus qui prennent soudain la même teinte qu'une nuit étoilée sans lune. J'ai envie de... le bouffer, m'en gaver jusqu'à plus soif. Quoique, je ne suis pas certaine que même m'abreuver de sa peau des heures durant suffise à me repaître. Toutefois, je parviens à rassembler toute ma détermination pour me retenir. Je l'aurai bien méritée, ma carrière de nonne...

Une paume étalée sur son torse, je me penche jusqu'à effleurer ses lèvres des miennes. Ses mains devaient sérieusement le démanger car subitement elles se moulent à mes hanches.

– Fais-moi confiance, Can'. Il y a une raison si je désire faire cela maintenant. Et j'insiste sur le mot désirer.

Ses doigts s'impriment férocement dans ma chair, comme s'il aspirait à me punir. Je serre les dents et reprends :

– Pendant plusieurs jours, je me suis interrogée : qu'est-ce qui est le plus important pour Canaan Sainclair ?

Mes cuisses se resserrent par automatisme sur son bassin au moment où ce petit con entame une danse lascive contre mon entrejambe. Un sourire triomphal incurve sa bouche. Je feins de l'ignorer et poursuis :

– J'en suis arrivée à deux réponses : ces fameux instants, si chers à ton petit cœur, et...

J'attrape l'une de ses mains pour la couler autour de ma gorge.

– ... la peau.

Là, je crois qu'un concert de métal se joue sous ses côtes tant son buste se déchaîne.

– Et j'ai trouvé un moyen pour réunir les deux. Et te prouver que même un simple instant peut être immortel.

Je me redresse enfin. Ses bras retombent entre nous, dans l'attente que je m'explique.

– Tatoue-moi. Maintenant, Canaan. Sauf que, cette fois, je ne veux pas que cela me représente. Je te veux toi, sur ma peau. Ce qui agite ton cœur sur ma chair. Ainsi, quoi qu'il se passe dans un jour, dix ou même dans une vie, je conserverai cet instant sur moi, en moi. Ce n'est pas ce que tu voulais ? Me marquer ?

Il reste figé entre mes jambes, son souffle semble l'avoir définitivement abandonné. À moins que ce soit lui qui ait oublié comment respirer. Ses yeux parcourent chaque ligne de mon visage, en quête d'une quelconque trace de folie passagère, puis dérivent sur le reste de mon corps. Mon cou. Ma poitrine visible à travers la dentelle noire de mon soutien-gorge. Mon ventre qui se creuse de manque et d'envie. S'attardent sur mon flanc. Les sourcils légèrement froncés, il étudie, scrute ma chair qui s'enflamme sous la puissance de son regard.

Tout à coup, il se redresse à son tour, cadenasse ma nuque et m'embrasse. Lentement. Longuement. Avec une langueur qui manque de m'anéantir. Lorsqu'il rompt notre baiser, j'hésite à insulter l'air qui s'engouffre dans mes poumons et qui ne porte plus son sceau.

– Tu es complètement barge, Rwen, dit-il en ricanant afin d'occulter son trouble.

Trouble que je devine parfaitement à l'intonation de sa voix.

– Mais, mon petit pain d'épices, je ne peux pas faire ça maintenant. J'ai besoin de penser aux lignes, les tracer et…

– Non, l'interromps-je. Pas de calque ou je ne sais pas comment tu appelles ça. Si tu t'entraînes avant, tout perd de son sens. Je le veux maintenant. Et à main levée. Arrête de douter, Canaan. J'ai confiance en ton talent. Regarde-toi, tu ne fais que me sublimer depuis que l'on se connaît. Et même si ce n'est pas parfait, ça n'en sera que plus fidèle à notre réalité. Parce que bon, qu'on se le dise, t'es loin d'être parfait, mec…

Bon, je crois que je l'ai définitivement perdu. Ma blague tombe à plat, il ne réplique même pas et… ah bah si, il réplique, mais à la Canaan quoi. En un geste beaucoup trop adroit, il inverse de nouveau nos positions, détache mon soutien-gorge et glisse les bretelles le long de mes bras. Un sourire étrange, rusé et vorace, étire ses lèvres. Doucement, ses mains s'affairent à enlever mon serre-tête ainsi que les épingles dans mes cheveux qui retombent sur le sol. Il les enroule ensuite autour de son poing et tire ma tête sur le côté. Avant que sa langue ne vienne tracer une ligne incendiaire entre mes seins puis sur leurs pointes. Un gémissement me trahit et m'échappe.

Je le sens sourire, encore, en refermant sa bouche sur l'un de mes tétons puis... plus rien. *Nada. Niente.* Que dalle ! Pantelante, je le regarde, ahurie, se relever, un air beaucoup trop fier à mon goût sur son visage.

– Tu crois quoi, princesse ? Si je finis frustré, tu finis frustrée.

Je lui plante un majeur sous le nez, ce qui ne fait que l'amuser davantage. Et m'agacer davantage aussi.

– Maintenant, va t'allonger. J'ai bien l'intention de profiter pleinement de mon cadeau.

Un second majeur après, je me mets debout, dévoile un sourire hypocrite et glisse mon dessous dans la ceinture de son jean. Avant de lentement rouler mes bas sur mes jambes afin de les retirer. Je les lui lance, éclate de rire sous ses yeux exorbités, puis, à moitié nue, drapée de toute ma dignité, je lui tire la langue et m'exécute enfin.

– Je reviens, précise-t-il, non sans lâcher un dernier ricanement.

Sur le ventre, j'enroule mes bras sous un oreiller et me cale dessus. Je profite d'être seule pour commettre l'acte le plus pathétique qui soit : plonger mon nez dans le coton et inspirer à fond. Son parfum me monte au crâne et un air de samba ne tarde pas à résonner entre mes tempes.

Putain... t'es vraiment dans la mouise, ma fille.

Canaan doit bien mettre un quart d'heure avant de revenir. Bercée par les effluves de son odeur, je ne peux même pas prétendre que le temps m'a paru long. Pathétique.

– As-tu la moindre idée à quel point je te déteste, Rwen?

Piquée, je me tords la nuque, refusant catégoriquement de lâcher mon précieux, et suis son regard… rivé sur mes fesses. Par pure provocation, je les remue tout en me retenant de rire. Soudain, quelque chose atterrit brusquement sur mon visage.

– Mets ça en dessous de toi, ordonne-t-il d'un ton sec.

Je pince les lèvres, m'invective pour ne surtout pas me foutre de lui sous peine qu'il ne me claque entre les pattes, m'allonge sur la grande serviette qu'il m'a balancée, toujours avec son oreiller, et attends patiemment.

– Tu sais quoi faire? Ou le placer? demandé-je au bout de quelques minutes alors que je l'entends se préparer.

– J'ai surtout une autre idée de quoi te placer et où, grommelle-t-il.

Ne pas répondre. Ne pas le provoquer. Une réplique et il est capable de me mordre.

– Enfile ça.

Cette fois, c'est un tee-shirt qu'il me jette.

– J'ai besoin que tous les neurones que tu ne m'as pas déjà grillés soient… opérationnels. Ce qui est impossible si tu es nue. Sauf si tu as envie de te retrouver avec un dessin carrément porno.

Docile, j'enfile le bout de tissu et reprends ma position. Canaan part fermer la fenêtre puis revient s'agenouiller sur le matelas à mes côtés. D'un geste autoritaire, il me place sur le flanc droit. Ses doigts enroulent l'ourlet du tee-shirt jusque sous ma poitrine, forcent mon bras à retomber sur le lit et m'écartent légèrement les jambes. Il s'applique ensuite à désinfecter ma peau à l'aide d'une gaze imbibée, du creux de mon aine jusqu'en dessous de mon sein gauche. Encore et encore. De plus en plus lentement. Comme s'il imaginait déjà son encre sur mon épiderme, qu'il cherchait à s'en imprégner.

Le bruit à présent familier de l'aiguille chante alors à mes oreilles et sa morsure ne tarde pas à s'implanter sur ma chair. Je grimace à la première piqûre, me raidis par réflexe. En vérité, j'aime cette douleur. Car je sais que cette sensation sera à jamais liée à Canaan. À ces moments durant lesquels j'ai commencé à m'abandonner à lui.

***

Je m'abandonne tellement qu'au bout de deux bonnes heures, je somnole à moitié. Ma conscience refait de temps à autre surface à cause de la douleur, jette un bref coup d'œil à Canaan, totalement enfermé dans son monde, et sombre de nouveau. Jusqu'à ce qu'une claque fouette ma croupe et me fasse sursauter.

– J'hallucine, Rwen. Tu t'es endormie. Je confirme : tu es vraiment dingue, dit-il en se marrant.

Groggy, échevelée, je me redresse avec difficulté et un spasme me parcourt au moment où mon flanc gauche irradie violemment.

– Aïe, aïe, aïe, couiné-je presque.

– Ça veut jouer les femmes, mais ça n'assume pas, reprend Canaan en se marrant de plus belle.

– Mouais, en attendant « ça » est assez femme pour te faire mourir de frustration.

Canaan soupire ensuite, résigné, défaitiste aussi parce que bon, j'ai raison et il le sait.

– Viens, ma guerrière, je vais t'aider à te lever.

Il bondit sur le sol et me tend une main que j'attrape. Ignorant la douleur, je me relève. Can' retient le tee-shirt relevé dans mon dos et me guide jusqu'à une psyché posée dans un coin de la chambre. Une boule se loge dans mon ventre à l'idée de découvrir de quoi il a paré ma peau. Aussi, avec l'impatience d'une gosse devant un étalage de confiseries, je m'empresse de pivoter légèrement afin d'observer mon profil. Je penche ma tête, incertaine de ce qui s'étale sous mes yeux. Plus qu'un dessin à proprement parler, un assemblage de symboles, de runes, forme une boussole s'enroulant autour de ma hanche gauche. Une espèce de rose des vents la surplombe. Tissée par un enchevêtrement de lignes fines et épurées, elle s'étoile sur tout mon flanc, jusque sous mon sein.

– Ça s'appelle un *vegvisir*, chuchote Canaan en posant son menton sur le sommet de ma tête. Un symbole nordique de protection et de guidage.

Hypnotisée, je parcours des yeux le tracé de chaque ligne d'encre. Très masculin, et en même temps élégant. Un mélange paradoxal entre la finesse et le primaire. La noblesse et une certaine sauvagerie. À l'image parfaite de Canaan.

– Il est magnifique, Can', soufflé-je, chamboulée.

Parce que je prends enfin conscience que je l'ai littéralement dans la peau. Et le pire ? C'est que j'ai la sensation que ce n'est pas assez. Que j'en veux plus.

– Mais… Can', ce veg-truc a un rapport avec moi, n'est-ce pas ?

Je me retourne et lève le regard vers le sien.

– Je t'avais dit vouloir ce qui étreignait ton cœur.

Un sourire usé et fatigué fleurit lentement sur ses lèvres.

– Rwen, tu n'as pas idée du bordel que tu fous. Tu… tu commences à prendre beaucoup trop de place.

Son aveu me réduit au silence, me vole mon souffle et aspire tout. Incapable de répondre, je me contente de me blottir contre lui. La joue sur son torse, je le serre dans mes bras. Et je m'esquive surtout, refusant de laisser voir les larmes qui s'agglutinent entre mes cils. Sa main retenant toujours le tissu dans mon dos, il pose la seconde sur ma nuque et me rend mon étreinte.

– Allons nous coucher, murmure-t-il alors, comme s'il craignait de m'effrayer. Il est plus de quatre heures du mat'. Et je suis trop crevé pour te ramener chez toi.

J'opine, déglutis et recule pour me diriger vers le lit. Tout sauf me confronter à son regard. D'un bras sur mes épaules, il m'arrête. Me demande de patienter le temps qu'il applique un bandage sur le tatouage.

– Mais… où sont toutes tes affaires ? demandé-je en constatant que son attirail a disparu.

– Déjà rangées. Je n'osais pas te réveiller, me dit-il avec un clin d'œil. Maintenant, au lit, ajoute-t-il après avoir achevé sa tâche. Tu te rappelles ? *Mi cama es tu cama.*

Je mime un salut militaire puis vire la serviette pour me glisser sous les draps. Je grimace en me positionnant sur le côté droit et laisse tomber mollement mon visage dans l'oreiller. Mes paupières se rouvrent malgré tout, histoire de ne pas perdre une miette de Canaan qui se déshabille. Ses gestes sont à la fois lourds et saccadés et, quand mes prunelles rencontrent les siennes, je réalise alors à quel point il semble épuisé.

– Tu mates ce que tu as perdu, ma petite marmotte des îles ?

– Perdu ? Ce n'est pas toi qui disais que chaque sens vaut en séduction ? Bah, je flatte ma vue, là.

– J'ai créé un monstre, ouais, maugrée-t-il en s'allongeant en face de moi.

J'arque un sourcil, mais ne riposte pas. La fatigue me gagne à mon tour et ce malgré ma « sieste ». Mes paupières luttent pour rester ouvertes.

– Rwen, retourne-toi.

– Trop mal, grommelé-je, déjà prête à accueillir Morphée.

– C’est vrai.

Soudain, les draps se soulèvent, provoquant un courant d’air qui court sur ma peau. Canaan me passe littéralement par-dessus et se retrouve dans mon dos. Son corps chaud se moule au mien, apaisant et excitant à la fois mes cellules. Son bras droit se fraie un chemin sous ma tête, me rapproche au plus près de lui et se replie pour me kidnapper. Quant à moi… bah je souris. Comme une imbécile totalement heureuse.

30

Canaan

– Avoue que tu me détestes. Voire que tu me hais.

Un rire m'échappe. Le moteur éteint, nous restons là, le cul engoncé dans les sièges de la caisse de Shilow. Face au destin de mort imminente qui nous attend si j'en crois la voix pétrie de panique de ma jolie blonde.

– T'y vas pas un peu fort?

Le revers de sa main gifle mon avant-bras, rageur.

– Arrête! Non seulement je n'exagère pas, mais je me demande si tu comptes enterrer mon corps dans le coin ensuite… Et puis je suis vexée!

Cette fois, elle pivote sur son assise pour permettre à ses billes glacées de me poignarder franchement. Désorienté, je ne pige pas le chemin qu'elle emprunte.

– Vexée?

Ses bras se croisent sous ses seins, rendant leur rondeur délicate plus opulente sous les mailles de son gros pull.

– Bah oui, fait-elle en levant les yeux vers le plafond de la voiture.

Son ton à la limite du puant est très clair. Elle me parle comme si j'étais le dernier de la classe, avachi contre le radiateur, incapable de comprendre quoi que ce soit.

– Tu veux te débarrasser de moi sans même… tu sais quoi ! Je ne vais pas te faire de dessin.

Un reste de son manque de confiance transperce soudain comme si l'intimité créée par l'espace confiné la rendait plus craintive. Normal. On ne tue pas des complexes enracinés pendant des mois, pour ne pas dire des années, d'un claquement de doigts. De temps en temps, ils repointent le bout de leur nez. Rwen a encore besoin de moi et de ma capacité à repousser ses limites. Cela étant… je vois excessivement bien de quoi elle parle pour ne rien faire d'autre que d'y penser. À en avoir des cals lors de sessions vraiment trop solitaires. Or, la baise « gratuite » n'est pas le bon dérivatif en ce qui la concerne. Elle est trop complexe pour ça. Sa sexualité avortée avec l'autre enfoiré n'est pas seule en cause. Elle est un prisme dont chaque surface a été ébréchée et demande une multitude d'approches différentes. Voilà bien une des raisons pour lesquelles nous sommes là. Mon coude calé contre le volant, je me contente de la reluquer un long moment durant lequel je me tais. Pourtant de nature impulsive, là, j'envisage la portée de chaque mot susceptible de sortir de ma bouche. Pensif, je reporte mon attention sur le sujet de notre venue et de cette dispute qu'elle essaie de provoquer pour se débiner. *No way.*

Face à nous se dresse le Rainbow Bridge. Muet, je contemple le pont à haubans blancs dont la hauteur file des sueurs froides à Rwen. Son tablier suspendu par des câbles ancrés dans une série de pylônes de chaque côté, il est gigantesque et donc idéal.

– Canaan, je ne sauterai pas de ce machin, décrète-t-elle, péremptoire. Tu sais quoi ? Prends ton putain d'élastique et étrangle-toi. Ou mieux, castre-toi avec !

– Bébé… t'es sûr ? Sans même y avoir goûté au moins une fois ?

– Rappelle-moi bébé et…

Je n'écoute pas ses menaces et réprime un sourire satisfait quand, alors que dans ses yeux s'électrise la colère, sa peau vibre d'un frisson abyssal. Les nanas disent toutes haïr être appelées ainsi, mais le plus souvent, ces deux syllabes déverrouillent le stop qu'elles nous collent dans les dents. Même si elle est d'un autre *level*, unique reine de son niveau, Rwen y est, elle aussi, sensible. Ma voix se fait plus douce, détourne des accents onctueux afin de la séduire et d'endormir la peur qui alimente ses cellules.

– Tu veux savoir ce que je crois?

– Je m'en fous! s'exclame Rwen, grincheuse.

Sans me soucier de la tonne de malédictions qu'elle lance sur ma queue, je me renfonce dans le dossier en fumant distraitement.

– Je crois que c'est un cap. Une espèce de baptême.

– www.canaansainclairvoyance.com, m'interrompt-elle avant d'arracher ma cigarette pour l'écraser avec agacement. Philosophe, marabout, il a clairement toutes les compétences… Tu te prends pour un guide ou quoi? Saint Can' prêcheur à la con d'une secte à la con. Je te préviens, je ne ferai pas partie de ton harem.

Je ricane.

– Il n'y aurait que toi, Rwen. Je n'aurais pas besoin d'un foutu harem si je t'avais, toi.

Les mains sur le volant pour ne pas être tenté de m'abattre sur elle, je continue:

– Tu sais ce que je veux? Que tu crées un point de rupture. Que tu laisses le vertige te submerger. Je veux que tu sautes. Que tu prennes le risque de te jeter, tête la première dans l'inconnu. Sans l'avoir anticipé. Prends ça comme notre dernière leçon si tu préfères.

Finalement, j'abandonne mes bonnes résolutions. Vif, je bondis presque sur elle qui couine de surprise, et l'empoigne. Ferme, je l'installe à califourchon sur moi. Un cri indigné veiné de douleur s'esquive d'entre ses lèvres. Le volant dans ses reins, elle essaie de se dégager, mais j'affermis ma prise. Ma main tenant en étau sa nuque, je l'oblige à me faire face. Les yeux dans les yeux. Le bout de son nez retroussé effleurant le mien.

– Tu vas m'écouter, sifflé-je entre mes dents en la serrant farouchement contre moi. J'étais un gamin du style à suivre les délires mystiques de sa mère. Face au caractère asphyxiant de mon vieux, il me fallait une soupape. Ne serait-ce que pour comprendre les gènes que Keino m'avait refilés. Elle a toujours créé des images fortes pour illustrer ses explications. C'est ce que je m'efforce de faire avec toi, Rwen. Alors ne te fous pas de ma gueule.

À ces mots, elle se raidit. Un voile serein se dépose sur ses traits. J'en profite, m'engouffrant dans la brèche.

– Quelle que soit la nature du saut que l'on s'apprête à faire, il est toujours positif. Ton instinct t'a toujours confinée à la prudence. Moins ces derniers temps, j'en conviens… renchéris-je alors que sa jolie bouche s'entrouvre pour me contrer. Tu fais des efforts, tu prends des risques. Dis-toi… Dis-toi que c'est un rite. Le dernier. Jette-toi à l'eau.

Ses paumes survolent mes pectoraux puis les caressent du bout des doigts. Elle s'incline vers moi, ses lèvres à un souffle des miennes.

– Et toi? chuchote-t-elle en glissant ensuite ses mains sous mes fringues pour venir s'ancrer à mes abdominaux.

– Quoi moi?

Elle hausse les épaules, prépare la riposte, j'en mettrais mon cul au feu. Oui parce que mes mimines, elles, sont trop occupées à pétrir ses fesses.

– Et toi, Canaan? En es-tu capable? De prendre des risques?

Son ongle griffe mon oblique.

– Es-tu capable de sauter?

Et voilà.

Voilà comment à peine une demi-heure plus tard, je suis là. En haut de cette saloperie de pont. À cent treize mètres au-dessus d'une rivière qui a plus l'air d'un minuscule filet d'eau vue d'ici.

Voilà comment j'en suis venu à claquer une sacrée rallonge de fric que je n'ai pas vraiment. Et pourquoi je devrai racketter ma frangine ou, pire, mes parents, avant leur départ.

Voilà pourquoi je suis saucissonné, si serré que mes burnes sont à deux doigts de remonter par mon œsophage.

Et pourtant... je prends un pied comme rarement auparavant. L'adrénaline, les endorphines... elles se déversent dans mes veines. Entre le vent qui fouette mon visage et s'infiltre sous mes vêtements, la prévision du saut dans le vide et le corps de Rwen littéralement attaché au mien, j'en jouirais presque comme un ado. Le baudrier qui nous relie vérifié, l'instructeur, un typique Bobby Joe, nous hurle les dernières instructions.

– *Swan Dive*, brame-t-il en moulinant des bras. Le plongeon du cygne, les amoureux !

– On n'est pas... commence Rwen avant de soupirer. Oh et puis laissez tomber.

Totalement indifférent, il poursuit ses explications.

– Tête en avant, comme pour plonger dans la piscine de chez tata Mary. L'élastique vous retient...

La façon qu'elle a de gémir à ces mots attise mon attitude de sale gosse. Je me penche et murmure au creux de son oreille.

– À moins qu'il ne se rompe...

– ... puis vous remonte par les pieds. Faut que vous soyez synchro sur la marche au moment de sauter, débite-t-il en désignant la petite surface au bord du pont.

Côte à côte sur le parapet dès qu'il nous a positionnés correctement, on attend le signal. Mon bras autour de ses épaules, je serre Rwen contre moi. Un sourire se dessine sur ses lèvres. Vaillant, mais sacrément bancal.

– Je suis là. Tu ne tomberas pas sans moi, mon cœur.

– Trois !

Elle s'apprête à parler, happe seulement de l'air.

– Deux !

– Pas sans moi, martelé-je doucement.

Ses doigts agrippent ma main bloquée sur son articulation.

– Un ! beuglé-je en duo avec l'instructeur.

Au moment où je nous donne l'impulsion en m'abandonnant au vide, l'envie de rétropédaler fend ma poitrine. L'impression d'avoir donné à mon corps l'ordre de se suicider. Puis le hurlement. Celui de Rwen qui n'en forme plus qu'un avec le mien qui lacère ma gorge. Parce que le réflexe de survie agresse mes tempes. Quelques secondes qui mutent sur une ligne de temps délirante. La sensation que l'eau de la rivière va nous noyer. Qu'il est impossible que l'on ne se crashe pas. Mon cœur cogne si durement que je suis persuadé qu'il va jaillir pour aller s'enterrer non sur le sol, mais dans la poitrine de la femme à mes côtés. À cet instant, l'élastique fait son boulot et nous remonte violemment par les chevilles, nous soulevant dans les airs. Les émotions n'existent plus. Elles se brisent, s'éparpillent au vent tant elles sont décuplées. DiCaprio a tort. Je suis le roi du monde. Encore quelques allers-retours, un putain d'ascenseur libérateur, puis nous nous stabilisons. D'une torsion compliquée, j'arrive à épingler sa hanche avec mon autre main pour la ramener toujours plus contre moi, les membres quasi tordus en une position improbable. Ses seins épousent mon torse en dépit des sangles comme si rien ni personne ne pouvait nous empêcher de nous trouver, aimantés l'un par l'autre. Son corps vibre si fort que, même à travers les couches de vêtements, j'en sens les ondes sous mes doigts. Chacune de ses oscillations me caresse.

– Rwen, tu réalises ? On s'est enfin envoyés en l'air !

Elle sanglote et rit à la fois sans répondre. Ses paumes s'abattent sur mes joues, m'empêchant de creuser ma connerie… qui s'évapore dans le brouillard quand sa bouche glacée s'écrase sur mes lèvres. Sa langue enflamme la mienne pour s'y enlacer. Si je suis le roi, elle est une reine aussi *badass* que bandante. Le front contre le sien alors que nous continuons de nous balancer la tête en bas, je me tords la nuque pour mieux l'admirer.

Tétanisée, livide malgré les zébrures rougies qui marquent sa peau, les yeux débordant de vie, Rwen est… unique. Encore une fois, elle se met à hurler. Encore. Et encore. Mais pas de peur. C'est même tout le contraire. Elle vit. Elle se sent libre.

31

Rwen

Les paupières closes et le front contre la vitre, je refuse de remettre un seul pied dans la réalité.

– Rwen, souffle doucement mon compagnon de route.

De route et de saut à l'élastique. Quand j'y pense… jamais ce mec ne pourra avoir une idée « normale ». Je hausse les épaules instinctivement. Normal et Canaan, deux termes qui ne s'accordent dans aucune phrase de toute façon…

– Si tu veux faire semblant de dormir, essaie au moins d'être immobile.

Un sourire menace de trahir mon visage. Au lieu de cela, je lui colle un majeur sous le nez, enfin là où j'imagine son nez. Un rire chatouille mon oreille et menace de m'arracher définitivement de ma torpeur.

– Je suis épuisée, grogné-je.

– C'est la chute d'adrénaline, bébé. C'est peut-être mieux que tu rejoignes ton père et Cleo. Jamais je ne t'aurais autorisée à te reposer sinon.

Cette fois, impossible de cadenasser mes lèvres qui s'étirent sans mon consentement. Traîtresses. Je rouvre finalement mes yeux, fixe la devanture de notre maison et un soupir me brûle les poumons. J'entends le siège de Canaan grincer légèrement. La seconde suivante, il attrape mon menton pour m'obliger à le regarder.

– Qu'est-ce qui t'arrive? demande-t-il alors que sa bouche tremble pour – j'en suis certaine – réprimer un sourire.

– Bah... je ne sais pas comment t'avouer qu'en fait, je suis amoureuse de ton pote Bart. Il m'a eue lorsqu'il a parlé de jouer à Mr Fantastique[1] avec l'un de ses membres. Je ne suis qu'une faible femme, que veux-tu.

Canaan secoue la tête avant que sa main ne descende sur mon cou. Doucement, il m'oblige à me rencogner contre la portière.

– Tu en veux décidément à la vie de notre geek, mon cœur...

Ses lèvres s'abattent soudain sur les miennes, m'embrassent avec une avidité frôlant la démence. L'arrière de mon crâne cogne contre la vitre sous ses assauts. OK, je suis définitivement réveillée là. Sauf qu'au moment où j'emmêle mes doigts dans ses cheveux pour approfondir notre baiser, il se recule, provoquant un soulèvement indigné entre mes côtes.

– Ce soir, Rwen. Ce soir, tu es toute à moi, je te préviens. Je...

Je l'interromps d'un doigt en travers de sa bouche.

– J'en ai autant envie que toi, Canaan.

Nos lèvres se rencontrent une dernière fois, puis je file comme si j'avais le diable aux trousses. Enfin, là, en l'occurrence, le diable, je compte bien lui faire sa fête. Ce n'est pas lui que je fuis, mais plutôt un attentat à la pudeur. Une minute de plus et je le violais dans sa caisse.

Une fois chez moi, je claque la porte d'entrée, façon subtile d'annoncer mon arrivée. Mon père me rejoint presque aussitôt.

– Désolée, papa, dis-je immédiatement. Je sais que je n'ai pas prévenu pour cette nuit, mais... je me suis quelque peu fait engloutir par le temps.

---

1. Héros des *4 Fantastiques* aux membres extensibles.

Afin de le rassurer ou de l'amadouer plutôt, je l'embrasse tendrement sur la joue quand une troisième voix nous recouvre et, comme à chaque fois, me donne la sensation de redevenir une petite fille.

– On découche sans prévenir maintenant? J'hésite entre pleurer en comptant mes cheveux blancs ou jouer les mères responsables en te punissant.

Je me détache de l'étreinte paternelle avant de bondir de joie.

– Maman!

Après avoir poussé un cri à mi-chemin entre l'hystérie et le bonheur pur, je me rue dans ses bras, mon nez plongé dans son cou. Son parfum doux infiltre mon esprit et enveloppe mes cellules d'un bien-être teinté de mélancolie. Cette matinée est définitivement l'une des plus belles qu'il m'ait été donné de vivre.

– Mon bébé, ronronne-t-elle. Comme tu m'as manqué.

Je l'enlace encore plus fort, un sourire plaqué sur ma bouche. Puis, elle enroule délicatement ses doigts autour de mes poignets pour me forcer à la relâcher. Ses iris, du même vert que celui de ma sœur et moi, me sondent, fouillent un court instant. Avant qu'elle me demande, un rictus rusé en coin:

– Je crois que vous avez des choses à me dire, mademoiselle Davis.

Je roule des yeux, lâche un soupir et dévie un instant mon regard vers mon traître de père.

– Quoi, ma fille? Tu pensais sûrement que j'allais passer sous silence la petite scène à laquelle j'ai assisté hier soir et ne rien révéler à ta mère? Tu sais pourtant comme elle est. Je ne connais pas de femme plus têtue, et je te rappelle que cela fait plusieurs mois que, moi non plus, je ne l'ai pas vue. Alors autant te dire que si elle décide de faire la grève du sexe parce que je lui ai menti par omission, je ne vais pas tenir…

– Papa ! m'insurgé-je en collant mes paumes sur mes oreilles.

Ma mère, quant à elle, se met à rire. Elle décoche ensuite une œillade amoureuse et tendre à son mari qui manque de me faire vomir.

– Ouais, bon, vous roucoulerez plus tard, intervient soudain Cleo. D'ailleurs, je vous préviens, ce soir, je dors chez Natalia. Ma chambre jouxte la vôtre et je tiens à éviter de dépenser mon argent dans des séances de psy les dix prochaines années.

– Depuis quand mes filles sont devenues aussi insolentes ? se révolte faussement maman.

– Je t'en prie, Laura, répond mon père. Elles l'ont toujours été.

– Hum… on se demande de qui elles ont hérité ce mauvais penchant, réplique-t-elle avec un rire en plantant un regard accusateur au creux de ses prunelles.

Un sourire éclatant plus tard, mon père nous embarque toutes dans le salon. À peine sommes-nous assis qu'une rafale de coups s'abat sur la porte d'entrée. Maman bondit aussitôt sur ses pieds, le visage soudain fermé et froid. Je secoue la tête et me marre face à sa réaction disproportionnée. C'est tout ma mère. Elle sent du danger partout…

Quelques instants après, je l'entends ouvrir à la personne qui s'amuse à massacrer le battant.

– Max ! Oh, mon Dieu, mais que t'est-il arrivé ?

J'ai tout juste le temps de me lever du canapé que le fiancé de ma cousine déboule, les yeux exorbités de rage et le nez en sang.

– Putain, Rwen ! rugit-il. Je peux savoir ce que tu as raconté à ton mec ?

32

Canaan
Quelques instants plus tôt

Je la regarde s'engouffrer à l'intérieur de la maison et ne bouge pas un muscle jusqu'à ce qu'elle referme la porte derrière elle. D'aucuns pourraient croire que je me la joue gentleman à attendre que ma belle soit en sécurité derrière ses murs. La vérité est tout autre. La vérité est que la ramener jusque chez elle vient de réactiver les rouages entre mes tempes que le saut à l'élastique avait engourdis. Encore sous le coup de l'excès d'adrénaline, je tremble presque. Entre le jeté dans le vide et le corps de Rwen contre le mien, je suis même survolté.

Une rage pure se nappe soudain sur les arêtes de mon corps, les rendant aussi tranchantes qu'un morceau d'obsidienne. Ce que Maximilian a osé lui faire… De quelle manière il l'a tyrannisée… De quelle façon il a brisé Rwen en étouffant dans l'œuf le peu de confiance que possède déjà à la base une ado… Le poids des révélations de Rwen drape mes épaules d'une chape de métal. Il devrait souffrir. Je chope le volant et le serre à m'en péter une ou deux phalanges en m'astreignant à ne pas faire de conneries. Il doit souffrir.

– Pas de conneries, Canaan… marmonné-je à voix basse.

Ma voix résonne dans l'habitacle. Dans l'habitacle où règne en maître son parfum à elle. Cette fragrance à la fois douce, fragile, sexy à mort.

– Pas. De. Conneries, répété-je sur un ton éraillé. Pas de…

Avant même que je prononce un mot de plus, j'ai déjà ouvert la portière et me suis propulsé sur le trottoir. Sans réellement savoir où aller précisément, n'ayant pour seule info que le fait que ce connard est le voisin qu'elle est obligée de se coltiner, je me rue sur la maison qui jouxte la sienne sur sa droite. Mon poing s'abat sur la porte en bois blanc, cognant comme un malade. Les muscles bandés, prêt à lui fracasser sa gueule de jeune premier, je vais lui sauter à la gorge quand le battant s'ouvre… sur un grand-père qui a au minimum l'âge d'avoir tutoyé Ramsès II.

– Laisse-moi deviner… T'as rien de Marty McFly, hein… lâché-je dans un soupir blasé en français.

Quand ses sourcils broussailleux se mettent à danser et qu'il porte la main à son oreille pour vérifier si son appareillage fonctionne, je grossis ma voix.

– Désolé, je me suis trompé d'adresse. Je cherche Max SuperConnard, fais-je en baissant le ton sur le dernier mot avant de reprendre. Grand, brun à peu près comme ça.

– Ah, Maximilian, approuve la momie. De l'autre côté. Numéro 36.

Je lui décoche un sourire fumasse puis tourne les talons. Trois minutes plus tard, c'est bien la face de furet qui, cette fois, apparaît. Pas un mot ne m'échappe. Juste mon poing convulsé qui s'écrase sur son nez. Un cri s'arrache de sa gorge. Il bascule en arrière, chute durement sur le dos au point qu'un deuxième râle s'évade de sa poitrine qui se débat avec frénésie. Une seconde passe avant qu'il ne se soulève tant bien que mal sur un coude. Un éclair de satisfaction fouette mes flancs.

– Mais qu'est-ce qui te prend, putain? hurle-t-il en tenant son visage congestionné.

Au lieu de me calmer, je perds le contrôle. Je le paume parce que devant mes yeux se déroulent des scènes visuelles trop explicites de ce salopard sur Rwen. Aussi, j'avance d'un pas et enjambe sa carcasse. L'envie de le dépecer lamelle par lamelle se déploie au creux de mon cerveau. Je le toise d'un œil enténébré.

– Qu'est-ce qui me prend, hein… Et toi alors? Ta maman ne t'a pas assez allaité ou quoi? Ton père ne t'a pas appris à respecter les femmes? On peut dire ce que l'on veut sur mon paternel, mais j'aurais agi comme toi, il m'aurait collé la tannée du siècle.

– T'as un grain, bordel, siffle-t-il en reculant, toujours sur le dos.

Toujours sur le dos. Par terre, là où se trouve la place des ordures telles que ce mec. La semelle de ma botte élimée trouve son thorax. J'appuie juste ce qu'il faut pour qu'il le sente.

– Touche-la, ou non… ne fais juste que la regarder et…

Je me cale de nouveau un pied de chaque côté puis me baisse pour le choper par l'encolure de son tee-shirt à l'effigie de Ed Sheeran. Pitié. Mon visage à quelques centimètres du sien, j'articule chaque mot afin qu'il les intègre dans leur globalité. Et surtout, surtout qu'il pige la menace.

– Je reviendrai sonner à ta porte.

Je me détourne aussi sec en l'abandonnant là et retourne tranquillement vers ma caisse.

– T'es un grand malade, toi!

Arrivé à la portière, je prends le temps de sortir une clope de mon paquet et de la fourrer entre mes lèvres avant de me glisser au volant.

– C'est de famille.

33

Rwen

Le cœur battant, je demeure figée devant le visage ensanglanté de Maximilian. Avant que ses paroles s'imposent enfin à mon esprit.

– Mon mec ? demandé-je, interloquée.

– Ton abruti tatoué ! beugle-t-il, sa main couvrant son nez.

– C'est… Canaan t'a frappé ?

Mon père se matérialise par enchantement à ma droite, raide comme une tige en métal.

– Assieds-toi, Max, lui intime-t-il d'une voix douce, mais ferme.

Maman apparaît ensuite avec de quoi nettoyer sa blessure. Quant à moi, je suis tétanisée. Ne parviens pas à reconnecter la réalité. Pour quelle raison…

Oh putain…

Malgré ce qui se joue devant mes yeux, un soupir dépité fend ma poitrine. Décidément, Canaan est bien le fils de son père… Sauf que là, face au sang qui macule le tee-shirt de mon ex-petit ami, je ne saurais dire si je suis révoltée du comportement de Can' ou… ouais… impossible d'ignorer le frisson sournois qui ondule délicieusement le long de ma colonne vertébrale. Je dois avouer que j'éprouve une certaine satisfaction en cet instant précis. Et une furieuse envie de planter tout le monde là pour me ruer dans les bras de Canaan.

– Que s'est-il passé ? s'enquiert mon paternel.

Cleo qui, jusque-là, est restée aussi stoïque dans son fauteuil que si elle lisait l'annuaire, se manifeste enfin… en éclatant d'un rire un peu trop sinistre pour ses 13 ans.

– Ce qui s'est passé ? Je dirais que Canaan – que d'ailleurs j'ai décidé de considérer comme mon beau-frère à partir de maintenant – vient de se la jouer vendetta. Alors Max, *karma is a fuckin' bitch*, hein ?

– Cleo ! s'exclame maman, révoltée. Ton langage !

– Le copain de votre fille m'a cogné, se lamente le brun, ignorant la remarque de ma sœur. En me menaçant de revenir si je l'approchais. Je pense qu'il n'a pas supporté d'apprendre que Rwen et moi sommes sortis ensemble il y a quelques années.

Son regard oublie ma mère en train de nous analyser tour à tour et se braque dans ma direction.

– Sérieux, ce type a un grain. Je peux comprendre qu'il soit jaloux, mais ce n'est pas une raison pour…

Cette fois, c'est moi qui éclate de rire. D'un rire brutal… car trop longtemps contenu.

– Comment oses-tu ? Faut posséder un culot à s'étouffer pour me regarder droit dans les yeux et prétendre que c'est lui, le problème. Après ce que tu m'as fait, la décence voudrait que tu te la fermes et encaisses. Je trouve ça peu cher payé comparé à ce mal-être dans lequel je suis empêtrée par ta faute.

Un silence s'abat sur nous. Or, s'il semble s'écraser sur les épaules des autres personnes dans la pièce, ce n'est pas mon cas. Au contraire, je me sens délivrée d'un poids. Libérée.

D'instinct, maman cesse de s'occuper de Max et se raidit. Mon père s'apprête à parler, mais est vite devancé par Cleo.

– Laisse-la finir, papa. Croyez-moi, vous avez envie d'entendre ce qui va suivre.

Les prunelles sombres de Max papillonnent, comme s'il cherchait une pièce manquante à un casse-tête.

– Putain, Rwen... je... je ne comprends rien. Je te jure, je... c'est parce que je sors avec Maura? Mais... enfin, on était plus ensemble et... bordel, ne me dis pas que tu as encore des sentiments à mon égard?

Une mine dégoûtée retrousse mes lèvres. Espèce de...

– Bien sûr, rétorqué-je. Qu'est-ce que ton ego de mec pourrait imaginer d'autre, hein? Tu ne te dis pas plutôt que cela a un rapport avec ce putain de pari sur ma virginité?

– Quoi? rugit mon père.

Effaré, Max dévie une seconde son attention sur lui avant de revenir à son point de départ. Percevant la gravité dans mes paroles, il se relève, oublie son nez sûrement cassé et lève deux mains devant lui.

– OK... là, on atteint des sommets dans la connerie, Rwen. Parce que je ne vois pas du tout de quoi tu parles. Ou si, en fait. Je crois deviner et... Bordel, mais tu te rends compte de ce dont tu m'accuses? Où t'es allée pêcher un truc pareil?

Un instant, je cille. Sa voix tremble. À l'instar du moindre de ses membres d'ailleurs. Néanmoins, je ne perçois aucune culpabilité et encore moins une quelconque panique de se retrouver dos au mur, face à la vérité. Au contraire, il semble... révolté et en colère.

– Joue pas les innocents, Maximilian. Je suis au courant de ce défi au lycée qui visait les filles vierges. Et je sais, de source sûre, que tu avais misé sur moi à l'époque. Et remporté la mise d'ailleurs... Dois-je te féliciter au fait?

– Maximilian, est-ce vrai, ce que raconte ma fille? siffle ma mère, les poings convulsés sur ses cuisses.

– Mais bien sûr que non ! crie-t-il soudain.

Ses doigts fourragent dans ses cheveux, tirent quelques mèches en arrière d'impuissance. Parce qu'il s'agit bien d'impuissance… et de rien d'autre.

– Rwen, je te jure que… Qui ? Qui a bien pu te mettre une telle idée dans le crâne ?

Alors qu'il opère un pas dans ma direction, mon père s'interpose entre nos deux corps. Ce qui déclenche un rire nerveux et hystérique chez Max.

– Maura, murmuré-je tout bas.

Au moment où je prononce son prénom, je sais… Je comprends à quel point ma propre réalité a été déformée ces dernières années. À quel point je me suis accrochée à du vent qui me filait inexorablement entre les doigts.

– Maura ? s'étrangle-t-il. C'est… elle qui t'a raconté ça ?!

J'acquiesce en silence, aussi perdue qu'il semble l'être.

– Impossible ! Pourquoi elle aurait été…

– Parce qu'elle me hait, soufflé-je.

Mes jambes me lâchent. Mon corps se vide de toute substance… et retombe sur le canapé. L'affliction ainsi que la douleur remplacent la fureur et la rage pour creuser un trou sous mes côtes. Encore. Encore bordel… Les voix de mes parents résonnent au-dessus de moi sans jamais réussir à percer à travers mes tempes et infiltrer mon esprit. J'entends vaguement des insultes provenant de la bouche de Cleo, mais je ne m'y arrête pas. Je suis paumée. Dans un brouillard de ressentiment et d'amertume. Je crois que mon monde explose à cet instant. Que tout ce qui nous entoure est démantelé pièce par pièce.

Seul Max parvient à capter mon attention. Après s'être agenouillé, il noue ses doigts aux miens, tremblants.

– Pourquoi ? se contente-t-il de dire.

– Pour Maya, réponds-je, laconique.

Ses sourcils se froncent alors que lui aussi choit sur le sol, en face de moi. Ses paumes frottent vigoureusement son visage, comme s'il cherchait à s'éveiller d'un cauchemar.

– Comment elle a pu faire un truc pareil ? chuchote-t-il plus pour lui-même. Nous faire ça ?

– Je suis désolée, Max…

Ses traits se froissent. Semblent se désagréger. Avant de muter en un masque obscur et glacial.

– Ne t'excuse surtout pas, Rwen. Tu n'y es pour rien… Jusqu'ici, je pouvais comprendre cette relation amour-haine qui vous unit toutes les deux. Ta culpabilité. Sa rancœur… Mais là, ça va trop loin. Ce n'est plus possible… Merde, comment tu as pu croire à cette mascarade ?

– Et pourquoi je n'y aurais pas cru, hein ? C'est ma cousine, elle partage ma vie depuis toujours…

– Parce que ce qu'il y avait entre nous était réel ! T'as été ma première, enfin ! OK, on n'a jamais été amoureux fous, toutefois, nous avons aussi partagé quelque chose de fort.

Il se redresse ensuite sur ses genoux pour poser deux mains sur mes joues.

– J'ai couché avec toi car j'en avais envie, Rwen. Pas pour un stupide pari.

Mes paupières se ferment. Des larmes menacent de dévaler mes joues, mais je parviens à me retenir. Et, alors que je rouvre mes yeux sur ceux de Max, une certitude s'impose à moi. J'ai assez pleuré. Assez gâché de temps et d'énergie. Assez gâché nos vies, à Maura et à moi. Assez tourné le dos à mon existence. Je remercie mon ex-petit ami d'un sourire doux et sincère. Puis me relève lentement. Mes parents, toujours à l'affût, sont statufiés. Je sens leur colère à eux aussi émaner de leur corps, et je sais à quel point ils se retiennent afin de nous laisser le temps, à Max et moi, d'assimiler cette révélation.

D'un geste, j'arrête mon père qui s'avance d'un pas dans ma direction.

– Pourquoi tu ne nous as rien dit? demande ma mère d'un ton lourd de reproches et de peine.

– Je… je pensais le mériter, maman.

– Mais…

– Plus tard, l'interromps-je. Je te promets de tout expliquer plus tard, je dois juste… j'ai besoin d'air. Je… je reviens.

Sans m'attarder sur leurs réactions, je me rue hors de la maison. Inspire l'air, sans plus ressentir cette sensation d'être entravée par des chaînes invisibles. Néanmoins… si je suis honnête, cette sensation ne date pas d'aujourd'hui…

Mais de bien avant.

Depuis lui.

34

Rwen

Lorsque mon index presse la sonnette, je ne saurais décrire avec précision l'état dans lequel je me trouve. Seule une pensée se détache du marasme que forment les autres: lui. Le voir. Le toucher. Tout lui abandonner.

La porte s'ouvre et je suis soulagée d'apercevoir Méléri sur le seuil. Merci mon Dieu. C'est bien elle la moins timbrée de cette famille. Quoique... Un sourire moqueur aux lèvres, elle s'appuie sur le chambranle et demande:

– Ma famille te manque déjà? Ou Canaan te manque déjà?

Je manque de lever les yeux au ciel. Visiblement, la connerie des uns déteint sur les autres. Je me mords la lèvre pour ne pas répliquer...

– Je suis ici pour la joie de vivre de Keino. D'ailleurs, faudra bien que quelqu'un t'explique que tu nous fais un léger complexe d'Œdipe, hein. Parce que, quand on voit Shilow rayon de soleil, on a tout compris.

Bon, bah trop tard. Je crois qu'entre la méthode Canaan et les révélations sur Maura, j'ai perdu tout contrôle. Méléri bloque de longues secondes avant d'exploser d'un rire amusé – quoiqu'un peu nerveux – et de se décaler pour me laisser entrer.

– Je t'en prie, Rwen. En revanche, ajoute-t-elle plus bas, évite de parler de ta théorie à mon petit ami. Je ne suis pas certaine qu'il s'en remette.

Elle enroule ensuite son bras autour de mes épaules puis me guide jusqu'au salon d'où provient un joyeux bordel. Kat est par terre et Méléri s'empresse de s'asseoir derrière elle, sur le canapé, afin de tresser ses cheveux. Shilow et Can' sont placés de chaque côté pendant que Keino leur fait face dans un fauteuil.

En me remarquant, tous les visages convergent dans ma direction comme une seule entité. Flippant. J'affiche un sourire qui doit sûrement tenir plus de la grimace qu'autre chose car Canaan bondit sur ses pieds. Encore plus flippant.

En quelques enjambées, il est sur moi. Sa main capture la mienne et me fait pivoter si vite qu'un vertige se colle entre mes tempes. La minute d'après, je suis déjà dans sa chambre sans même avoir compris comment. La porte claque et mon dos entre en collision avec le bois.

– Rwen, ça ne va pas? s'enquiert-il alors que ses doigts caressent tendrement ma nuque.

Je ferme les paupières, le temps de savourer sa chaleur. Quand je les rouvre, je suis happée par la couleur métallique de ses prunelles. Un sourire étire lentement mes lèvres. Exactement ce dont j'ai besoin. Il est exactement ce dont j'ai besoin là, maintenant.

– Canaan, j'ai besoin de toi.

Les sourcils froncés, il me sonde, incertain.

– Fais ce pour quoi tu es le plus doué, renchéris-je en le forçant à reculer. Allumer des incendies.

Mon poing refermé contre sa ceinture abdominale, je l'oblige à buter contre le matelas puis à s'y asseoir.

– Tout brûler sur ton passage.

Je me place entre ses jambes, coule mes doigts sur son cou et murmure à quelques millimètres de sa bouche :

– Brûle-moi. Brûle tout. Prends tout. Qu'il ne reste plus que toi.

Avant qu'il ne prenne le temps d'analyser mes paroles, je me redresse pour me défaire de mes vêtements. Un à un, ils échouent sur le sol jusqu'à ce que je sois totalement nue. Nue, exposée à son regard, mais si… bien sous ce regard justement. Presque conquérante.

Canaan, quant à lui, s'est transformé en statue. Les poings crispés contre ses jambes prouvent à quel point il se contrôle. Se retient de se jeter sur moi. Ses yeux tracent des lignes enflammées sur ma chair, la nourrissent de ce désir qu'il est le seul à m'insuffler. Je grimpe ensuite sur lui, à califourchon, et réprime un gémissement de douleur quand il m'attrape les hanches, pile où se situe mon dernier tatouage.

– Je ne vais pas m'enfuir, dis-je en ricanant quand sa prise se raffermit.

– Oh, je le sais, mon cœur. Je ne t'en donnerai pas l'occasion cette fois. Quitte à t'attacher jusqu'à la fin de tes jours.

– T'as pas l'air de comprendre. C'est moi qui me retiens à toi.

Nos lèvres se retrouvent enfin. Pour mieux s'affronter. S'esquiver. Jouer puis de nouveau fusionner. Le bras de Can' me garde scellée contre lui, se relâche à peine lorsque mon bassin ondule contre son entrejambe enflé. Sa main libre cadenasse ma nuque, la serre avec force, m'empêchant de rompre notre baiser lorsque je tente de me désincarcérer de sa prise. Un sourire éclate sur ma bouche et je suis obligée de mordre sa lèvre inférieure afin de me libérer. Il grogne, essaie de reprendre le contrôle, mais j'emmêle mes doigts dans ses cheveux, tire sa tête en arrière. Affamée, je lèche sa jugulaire, battant férocement, puis j'attrape l'ourlet de son tee-shirt pour le lui enlever. D'une pression sur ses épaules, je nous fais rouler sur le matelas. Et me gave. De lui. De sa peau. De son parfum.

Ma langue suit chaque ligne d'encre sur son torse, en goûte la moindre parcelle. Mes dents mordent sa chair, cherchent à s'approprier ce feu qui ondoie jusque sur mon propre épiderme. Canaan me rend ivre. Sans que toutefois je me sente totalement rassasiée. Un rire m'échappe quand je l'entends grogner, balancer des « putain ».

Tout à coup, il échange nos positions et me cloue au matelas d'un coup de bassin.

– Même là, faut que tu joues la frustration, hein? gronde-t-il avant d'aspirer la pointe de mon sein.

Je me cambre, maintiens son visage en place de mes mains, mais il épingle mes poignets pour les rabattre au-dessus de ma tête.

Ses iris s'électrisent, s'irisent d'une teinte ardente alors qu'il se frotte lentement – trop lentement – à mon intimité. OK, je n'étais pas loin de la vérité quand je parlais de diable parce que là, ce qu'il me fait subir est une torture. Délicieuse certes, mais un putain de supplice quand même. Mes jambes s'enroulent autour de lui, essaient d'accélérer la cadence, mais son corps me résiste. Avant de carrément m'échapper. Je lui lance un regard à mi-chemin entre la promesse assassine et la supplique alors qu'il bondit sur le sol.

– Me mate pas comme ça, ma louve, fait-il en se payant ma tête. On dirait que t'as pas bouffé depuis des mois.

– Rêve pas, Can', bien sûr que j'ai bouffé, comme tu dis.

Satisfaite, j'observe avec une délectation malsaine sa mâchoire se contracter et ses yeux s'assombrir puis, enfin, j'ajoute:

– Par contre, me délecter, savourer, déguster… jouir, j'avoue que je n'attends que ça.

Effet escompté. En une vitesse record, il se déshabille, récupère un préservatif dans sa table de chevet puis retrouve mon corps.

Ses mains écartent mes cuisses, son nez effleure le pli de mon aine et il inspire à s'en décrocher les poumons. Ou alors ce sont les miens qui manquent de s'asphyxier. Canaan se coule ensuite contre mon flanc droit, me fait pivoter et s'étend derrière moi. Un violent frisson se grave sur mon épiderme lorsque sa voix chahute ma nuque :

– C'en est terminé, Rwen. Cette fois, pas de retour en arrière. Ton corps est à moi. Ta bouche, tes seins, ton cul d'enfer... tout m'appartient. Je vais te prendre, bébé. Je vais te prendre si profondément que chacune de tes cellules se souviendra de moi.

Mon abdomen se contracte pour parer par anticipation à l'onde de désir qui menace de m'engloutir. D'une torsion, Canaan bascule sur le dos et m'entraîne avec lui, bloquant mes courbes sur les muscles de son torse, sa hampe tendue taquinant mes fesses. L'une de ses mains s'enfouit dans mes cheveux, expose mon cou à ses lèvres pendant que sa jumelle rejoint mon entrejambe. Glisse le long de mes chairs. Les recouvre et appuie outrageusement.

Cette fois, c'est moi qui lâche une salve d'insultes. Je tâtonne dans les draps en quête de ce fichu morceau de latex qui apparaît comme par enchantement sous mon nez.

– C'est ça que tu cherches ?

Je mords sa main qui a lâchement abandonné le delta de mes cuisses et lui arrache le préservatif. Je déchire l'étui, soulève mes fesses et, avec une extrême lenteur, fais coulisser le latex sur son sexe. La totalité de ses muscles se raidit contre ma colonne vertébrale... et se bande à l'extrême quand mon corps s'empare enfin de lui, centimètre par centimètre. Souffle par souffle. Pulsation par pulsation. Mes reins se creusent pour l'accueillir, pour enfin assouvir ce besoin presque viscéral que Canaan me possède. Un brasier prend naissance au creux de mon ventre, s'enroule autour de chacune de mes vertèbres et crépite sous mes côtes.

Alors que je commence à bouger, ses deux paumes s'abattent sur l'intérieur de mes cuisses, écartent mes jambes, m'interdisant tout mouvement. Les doigts imprimés dans ma chair, Canaan demeure immobile. Seuls ses bras tremblent légèrement. Quant au reste… chaque respiration semble lui coûter un effort considérable. Je me tords la nuque afin de capter son regard et… un séisme secoue alors mon cœur déjà bien excité. Ses pupilles ont presque entièrement avalé le bleu de ses yeux et son sourire… ravageur, sauvage, putain d'indécent. Magnifique. Canaan. Juste Canaan. Son pouce vient ensuite lisser mes lèvres avant de se glisser entre les siennes qui le lèchent. Sous mes yeux avides, il enroule sa langue autour de son doigt puis… se met à rire. Si simplement, si naturellement que mon sang bouillonne d'une sensation qui n'a rien à voir avec le désir. Ou pas uniquement du moins.

Je crois – non, je suis sûre même – que le temps s'arrête. Ou s'étire à l'infini afin de me permettre d'immortaliser cet instant dans ma mémoire. Un tatouage ne serait pas suffisant. Ni trois. Une seule idée parvient, là, à percer ce brouillard éthéré de plaisir dans lequel je me noie avec délice. Je veux qu'il prenne tout. Qu'il encre, marque chaque grain de ma peau pour absorber le reste. Mon sang. Mon cœur. Tout. Tout est à lui. Peut-être est-ce là ma réelle liberté. Lui faire totalement confiance. Pour mon corps comme pour mon âme.

Un coup de reins me fait soudain réintégrer la réalité. Un gémissement s'extirpe de ma gorge, meurt au-dessus de nos enveloppes au moment où il entame de paresseux va-et-vient entre mes cuisses. J'incline de nouveau ma tête de façon que son souffle envahisse mon cou. Capture ses doigts dans ma bouche lorsqu'il les insère. Je les goûte, les suce, déclenchant une réaction immédiate et presque primitive chez lui. Son sexe enfle davantage et me pénètre de plus en plus fort. De plus en plus vite.

Je sens le plaisir monter, s'étendre, à l'image d'une flamme s'enlaçant à ce qu'elle aspire désespérément à réduire en cendres. Alors, victime consentante, je m'abandonne. À ses mains qui s'approprient la totalité de ma peau, à sa langue qui sillonne sous mon oreille ou le long de mon épaule. À son corps fouillant le mien toujours plus profondément.

Tout à coup, Canaan nous fait pivoter et ma poitrine retrouve la douceur du matelas. Je ne sens plus que ses lignes sculpturales sur mon dos. Ses doigts réintègrent ma bouche, tirent dessus pour me cambrer avant de se couler contre mon intimité, au rythme de ses coups de boutoir qui s'intensifient. Se muent en une course effrénée. Presque furieuse. Dévastatrice. Parce que oui, Canaan dévaste, renverse, pour mieux s'approprier. Son bassin claque férocement contre mes fesses. Il me pénètre sans aucune concession, s'empare de tout ce que je désire lui donner et surtout… de tout ce que je ne me pensais pas prête à lui offrir… Sa paume délaisse alors mon entrejambe, se déploie sur ma gorge qu'il serre doucement, me forçant ainsi à m'arc-bouter au maximum. Ses dents se plantent dans mes omoplates, un grognement vibre contre ma peau, se répercute en lames incendiaires embrasant tout sur son passage. Un coup de bassin plus violent que les précédents m'emporte. La jouissance explose dans mon ventre, pille jusqu'à la plus petite cellule me constituant. Me libère. Enfin.

Canaan s'enfonce une dernière fois entre mes cuisses. Son corps entier se tend alors qu'il me mord, imprime une nouvelle marque sur mon épiderme, puis se relâche. Le souffle court, haletante, je laisse mon visage retomber sur le lit quand Can' décide de m'anéantir d'une tout autre façon. Son front choit contre ma nuque. Ses bras m'enveloppent, me retiennent et me serrent contre lui. Avec force et tendresse. Je sens sa cage thoracique se gonfler péniblement, tenter de respirer normalement. Et, entre chaque inspiration, il dépose des baisers humides sur ma peau, l'aspire ou y frotte son nez.

Mes ongles se plantent dans son bras ceinturant mon buste. Trop d'émotions. Trop de… Tout se bouscule aussi bien dans ma tête que dans mon cœur. Ces dernières vingt-quatre heures ont été trop intenses, trop perturbantes. Une boule se loge dans mon estomac, remonte jusque dans ma gorge et menace d'éclater. Quelques larmes s'agglutinent entre mes cils et je dois faire appel à toute ma volonté pour les retenir. Hors de question que je gâche ce moment en chialant comme une gosse. Toutefois… je crois que Canaan s'aperçoit de mon trouble puisqu'il resserre son étreinte et murmure :

– Chhhh…

Je tressaille au moment où sa main caresse mon tatouage, éloignant ainsi la vague qui menaçait de me noyer. Aussitôt, l'étau qu'il forme autour de moi se relâche.

– Bouge pas, Rwen. Je reviens.

– Impossible, même si je le voulais. Mes jambes ne sont plus en état de me soulever, dis-je, avec la voix rauque d'une fumeuse cinquantenaire.

Canaan ricane, se retire de mon intimité en douceur avant de me fouetter la croupe – un peu moins en douceur pour le coup. Refusant catégoriquement de remuer le moindre muscle, je récupère un oreiller et m'affale dessus. Quelques minutes après, Canaan me rejoint, un flacon à la main. Mon visage se chiffonne quand la crème anesthésiante entre en contact avec mon épiderme en feu, où se situe mon dernier tatouage. Néanmoins, la brûlure ne tarde pas à s'estomper et les caresses de Can' à m'apaiser. Une fois sa tâche achevée, il s'allonge face à moi, à tout juste quelques centimètres, soulève ma cuisse qu'il place sur sa hanche et me balance ce fichu regard. Celui qui me tue encore plus que le reste.

– Tout va bien? s'enquiert-il soudain.

Si tout va bien? Je devrais sûrement lui répondre que non. Que rien ne va justement. Que ma cousine m'a menti et trompée d'une façon si sournoise que j'en paie les frais depuis des années. Seulement voilà… ce n'est plus le cas à présent. Grâce à lui. À sa façon de m'appréhender. De me pousser aussi. Et surtout grâce à la manière dont il s'est emparé de mon cœur.

Alors ouais, malgré tout, je ne me suis jamais sentie aussi bien. Autant en phase avec moi-même.

– Tout va très bien, Can'. Merveilleusement bien même.

35

Canaan

Les ondes de plaisir déferlent encore sur mon épiderme, saturées par ce que l'amour avec Rwen a suscité en moi. Sans chercher à poser un mot sur ce qui afflue sous ma peau par vagues orageuses, je sens juste avoir été comme foudroyé. Jamais je n'ai ressenti un tel impact. Sous la pulpe de mes doigts brûle encore la marque de ses hanches que j'ai serrées à m'en péter les jointures. J'ai eu l'impression tarée de me disloquer. Elle… m'a juste flingué. Aussi, je l'écoute d'une oreille distraite babiller quand son ton vire à quelque chose de plus ironique, m'obligeant à raccrocher les wagons.

– D'ailleurs… tu n'as rien à me dire?

Cette fois, elle a réussi à attirer mon attention. Seulement, sa chair contre la mienne m'empêche d'avoir la tête de nouveau à l'endroit. Je me dégage doucement et m'assois sur le bord du pieu pour dénicher le paquet de cigarettes de secours planqué dans le tiroir de la table de chevet. Du coin de l'œil, je l'aperçois se redresser, draper ses courbes délicates que j'ai pris tant de plaisir à étreindre avec la couette. Sa voix me parvient, vient s'échouer contre moi, érode toujours plus les défenses pathétiques que mes convictions ont dressées avec les années. Ces interdits derrière lesquels je me suis toujours retranché. Comme celui de s'attacher. Résultat? Je viens de baiser Rwen avec mes parents au rez-de-chaussée. *Perfect.*

– Alors? insiste-t-elle, les cheveux si ébouriffés qu'on dirait qu'un nid a élu domicile au sommet de sa tête.

– *Nope.* Rien de rien, rétorqué-je en haussant les épaules.

Je me retourne vers elle et lui décoche un sourire rusé. Ne voyant pas du tout de quoi elle essaie de me parler, je finis par me mettre debout, me fichant bien d'être nu. Sa bouche tremble, la mienne se tord. J'allume la tige, tire une bouffée, les reins contre le meuble.

– Cherche et tu finiras par trouver.

Son visage en cœur se relève vers moi tandis qu'elle me scrute en redoublant d'intensité. À tel point que j'ai la sensation de prendre feu. Carburant en roue libre, je lâche un ricanement et dois me mordre la lèvre pour ne pas lâcher que je m'en cale. Que tout ce qui m'intéresse à l'heure actuelle est de remettre le couvert. Mes pensées doivent cligner au-dessus de moi car elle s'exclame en riant :

– Obsédé ! Je te parle de ce que tu as fait, Can'.

Je lève mes paumes en signe de reddition, ma sèche coincée à la commissure de ma bouche.

– Je suis blanc comme neige. Un putain d'angelot. Tu sais, du genre de ceux avec leur couche-culotte et leur arc. Sauf que ma flèche est située plus au sud...

Elle roule des yeux puis se tape le front avec sa paume.

– Tu es vraiment gratiné quand tu t'y mets. Range ta flèche, Robin des Bois, et écoute-moi. Je te parle de Max. Il est venu me voir, figure-toi.

– Et?

– C'est tout ce que tu trouves à dire? « Et »? Tu n'aurais pas dû t'en prendre à lui ainsi.

Les yeux dans les siens qui s'irisent de tempête, je carotte ma cigarette d'une unique inspiration puis, d'un geste sec, l'écrase dans le cendrier abandonné sur la table de travail.

– Vraiment? Tu le défends encore après ce qu'il t'a fait?

Agacé, je laisse la saloperie vicieuse qui me crame les lèvres en déborder alors que d'instinct, je sens combien je vais le regretter.

– C'est plus de l'aveuglement là, c'est de la connerie. Désolé, ma douce, mais si je pouvais, je recommencerais. Peut-être même plus fort.

Là, ce ne sont pas seulement ses prunelles qui s'animent. Elle balance la couverture dans laquelle elle s'est enroulée comme un sushi et bondit sur ses pieds. Elle aussi, se foutant d'être nue. Mon ventre se contracte lorsque sur sa peau crémeuse, j'entrevois les traces de mon passage. Mes empreintes. L'impression que ces dernières sont pile à l'endroit où elles auraient toujours dû être. Sauf que je ne m'y arrête pas. Peut-être à cause de ce truc qu'elle a planté à coups de burin dans mon bide. S'il y a encore quelque temps, elle n'avait aucune confiance en elle, en son corps ou bien en son pouvoir de séduction, on peut dire que ce temps-là est révolu. À ce constat, je ne peux empêcher un sourire d'éclore sur mes lèvres. Ce qu'elle est belle putain… Ce qu'elle est belle avec ses cheveux en bataille, les éclairs électrifiant ses pupilles ou bien encore ses pommettes empourprées.

– T'as vraiment un caractère à la con parfois.

– Il paraît, réponds-je machinalement avec un léger sourire qui en appelle un autre à se dessiner sur ses lèvres.

Elle est si près que la chaleur de son corps pille le mien. Con jusqu'au bout, je continue d'exciter l'agacement qui se propage sur sa peau avec une rapidité dingue. Invisible, je peux presque suivre l'exaspération rebondir sous son derme. Mes hanches s'avancent vers elle, miment un coup de reins lascif. Sale gosse, je l'aguiche.

– Quoi? Tu veux encore me gifler? Un peu d'amour vache, ma lionne?

Rwen attrape soudain mes flancs, ses deux paumes sur mes côtes. Elle ploie, sa tête contre mon plexus. Aussitôt, ma main se couche sur sa nuque. Tout de suite moins taquin, j'attends quelques secondes avant de l'encourager d'une pression de mes doigts sans pour autant prononcer une syllabe. Elle finit par relever la tête et planter ses yeux brillants de larmes dans les miens. Sa voix se brise légèrement lorsqu'elle reprend la parole.

– Mon monde a en quelque sorte explosé lorsque Maura est venue me trouver pour m'expliquer ce qu'avait fait Max. Je ne t'apprends rien… Sauf que…

Elle renverse la tête, un rire aigre s'expulse difficilement de sa trachée, puis elle me regarde de nouveau franchement. Une lueur étrange brille dans son regard. Je ne suis pas de ceux qui pensent pouvoir lire dans les yeux comme on le ferait avec n'importe quel bouquin. Pourtant, je devine de la colère, vive et aussi limpide que de l'eau de roche.

– C'était faux, Can'. Totalement faux. Elle a tout inventé.

Ma bouche se tord en une moue clairement dubitative. Après tout, il peut dire ce qu'il veut. Comme sa cousine. Démêler le vrai du faux peut s'avérer un exercice périlleux.

– Je sais ce que tu te dis, me devance Rwen, sérieuse. Mais je le crois. Quand il s'est pointé pour me demander des explications sur ton comportement, j'ai compris avant même qu'il ouvre la bouche.

Elle se détache de moi, recule de quelques pas. Me tourne le dos avant de faire volte-face.

– Tu te rends compte? OK, elle a toujours sapé ma confiance en moi, ce qu'elle pouvait empoisonner, elle le faisait, mais là…

Son poing fermé choque son cœur.

– Elle m'a bousillée, Canaan. Ma cousine. Pourtant, je sais qu'elle m'aime...

– L'amour ne peut pas tout combattre, mon cœur. Parfois, la haine est la plus forte. C'est malheureusement aussi simple que cela. Rwen, ce n'est franchement plus possible là... Tu dois agir. Il est temps, et il n'y a que toi qui puisses le faire. Personne d'autre. Ni tes parents. Ni le mou du gland qui, des années durant, n'a rien capté. Ni moi. Même si je le voudrais.

Tout à coup, elle se statufie, déglutit avec difficulté puis murmure une autre de ces vérités.

– Je sais, dit-elle en soupirant. Je sais bien... C'est que tu as foutu un sacré bordel, monsieur Je-fonce-dans-le-tas-et-tant-pis-si-je-suis-con.

Je me retiens de répliquer que c'est elle, au contraire, qui instaure un chaos sans nom dans mes veines et me contente de la dévisager, un sourcil arqué. Aussi, avec un sourire foutrement désarmant, elle précise :

– Lorsqu'il est parti, la seule chose que j'avais en tête était de te rejoindre. Tu as ce pouvoir de tout aspirer, de tout effacer. Mes doutes, mes incertitudes. Même mes faiblesses me semblent presque dérisoires quand je suis avec toi. Ouais... en fait, je sais pour quelle raison je suis là. Tu me rends forte, Canaan, et là, j'avais besoin de ça. Que tu rases toute cette merde qui m'empêchait de respirer. Que tu me possèdes pour me déposséder de la peine qui m'a envahie.

Essoufflée, elle se tait. Un verrou saute à mesure que le sens de ses paroles me tatoue. Elle a besoin de moi. Alors, je ravale mes doutes et pense avant tout à elle. Parce que c'est exactement ça dont il est question. De Rwen. J'avance donc jusqu'à me planter devant elle.

– Rwen... soufflé-je en effleurant le fil de sa mâchoire du revers de mes phalanges. Quelle que soit ta décision, elle ne sera pas mauvaise. Tout simplement car elle viendra de là.

Mon pouce frôle sa tempe puis ma main glisse sur son sein, là où se cache son palpitant. Sous ma paume, je sens les battements ralentir avant de s'affoler.

– Et de là. Ce qui compte, mon cœur, est que tu saches, que tu gardes en tête que tu n'es pas responsable de son comportement. Le chagrin est une chose, là ça va bien au-delà. Il est normal que tu sois furieuse. C'est même très sain. Promets-moi seulement une chose.

– Quoi donc?

Son murmure perdu enroue ma gorge. J'empaume sa joue, chasse le pincement qui torture mon ventre.

– Promets-moi de ne pas oublier. Que tu es toi, Rwen Davis. Une femme intelligente, maligne, têtue aussi, fais-je, les yeux au ciel, lui arrachant un grognement amusé.

Ma langue lèche l'ourlet de ma lèvre.

– Incroyablement sexy… Et entourée, Rwen. Une sœur un peu peste. Un père prévenant. Une mère GI Jane. Un meilleur ami. Une nouvelle copine – ma sœur, si jamais tu te poses la question – avec un mec, sosie de sœur Sourire. Et même un crève-la-dalle.

– Et toi?

De nouveau, mon pouce s'invite au coin de sa bouche.

– Et moi. Que ce soit pour un instant ou plusieurs… je suis là. Et maintenant…

J'enroule mes doigts autour de mon sexe, les fais coulisser une ou deux fois avec un rictus vorace. Sans cesser de la fixer, j'ouvre à l'aide de mon autre main un des tiroirs pour en extirper un préservatif que j'enfile sous son regard soudain embrasé.

– Et maintenant je vais te baiser pour seulement avoir prononcé le prénom de ce mec alors que l'on venait enfin de coucher ensemble.

Ma paume trouve ensuite sa nuque, longe sa colonne pour venir se plaquer contre ses reins. Rwen ne bouge pas. Me défie. Me provoque. Penché sur elle, je taquine sa tempe du bout de mon nez, puis le sien. Sa pommette. Son oreille. Elle se contente de relever le visage vers moi avec un sourire, me perforant de part en part lorsque ses iris de jade me ferrent. Mes lèvres effleurent les siennes sans chercher à se les approprier.

– Ce que tu peux être…

Elle ne termine pas. Laisse mes mains fébriles courir sur ses flancs puis sa taille pour venir se caler sur l'arrière de ses cuisses. D'une pression, je la soulève et l'oblige à se blottir contre moi. Ses bras s'enroulent autour de mon cou tandis que ses chevilles se croisent sur mon cul. Cambrée, son intimité affolant ma hampe qui se raidit à m'en faire mal, je nous fais pivoter d'un quart afin de la bloquer contre le mur adjacent. Écraser serait un terme plus juste. Une plainte lui échappe, le béton mordant son dos. Cramponnée à mes épaules, elle se débat, réajuste sa position, creuse ses reins. Se rendre sans lutter, ce n'est pas son genre. Pas avec moi. Mon front contre le sien, je souffle tout contre ses lèvres :

– Laisse-moi deviner… Ce que je peux être con ?

Ses yeux s'arriment aux miens. Se nuancent d'une teinte plus suave. Plus tendre. Guerrière aussi.

– Si tu le dis, je ne vais pas te contredire, ahane-t-elle en m'enlaçant avec force.

Elle ne termine pas sa phrase qui se fond dans un râle. Parce que d'une pression de son talon contre mes reins, elle autorise ces excès – qui se débattent sous ma peau et que je ne maîtrise pas – à s'épanouir en elle. J'empoigne ses fesses, la pénètre avec une extrême douceur.

Non, décidément, je ne maîtrise plus rien.

36

Canaan

– C’est qui, ce machin ? Tu te spécialises dans le troisième âge maintenant ?

Je mords ma lèvre, me contente de laisser courir mon crayon sur le papier épais tandis que mon père continue d’observer mon travail par-dessus mon épaule.

– Ouep. Plus que la barbe et t’auras la vue d’ensemble d’un vieux con. Tu ne risques pas d’être dépaysé, hein.

Keino ricane, lisse la sienne d’une main sûre et me contourne pour s’affaler à l’autre bout du sofa, abandonnant mon esquisse de Zeus, commandée par mon prof en référence à l’art antique. Le talon de sa botte sur la soie de l’assise comme s’il n’en avait rien à foutre, il me dévisage d’un œil orageux. La croix qui est tatouée sur le haut de sa pommette, jumelle de la mienne, se plisse. Signe qu’il est en pleine réflexion. Il fourrage dans sa tignasse en bataille, frictionne sa joue et moi, je continue de tracer ces lignes qui ne m’intéressent absolument pas. S’il veut parler, il le fera. Moi aussi, je sais jouer au con. Après tout, j’ai de qui tenir.

– Tu ne me faciliteras pas la tâche, hein ?

Un autre trait. Si appuyé que la mine casse. Je ravale l’insulte au bord de mes lèvres, jette le crayon de bois, agacé, avant d’en reprendre un autre dans la trousse sur la table basse.

– *Nope*.

– Ça m'aurait étonné aussi.

Il se met à rire, un son à mi-chemin entre le grondement d'un loup et d'une porte de prison.

– Je ne le ferai pas non plus, tu me diras.

Cette fois, je stoppe mon ébauche, relève le visage puis arrache les lunettes de mon nez pour caler mes yeux tranchants sur les siens. La teinte goguenarde que j'y lis me fout les nerfs en vrac. Sauf que je sais décrypter mon paternel. Alors je ne me laisse pas prendre au piège. À l'inverse, je me rencogne contre l'accoudoir après avoir déposé mon carton à dessins sur le plateau puis extirpe une clope que je visse entre mes lèvres. Sans un mot, j'attrape le briquet qu'il me tend, allume la tige sur laquelle je pompe avec frénésie. Un rictus s'épanouit sur ses traits acérés.

– On se tire dans moins d'une demi-heure, tu ne m'auras plus sur le dos, fils. Alors fais risette à papa.

Je lui balance un coussin en m'esclaffant. Ce salopard a toujours été doué pour désamorcer les emmerdes qu'il crée. Y a qu'à voir avec maman. Il sait comme personne lui faire oublier le chaos que ses pas engendrent.

– Dis pas de conneries.

Je devrais lui déballer combien la scène au repas de Noël m'a touché. Son avis a toujours énormément compté et là, même si je n'en ai rien montré, putain… Keino Sainclair sait blesser mieux que personne. Comme s'il lisait dans mes pensées, il se penche, cadenasse mon genou dans le creux de sa grande main aussi tatouée que la mienne.

– Fils, depuis quand tu te préoccupes de mes délires ? À croire que vivre ici quelques mois fait que tu ne connais plus ton père.

Les lignes de son visage s'affaissent une seconde avant que sa mâchoire ne se crispe au moment où il reprend la parole. Pour me foutre à terre.

– Canaan, toi et ta sœur, vous êtes mes gamins… Avec ta mère, vous formez mon tout. Ce truc qui bat dans ma poitrine n'a jamais réussi à fonctionner que pour et par vous. Et vous êtes partis. Autant te dire que maintenant, il déraille lors de deux battements sur trois. Compliqué de vivre dans ces conditions. Ou même juste d'exister. Méléri a au moins eu la délicatesse de me laisser m'organiser. Que je digère – à peu près – son départ, mais toi…

Il soupire, me tapote l'articulation. Enfin tapote… il la broie à coups d'enclume plutôt.

– Toi, mon garçon, tu m'as mis devant le fait accompli. Tu t'es barré. Point. Je faisais déjà des plans, Can'. Je te voyais apprenti dans mon salon, à bosser pour moi. Puis avec moi… Quinze jours. Tu devais partir quinze jours qui se sont transformés en mois. Sûrement des années maintenant que tu as trouvé ton équilibre. Ton équilibre et la furie blonde.

Sur ces derniers mots, il ricane. Glousse presque. Un éclat de fierté agite le bleu tempête de ses iris.

– Je l'aime bien, ta *blondie*. C'est une vraie louve. Elle aura sa place dans notre meute.

Un spasme agite le coin de ma bouche en un sourire tout sauf assuré.

– Ouais… on n'en est pas là. Tu sais bien que je ne me projette pas. Je vis au présent, p'pa. Et puis, je déconne trop pour qu'une nana comme Rwen veuille de moi à temps complet.

– Si tu le dis.

Mon père déplie ses jambes afin de se remettre à la verticale. Ses paumes plaquées contre les reins, il grimace.

– Putain… encore douze heures d'avion. Je vais crever.

À mon tour, je me lève. Nous nous fixons une longue seconde puis Keino ouvre les bras, m'épingle par la nuque. Courbé, je subis ses attaques d'affection. Les phalanges repliées, il me frotte le haut du crâne. À croire qu'il a 14 ans.

– T'es sûr que tu ne veux pas que je vous emmène à l'aéroport?

Amusé, il colle sur son faciès de *biker* un sourire carnassier qui dégouline de raillerie.

– Non. Je préfère que ce soit le mec de ta sœur. J'aime l'idée qu'il souffre encore un peu. Voire beaucoup. Me prive pas de ce plaisir. J'adore faire monter ce petit con en pression. S'il veut avoir le droit de toucher ma fille, il doit déguster un peu.

Il me libère de sa prise de motard sous acide et avance tranquillement jusqu'au seuil du salon. Avant de refermer la porte, il se retourne et me fixe, pensif.

– Tu déconneras, fils. Avec elle. Que ce soit pour un instant comme tu le dis si bien ou plusieurs. Mais ouais, tu déconneras. Encore et encore. C'est un peu la malédiction des hommes de la famille. On ne sait pas gérer les sentiments, les émotions et tout leur cortège d'embrouilles. Quand on tient à une femme, on se laisse dicter par l'impulsivité. C'est comme ça. Ta mère a su d'instinct. Ça n'a pas été simple, ça ne l'est toujours pas. Elle galère souvent, moi aussi d'ailleurs, dit-il avec un rire en triturant les bagues de sa main droite. Mais c'est elle. Et c'est moi. Tout s'arrête là et tout commence là également.

Il laisse planer le silence, m'abandonne sur ces paroles plus ou moins énigmatiques et sort avec un clin d'œil.

– À plus, fils! Et arrête de te faire tatouer par ta sœur! Cette clé n'est vraiment pas terrible!

– Appelle quand vous êtes arrivés à la maison!

Je souris en entendant de loin ses grognements, ne doutant pas qu'il le fera. Putain, il a réussi à me retourner comme une crêpe. Ses mots résonnent encore au fond de ma cage thoracique. Ils tissent sous ma peau une toile de bien-être mâtinée de culpabilité à l'idée d'avoir contrarié ses projets. Pourtant, je ne reviendrai pas en arrière. Ce sont ses désirs, pas les miens. Moi, je suis pour le moment incapable d'exprimer ce que je veux. Mon unique mantra se résume à l'instant présent. Keino a raison. Je ne maîtrise absolument rien. Rien ni personne. Plus le temps, plus les jours avancent, plus je me perds. Tout a toujours glissé sur moi. Je me suis toujours arrangé pour ne retirer que du plaisir et là... Bordel. J'ai besoin de me retrouver. De me reconnecter au mec insouciant que j'ai cultivé jusqu'ici avant d'être dans la peau de ce connard impulsif qui fond un plomb dès que ça la concerne elle. Aussi, je m'empare de mon Smartphone et déroule le menu des contacts pour sélectionner celui qui m'intéresse. Deux, trois tonalités plus tard, la voix de mon correspondant percute mon oreille. Les commissures de ma bouche se relèvent presque malgré moi.

– T'as quelque chose de prévu ce soir, Bart?

***

Putain de tequila.

Je ricane à cette pensée qui me rappelle un autre moment. Un Halloween savoureux depuis lequel je ne regarde plus les mangas de la même façon. Une microseconde, une rafale d'images de cette soirée me revient en force. Rwen sur mon lit. Rwen enivrée. Rwen contre la porte. Ce baiser qui m'a retourné chaque cellule, chaque neurone, chaque... Stop, ça suffit. *Focus*, Canaan.

Putain de tequila.

Devant le billard de l'énorme maison où a lieu je ne sais pas quelle énième fête de fraternité, j'enquille un nouveau shot, en claque le cul sur le bord puis me positionne sous les yeux d'un Bart particulièrement en forme. Le pouce et l'index en V, j'enroule le doigt autour de la canne pour jouer. Quelques étudiantes frétillent autour de nous. Littéralement. Je peux sentir leurs hormones essayer de m'exciter. Avec un contrôle total, je tape la boule qui se fiche pile là où je le souhaite. La victoire pas vraiment modeste, je me redresse et bombe le torse. Agace mon pote d'un regard dégoulinant de satisfaction puis envoie la queue en bois sur la feutrine avant de tendre la main vers lui.

– Je crois bien t'avoir... comme qui dirait fumé, Ganbart, grand sorcier des trous d'balle. Deux parties, deux fois que je te mets une mine. J'attends l'oseille.

Avec un gros rire, il pioche une liasse dans la poche de son futal, en retire deux billets de cent qu'il me file en faisant semblant de rouscailler.

– Tu me dépouilles, geint-il en jetant un coup d'œil désolé à la horde féminine qui continue de nous reluquer. Comment je vais payer mes capotes, moi ?

– Je suis sûr et certain que tu as un vieux préservatif quasiment incrusté dans le cuir de ton portefeuille comme tout ado attardé qui se respecte...

Il se bidonne, fait son show – son Bart – après avoir tété au tuyau du casque à bière qu'il porte sur sa tête.

– Eh bien figure-toi que non. Je suis le sage de la Guilde, mon cher. Or, qui dit sage, dit prévoyance. Je suis un militant, moi, monsieur. J'en ai même fait un tee-shirt : « Non à la chaude-pisse. » Simple, mais efficace. Et puis j'ai eu une mauvaise expérience. Figure-toi qu'une fois, j'ai perdu une capote périmée dans un vagin. Elle n'en est ressortie qu'au bout de vingt-quatre heures. T'imagines, toi ? Alors... plus jamais ça !

Il termine son discours le menton baissé, une main sur le cœur, l'autre levée à la Che Guevara.

– Quand je dis que si tu n'étais pas né, il ne faudrait pas t'inventer… maugréé-je en me retournant pour chercher ma chemise.

Ma chemise qui n'est plus où je l'avais posée avant de m'évertuer à rançonner Bart.

– C'est ça que tu cherches peut-être ?

Pivotant sur mes talons, je me retrouve confrontée à une rousse. Affriolante, des seins dignes de Jessica Rabbit… Non pas elle, me tancé-je, lorsque penser à ce cartoon me ramène à son lapin de mari puis, de facto, à Rwen le soir de Noël. En tous les cas, une poitrine d'enfer qui s'accorde à un cul bien roulé et des yeux bruns de biche. Faussement innocente, elle tripote le tissu en reluquant par-dessous ses cils charbonneux les muscles que laisse entrevoir mon débardeur. Son regard dévale les lignes d'encre de mes tatouages, remonte sur mes lèvres puis s'enracine au mien, appréciateur. Parfait. Je harponne la fringue qu'elle me tend, en fourre négligemment un pan dans la ceinture arrière de mon jean. Un sourire paresseux se dessine sur mes traits en détendant ainsi ma mâchoire.

– Merci, *bella*. Canaan, dis-je en exagérant mon accent français.

Assez pour la faire se dandiner. Pas trop pour ne pas tourner au blaireau de base.

– Enchantée, moi, c'est Jessica.

Mon sourire manque de se décrocher. Putain de karma. Je balaie ce qui me pollue le crâne d'un revers. À vrai dire, je m'en tamponne royalement de comment tu t'appelles, miss Je-me-lèche-les-babines. Tout ce qui m'intéresse à cet instant, à ce fameux instant, est de démontrer par baise plus baise que je suis toujours moi en vérifiant que miss Feu aux Fesses est une vraie rousse.

– Qu'est-ce que je peux faire pour toi, Jess ?

Elle se mord la lèvre, un peu trop fort pour que ce ne soit pas calculé. Encore une fois… parfait. En réponse au film écarlate qui habille sa bouche, mon sang afflue à un tout autre endroit. Une semi-érection s'échine à pousser contre ma braguette. Bien, c'est un début.

– Tu pourrais m'éviter de m'ennuyer… Peut-être me parler de ton pays ?

Sous-entendu : montre-moi le fameux *french kiss* et fais une analogie un peu graveleuse sur la manière dont ta queue ressemblera à la tour Eiffel quand je t'aurai excité à mort. Le tout avec un accent à couper au couteau.

– Tout ce qui te plaira, beauté, réponds-je en français.

Évidemment, elle ne pige rien. Évidemment, elle glousse. Évidemment, je la tiens déjà au creux de ma paume quand elle imagine, elle, me serrer par les couilles.

En moins de temps qu'il n'en faut pour ne serait-ce qu'y penser, je suis assis en tailleur dans une des chambres de la baraque. À jouer au plus vieux jeu que les fraternités ont su élever au rang d'art. Celui de la bouteille. En cercle, un Bart éméché à ma droite, la demoiselle à ma gauche, j'attends de tenir mon rôle. Un tour. Deux. Trois. Et enfin quatre avant que la sentence tombe. C'est au tour de Jamina… non, Jessica. Le goulot tourne et tourne puis se stabilise en pointant vers mon pote.

– *No way* ! s'écrie la rousse, des éclairs dansant dans ses prunelles brunes. Je veux le Frenchy !

Sous les huées de ceux qui nous entourent, elle se met à genoux, attrape les pans de son bustier en forme de cœur qu'elle remonte sans beaucoup d'élégance. Mon palpitant s'agite méchamment. Entre mes côtes, ce n'est plus l'habituelle confusion qui règne en maître, mais un véritable bordel. Je suis moi. Un flambeur. Un accro à la chatte anonyme. Et surtout un épicurien. Le plaisir avant tout. Plantée devant moi, elle me fixe d'un œil lourd de désir.

Ses paumes s'étalent sur mes joues.

Ses ongles griffent ma peau.

Ses lèvres s'approchent. Se posent sur les miennes.

Sa langue lèche leur ourlet. S'immisce dans ma bouche. Me taquine.

Et…

Rien.

Pire que rien en réalité. Le néant. Pas que ce soit mauvais. À l'opposé, je dirais même que la demoiselle qui m'agace la glotte est assez douée. Le problème, ce n'est pas elle. C'est moi. Le baiser que je rends est mécanique. Je sais comment embrasser, alors je le fais, mais… il n'y a rien. Ni plaisir ni désir. Seulement du vide. Parce que… Parce que… Putain, parce qu'elle n'est pas *elle*. Mes doigts s'enfoncent dans la chair de ses épaules, je la repousse doucement. La nausée borde ma trachée, l'air s'est raréfié dans mes poumons. Le truc dans ma poitrine qui s'impatiente depuis des mois implose, envahit tout sur son passage. Ravage chaque cellule, révolte chaque grain de chair.

Elle n'est pas *elle*.

Pas Elle.

Jessica me regarde sans comprendre. Comment le pourrait-elle alors que je peine à piger l'ampleur du désastre?

– Je suis amoureux.

Là, je la perds totalement. Elle se met à rire, incrédule.

– Quoi? minaude la rouquine, éberluée. Qu'est-ce que tu racontes?

Mes mains en appui sur le sol, je m'empêche de m'effondrer tellement le constat qui vient de me péter à la gueule me fout en l'air.

– Je suis amoureux, répété-je simplement comme si c'était si évident que tout le monde devrait avoir saisi.

– Mais… mais on vient de se rencontrer !

Une autre voix intervient, histoire de recentrer le nœud de l'affaire.

– J'ai comme un doute sur le fait qu'il parle de toi, jolie fée. Je crois plutôt qu'il cause de la blonde autour de qui il tourne, la langue pendante, depuis des semaines. C'était le dernier à pas encore avoir capté qu'il était dingue de sa reine des glaces. Viens voir papa Bart, je vais te rassurer sur ton potentiel séduction, mon p'tit elfe, et je…

Je n'écoute plus. D'une détente, je me remets debout. Faut que je me tire de là. Faut que… En fait, je ne sais pas vraiment. Je veux juste… Bon, je ne sais pas non plus ce que je veux. Enfin je sais qui je veux, mais pas ce que… Je secoue la tête pour chasser l'anarchie de mes pensées alors que je sors de la pièce. Tandis que je progresse entre les corps en sueur, que les lumières stroboscopiques me heurtent au point que je frôle l'épilepsie, je mesure combien je suis baisé. Combien Rwen m'a baisé.

Et… putain, je crois… Non, je suis sûr d'adorer ça.

37

Rwen

– Pourquoi tu ne nous en as jamais parlé ?

Ma sœur et moi nous jetons une œillade lourde de sens avant de reporter notre attention sur maman. Nous sommes tous les quatre assis autour de la table de la cuisine, et je me décide enfin à aborder le sujet « Maura ».

– J'en sais trop rien, réponds-je en soupirant. Enfin si… je crois qu'une part de moi avait honte de dire à voix haute que Max ne s'était intéressé à moi que pour un pari. Me l'avouer en silence était déjà assez dur… Sans compter que j'avais promis à Maura de ne rien dévoiler.

– Justement, ça ne t'a pas semblé bizarre cette histoire ? Qu'elle veuille garder ça secret alors qu'elle aurait dû penser « mais quel bâtard, ce mec ! », crache Cleo malgré le sifflement de mon père face au choix de langage de sa fille.

– Elle l'aime, réponds-je simplement. À mes yeux, quand elle m'en a parlé, elle n'était qu'une fille tombée amoureuse qui était trop attachée pour voir les choses clairement. Et même si cela m'a brisée sur le coup, je n'ai rien fait parce que… je refusais qu'elle perde quelqu'un d'autre. Je lui ai déjà pris sa sœur, il était hors de question que…

– Tu ne lui as pris personne, Rwen, intervient papa en nouant ses doigts aux miens sur la table.

– Combien de fois devrons-nous te le répéter? renchérit Laura. Ce n'était qu'un...

– Un accident. Un tragique accident, je sais, répété-je par automatisme. Et vous pourriez bien vous transformer en disque rayé jusqu'à me vriller les neurones que ça ne changerait rien. Soyons honnêtes: si je n'avais pas insisté ce jour-là, Maya serait encore vivante. Ma culpabilité me hantera toujours, c'est un fait. J'ai appris à vivre avec maintenant, elle fait partie de moi. En revanche, je ne veux plus qu'elle influence le cours de mon existence. Je... j'en ai marre de ne vivre qu'à moitié.

Un sourire effleure les lèvres de ma mère qui me dévisage d'un air tendre et fier.

– Je suis tellement heureuse d'entendre ça, ma fille. Tu... tu as tant grandi...

Un voile humide couvre soudain son regard, provoquant un spasme jusque dans mon estomac.

– Maman, maugréé-je. Tu parles de moi, mais... combien de fois devrons-nous également te répéter que tu es une super maman? Je sais, hein. Ce qui agite tes pensées là...

Laura Davis, à l'instar de beaucoup de femmes malheureusement, se débat, elle aussi, avec une tout autre forme de culpabilité: celle de ne pas être assez présente, la peur d'être une mauvaise mère. À chaque grande étape de notre vie qu'elle a la malchance de rater à cause de son travail, je sens toujours cette peine qui l'étreint. Alors que Cleo et moi n'avons jamais douté de son amour pour nous. Maman a toujours été un exemple à suivre à nos yeux. Une femme sachant parfaitement allier toutes les facettes d'une femme justement. Les plus fragiles, et les fortes surtout.

D'un revers de main, elle balaie l'air entre nous afin de clore le sujet puis ajoute :

– Passons… que comptes-tu décider concernant ta cousine ?

– Bah c'est plutôt clair, non ? lance ma petite sœur. Si Rwen veut reprendre le contrôle, elle doit se débarrasser de celui de Maura. Et donc, couper les ponts avec elle. Pardon, hein, mais notre chère cousine, c'est d'un psy qu'elle a besoin, pas d'un exutoire. Elle n'a cessé de tirer Rwen vers le fond, comme si elle cherchait à la noyer par vengeance.

Sa tirade nous réduit au silence. Non pas qu'elle m'étonne. Bien au contraire, Cleo a des avis très tranchés, cela fait partie de son caractère et de son jeune âge également. Cela dit, ses paroles sont si criantes de vérité qu'elles me scient le ventre et me volent mon souffle.

– Cleo, la rabroue papa d'une voix douce. C'est un peu plus compliqué… et puis, seule Rwen est capable de savoir ce qu'elle veut.

– Non, en fait, ce n'est compliqué que si on y accorde une réelle importance. Je ne sais pas encore ce que j'ai décidé concernant Maura. Ce qui est certain, en revanche, c'est qu'elle n'est plus ma priorité désormais. Ma vie seule l'est.

– Ouais, ça, c'est ma *sista* ! s'excite soudain Cleo en agitant son poing devant elle.

Un rire m'échappe face au comportement survolté – comme toujours – de ma petite sœur. Rire qui s'étrangle tout à coup dans ma gorge lorsque mon père lâche, l'air de rien :

– D'ailleurs, ce soudain revirement n'aurait pas quelque chose à voir avec ce jeune homme tatoué de partout ?

– Maman, tu verrais, dit Cleo pour en rajouter une couche, un putain de canon !

Par contre, là, personne ne pense à reprendre ma sœur sur son langage… Bande de traîtres ! Satisfait de m'enferrer dans leurs conneries, papa se tourne vers Laura et dit, impressionné :

– Tu aurais vu ta fille, *honey*. La façon dont elle a tenu tête au père de ce jeune homme au dîner. Surtout qu'il fait froid dans le dos, le bonhomme. On le croirait tout droit sorti d'une série de *bikers* ! Mais notre Rwen ne s'est pas démontée. Une vraie tigresse défendant son bout de viande !

Je ne peux m'empêcher de ricaner sur ces derniers mots qui ne pourraient être plus vrais tant je compte bien le bouffer et m'en gaver jusqu'à plus soif…

– Une louve, papa. Pas une tigresse, rétorqué-je d'instinct tout en me levant. Sur ce, je vais subtilement – ou pas – mettre fin à cette conversation et m'éclipser.

Fuyant lamentablement, je passe le seuil au moment où ma mère dit d'une voix excitée et limite sur le point de sangloter :

– Oh, mon bébé est amoureuse !

***

Quelques heures plus tard, alors que je me prépare dans ma chambre, Cleo me rejoint. En silence, elle s'installe sur mon lit, m'observe galérer à trouver une tenue alors que nous savons parfaitement comment cela va se terminer : mes fringues en vrac sur le sol pour finir par m'habiller avec une jupe courte, un pull et ma veste en cuir. Forte de ma discussion avec mes parents, j'ai envoyé un message à ma cousine, lui proposant un dîner en tête à tête ce soir. Mais là, j'avoue que plus le temps avance, plus je suis angoissée.

– Tu sais, quelque part, je comprends Maura. Si je venais à te perdre… je sais pas si je m'en remettrais.

Je me fige, capte son regard à travers le reflet de la psyché et une chaleur drape mon cœur.

– Si je n'ai jamais souffert de l'absence parfois un peu longue de maman, c'est en grande partie grâce à toi, renchérit-elle. J'ai un caractère de merde, j'en ai conscience, mais j'espère que… tu sais que je sais. Que tu m'as donné bien plus d'amour qu'une sœur est censée en donner. Que tu as toujours cherché à compenser même si tu ne le devais pas…

Une boule se loge dans ma gorge. Ma poitrine se gonfle d'émotions, d'amour et… d'un peu de soulagement, je dois bien l'admettre. Je fais volte-face et m'assois à côté de mini-moi, comme dirait Can'. Ma paume se déploie sur sa tête et l'attire contre moi.

– Merci, murmuré-je contre ses cheveux.

Je n'en dis pas plus, ne prononce aucun mot supplémentaire qui serait de toute façon vain. Ce qui nous lie sera toujours au-delà des mots… Ses bras s'enroulent autour de ma taille et me serrent contre elle.

– C'est vrai que tu as un sale caractère, Cleo, dis-je en me marrant. Mais je suis fière de toi. Ne pas t'encombrer, écarter ce qui pourrait assombrir ta vie, peu de personnes en ont la force. C'est une très grande qualité. Et je t'admire pour ça.

Elle hoche la tête contre mon buste.

– Ouais, nos parents ont géré avec leurs gosses quand même.

Je ricane et me mets carrément à rire lorsqu'elle ajoute :

– Par exemple, ils m'ont donné assez de patience pour te supporter.

– Saleté !

Je la repousse puis la chope par les cuisses pour la faire tomber par terre.

– Et un cul assez rembourré pour amortir tes chutes, renchéris-je en la renvoyant au tapis alors qu'elle tente de se relever.

– Par contre, pour le reste, ils auront tout donné à la seconde, me nargue-t-elle en me collant ses seins sous le nez.

– T'es vraiment qu'une peste !

Son rire résonne encore entre les murs de ma chambre, même après qu'elle a esquivé ma brosse à cheveux en fuyant lâchement dans le couloir. Au même instant, mon portable sonne, m'indiquant l'arrivée d'un message. Un *smile* aussi grand que la région des Grands Lacs s'incruste sur mes lèvres.

[Mayday, mayday ! Sauve-moi !
Je suis à deux doigts de me transpercer
les globes oculaires avec une baguette
de la bouffe chinoise qu'a rapportée Mel.
Bart s'est planté de destinataire
et m'a envoyé une photo
de son cul tout frais, tout épilé...
Tu sais ce que ça veut dire, ma louve ?
Que tu vas devoir t'occuper de graver
dans mon esprit un tas d'autres images.
Hum... par exemple, de toi. Nue.
Prête à m'accueillir entre
tes douces cuisses. Ou encore toi, nue.
Ta délicieuse petite chatte prête
à se faire #Canaaner. Deal ?]

Ce mec est... complètement déjanté. Déjanté et... dangereusement addictif.

En tailleur sur la moquette de ma chambre, j'inspire profondément. Je ferme les paupières et savoure. Cet instant. Je m'apprête à dîner avec la personne qui m'a le plus blessée et pourtant... je crois que jamais je n'ai été aussi heureuse.

***

Je marque un temps d'arrêt, arrivée devant la porte du restaurant. Ma volonté n'a cessé de croître depuis tout à l'heure. En grande partie grâce à Canaan qui m'a bombardé de textos toute la journée. Ce mec a viré taré cette fois ou alors il est sous acide. J'ai eu le droit à un tas de conneries en tout genre, à une histoire concernant Jessica Rabbit reconvertie en messie dont je n'ai pas compris un traître mot, à un dessin de nos corps imbriqués, mais en version manga... un truc totalement dingue où j'ai des cœurs à la place des yeux et où lui ressemble à un Nicky Larson encore plus pervers que l'original. Et puis... ce dernier message avec une photo de moi, endormie dans son lit, les lignes de mon tout récent tatouage encore fraîches, accompagnée de ces quelques mots :

[N'oublie pas, ma louve.
Je suis sur ton flanc, délicieusement encré
entre le pli de ton aine et ton alléchante
poitrine, mais... pas que...]

Le sourire aux lèvres malgré le moment difficile qui m'attend, je pénètre dans l'établissement. Un serveur m'accueille aussitôt et je m'apprête à énoncer mon nom de famille lorsque j'aperçois Maura, le regard fixé sur l'écran de son téléphone... Un spasme contracte mon estomac, diffuse une appréhension palpable dans mes veines. Je m'excuse auprès du jeune homme pour progresser ensuite lentement jusqu'à ma cousine. Je n'attends pas qu'elle me remarque et m'assois directement en face d'elle après avoir déposé ma veste sur le dossier de ma chaise. Maura relève immédiatement la tête, un sourire doux étirant ses lèvres. Alors que les miennes se crispent en une ligne mince et tranchante. Un éclair incertain traverse son visage avant de disparaître très vite.

– Je suis contente que tu m'aies appelée, s'exclame-t-elle. On va enfin pouvoir passer une soirée rien que toutes les deux, sans que personne d'autre ne vienne interférer cette fois.

Je hoche la tête, soudain incapable de lui répondre. Ses iris dérivent un instant sur son portable. Un soupir lui échappe alors qu'elle le déverrouille. Durant un court instant, son expression vire à une réelle inquiétude, alimentant la mienne au passage.

– Un problème? ne puis-je m'empêcher de demander.

– Non, c'est… enfin, je sais pas. Max ne prend aucun de mes appels. C'est étrange, ce n'est encore jamais arrivé et… bref, je m'inquiète sûrement pour rien.

Je tique sur son dernier mot. Maximilian ne lui a donc pas encore parlé depuis qu'il sait… Les paroles de Canaan me reviennent soudain en mémoire. M'a-t-il menti?

Le serveur arrive à brûle-pourpoint pour prendre nos commandes. Je lui balance le premier truc que je lis sur la carte puis patiente. Mes doigts glissent sous la table et tripotent nerveusement la couture de ma jupe. Je ne saisis pas réellement pour quelle raison, mais, tout à coup, voir Maura là, en face de moi, a quelque chose de déroutant, d'anormal, de dérangeant même. Pourtant, dans un sens, j'ai souvent rêvé de ce moment. En dépit de cette culpabilité qui m'étouffait, une part de moi a toujours attendu le jour où j'aurais enfin l'occasion de lui parler à cœur ouvert. De ce qui me ronge. De son comportement. De notre peine commune. Mais… malgré le stress qui m'a vrillé les neurones tout l'après-midi, là, je me sens vide. Creuse. Un néant de sensations, comme si… finalement, ce que ma cousine pense de moi ne m'importe plus tant que ça… À ce constat, mes muscles se détendent et sans réellement m'en rendre compte, ma main passe sous mon pull pour se poser sur mon flanc gauche.

Devant mon manque de réaction, Maura inspire profondément. Plaque un sourire nerveux sur ses lèvres et se décide alors à parler:

– Rwen, tu es… bizarre, dit-elle dans un gloussement crispé. Je ne sais pas ce qui se passe depuis quelque temps, mais tu m'inquiètes. Tu n'es plus…

Finalement, il doit encore rester quelques traces de colère car je l'interromps d'un ton sec :

– Aussi docile qu'avant ?

– Quoi ? Mais…

– Arrête, Maura. Tu veux savoir pourquoi on est là ce soir ? Parce que j'en ai marre. Et j'espère que, pour une fois, tu auras le respect d'être enfin honnête avec moi. Et je ne te parle pas de ces piques que tu me distribues gratuitement et quand bon te semble, je te parle de ta colère. Ta douleur lorsque tu me regardes.

Ses traits se chiffonnent. Se muent en quelque chose d'amer et de douloureux. Éveillent une étrange sensation dans mon abdomen, un truc entre une joie assez perverse et une souffrance bien réelle.

– Rwen… tu te trompes… Je ne nie pas t'en avoir voulu, mais si parfois je suis dure dans mes paroles, c'est justement parce que je t'aime.

Ses yeux se voilent d'une pellicule de larmes avant qu'elle ne me fauche salement :

– Je veux être certaine que tu fasses les bons choix. J'admets être intransigeante à certains moments, mais c'est uniquement dans le but de te pousser, de t'aider. Tu comprends, il ne me reste plus que toi…

La suite de ses mots tourbillonne au-dessus de moi, s'écrase contre les parois de mon crâne sans toutefois parvenir à le transpercer. Quelque chose rue dans mon ventre, me file la nausée. Comment… comment ose-t-elle ? Un liquide glacé inonde soudain mes veines, comme si on m'injectait du métal dans le sang. Mes doigts se convulsent contre mes cuisses, griffent ma chair. La peine dans ses yeux, je la vois. La lis parfaitement, pourtant je ne parviens pas à m'en émouvoir. Comment le pourrais-je ? Mais le pire, je crois, c'est que je n'en ai aucune envie. Cette fois, c'est trop…

– Donc, si je te suis bien, toutes ces remarques blessantes, qui n'ont cessé de saper ma propre identité depuis des années, étaient uniquement destinées à… m'aider?

Ses sourcils se froncent subrepticement face à mon timbre glacial.

– Je sais que ça peut paraître…

– Tais-toi, Maura, l'interromps-je. J'ai passé ma vie à écouter et ressasser la moindre de tes paroles, c'est à ton tour maintenant. Tout ce que tu me dis est faux. J'ignore si tu me mens ou si tu te mens à toi-même… mais la vérité est là: tu me détestes. Certes, tu m'aimes aussi, je n'en doute pas une seconde. Néanmoins, je sais maintenant que notre lien n'est plus suffisant pour compenser l'absence de Maya.

M'entendre prononcer le nom de sa sœur la secoue d'un spasme. Je perçois parfaitement le frisson qui la chamboule car le même se loge dans ma poitrine. Par réflexe, ses bras se croisent sur son abdomen alors qu'une immense tristesse semble inonder ses yeux.

– Tu te venges, Maura. Peut-être pas consciemment… je n'en sais rien, mais cela fait des années que tu te venges. Sauf que tu te blesses autant que tu me blesses parce que tu t'empêches d'avancer toi aussi. Regarde-toi… Tu es allée jusqu'à pervertir ta relation avec Max! Alors que… putain, Maura… tu avais enfin une personne à qui te raccrocher et toi, tu l'as embarqué dans ce bordel!

– Que… que vient faire Max là-dedans? s'exclame-t-elle.

Non… elle ne se révolte même pas. Ma cousine panique. Tout simplement…

– D'après toi… tu pensais sincèrement que jamais nous ne le découvririons? Que tu t'es servie de lui pour m'atteindre? Cleo a raison… Tu n'as cherché qu'à me noyer. Sauf que, Maura, tu te noies avec moi.

Malgré elle, son regard vire encore sur son téléphone. Puis sur moi. Avant de revenir sur son écran désespérément éteint.

– C'est pour ça que Max ne me…

– Oui.

Son visage chute soudain dans ses paumes. Ses épaules trémulent et le sanglot qui lui échappe me broie le cœur. Me balance à nouveau sur ce chemin tortueux que nous avons toujours emprunté elle et moi.

– Tu me l'as prise, Rwen, dit-elle enfin. Tu m'as pris ma sœur. Je n'arriverai jamais à passer au-dessus de ça, tu comprends?

Elle se redresse alors, me poignarde d'un regard déchiré et meurtrier à la fois.

– Franchement, tu ne penses pas que c'est peu cher payé comparé à ce que tu as fait? Notre relation, même si elle n'a plus aucun sens, est l'unique chose qui me relie à ma sœur. Tu n'as pas le droit de me l'enlever aussi. Alors oui, je te fais du mal, je le sais parfaitement, mais… ça me permet de ne pas sombrer, tu comprends? Savoir que tu souffres, au moins un peu, apaise ma peine. C'est égoïste, méchant, seulement… tu le mérites, tu ne crois pas?

Durant un instant, j'ai l'impression que mon cœur est mort. Ou détruit, je ne sais pas trop. Sa tirade me coupe tellement le souffle que… je ne ressens rien. Ou que je ressens trop au contraire. Sa détresse. Sa colère. Sa peine. Son amertume… Tant de sentiments que j'ai la sensation de les sentir à nouveau tisser une toile emprisonnant mon corps.

Perdue, je délaisse son regard pour coller le mien partout où elle n'est pas. Et c'est là… alors que mes iris filtrent à travers l'immense baie vitrée du restaurant, se fondent dans la pénombre tombant dans la rue, que je comprends. Un vent s'engouffre dans mes poumons, fait voler en éclat les chaînes qui m'empêchaient de respirer. Ma paume retrouve mon flanc gauche, s'y ancre et puise dans l'encre qui me recouvre. Je reporte alors mon attention sur ma cousine qui me fixe, aussi paumée que je le suis. Non… aussi paumée que je l'étais. Si ce n'est plus… Et je suis la seule à l'aider à enfin retrouver sa voie.

Un sourire triste, mais sincère, étire mes lèvres en même temps que ma main vient recouvrir l'une des siennes.

– Maura, je te le dis une dernière fois : je suis désolée, tellement désolée… J'ai conscience que cela ne soulagera jamais ta peine, mais crois-moi, si je pouvais revenir en arrière et mourir à sa place, je le ferais. Seulement, on ne peut changer le passé. Personne. Et rien ne le peut… Que ce soit la colère, ou l'envie de se venger… J'ignore si cela peut t'apaiser, mais sache que, chaque jour, je me débats avec ma culpabilité. Et chaque jour, je me débattrai avec. Néanmoins, je refuse de m'empêcher de vivre. Plus maintenant. Et certainement pas parce que tu cherches une paix que tu ne trouveras jamais de cette façon. Maya s'est noyée par ma faute, je le sais. Toutefois, je ne lui ai pas maintenu la tête sous l'eau… Or, j'ai l'impression que c'est ce que je fais avec toi. Je te noie. Tu me noies. Et il est temps, pour nous deux, d'émerger. Je t'aime, Maura. Je t'aime assez pour nous libérer. Et pour cela, nous devons poursuivre notre route loin l'une de l'autre.

Je me lève de ma chaise sous ses yeux écarquillés de surprise, de rage. Et d'impuissance surtout.

– Tout le monde a le droit de vivre. Et d'avoir une seconde chance. Je t'en supplie, Maura, attrape la tienne. Profite de chaque instant. Aime. Pleure. Crie. Révolte-toi. Vis. Pour deux s'il le faut, mais vis putain…

Je récupère ma veste et me retourne, ne souhaitant plus me confronter à son expression dévastée. Et qui me dévaste également dans un sens… Je ne pourrai jamais tirer un trait sur les moments partagés avec elle. Toutefois, ils ne sont plus que cela désormais : des souvenirs, prêts à être rejoints par une foule d'autres souvenirs et d'instants...

Lorsque je sors du restaurant, mon cœur revit, effectue quelques embardées totalement délirantes. J'avance lentement, prends le temps d'admirer la silhouette à quelques mètres de moi. Le dos calé contre la portière de la voiture de Shilow et le visage rejeté en arrière sur le capot, Canaan expire un nuage de fumée qui s'évanouit dans l'air. Une main fourrée dans la poche de son jean, il bat un tempo de son pied que lui seul semble entendre. Les manches de sa veste sont retroussées, dévoilant ses avant-bras tatoués et asséchant mon palais.

Je me plante juste devant lui au moment où il redresse enfin le visage. Ses billes acier tombent aussitôt sur moi, me foudroient presque tant elles brillent d'une intensité impérieuse. Ni l'un ni l'autre n'esquisse un seul mouvement. Nous nous sondons durant de longues secondes. Lui sûrement pour capter mon état d'esprit. Moi... totalement subjuguée par ce magnétisme dévorant qui exsude de sa peau pour lécher la mienne. Quelque chose a changé dans sa façon de me regarder, mais je ne parviens pas à saisir quoi.

Un rictus dégoulinant d'assurance, de suffisance et ô combien sexy dévore ensuite ses lèvres. Petit con. Son pouce vient délicatement lisser ma lèvre inférieure avant qu'une tendresse infinie ne coule dans ses yeux. Il éjecte sa cigarette sur le sol et demande :

– Comment tu te sens ?

Je n'hésite pas un seul instant sur ma réponse qui fuse aussi sec.

– Libre.

– Parfait.

Sa bouche capture soudain la mienne, force sa barrière pour s'emparer de ma langue. Ses doigts s'incrustent dans mes hanches pour visser mon bassin au sien avant de m'emporter. Mon dos entre en collision avec la portière, mon corps totalement recouvert du sien. Canaan m'embrasse longuement. Me fond dans un baiser à la fois langoureux et affamé, puis il se détache de mes lèvres pour glisser à mon oreille :

– Parfait, parce que je compte bien t'enchaîner, ma petite louve sournoise. Je vais te ramener chez moi, dans ma chambre, Rwen. Et te dévorer. Passionnément, mais aussi avec beaucoup de patience et de minutie. Je vais te faire l'amour contre chaque mur, chaque porte, chaque meuble. Oh oui, je vais te baiser, mon cœur. Comme toi, tu m'as baisé.

38

Canaan

Essoufflé, je me laisse basculer sur le sol, ma demi-chute amortie par la couverture dans laquelle nous nous sommes emmêlés en tombant littéralement du lit. Un bras replié sous ma nuque, mon autre bras en étoile sur l'abdomen, j'essaie de récupérer mon souffle.

Épuisé. HS. Vidé. Un ricanement manque de filtrer d'entre mes lèvres gonflées à force de dévorer chaque parcelle de son corps, chaque courbe qu'elle m'abandonne. Que j'envahis. Vidé… mot en l'occurrence mal choisi même s'il est carrément de circonstance. Voilà deux semaines que nous nous sommes lancés dans un véritable marathon de sexe. Je crois bien avoir testé l'intégralité des recoins de la maison. De ma chambre. Du cinéma où elle bosse un tiers du temps. De la ruelle derrière son boulot. De la fac aussi. Mon sourire s'élargit. Pire que la période de reproduction des cerfs en rut. Un geste, un effluve de son parfum… un rien équivaut à un tout et me ruine. Merci à cette prophétesse 2.0 de Jessy Rabbit. Ou pas. Parce que depuis cette soirée-là, il me manque quelque chose. Un putain de quelque chose qui me grignote lentement de l'intérieur. La sensation d'un manque qui se creuse face à l'abus. Comme un shoot de came mal dosé qui ne fait qu'appeler à un deuxième puis à un autre et encore un autre. Avec Rwen, je suis proche de ce foutu septième ciel sauf que je n'arrive jamais à le toucher que du bout du doigt.

Bordel.

Je suis arraché du fil de mes réflexions lorsque sa tête se pose dans le creux de mon épaule. Un petit rire lui échappe. Le son carillonne contre ma peau, rebondit dessus, se répercute dessous. Il déploie sur la totalité de mon épiderme un désir liquide. Ainsi que je le disais… pire qu'une perf' de dope. Je ravale l'éclat de colère qui sinue dans mes veines, réprimant avec difficulté un énième coup de sang malgré le poison qui y diffuse son venin. Inconsciente de ce qui s'agite entre mes côtes, Rwen s'étire avec langueur et paresse. Ses doigts suivent négligemment les lignes d'encre courant sur mon torse, s'arrêtent sur le #Canaaner en griffant les contours du hashtag, pressent le cœur anatomique représenté sous la forme d'une grenade sur mon flanc. Faut croire que celui-là, il m'a été dicté par le karma. Carrément mystique tellement il était prémonitoire. Parce que ouais, je me sens sur le point de dégoupiller méchamment. Keino avait raison. Les hommes de notre famille sont vraiment tarés.

– J'adore vivre l'instant, glousse la blonde contre moi. L'instant, c'est la vie.

Mouais. Non, pas vraiment. Pour l'avoir expérimenté en long, en large et en travers, je peux affirmer qu'il ne suffit pas. Ou pas toujours en tout cas. Je le sais à cause de ce truc au fond de mon ventre qui en réclame plus. Je raccroche la conversation quand sa voix mutine continue de marteler mon crâne de mots dont Rwen ne soupçonne même pas la puissance des coups entre mes tempes.

– Et le plaisir aussi. Au final, il n'y a que ça de vrai, non?

D'une détente, je roule sur le côté en l'embarquant alors qu'elle glapit et chope mes clopes dans la poche de mon jean échoué un peu plus loin sur le parquet. J'en fourre une au coin de ma bouche, lâche un rictus franchement insolent. Soudain, une pensée vicieuse me fouette les sangs. Je l'ai libérée, mais elle m'a enchaîné. Si je lui ai montré comment vivre chaque instant, les miens, elle me les a arrachés. Voilà où on en est. Elle, qui me mène par la queue et le cœur, et moi, à me sentir l'âme enivrée d'elle.

– C'est toi qui avais raison. Il est tellement dommage d'exister dans le but de ceci ou bien encore cela. Il faut vivre. Se laisser porter. Vivre à en avoir la tête qui tourne. Encore et encore.

Et puis… encore le karma. Ce karma qui, décidément, s'amuse bien à me faire tourner en bourrique. Tandis que nous sommes allongés sur le plancher et que les rayons du soleil se découpent sur nos corps nus enlacés en ombres chinoises, l'antique juke-box piqué à Shilow s'enclenche. Au lieu de vieux standards rock, Méléri l'a forcé à y coller de vieilles chansons françaises. À ses yeux, rien de tel que ces tubes du grenier pour… Et là…

Putain de karma.

« *Elle avait des yeux, des yeux d'opale,*
Qui me fascinaient, qui m'fascinaient.
Y avait l'ovale d' son visage pâle
De femme fatale qui m' fut fatal… »

Sans m'en rendre compte, je fredonne les paroles. La main de Rwen se pose sur ma joue, elle se hisse sur mon buste, se cale à l'aise de façon à capturer mon regard. Elle épingle ma clope, la coule dans une bouteille d'eau qui a roulé pas loin de nous. Puis colle sa bouche si douce sur mon front, mon nez, mes lèvres. Ses iris de jade me scrutent avec une intensité qui me cloue à la croix qu'elle a elle-même fixée dans mon dos.

– Traduis-moi.

Un sourire canaille étire mes lèvres.

– *Nope*. Ça ne se traduit pas, mon cœur. C'est ce genre de chanson qui se ressent.

Et pour la titiller un peu, je calque ma voix sur celle du vinyle qui craque.

« Je l'ai revue un soir ah la la...
Elle est retombée dans mes bras.
Elle est retombée dans mes bras[1]*...* »

Son petit nez se retrousse. Boudeuse, elle roule sur le dos, abandonne l'étau de mes bras pour croiser les siens sur sa petite poitrine qui me nargue. Aussitôt, ma hampe se réveille. *Vade retro Bitanas...*

– Tu triches.

Cette fois, c'est moi qui bascule sur elle afin de l'emprisonner sous le poids de mon propre corps. Puant d'arrogance, histoire de camoufler ce qui me bouffe, cellule par cellule, grain par grain.

– Évidemment.

Je m'incline sur elle, son visage rosit aussitôt. Dans l'expectative... Je me baisse, frôle presque ses lèvres... puis me relève d'un bond. Un peu par jeu, beaucoup par mauvaise foi. Je n'y peux rien. Elle m'attire autant qu'elle me rend taré. La main dans ma tignasse, j'y fous un dawa monstre pour ne pas lui sauter à nouveau dessus et lâche d'un ton paresseux :

– Allez, debout. Faut que je bosse mes esquisses pour le cours de demain soir, moi.

Le regard de Rwen s'allume, scintillant de luxure si pure qu'elle imprègne chaque pore de ma chair. Aussitôt, mon esprit vire dingue et part direct en roue libre. Je hausse les épaules, me signe d'une croix en levant les yeux au plafond. Le sexe déjà bandé,

1. « Le tourbillon », Jeanne Moreau.

je me laisse tomber à genoux, à califourchon sur ses hanches tandis qu'elle se tortille en riant.

– À cœur vaillant, rien d'impossible, p'tite dépravée.

***

Une paire d'heures plus tard, je suis assis, le cul sur une des banquettes du bar où nous a entraînés Bart. Merci sa carte platine. Grâce à elle, les faux papiers d'identité qu'il nous a dégotés sont presque de meilleure facture que les vrais. Avachi, je porte à mes lèvres le verre de tequila que le geek m'a collé entre les doigts, un bras autour des épaules de Rwen qui discute avec son pote Eli, assis sur un pouf. Le Black se penche vers moi, attrape le bas de mon visage et m'oblige à tourner la tête pour m'examiner.

– Qu'est-ce que…

Eli coupe Rwen d'un revers vague de la main.

– Je voulais voir de mes yeux les talents artistiques de Méléri. Tu m'as bien dit qu'elle l'avait tatoué, non ?

Il se redresse à demi, titube à cause des shots qu'il a enquillés, avant de se rasseoir.

– Pourquoi une clé, d'ailleurs ? Une signification particulière ?

Comme je hausse les épaules sans répondre, fasciné par le manège de Bart qui drague une brunette, il continue. S'enferre à me prendre la tête.

– Pourquoi ? Pourquoi ? Pourquoi ?

La nuque de Rwen se renverse, un rire explose dans sa gorge. Elle finit par se hausser légèrement afin de trouver mon oreille.

– Il ne s'arrêtera pas tant que tu ne céderas pas et crois-moi, il peut être… têtu. En fait, ce mot a même été créé pour et par Eli.

– Alors invente ta propre raison, maugréé-je en avalant un

autre verre. Le symbolisme que tu veux y trouver. Moi, j'en ai pas. Je me suis juste réveillé en pensant à une clé. Peut-être était-ce parce que les chiottes étaient fermées cette nuit-là quand j'ai voulu pisser. Peut-être parce que mon papa m'enfermait dans le placard quand j'étais un vilain garnement. Choisis.

Ses prunelles pétillent soudain.

– Peut-être tout simplement parce que tu veux que « quelqu'un », déclare-t-il en mimant des guillemets, déverrouille ton avenir pour mieux le construire, mon p'tit loup.

Ma respiration se bloque. Une seconde, une minute. Sans être cucul, je voudrais que Rwen s'empare des conneries que baratine son pote pour enfin… Putain, je ne suis même pas sûr de savoir exactement ce que je veux à ce moment, mais je le veux, ça, c'est une certitude. Je n'ai pas le temps de m'y appesantir que mon bonbon perlé me fauche en plein vol.

– Canaan ne pense pas au futur et c'est ce que je préfère chez lui. Cette façon qu'il a d'encenser le moment présent. Dans sa bouche, le terme avenir est presque une insulte. Il vit à fond tout le temps, pense à peine à ce qu'il fera dans une heure… Avec lui, tout est simple. Sans prise de tête et…

Et je n'écoute plus. Avec elle, je souffre d'un putain de mal qui ne guérit pas. Qui ne peut pas guérir. Pas quand elle me balance en pleine gueule ce que je lui ai appris. Tout ce que j'entends est que je ne suis bon qu'à lui procurer du plaisir sans penser à plus. Avec moi, pas d'avenir. Moi, je ne suis qu'un…

– Un vrai *serial fucker*, hein…

L'amertume qu'elle sent suinter de chaque syllabe que je crache lui fait relever la tête. Sa mine perplexe se chiffonne. Sans parler, elle se lève gracieusement, pousse Eli et cadenasse ma main pour me forcer à me remettre moi aussi à la verticale.

– Danse avec moi.

La colère vissée au bide, je la suis sur la piste. Un sourire franchement désagréable fait s'incurver le coin droit de ma bouche. La chanteuse, seule sur la scène, s'installe sur un tabouret que vient de lui apporter un barman puis ajuste la guitare sèche en travers de ses cuisses. La voix suave, le tempo sensuel, elle entame une reprise acoustique de « Soldier's Eyes » de Jack Savoretti. Les bras de Rwen noués sur ma nuque, les miens sur ses reins, nous bougeons à peine. Perdus quelque part, mais pas forcément au même endroit. Rwen, elle, n'écoute que le rythme de ses envies qu'enfin elle a découvertes et moi… Moi, je m'enterre sous le merdier qui prend naissance dans mon ventre. La morsure dans mes entrailles suppure un peu plus quand elle se hisse sur la pointe des pieds pour murmurer contre mon oreille. Son souffle balaie pile le tatouage de cette saleté de clé qui me brûle la peau.

– Tu te rends compte? À quel point tu m'as rendue libre?

Et toi, à quel point je ne le suis plus? Au lieu de m'épancher, je ravale mes paroles. Resserre l'étau sur sa taille. Avant de la retourner, son dos contre mon torse. Mes paumes longent ses flancs, s'échouent sur son bas-ventre. Avec un soupir, elle se cambre, entrelace ses doigts sur ma nuque en se déhanchant contre mon érection. Attisant mon excitation. Ma rancœur également.

– Tu te rends compte qu'il y a seulement quelques mois tu me poussais à tenter de séduire n'importe qui? susurre-t-elle dans un feulement si sexy qu'il m'enchaîne aux pulsions violentes qu'elle suscite en moi.

Je pourrais réfléchir.

Je pourrais prendre le temps d'analyser.

Je pourrais me rappeler ce que mon père a tenté de m'expliquer.

Je pourrais…

Je pourrais beaucoup de choses en définitive. Ouais, beaucoup de choses…

Mes doigts se rétractent contre son abdomen. Je m'incline, la recouvre. Elle frissonne, dans l'attente. Mes lèvres effleurent le pavillon de son oreille. Le caressent dans un murmure qui la ravage au moment où j'articule d'une voix atrocement douce en même temps que je la pousse en avant d'une légère pression.

– Je t'en prie… Montre-moi. On y est, ma poupée. Au bout du bout.

39

Rwen

Une seconde, je crois avoir rêvé. Ses paroles. Et son ton trop doucereux pour ne pas couver une couche de conneries. Lentement, je me retourne. Ravale la foule d'insultes qui se bousculent sur le bout de ma langue, lui offre un sourire langoureux et croise mes mains sur sa nuque. Une chance. Je lui laisse une chance de ne pas se comporter en connard. Les lèvres effleurant la peau de son cou, juste en dessous de son oreille, je murmure, joueuse :

– Que veux-tu que je te montre que tu n'as pas déjà vu, Can' ?

– Fais-moi voir si j'ai été un prof aussi bon que ça.

– Les deux dernières semaines ne te l'ont pas déjà prouvé ?

– Je ne te parle pas de moi, Rwen.

Malgré moi, le moindre de mes muscles se raidit. J'essaie tant bien que mal de calmer mes nerfs déjà prêts pour la guerre et me redresse sur la pointe des pieds pour frotter mon nez contre le sien.

– Je ne comprends pas, mens-je dans un souffle.

– C'est bien toi qui me rabâches le crâne avec ton foutu désir, ces instants si précieux ou à quel point je t'ai libérée, non ? Eh bien, c'est le moment, mon petit sucre. Montre-moi à quel point tu es libre, ajoute-t-il en balayant le bar d'un regard froid.

Montre-moi à quel point j'ai été un prof si doué que mes leçons t'ont émancipée. La der des ders, Rwen.

En contradiction avec ses paroles, ses doigts s'incrustent dans mes reins. Comme s'il voulait me retenir. Ce qu'il ne fera pas. Parce que ce mec est juste trop con. Je baisse le visage quelques instants, tente d'ignorer la douleur de mon cœur qui saigne et se délite.

– Tu veux que j'en séduise un autre pour… te prouver que je suis vraiment libre, c'est bien ça, Canaan? dis-je en maîtrisant les trémolos qui menacent de s'emparer de ma voix.

Son index se glisse sous mon menton et me force à soutenir ses deux billes d'un bleu si tourmenté que je sens le sol se dérober sous mes pieds. Il acquiesce en silence et un cri de rage explose entre mes tempes. Déchire ma poitrine. Et se meurt dans ma gorge lorsque mes lèvres s'emparent des siennes. Sans cesser de le fixer, je prends possession de sa langue, plante mes ongles dans sa chair et savoure une dernière fois les lassos de feu qui s'échappent de son épiderme pour s'enlacer à la mienne. Puis, avec une volonté que je ne me connaissais pas, je m'écarte. Imprime un sourire éclatant sur mon visage et lâche avec un clin d'œil:

– Comme tu voudras, mais qui sait? Peut-être que cette fois c'est moi qui te donnerai une leçon!

J'opère aussitôt une volte-face, la douleur, qui s'est alors emparée de ses traits, gravée à l'acide sur mes rétines.

Crétin de mec! Abruti! Sale con trop orgueilleux!

Je vais bientôt regretter de m'être saoulée à la tequila le soir de Halloween!

Un court moment, je me retrouve empotée, l'esprit en vrac et incapable d'aligner deux idées. Non, mais sérieux? Moi, séduire? Il n'a pas encore compris qu'il n'y a qu'en sa présence que je suis totalement désinhibée et que ma peau appelle seulement son désir à lui ? À lui putain ! Crétin de mec ! Alors oui, je pourrais le lui dire. Non, le lui répéter. Seulement, il est hors de question que je passe mon temps à gérer ses pétages de plombs. J'avoue que le côté Mister Hyde a quelque chose de sauvage et sexy, mais à condition qu'il ne bouffe pas sans arrêt Docteur Jekyll. Pour quelqu'un qui se dit obsédé par ce qui se grave sur ma chair, il n'a vraiment rien compris ! Je ferme les paupières, inspire un bon coup et quand je les rouvre, un sourire félin étire mes commissures. Parfait.

Je sais exactement quoi faire. Canaan, voici ta dernière chance…

D'une démarche que j'espère assurée, je me dirige à une table où papotent trois hommes d'à peu près mon âge. Sans me démonter, je m'installe à côté d'eux. Pile de façon que Can' puisse étudier mon visage. Trois paires d'yeux convergent comme une seule et même entité vers moi et j'ai soudain l'envie de me ruer dans les W.-C. Dieu que je déteste ça.

– Salut, les gars, dis-je, enjouée, en penchant la tête sur le côté.

Ma main droite s'infiltre subtilement – ou pas d'ailleurs – dans mes cheveux pendant que l'autre glisse sur la table, sous ma poitrine, pour la faire pigeonner un peu.

– Écoutez, je vais être directe. Je vous paie une tournée si vous me permettez de rester un peu avec vous. Et même une seconde si l'un de vous fait semblant de s'intéresser à moi.

Deux d'entre eux éclatent de rire pendant que le troisième en reste comme deux ronds de flan.

– Un pari ? réplique un brun aux yeux verts en se marrant.

– Même pas, grommelé-je. J'aurais préféré.

– Ah… donc tu veux rendre un mec jaloux, renchérit son pote au crâne rasé.

– Moui… et non.

Les trois plissent des paupières face à ma réponse évasive. Alors je leur explique en deux trois mots le pourquoi de mon plan incrust', sans toutefois rentrer dans les détails, mais bon… j'espère un peu ébranler leur petit cœur si je veux qu'ils m'aident.

– Tu vois? s'adresse le troisième au brun. C'est exactement pour éviter ce genre de problèmes qu'il faut toujours être honnête avec une fille! Faut pas t'attendre à ce qu'elles soient plus matures que nous, ce sont des légendes ça, mec!

Je pousse un cri indigné et lui flanque un coup sur son avant-bras, renversant un peu de la bière qu'il tient.

– OK. On accepte de t'aider, mais uniquement car nous sommes étudiants et donc fauchés, intervient le chauve.

– Vous êtes des amours, susurré-je en plaquant mon buste davantage sur la surface plane.

– T'en fais trop, *blondie*, se moque ouvertement l'un d'eux.

Un long soupir vide mes poumons pendant que je me rencogne contre le dossier de ma chaise.

– Je suis trop nulle avec ces jeux de séduction, avoué-je sans honte.

– Mais non, me répond l'étudiant aux yeux émeraude, faut juste… ne pas forcer les choses. Que ce soit naturel.

Mon regard le fusille lorsque ses doigts s'enroulent doucement autour de mon poignet.

– Relax, dit-il en éclatant de rire, tu veux donner une leçon à ton mec, non? Je joue juste le jeu. Promis.

Toutes mes cellules s'insurgent, mon sang semble sur le point de me renier si je ne retire pas ma main de la sienne. Toutefois, je ne m'exécute pas. Putain… et si c'était moi qui jouais à la conne là? Par réflexe, mon regard fend l'air jusque sur la piste d'où Canaan n'a pas bougé d'un pouce. Son corps entier est figé. Ses billes métalliques braquées sur moi. Une tige d'acier s'enfonce sournoisement dans mon bide. Me transperce.

D'un bond, je suis sur mes pieds. Mon regard chute sur les yeux verts qui me dévisagent. Un soulagement m'envahit car je n'y décèle rien. Pas même une petite goutte de désir. *Nada*. Je pourrais être vexée de ne rien lui inspirer, mais la réalité, c'est que je m'en cale.

– Tu viens? proposé-je au brun.

– Pour le jeu?

– Bien sûr pour le jeu!

J'ai l'air si affamée que ça, sérieux?

Mon expression franchement mauvaise lui soutire un ricanement, mais il consent à me rejoindre puis pose une main dans le bas de mon dos. Un frisson désagréable remonte ma colonne vertébrale et traumatise mes nerfs. Quelques minutes plus tard, nous sortons du bar. L'air frais n'apaise en rien le feu ravageant mon cœur. Je m'appuie un instant sur la devanture afin de reprendre mon souffle. Inutile. Chaque inspiration me broie la trachée.

Putain… il n'est même pas intervenu…

– Ça va aller? s'enquiert le brun. Ce ne serait pas plus simple que tu ailles le retrouver?

– Si, bien sûr que ce serait plus facile. Jusqu'à la prochaine fois. Et celle d'après et… bref, tu m'as comprise.

Il hoche la tête en silence. Puis demande:

– Et maintenant?

– Je vais appeler un taxi et rentrer. Et toi… si tu pouvais être mignon et attendre un peu avant de rejoindre tes potes. Histoire de crédibiliser le truc.

Je me redresse alors qu'il lâche un nouveau ricanement. Ce qui attise davantage mon agacement.

– Viens, je te ramène, lâche-t-il au bout de plusieurs secondes.

J'hésite. Mais un sourire bienveillant m'encourage à accepter sa proposition. De toute façon, je lui fais bouffer ses couilles s'il me touche. Vive maman et ses cours d'autodéfense obligatoires!

***

Une demi-heure plus tard, Mark, de son prénom, me dépose devant chez moi. Je lui donne quelques billets pour ses potes et lui afin de tenir ma part du marché puis le remercie.

– On dirait que ton petit manège a fonctionné, me dit-il alors en me désignant le porche de notre maison.

Mon cœur fait un bond puis un autre en découvrant en effet une silhouette assise sur les marches. Avant de repartir se morfondre lorsque je réalise que celle-ci n'est pas assez massive pour être mon tatoué. Abruti de mec !

Je m'extirpe du véhicule, salue mon nouvel ami lorsqu'il redémarre puis me dirige vers la porte. Mon ventre se contracte à nouveau, une boule d'angoisse le rongeant.

– Bonsoir, Max, fais-je en soupirant lorsque je suis à sa hauteur.

Il ne me répond pas, se relève lentement et… sans que je ne comprenne comment, m'attire dans ses bras.

40

Canaan

Les voix dures du groupe Paktofonika déversant leur rap agressif dans mes écouteurs, je descends l'escalier en terminant le cul sur la rampe comme lorsque nous n'étions que de sales gosses. Je ne pige pas un traître mot de polonais. Pas grave. Je n'ai pas pour vocation à ce moment précis de réciter du Baudelaire en réfléchissant au sens de la vie. Tout ce qui m'intéresse est d'accorder mon humeur sombre à ce rythme brut infiltrant le peu de mes neurones restés valides depuis ces dernières heures. Une fois dans la cuisine, je file au réfrigérateur et l'ouvre à pleine volée, si bien que la porte rebondit contre l'arête du mur adjacent. J'ôte une de mes oreillettes sans fil pour la coller dans la poche de mon pantalon.

– Eh merde… grommelé-je en examinant la paroi abîmée. Putain de karma !

– Faut dire que tu ne le soignes pas trop ces derniers temps.

Surpris, je pivote pour me retrouver face à face avec un Shilow au visage particulièrement indéchiffrable.

– Ton karma, précise-t-il sur un ton neutre. Bordel Can'… Faudrait penser à prendre une douche, mon pote. Et changer de jean. Il doit tenir debout tout seul là. Pense au shampooing aussi, c'est une invention que tu devrais vraiment tenter. Je sais bien que tu n'as personne dans ton pieu, mais t'empestes, conclut-il en chopant une Guinness qu'il décapsule à l'aide de son briquet. On dirait une ado prépubère devant son premier chagrin d'amour.

Il en tope une deuxième, réitère et me la tend. Le temps de siffler quelques gorgées en silence puis il enchaîne, se foutant de la grimace qui tord mon visage émacié par la fatigue.

– Ça ne te va pas au teint de déprimer, Canaan. Encore un peu et tu pourras faire concurrence au Grumpy Cat de Bart.

Les commissures de ma bouche frémissent puis laissent filtrer un ricanement grinçant.

– Tu donnes dans l'humour maintenant? Ça, c'est carrément flippant. C'est à force de te serrer ma sœur?

L'os de sa jointure saille, preuve qu'il se contient à grand-peine de m'en coller une dans les dents. Je suppose que je ne peux pas trop lui en vouloir. Au lieu de ça, il se cale les reins contre l'évier, boit une rasade avant de balancer d'une voix à peu près impassible.

– Et toi, tu deviens con. C'est à force de merder avec la blonde? Ou ce sont juste les gènes de ton paternel qui prennent le dessus?

– Tu sais ce que c'est? Hein… De tourner connard à cause d'une nana. Quoique. Toi, tu l'as toujours été.

Un rictus arrogant perce sur ses lèvres.

– En ce qui me concerne, ce n'est pas nouveau, non. Toi, en revanche… c'est de pire en pire.

Comme je ne réponds pas et me contente de picoler, il renchérit, vicieux:

– Dur de souffrir?

Si c'est dur? Ce terme me paraît tellement faible par rapport à ce mal qui pourrit mon sang, qui me bombarde le crâne. J'ai l'impression de crever. Que l'on me force à respirer pour mieux me plomber la gueule. Voilà ce que je ressens. Et encore, c'est au-delà. Je veux… je sens… Un soupir défonce ma cage thoracique. Pile là où Rwen s'est logée pour mieux me détruire. Je sais que j'ai encore déconné. J'ai déconné parce que j'ai 20 ans et la maturité émotionnelle d'un gamin de 3 ans. Et encore… Je vois large. Seulement, si j'ai joué et perdu, elle… Un frisson désagréable chahute mon épiderme. Transforme les lignes d'encre sur ma peau en un canevas d'ombres qui me dégoûterait presque.

– Tu sais ce qu'on dit, grogné-je, les artères saturées par l'amertume et la rancœur. *Love is a bitch.*

– Ce sont les mecs sans caractère qui réagissent aussi… passivement. Ceux qui n'en possèdent pas assez pour prendre leurs burnes à deux mains.

Je le coupe durement. Sans moi, ces conneries.

– Je l'ai mise au défi…

– Et elle l'a relevé.

Cette fois, c'en est trop. D'un revers, je balaie ce qui jonche l'îlot central de la cuisine. Tout ce qui s'y trouve s'écrase sur le sol. Les bouteilles de bière se brisent, de la bouffe se répand un peu partout sur le carrelage. Pourtant, il ne bouge pas d'un pouce, se contentant de terminer la clope qu'il a allumée.

– C'est bon? T'as fini?

– Elle s'est barrée avec un autre mec! beuglé-je tout à coup, aveuglé par la rage qui explose dans mon ventre. Elle s'est tirée! Elle m'a trompé et pour quoi?

Je shoote dans le saladier de fruits renversé, dominé par la colère qui me strangule.

– Pour vivre ce putain d'instant de merde?

Soudain, une voix légèrement éraillée intervient, éradiquant la violence qui danse entre mes tempes.

– Shilow a raison, assène ma sœur depuis le pas de la porte. Mais t'es con ou juste con en fait? Comment tu as pu croire que

Rwen – Rwen quoi ! – ait pu agir ainsi ? Je la connais depuis peu et même moi, je sais qu'elle en est incapable !

Coléreuse, elle effectue les quelques pas qui nous séparent et frappe mon front de sa paume comme pour m'obliger à comprendre. Pour une fois, c'est elle la plus dure de leur duo.

– Rwen ! insiste à nouveau Méléri. Si tu ne rattrapes pas tes conneries, c'en sera terminé, Can'.

Je chancelle, épingle son poignet quand elle s'apprête à me cogner une nouvelle fois. Elle a raison. Ma petite sœur de 18 ans a plus de jugeote que moi. Je vais la perdre. Je déglutis avec tellement de difficulté que ma pomme d'Adam râpe méchamment ma trachée. Je vais la perdre.

– Impossible, murmuré-je, plus pour moi-même qu'elle ou bien son mec qui me toise avec un demi-sourire.

– Ça ne dépend que de toi, crétin.

***

Une bonne heure plus tard, douché et en vrac, je suis devant chez elle. À m'anéantir les phalanges sur sa porte tellement je tape dessus. Cela dit, je suis prêt à me fracturer chaque os de mon foutu corps si ça veut dire qu'elle va… Le battant s'ouvre sur… Pas Rwen. Son mini-moi me fixe d'un œil insupportable de suffisance. C'est donc à ça que je ressemble quand je joue au mec qui sait tout de la vie ? Tranquille, elle s'accoude à l'encadrement, croise les bras… alors que je bouillonne. L'urgence rue entre mes côtes, se diffuse dans mes cellules affamées d'elle.

– Rwen, grogné-je, incapable de m'exprimer mieux tant je suis en train de crever sur leur putain de paillasson.

Elle ne bouge pas d'un pouce, se contente de hausser un sourcil.

– Lucille.

Hein? L'esprit en déroute, je ne capte pas de quoi elle essaie de me parler. Elle lève les yeux au ciel, lâche un soupir mortel et moi, je me retiens de la choper par les épaules pour la virer de mon chemin. Si je faisais ça, ma nana m'éventrerait à mains nues.

– M'en fous de ta Lucille, je veux Rwen.

– OK. Toi, homme, vouloir sœur de moi. J'ai saisi.

Son regard vert me fusille sans aucune indulgence.

– Maintenant, laisse-moi t'expliquer mon point de vue, le Français. Tu connais la série *Walking Dead*? me demande Cleo, ses doigts pianotant son maigre biceps. Un des persos, Negan, possède une batte avec du barbelé enroulé autour. Eh bien, je me verrais tout à fait te coller sa Lucille dans les couilles, figure-toi.

Malgré moi, un sourire s'épanouit sur ma ganache. J'adore cette gamine même si en l'occurrence, là, elle me fout les nerfs à vif. Je pourrais lui dire combien je suis dingue de sa sœur. Je pourrais lui démontrer qu'elle est à moi. Sauf que ce n'est pas ce que la gosse veut entendre. Alors je lâche la seule vérité qui existe en dehors du fait qu'elle m'appartienne.

– J'ai besoin d'elle.

Ses prunelles, couleur de lac, prennent une teinte plus douce et… désolée. La pitié que je lis dans le miroir de ses iris m'arrache un grondement du plus profond de mon sternum. Elle décroise les bras, se dandine, mal à l'aise, avant de fourrer ses poings dans ses poches et de lâcher dans un souffle:

– Elle est chez Max.

***

Je cours sur les quelques mètres séparant les deux maisons pour m'écrouler contre le panneau de bois blanc de la petite maison proprette et accueillante. Sauf que je n'ai qu'une envie. Celle de craquer une allumette. D'embraser la petite casbah proprette et accueillante. De la cramer du sol au plafond. D'arracher la palissade pour en faire un feu de joie. De…

J'ai le poing en l'air, prêt à jouer de la sonnette jusqu'à ce qu'elle rende l'âme s'il le faut, mais la porte s'ouvre sur la pire vision qui puisse m'empoisonner. Lui. Ce connard de Max dont les yeux pétillent, débordants de saloperie. Mes ongles s'enfoncent jusqu'au sang dans la chair de mes paumes. Les muscles bandés, je suis à deux doigts de me jeter sur lui pour…

– Canaan, me salue-t-il avec un rictus condescendant qui me file des pulsions de meurtre.

– Max. Elle…

Je n'ai pas le temps de terminer qu'il me tourne le dos sans plus se préoccuper de ma gueule. Comme si j'appartenais déjà au passé.

– Rwen ! Pour toi !

Avant que je me reprenne, elle apparaît. Rwen. Si… elle. Si belle. Si… furieuse. En dépit des cernes bistre qui soulignent ses prunelles, elle irradie. De rage. Je la sens s'enrouler autour de mes vertèbres en une masse de désir veiné de colère. Un ange déchu, si sexy qu'un frisson létal s'épanouit sur ma peau en manque d'elle. Sans réfléchir à quoi dire, ni comment la forcer à excuser cet énième écart, j'avance d'un pas. Qu'elle contre en rabattant la porte. Je n'insiste pas, la nausée aux lèvres, et tente un sourire qu'elle ne me rend pas, ses traits figés.

– Qu'est-ce que tu veux, Canaan ?

– J'ai…

– Tu as été un con ? Encore ? m'interrompt Rwen, une note sarcastique suppurant de sa voix douce. Et encore. Et encore.

– Je suis…

Une nouvelle fois, elle finit pour moi, me confinant dans les ombres.

– Tu es désolé ? Tu veux que je te pardonne ? Tu sais quoi, Can' ? Je te pardonne. Je te pardonne parce que grâce à toi, j'ai compris ce que je valais. Qui je voulais.

Je crois enfin voir le bout du tunnel quand elle me flingue. Encore.

– Et c'est Max. Il est venu me voir hier soir, m'a prouvé à quel point il tient à moi, qu'il ne veut plus de Maura et… Canaan, j'ai cédé. Tu vois ? Grâce à toi, je vis… un instant absolument parfait.

Il paraît qu'au fond du trou, on ne peut que remonter. C'est faux. Parce que là, à cet instant, je ne touche pas ce putain de fond. Au contraire… il se creuse toujours plus loin, toujours plus profond. À l'image du gouffre que Rwen vient de créer dans ma poitrine.

41

Rwen

Une main sur le battant de la porte refermée, l'autre crispée autour de la poignée, je ferme les paupières et inspire profondément. Du moins, j'essaie. L'air semble se transformer en verre pilé en pénétrant dans mes poumons et les paroles que je viens de prononcer brûlent encore mon palais. Je hais Canaan. À cet instant, je hais Canaan de me pousser à le blesser ainsi. Après une bonne minute, je me ressaisis et pivote. Max, appuyé sur une commode, me lance un regard sévère, les bras croisés.

– Je ne comprends pas, lâche-t-il alors que je lui passe devant.

– De?

– Pourquoi le traiter ainsi? Note que ça ne me dérange pas spécialement. Je dirais même que j'en retire une certaine satisfaction, mais je ne te reconnais pas là... Faire souffrir une personne gratuitement...

– Gratuitement? le coupé-je sèchement. Je me blesse en le blessant. Crois-moi, je le paie aussi cher que lui.

– Alors pourquoi?

– Il en a besoin... Il doit comprendre ce que ça fait d'être manipulé. D'user de chemins de traverse plutôt que de tout simplement parler. Abruti de mec.

Il arque un sourcil, enfonce ses mains dans ses poches.

– Il est clair que ton tatoué a besoin d'être remis à sa place. Il pue la suffisance.

Un sourire tendre naît sur mes lèvres. Seulement quelques heures et même sa « suffisance » me manque. Mouais, soyons honnêtes, l'assurance est quand même putain sexy lorsqu'elle est portée par quelqu'un comme Canaan.

– J'ai besoin de porter un coup fort pour qu'enfin il m'écoute. Et comprenne.

– Comprendre quoi ?

– Que même si c'est un abruti, je l'aime.

Un sourire évanescent me répond.

– Vous faites parfois flipper, vous les femmes. Te voir aussi… retorse bouscule beaucoup trop mes croyances, raille-t-il.

Avant que la souffrance chamboule les lignes de son visage. Si, hier soir, Max est venu me voir, c'est parce qu'il venait juste de rompre avec Maura. J'aurais franchement préféré ne pas en avoir connaissance. J'ai beau avoir tiré un trait sur ma cousine, il n'empêche que de la savoir seule à présent réveille d'anciennes blessures. Néanmoins, je prends sur moi de conserver tout ceci enfoui. Pour l'instant, j'ai d'autres priorités. Comme un loup à mater.

– Ça va aller, Max ? dis-je, incapable de m'empêcher de m'inquiéter.

– Ne t'en fais pas, Rwen. Je te remercie d'avoir passé la nuit ici pour qu'on puisse parler. J'avais besoin d'être certain que tout était clair entre nous à présent. C'est con, je sais que je n'ai rien fait de mal, mais je me sens tellement… Tu sais, à l'idée que tu aies pu penser pendant toutes ces années que…

– Stop, le coupé-je. Max, Maura nous a fait assez de mal comme ça. À nous de nous appliquer pour que notre avenir nous appartienne maintenant. Et ce ne sera jamais le cas si nous nous enferrons dans le passé.

Un voile doux-amer s'empare de son faciès. Parce que lui aussi souffre de sa rupture avec Maura. Et parce qu'il sait aussi à quel point mes paroles sont justes. Il se décolle de la commode puis son bras s'enroule autour de mes épaules et m'attire contre lui.

– Alors, qu'est-ce que tu attends? réplique-t-il en ricanant contre mes cheveux.

***

Lorsque je repars de chez Max, j'ai le cœur plus léger, mais aussi plus lourd. Clore un pan de sa vie est assez étrange, je dois l'avouer. À la fois excitant et dangereusement vertigineux.

Alors que je m'apprête à grimper dans ma voiture, l'ancien fiancé de ma cousine me hèle puis me rejoint d'un pas rapide.

– Rassure-moi sur un point, Rwen. Ton tatoué n'est pas... seulement con, hein?

Un rire franchit la barrière de mes lèvres.

– Putain si qu'il est con, mais... il est... tellement plus aussi.

Je ne m'étale pas davantage. Tous ces sentiments dingues, brûlants et contradictoires que m'inspire Canaan n'appartiennent qu'à moi.

– Pourquoi? demandé-je.

– Parce que j'aurais les boules de me dire qu'un connard est capable de te rendre heureuse.

Avant que je n'aie le temps de rétorquer quoi que ce soit, il se penche et murmure à mon oreille:

– Tu es rayonnante, non... tu irradies en fait, alors sois sympa avec lui quand même. Ne le fais pas trop galérer. Oh et...

Max se redresse, me toise d'un regard fier et présomptueux.

– … fais-moi plaisir, rappelle-lui que je t'ai eue le premier lorsqu'il recommencera à jouer au con. Ce sera ma petite vengeance après qu'il m'a cogné même si… j'aurais fait la même chose à sa place.

Cette fois, j'éclate de rire. Cette scène est juste… surréaliste. J'attends qu'il rentre chez lui et extirpe aussitôt mon portable de la poche intérieure de ma veste. Les fesses contre le capot, je compose le numéro de Méléri et attends qu'elle décroche :

– Tiens, ma chère et tendre belle-sœur, raille sa voix dans le combiné.

Je plisse le nez tant son timbre est menaçant, mais me retiens de tout commentaire.

– Tu as demandé à ton mec ?

– Bien sûr, répond-elle avec un soupir. Et t'as pas idée de tout ce que j'ai dû faire pour qu'il accepte de t'aider.

– Mouais, merci, mais je ne veux pas savoir. Sinon, je te jure que je t'expose en long, en large et en travers mes exploits avec ton frangin.

– Sans façon ! crie-t-elle presque avant d'ajouter en soupirant. C'est bon. Tu n'as qu'à passer à la maison pour les récupérer.

– Tu es un amour ! J'ai su à la minute où je t'ai vue que je t'aimerais ! réponds-je tout excitée.

– Bah voyons. Et t'as su à la minute où tu as vu Canaan que tu le boufferais, c'est ça ?

– *Nope*… que je le #Canaanerais, dis-je en me marrant. Bon, j'arrive. Je vais avoir besoin de toi pour un autre… détail.

42

Canaan

Du fin fond du coma dans lequel je végète, intoxiqué par les vapeurs d'alcool que mon corps entier exsude, j'entends la porte de ma piaule s'ouvrir. Des pas marteler le parquet sans s'arrêter devant mon lit pour filer à la fenêtre. Un éclair de lucidité fend ma raison fragmentée. J'extirpe un de mes bras de sous l'oreiller et le tends, impuissant.

– Non… geins-je d'une voix éraillée. Pas… Putain !

Cette fois, c'est un grognement sourd qui m'échappe au moment où une main peu charitable tire le cordon des jalousies. Le soleil se déverse dans la chambre et ses rayons semblent vouloir absolument cramer mes rétines. Je me redresse, mes paumes plaquées sur mes paupières fermées.

– Vas-y, bordel ! Tu veux que je devienne aveugle ou quoi ?

Je retombe en croix sur le matelas, roule sur le ventre puis fourre ma tête sous le coussin en faisant un vague signe au putois aux cheveux bleus qui a osé pénétrer dans mon sanctuaire.

– Barre-toi, la Schtroumpfette !

Au lieu de m'écouter, Méléri ouvre les battants pour permettre à l'air froid de l'hiver d'entrer.

– Non, mais t'as planqué un rat crevé ? Faut aérer, il y a tellement de relents d'alcool ici qu'on pourrait ouvrir une distillerie. Et interdiction de gratter une allumette, tu risquerais de faire sauter la baraque…

– Avoue. T'es née pour me casser les burnes, hein ?

Je rugis quand elle me répond en sautant sur mon dos sans états d'âme. Ses doigts pincent mes flancs tandis que ses lèvres se collent sur ma nuque en un « smack » retentissant.

– Je suis ta croix autant que tu es la mienne, *mister* Moufette. Et je te rappelle que, si tu as ruiné tes chances avec Celle-dont-le-prénom-est-banni-sauf-dans-les-délires-alcooliques-de-Canaan, ce n'est pas encore le cas de tes cours.

L'espace dans ma poitrine s'amplifie, foutant le peu de raison qu'il me reste sens dessus dessous à la simple évocation de… d'elle.

– Ne parle pas d'elle, sifflé-je entre mes mâchoires contractées.

– OK, je ne mentionnerai pas qui tu sais, chuchote Méléri avec douceur. Seulement… une victoire, ce ne serait pas du luxe, non ? Parce que mon pote, si tu es exclu de la fac, tu l'annonceras comme un grand à Keino et tu sais ce que ça veut dire. Aller simple pour Paris, travailler pour papa, vivre avec papa. En bref, respirer, bouffer et même chier quand papa t'en donnera l'autorisation.

Je vais la rembarrer sèchement lorsque, enfin, les rouages entre mes tempes décident de se remettre à fonctionner. En grinçant certes, mais tout de même. Elle a raison. Le chaos a beau régner en maître dans ma vie, il a beau avoir creusé un abîme que rien ne saurait combler, je ne peux pas me perdre plus. Quoique. Encore faudrait-il que ce soit possible. Le trou béant dans mon torse m'empêche de respirer correctement, mes poumons sont comme écrasés par… Je ne sais pas ce qui révolte le plus mes cellules. La haine ? Même pas. Je suis fou de cette nana, je ne peux pas la haïr. Pas vraiment. En revanche, la colère qui stimule ce vide, elle, existe bien et suinte. Quand je pense qu'elle a… qu'elle va… J'ai joué et perdu. Pour me baiser, ça, on peut dire qu'elle me l'a collé bien profond. Sa joue entre mes omoplates, ma cadette me câline comme elle le ferait avec un gamin en galère. Voyant que je ne réponds pas, elle renchérit.

– J'insiste, Canaan.

– Tu insistes ? répété-je, ironique.

Son index griffe la base de mon cou avec plus de sécheresse.

– J'insiste.

Elle se désincarcère et se remet à la verticale. Les poings sur les hanches, elle me surplombe, un sourire condescendant imprimé sur les lèvres.

– Debout, m'ordonne Méléri sur un ton impatient. Comme tu ne daignes pas allumer ton portable, le secrétariat de la fac – où tu es censé aller n'est-ce pas – vient d'appeler. Tu as une session exceptionnelle ce soir. Soit dans…

Elle consulte sa montre, les sourcils froncés.

– … trois heures. Apparemment, un artiste local a bien voulu vous donner une séance magistrale.

– Pas intéressé, râlé-je en rabattant la couette.

Faut croire qu'elle en a marre de me materner parce qu'elle se met à piailler et arrache les couvertures en se foutant de prendre de plein fouet mon cul nu dans les mirettes.

– L'affaire est entendue, monsieur la feignasse ! Debout ! Sinon j'appelle…

– Papa ? dis-je avec un ricanement en brandissant mon médius au-dessus de ma tête.

– Mmm. Non, j'appellerai maman.

Je me relève, exécute une espèce de roulade pas franchement convaincante pour m'asseoir et la fusille du regard.

– Ça, c'est petit. Très petit, vipère. C'est bon, j'y vais… T'as gagné.

– Je gagne toujours, tu devrais le savoir.
– Tant mieux, ça en fait au moins une. Moi, je ne fais que perdre.
Je balance mes jambes hors du lit puis me fous sur mes cannes en m'étirant. Cette fois, Mel se cache les yeux en hurlant, tâtonne pour choper mon oreiller et me le lancer à la figure.
– Can' !
Le coussin contre mon entrejambe, je me dirige vers la salle de bains en maugréant et me jette sous le ciel de pluie. L'eau glacée pique mon épiderme, mais je trouverais la douleur qu'elle engendre presque… reposante. À côté de ce mal que Rwen a bombardé, rien ne paraît pouvoir tenir la comparaison. Les paumes sur la faïence, je laisse le liquide me purifier de ce poison et le givre geler ce que je ressens pour elle. Voilà pourquoi j'avais toujours fait en sorte d'éviter de tomber dans ce piège. Parce qu'il ne s'agit que de ça. Un putain de piège. Avant que je réalise, mon poing s'écrase contre le mur, m'arrachant un grondement. Parfait. En plus de m'être amputé d'elle, manquerait plus que je me massacre un ou deux doigts.
Putain de karma à la con.

***

Assis sur une des chaises meublant la salle d'amphi en demi-lune, j'attends. La cheville gauche sur le genou opposé, mon carton à dessins à mes pieds, je pianote doucement sur ma cuisse. Je sors une cigarette, vais pour la coller au coin de ma bouche puis me rappelle où je suis et la coince sur mon oreille. Avant de la ranger sagement dans le paquet d'où elle provient. Mais qu'est-ce qu'ils branlent ? Le prof, l'invité mystère, les élèves… avec le pinceau dans la salle de cours. Un vrai Cluedo.

Les nerfs à vif, je me dandine sur le siège en plastique. Pire que si j'avais chopé des hémorroïdes. Classe et élégance… un vrai Bart en puissance. Lorsque les gonds de la double porte tremblent sur eux-mêmes, je ne tourne même pas la tête. Ni quand enfin des pas résonnent jusqu'à moi, me dépassent pour grimper sur l'estrade dédiée aux modèles. Soudain, une traînée de parfum indubitablement féminin me transperce le bide et le cœur d'une flèche sucrée. Sous ma peau, mes veines me donnent l'impression de se vider. Avec lenteur, je relève le visage pour me confronter au regard le plus étincelant que j'aie jamais vu. À quelques mètres et pourtant si lointaine, Rwen me fixe. Arrime ses immenses yeux verts aux miens pour ne plus les lâcher. Pour ne plus me laisser la simple possibilité de m'esquiver. Plantée au milieu de l'espèce de petite scène, elle joue avec mes nerfs. Et ma santé mentale, soit dit en passant.

Surtout ne pas s'affaisser.

Lisse de toute expression, je me rencogne contre le dossier. Mon bras replié sur l'arête de ce dernier, je soutiens son attention et laisse un sourire sardonique s'épanouir sur mon masque fragmenté. Il pue la suffisance. Sauf que cette fois, celle-ci est juste malsaine. À la hauteur de ce que son annonce de bonheur éternel avec l'autre mou du gland a créé sous mes lignes d'encre qui, désormais, ne sont plus que des fissures.

– Tu ne devrais pas être avec ton mec, madame Mou-du-bulbe ?

– Ce que tu peux être con parfois…

Un spasme nerveux agite ma joue. J'avale ma salive, le temps de me reprendre pour ne pas me montrer plus salaud, et souris en reprenant d'un ton sec.

– Qu'est-ce que…

Elle avance d'un pas, sa main se dresse à la verticale pour stopper mon élan.

– La ferme. Juste… la ferme.

Ses traits se froissent et moi, je me hais de la trouver encore plus sexy, ses griffes ainsi affûtées. Je me hais de l'avoir laissée me filer entre les doigts et suis encore plus en colère contre elle d'avoir réussi à me caler à genoux. Vindicatif, je vais l'envoyer chier quand, encore une fois, elle me devance. D'une voix douce, elle m'abat avec plus de force qu'un uppercut en pleine tronche.

– Tu as mal, Canaan?

T'as pas idée, mon cœur… Les mots se bousculent dans ma trachée. Pourtant, ils refusent de sortir. Aussi, je me contente de la scruter intensément, la bouche si pincée qu'elle ne forme plus qu'un pli fin.

– Dis-moi que tu as mal… rage Rwen, ses pommettes rougies. Dis-moi que je t'ai blessé.

Cette fois, je m'affaisse sur mon siège. Les jambes écartées, les coudes sur les cuisses, je me frotte le menton avant de joindre les mains pour m'empêcher de commettre une connerie. Comme de me jeter sur elle par exemple. Rwen n'est plus à moi – si jamais elle l'a été un jour –, elle est… Un feulement déchire mon torse lorsqu'une rafale d'images de son corps entrelacé à celui de l'autre connard fend ma vision.

– Tu crois quoi, ma poupée? J'ai adoré te servir d'instant en attendant de trouver mieux… répliqué-je, acide.

– Tu ne comprends toujours rien… dit-elle avec un soupir en lissant ses paupières pour mieux me harponner de nouveau. Rectification, tu ne veux rien comprendre. La nuance est subtile, cependant elle possède le poids d'une enclume en ce qui te concerne, Can'. Tu t'es enferré dans ce que tu prenais pour évident, pour acquis. Parce que tu es comme ça. Tu penses tout savoir. Il te fallait une leçon, Mister Hyde. Alors je te l'ai donnée. Je te la donne en ce moment même. Tu es là pour un cours de dessin, alors dessine, Sainclair. Il n'y a que de cette façon que tu m'entendras.

Sa détermination vient danser sur ma peau telles des ondes de feu. L'envie, le jeu explosent mes synapses, toutes gravées à son nom. Sans réfléchir, j'attrape mon carton, en extrais une feuille que je coince entre les élastiques de la pochette ainsi que mon crayon fétiche.

– Tu sais que je suis censé me faire la main d'après un modèle?

Mon ton moqueur lui arrache un haussement de sourcils clairement supérieur. Évidemment qu'elle le sait. Ma mâchoire manque de se décrocher quand, ses prunelles lumineuses enfoncées dans les miennes, elle se penche pour dézipper ses bottes. Le bruit de la fermeture qu'elle descend avec une langueur calculée agit sur mes muscles qui se muent en granit. Elle s'en débarrasse d'un mouvement fluide puis enchaîne en commençant à dégrafer sa robe noire.

– Heureusement que je suis ton invitée privée ce soir.

Quoi? Comment elle a réussi ce tour de force? La lumière s'allume soudain à presque tous mes étages. Qui a le bras assez long dans cette université grâce à son poste d'assistant? Qui a la plupart de l'administration dans sa poche si ce n'est le mec de ma sœur? Je comprends mieux pourquoi cette dernière a tant insisté pour que je décolle mon cul de la maison.

– C'est une conspiration, commenté-je avec un claquement de dents.

– Une intervention, corrige Rwen, ses bras croisés sur sa petite poitrine pour empêcher les pans de tissu de dévaler ses courbes. Une intervention anti-con.

Encore un soupir. La mine de papier trouve le vélin sous mes doigts. Trace un trait hésitant malgré moi. Puis un second, plus sûr quoique encore timide. Mon poing manque de casser le crayon quand son vêtement s'échoue en corolle sur le sol. D'un mouvement ample, elle délie ses cheveux blonds qui forment une cascade ensoleillée sur ses épaules fines. Un troisième coup de crayon sans même jeter un coup d'œil à ce qui naît sur ce satané Canson.

– J'ai dû te blesser comme je me suis blessée, moi. Par ta faute. Parce que tu n'es qu'un con. Parce que tu n'es pas capable de me parler. Et pire encore, tu n'es pas capable d'écouter. Regarde à quelles extrémités tu me pousses… dans quel piège je dois t'attirer.

Sous mes yeux, Rwen s'effeuille. Ses bas noirs dont elle fait claquer l'élastique avant de les rouler avec une assurance qui me scie le bide. Puis son soutien-gorge en dentelle noire qui glisse sur sa peau de lait. Mon poing se crispe lorsque ses seins se dévoilent, leurs tétons framboise dressés par le froid et, putain je l'espère, le désir qui crépite entre nous. Malgré la colère. Malgré la tension. Malgré elle, malgré moi. Je continue mon esquisse, dérape en une série de lignes sur le papier. Je me détache de l'ébauche de mon croquis pour me confronter à ce corps qui vole mon souffle. Qui pille tout pour se l'approprier.

– Qu'est-ce que tu vois sur ma peau ? Toutes ces lignes, elles représentent quoi à tes yeux ?

– Toi, mon cœur, soufflé-je, saisi, le crayon de bois dansant furieusement sur le papier.

Avec une profonde inspiration, elle introduit ses doigts sous son tanga. L'ôte avec une grâce qui part se répercuter dans la pointe griffonnant avec la rage de ce désespoir qui me crucifie.

– Tu n'as rien écouté lorsqu'on était dans ta chambre le soir du réveillon de Noël ? Tu étais là pourtant… Ce n'est pas ton pote, Eli, le voisin ou, tiens, le Père Noël que j'ai voulu sur ma chair.

La fragilité qui émane de Rwen renverserait n'importe quelle démonstration de force. Parce que c'est exactement ce qu'elle est. Non. Elle est tellement plus.

– Mais toi et seulement toi. Tu prétends me connaître… Tu penses réellement que j'aurais pu séduire un mec pour me le faire? Pire encore, que j'aurais laissé n'importe quel mec de passage me marquer? À vie en plus? À vie putain, Canaan!

Soudain, une chape s'abat sur mes épaules, raccrochant enfin ce que je me refusais de voir. Cette assurance, cette sensualité qu'elle dégage à ce moment précis…

– Tu as flippé parce que je parlais d'instants? Pourtant, je ne faisais que reprendre ta philosophie. La différence, c'est qu'à mes yeux, mes instants avec toi sont immortels. Et bordel, avec toi, je m'en carre du passé ou de l'avenir. Parce qu'après tout… le présent peut être infini, Canaan. La ligne du temps n'est qu'une succession de moments présents, de respirations profondes, de battements de cœur, de liberté. Et la liberté peut être partagée. Qui a dit qu'elle se vivait seul? Qui a dit qu'aimer équivalait à s'enchaîner? Je veux que… Je sais que nos libertés se confondent et se mélangent, Can'. Parce que sans toi, je ne suis pas libre.

J'ouvre la bouche pour répondre. Happe l'air qui me manque. Et reste muet. Focalisé sur ses paroles d'une part. Sur une putain de vérité de l'autre. Une vérité qui provoque une révolution sous la tempête qui m'assiège intérieurement. Les mots tournent en boucle, me lacèrent comme s'ils étaient bardés d'épines. Cette conviction qu'elle déploie… Ce désir qu'elle transpire… Ils lui sont instinctifs.

– Dis-le-moi, exige Rwen, impérieuse. Dis-moi pour quelle raison tu m'as poussée dans les bras d'un autre?

Une seule vérité. Une seule. Ce putain de soir, elle était… Rwen. Touchante, mais surtout embarrassée au jeu de la séduction. Mal à l'aise. L'opposé de ces vibrations qui me saccagent. De ces vagues brûlantes qui me bouleversent à cette seconde. Devant moi, sous mon regard, Rwen irradie. Parce que nous.

– Parce que je veux te l'entendre dire. Je veux que tu m'emprisonnes. Parce que sans toi, grondé-je en reprenant ses propres termes, sans toi, je suis tellement libre que je me perds.

– Soit, je vais te montrer alors…

Gracieuse et nimbée d'insolence, elle descend de l'estrade, marche jusqu'à se camper devant moi. Nue. Fière. Consciente du pouvoir qu'elle détient. Sa main se couche sur ma joue, sa peau que j'ai pris tant de plaisir à marquer de mon sceau prise de frissons.

– Je t'aime, Canaan Sainclair. Aussi con que tu puisses être. Aussi immature que tu puisses être. Même avec ta suffisance ô combien horripilante. Je t'aime parce que sous ton regard, je respire à pleins poumons. Sous ton toucher, je vibre, mon sang bouillonne et mon corps est transi d'une énergie si vive que je me sens invincible. Je t'aime parce qu'il me suffit d'entendre ta voix pour sourire et draper mon cœur d'un voile chaud. Je t'aime parce que… tu m'aimes assez pour que tes émotions passent enfin la barrière de ta peau et t'atteignent là.

Son autre paume se pose là où mon cœur bat si violemment qu'une nanoseconde, je suis persuadé que mon torse va s'ouvrir en deux pour le recracher à ses pieds en offrande.

– Canaan, je ne t'en voudrai jamais si parfois la colère t'aveugle, si tu as envie de tout brûler car quelque part, ce n'est qu'une preuve de ce que tu ressens pour moi. En revanche, tente encore une fois de me manipuler comme tu l'as fait et je te jure que tu le regretteras. Et pour te prouver à quel point je t'ai dans la peau…

D'un geste vif, elle ramasse ses cheveux sur son épaule puis se retourne. Mes iris balaient ses fesses en cœur, la cambrure prononcée de ses reins, savourent la délicatesse de son épine dorsale et là… Là, je bloque. Mes yeux sont proches de sortir de leurs orbites ou d'être pris de combustion spontanée. Tout comme mon sexe si dur qu'il m'en fait mal. Hypnotisé, je laisse tomber mon crayon, lâche la feuille de vélin sur laquelle j'ai croqué une tête de louve aux prunelles étincelantes. Presque chancelant, je me lève. Une langue de feu fouette mon sang quand, du bout des doigts, je frôle son nouveau tatouage. Le mien. Enfin, il n'est pas de ma main. Ça va bien au-delà. C'est moi qui suis dorénavant sur elle. C'est moi que Rwen porte en elle. Avec déférence, je frôle le #Canaanée gravé le long de ses vertèbres.

– Tu sais ce qu'il va se passer maintenant, mon cœur? demandé-je d'une voix sourde.

Je n'attends pas sa réponse. Vif, j'épingle sa nuque entre mes doigts, impulse juste assez de force pour la faire bouger. Elle renverse ainsi très légèrement la tête de manière que ma bouche trouve son oreille.

– Tu vas me #Canaaner? souffle Rwen avec un soupçon d'ironie. À moins que je te #Rwenise d'abord…

Je lâche un rire bas.

– Faut vraiment qu'on arrête avec ça…

Mes doigts refermés autour de ses cheveux, je l'oblige à pivoter. L'air grave qui fige mes traits est un parfait miroir de son propre visage. Seul le tressaillement de ses paupières m'indique à quel point elle est tendue. Ou bien encore sa poitrine haletante qui se soulève avec frénésie. Entre nous, l'instant nappe l'atmosphère. Le présent qui s'étire pour masquer le futur comme elle vient de me le démontrer. De l'autre main, je suis le contour de sa mâchoire avant de la harponner plus sèchement.

– Quand je t'ai vue… J'ai su que je te voulais. C'était fulgurant. Primaire. Presque… animal, grondé-je, mes yeux enracinés aux siens.

Je la relâche. Rien qu'une seconde. Ou deux. Le temps de m'incliner sur elle. Mes paumes sinuent sur ses flancs, dérivent sur ses fesses que j'empoigne durement pour la presser contre mon bas-ventre. Un geignement s'écoule de sa gorge, presque un râle qui décuple mon excitation. Il ne m'en faut pas plus. Entre nous, il n'existe rien de plus instinctif. Les mains contre l'arrière de ses cuisses, je la fais décoller. Ses jambes – ma putain d'obsession – se nouent sur mes reins alors que ses poignets se croisent, eux, sur ma nuque. La sensation de son corps nu sous mes mains – cette chaleur dingue qui émane de sa chair – avive le mien, me faisant vriller.

– Quand je t'ai embrassée contre cette porte… articulé-je de façon saccadée. L'envie est devenue un besoin. Vital. Il s'est mis à battre contre ma peau. Un second pouls prêt à foutre le feu dans mes veines.

Agile, je parcours les quelques mètres qui nous séparent de l'estrade puis grimpe dessus. Obnubilée par ma bouche qu'elle regarde avec ferveur, Rwen attend. Elle attend de savoir. De vivre cet instant déterminant pour notre avenir. Tout ce que je voulais qu'elle m'avoue, sclérosé par la panique, je le lis en ce moment même. Qu'elle ne me lâchera pas. Que je suis à elle autant que je la possède. Que demain, hier ou maintenant ne sont rien. Ou qu'au contraire, ils forment un tout qui nous appartient.

En suspension entre mes bras, Rwen se frotte contre moi. Ses ongles griffant l'arrière de mon cou, elle essaie de soulager la tension qui plombe son ventre. Ses courbes douces ondulent, effacent tout ce qui n'est pas elle. Lorsque mes tibias cognent le podium dédié au modèle, je balaie les pots de pinceaux d'un revers et l'y assois sans aucune douceur. Elle rebondit presque sur le Plexiglas, m'attire d'un mouvement lascif de nouveau entre ses jambes qu'elle positionne en verrou autour de moi. Ma bouche s'écrase sur ses lèvres, les affronte. Les morsures se transforment en effleurements fébriles. Les effleurements en caresses de plus en plus emportées, de plus en plus farouches jusqu'à ce qu'enfin elle consente à rendre les armes. Aussitôt, ma langue s'immisce, se fait velours puis s'enlace langoureusement à la sienne alors que mon pouce délaisse sa taille pour s'imprimer sur sa lèvre. La décharge qui me secoue n'est pas électrique. Elle est bien plus puissante et imprègne chacune de mes cellules en mal de cette femme. Je m'arrache de son baiser pour me planter au fond de ses pupilles si dilatées que leurs iris n'existent plus.

– Quand je t'ai tatouée… Putain Rwen, j'ai trouvé ma muse. Est-ce que tu comprends, toi aussi ? grogné-je, la fièvre ruisselant presque de ces lignes d'encre qu'elle caresse à travers mon tee-shirt. Est-ce que tu comprends à quel point cette révélation marque un artiste ?

Un sourire sauvage explose sur mon visage quand ses yeux s'écarquillent. Je recule d'un pas, attrape l'ourlet de mon haut pour m'en débarrasser. La canine piquée dans ma lèvre, je la couve d'un regard brûlant. Expert, je note chaque détail de son corps. Sa minuscule tache de naissance sous son nombril tandis qu'elle se cambre inconsciemment vers moi pour me rejoindre. Le galbe rond de ses hanches. L'ovale de ses seins menus aux tétons rougis et froncés qui me donnent envie de les croquer. J'attrape le ceinturon de mon jean, le déboucle et rabaisse mon pantalon sous mes fesses, dévoilant mon sexe aussi dur que de la pierre. En réponse, son ventre se creuse, avide. Affamé autant que je peux l'être.

– Canaan…

Sa voix écorche mes tympans. Si rauque, si… passionnée. Cruel, le désir crée le manque et le manque, la folie furieuse qui vibre sur ma peau. Aussi, je saisis ma queue et la fais coulisser lentement à plusieurs reprises en me coulant de nouveau entre ses jambes largement écartées. Je cille, durcis encore plus si tant est que ce soit possible quand je devine le voile humide de ses chairs. D'un mouvement brutal, mon bras libre s'enroule autour de sa taille pour la rabattre contre moi. Mon ombre la recouvre, elle me scrute sous la frange de ses longs cils. Un râle m'échappe quand la douceur de sa chatte frôle ma hampe. Mon membre en main, sans jamais dévier le regard, je survole son aine. Rwen est ma toile. Chacun de mes coups de pinceau doit être une caresse. Sûr de moi, sûr d'elle, je dessine avec mon sexe sur le sien. Effleure ses lèvres. Exécute des esquisses contre son clitoris, savourant les geignements qu'elle lâche.

– Quand je t'ai goûtée… j'ai cru devenir fou. Et puis, je t'ai eue. Enfin. Et là… et là, tu m'as baisé. En beauté, bébé. Pour ensuite te perdre.

Au moment où je prononce ces mots qui me déchirent l'âme, je m'enfonce enfin en elle. Si lentement que j'en crève. Centimètre par centimètre. Mes mains emprisonnant sa taille, je l'entrave. La tête renversée, ses paupières fermées et les lèvres entrouvertes sur un cri silencieux, elle est juste magnifique. Je me retire avec douceur et la retourne bien plus brutalement. Aussi tendre que brut, je la penche en avant. La paume en étoile entre ses omoplates, je lui écrase le buste sur la plate-forme puis la pénètre jusqu'à la garde d'une unique poussée qui décolle ses fesses.

– Quand je t'ai perdue, c'est moi que j'ai paumé, Rwen.

– Je sais… avoue ma douce dans un murmure langoureux.

Le cœur saturé d'un désir qui martèle mes tempes, je vais et viens entre ses chairs. M'électrise d'un plaisir absolument dément. M'enivre des cris qu'elle retient. De son corps qui s'allie au mien quand elle se démène entre mes doigts, claquant son bassin à la rencontre du mien. La fougue vissée au bide, j'ai la sensation de crever en contemplant son dos arqué, son profil qui, sa joue sur ses avant-bras croisés, me provoque. Et la vision du point de jonction de nos deux corps qui s'emmêlent avec une perfection frôlant le génie n'arrange rien.

– Je veux me tatouer sur ton corps.

– Il est à toi, halète Rwen dans un sursaut.

Tout à coup, elle se redresse, ses bras se jettent autour de mon cou pour se lier sur ma nuque.

– Sur l'indécence de ta chair, grogné-je, les doigts dans ses hanches.

– Elle t'a toujours appartenu elle aussi, Can'.

Mes mains englobent ses petits seins, agacent leurs pointes érigées tandis que j'alterne les coups de reins secs et langoureux.

– Sur tes seins. Entre tes cuisses.

Cambrée au maximum, son cul adorable contre moi, je ne sais plus qui prend qui. Qui est qui. Tout ce que je capte est… Tout ce que je saisis est qu'elle comble ce vide qu'elle a créé. Qu'elle seule en a le pouvoir.

– Ta peau est mon ancre.

J'ai à peine prononcé ces mots que ses muscles se tétanisent, étranglant mon sexe entre ses chairs. L'orgasme lui coupe les jambes, filtre d'entre ses lèvres en un long gémissement qui me fout à l'envers. Le cœur à vif. D'un geste rapide, je l'attrape par les cuisses et la soulève sans cesser de la pilonner. En confiance, elle s'abandonne contre mon torse, l'arrière de son crâne contre mon épaule. À mon tour, je jouis violemment, enroulé autour de ses courbes. Un frisson meurtrier court le long de ma colonne et vient irradier mes reins pendant que Rwen tangue entre mes bras. La foutue sensation de chavirer. Avec elle. Qu'elle m'aspire. La déflagration de plaisir qui me transit est si violente qu'elle m'emmène au seuil de la douleur. Ma bouche dans ses cheveux, je lâche dans un dernier murmure :

– Tu es mon oméga. Celle qui a su dépasser le maître. À moins qu'en réalité, l'élève ait toujours été moi… Parce que mon monde commence et terminera avec toi. T'es devenue ma meute, ma poupée. Mon putain d'instant infini. Je t'aime, Rwen.

ÉPILOGUE

Rwen
Cinq ans plus tard

– Rwen, grogne une voix à mon oreille, me sortant de ma léthargie, j'aime pas que tu t'endormes quand j'encre ta peau. Et putain, qui s'endort pendant un tatouage, sérieux ?

– Bah moi, grommelé-je. Puis m'engueule pas, je te rappelle que c'était ma première semaine au cabinet. Je suis crevée.

Une douleur irradie l'arrière de ma cuisse, pile sous ma fesse. Je grimace et Canaan chope ma main juste avant qu'elle ne se pose sur l'encre encore fraîche.

– Touche pas, maugrée-t-il.

Allongée sur notre lit, je me retourne doucement sur le dos, observe son visage sérieux pendant qu'il désinfecte puis enroule le haut de ma jambe dans un film transparent. Une fois sa tâche achevée, ses doigts attrapent mes genoux puis lentement me forcent à les écarter au maximum. Une lueur embrase ses iris alors qu'il les balade paresseusement sur la dentelle de mon string, mon ventre qui se contracte soudain, ma poitrine moulée dans mon soutien-gorge pour enfin s'ancrer à mes yeux. Peu à peu, ses traits fermés par la concentration s'effritent, s'animent, révélant un sourire indécent et sauvage.

– Canaan… dis-je, oublie ce que tu as en tête, on va être en retard.

Sa langue lèche le renflement de sa lèvre inférieure. Ignorant royalement ma remarque, il délaisse mon regard pour s'intéresser à la louve aux prunelles émeraude tatouée sur mon abdomen. L'ongle de son index en griffe légèrement les contours avant de chuter sur mon dessous. D'une douce pression, il m'envoie une décharge électrique qui affame aussitôt mon corps.

– Can', grondé-je cette fois.

Toujours sans accorder un quelconque crédit à ma mise en garde, il s'incline au-dessus de moi, son autre main juste à côté de ma tête. Sa bouche s'écrase sur la mienne au moment où ses doigts se glissent dans mon ventre. Mes reins se creusent, un arc enflammé lèche mon bas-ventre et je lâche un gémissement qu'il avale aussitôt. Il rompt ensuite notre baiser, sans pour autant s'écarter de mon visage. Au contraire, ses billes métalliques s'abreuvent des ondes de plaisir qui viennent éclater jusque dans mes yeux. Ses va-et-vient s'accélèrent, me torturent avec délice.

– Tu te souviens de ce que je t'avais dit sur le désir lors de cette soirée étudiante? murmure-t-il alors.

Je hoche la tête frénétiquement, trop polarisée sur la vague qui s'apprête à me déchirer de l'intérieur.

– Dis-le-moi, mon cœur, dit-il d'un ton impérieux.

– Que... le désir... appelle le désir, ahané-je en me rejetant en arrière.

Du coin de l'œil, j'aperçois son poing qui se convulse, chiffonnant les draps. Un râle révolté s'extirpe de ma gorge lorsqu'il se retire d'entre mes cuisses pour plonger ses doigts dans ma bouche. Son majeur s'enroule autour de ma langue, la caresse avant de tirer ma mâchoire sèchement.

– Exactement, ma louve. Et ce soir, je veux que la moindre de tes cellules me cherche, m'appelle et m'implore.

Ce petit con s'allonge ensuite sur moi, ondule outrageusement contre mon bassin puis se redresse. D'un bond, il est sur le sol, éclate de rire face à mes iris semblables à deux pics à glace tant j'ai envie de le tuer puis me balance d'un air faussement nonchalant :

– Magne-toi. On ne fait pas attendre Keino Sainclair.

Une demi-heure plus tard, j'attache mes cheveux en une queue-de-cheval lisse quand Canaan me rejoint dans la salle de bains. Les deux mains sur mes hanches, il pose son menton sur le sommet de mon crâne et se perd dans notre reflet. Habillé d'une chemise en lin blanc déboutonnée sur le haut, dévoilant ainsi ses tatouages, et d'un pantalon noir, il est à tomber. Une gueule d'ange salement dépravé. Ses cheveux en bataille retombent sur son front et soulignent davantage l'éclat incendiaire de ses yeux. Une chaleur crépite sur et sous ma peau, comme à chaque fois qu'il s'approche trop. Ou me touche. Ou se contente de me couver du regard. Ou… peu importe, sa présence à elle seule me rend toujours plus vivante.

– Pas trop stressé ? m'enquiers-je.

Un sourire rusé étire ses lèvres.

– Excité plutôt.

Canaan me fait ensuite pivoter et ses bras m'enferment contre son torse. Le nez fiché dans mes cheveux, il inspire à pleins poumons. Son index soulève mon menton, m'oblige à plonger dans la profondeur de ses prunelles.

– Tu es magnifique, Rwen.

– Menteur. Tu ne t'es même pas attardé sur ce que je portais, raillé-je.

– J'en ai rien à foutre de ta petite robe rouge ou même de cette guêpière que tu as enfilée dessous. Bon, OK, ce n'est peut-être pas vrai pour la guêpière, dit-il en se marrant. Je te connais, ma guimauve. Chaque petit centimètre de cette peau qui m'appartient. Chacun de tes sourires. De tes regards. Par exemple, je sais que là, tu hésites entre m'arracher mes fringues ou me faire payer de t'avoir laissée sur ta faim.

Un éclat de rire résonne entre nous lorsque, par vengeance, je plante mes ongles dans sa nuque.

– Tout ça pour dire que je sais à quel point tu es magnifique. Et ce, à chaque instant.

Ses lèvres viennent effleurer tendrement les miennes. Un frisson s'envole sur l'entièreté de mon épiderme et me ramollit au creux de son étreinte.

– Rwen, avoue… Tu l'as fait exprès de mettre cette fichue guêpière, hein ?

– Comme à chaque fois, Can'… si je finis frustrée, tu finis frustré.

***

Heureusement pour nous, le loft dans lequel nous avons emménagé il y a presque deux ans n'est pas loin de l'adresse où nous devons nous rendre. Une fois sur place, Canaan embrasse d'un regard fier la devanture du salon de tatouage. Enfin… salon de tatouage/salle d'exposition/bar. Ouais, tout ça. Le projet d'une famille entière. D'une meute particulièrement attachante et unie. Keino et Kat n'ont pas mis un an avant de revenir définitivement dans notre chère ville de Lawrence. Papa loup ne supportait plus d'être amputé d'une partie de son clan. Ce mec a beau faire parfois flipper, il voue un amour sans limites à ses gosses. C'est d'ailleurs pour cette raison, je pense, qu'il s'entend plutôt bien avec mon père, et ce même si les deux hommes sont aux antipodes l'un de l'autre. De temps en temps, il me confond même avec un de ses louveteaux. Keino a cet éclat dans le regard parfois. Un peu le même qu'a son fils quand il joue encore au con. Un mélange de colère vive et d'impuissance. Du coup, une scène où il recadre méchamment un serveur au resto parce que ce dernier a le malheur de me « sourire comme un clébard en manque » – dixit papa Keino – n'a plus rien d'exceptionnel… Famille de cinglés.

Je pose une tempe contre l'épaule de Canaan et contemple l'immeuble à mon tour. La haute façade en pierres blanches surmontée de néons noirs et violets nous fait face, une immense baie vitrée courant le long du rez-de-chaussée. Nous passons la porte d'entrée pour atterrir dans le bar à la décoration masculine et sobre. Du cuir, du bois brut et un zinc sur toute la surface. Si on n'était pas en centre-ville, je suis persuadée que cet endroit deviendrait le prochain repère d'une bande de *bikers*.

– Vous vous êtes perdus? grogne Keino en s'approchant de nous.

Il file un taquet sur l'arrière du crâne de son fils. Ce dernier râle puis se cache lâchement dans mon dos.

– Désolée, on est en retard, m'excusé-je alors qu'il s'apprête à ébouriffer mes cheveux comme il le ferait avec un chiot.

Je m'esquive en pouffant, lui rebalance Can' dans les pattes et m'empresse de rejoindre Kat derrière le bar.

– Ils me fatiguent déjà, dit-elle avec un soupir en m'enlaçant.

– Je te rappelle que tu vas bosser avec eux, raillé-je.

– Heureusement que je peux me débarrasser au moins de l'un d'eux le soir.

– Et compte pas sur moi pour le second, hein. Un borderline par foyer est grandement suffisant.

Elle grimace, chiffonnant ses taches de rousseur.

– Vilaine belle-fille.

Je lui adresse un sourire éclatant avant de l'aider la demi-heure qui suit à *checker* les réserves pour l'inauguration. Je rejoins ensuite Méléri et Shilow au premier, l'étage entier étant consacré à des expositions temporaires. Le couple est assis par terre, échappant ainsi à la frénésie qui grouille en dessous. Shilow parsème le cou de Mel de baisers tandis qu'elle fixe d'un air songeur un cliché de sa mère. Son mec lève son menton pour récupérer son attention et lui sourit. Oh putain ! Alors il sait vraiment sourire, lui ? J'arque un sourcil, mime de verser une larme avant de, sans un bruit, rebrousser chemin et abandonner le couple dans sa bulle.

***

Quelques heures plus tard, les lieux sont bondés de monde. L'ouverture de l'antre des Sainclair est un franc succès et certains sont même carrément venus se faire tatouer dès le premier soir. Je grimpe donc les marches qui conduisent au dernier étage afin de retrouver Canaan. Et là, je me fige à l'entrée du salon de tatouage en découvrant Keino en train de jouer du dermo sur le dos de mon père sous l'attention acérée de maman, de retour pour quelques semaines. Je cligne plusieurs fois des paupières, persuadée d'halluciner. J'ai trop bu ! C'est sûrement ça ! Putain de tequila.

– Papa !

Les trois pivotent leurs visages vers moi.

– Rwen, bouge, gronde Keino. Je n'aime pas que l'on soit dans mes pattes.

– Mais…

– Ma fille, lance maman avec un petit rire. Tu veux bien laisser les grandes personnes entre elles, s'il te plaît ?

Outrée d'être rabrouée telle une gamine, je pousse un couinement offusqué. Un bras s'enroule alors autour de ma taille pendant qu'une main ferme la porte, m'occultant l'image la plus bizarre que j'aie pu voir.

– Mon cœur, si tu tiens à la vie, n'entre jamais dans cette pièce quand mon père y est, fait Canaan en ricanant.

Encore perturbée par la scène à laquelle je viens d'assister, je le laisse m'entraîner vers la seconde salle de tatouage. Celle de

Can'. Je l'entends fermer à clé dans mon dos, mais ne réagis pas immédiatement. Comme à chaque fois que je viens ici, je suis subjuguée par ce qui orne les murs. Des peintures de Canaan et son père. Des loups hurlant sur une montagne sous une lune resplendissante. Des lignes sombres, pures et sauvages. Un peu à l'image de cet autre animal qui me dévore du regard lorsque je me retourne sur lui.

– Enlève ta robe, bébé.

Je penche ma tête sur le côté et me recule jusqu'à buter contre un fauteuil en cuir. Mutine, je n'émets pas un seul son, n'obéis pas non plus et me contente de le défier en silence. La carrure de Canaan semble se déployer sous mes yeux. L'air se raréfie, aspiré par son magnétisme ardent qui se répercute jusque sur ma chair. Et pourtant, c'est là, sous le joug de sa présence, que je respire profondément. Lentement, il comble la distance, attrape le bas de ma robe et me l'ôte. Ses prunelles azur chutent sur ma tenue, me détaillent sans une once de pudeur, ravagent mon sang d'une traînée brûlante.

Sa main s'étale ensuite sur ma gorge puis m'attire dans un baiser passionné. Lorsqu'il paraît enfin rassasié de ma bouche, Canaan me retourne et incline mon buste en avant. Les deux paumes sur le dossier du fauteuil et les genoux sur l'assise, je me cambre quand il s'amuse à tirer sur la dentelle de mon shorty afin d'exercer une pression sur mon clitoris. Je le sens se baisser derrière moi, et un gémissement s'extirpe de ma gorge au moment où sa langue suit la couture de la dentelle pour s'enfoncer entre mes chairs. Mon bassin ondule, soudain déchaîné, en quête de plus. Can' se met carrément à rire entre mes cuisses, puis sa main fouette ma croupe. Un courant d'air le remplace alors et traumatise mes cellules.

– Je voulais juste vérifier que tout était OK avec ton tatouage.

Cette fois, un grondement vibre sous ma poitrine. Un truc menaçant, à la Keino les soirs de pleine lune. Je me rassois et bombarde mon abruti de mec d'une œillade acérée.

– Ça t'amuse ?

– Je jubile face à mon prochain shoot, ma louve.

– Ton prochain shoot ? Tu aimes tant que je t'insulte ? Ou que je t'émascule ? Parce que c'est ce qui va finir par arriver si tu continues. Petit con.

– Ton indécence, Rwen. Voilà à quoi je me shoote. Au goût de ta sensualité. À ton parfum outrageusement délicieux sur ma langue. À toi, ton corps, ton âme.

– Tu m'agaces quand tu utilises tes phrases de poète dépravé pour m'avoir.

Sa tête part en arrière alors qu'il éclate de rire. J'ignore quel est le pire. Qu'il sache comment me faire fondre ? Ou que je tombe dans le panneau à chaque coup ?

Une fois prêts, nous descendons ensuite au rez-de-chaussée. Je bifurque aussitôt vers le bar tandis que Canaan est happé par un client désireux de prendre rendez-vous pour une séance d'aiguille. Je rejoins Méléri qui officie derrière le zinc avec sa mère, son mec et Cleo installés devant elle. Tout à coup, une voix grave s'élève dans mon dos.

– Bah voilà… Parti depuis à peine cinq mois et déjà gommé de ton cœur…

Je lâche un cri excité et bondis sur mes jambes pour me ruer sur mon meilleur ami. À peine son diplôme en poche, Eli a migré à New York et, même si je suis heureuse pour lui, New York reste… loin, trop loin. Alors bien sûr, nous pouvons nous parler plusieurs fois par semaine, mais il n'empêche. Il me manque affreusement. Son rire, sa bonne humeur immortelle, ses conseils… ses câlins aussi. C'est sûrement pour cette raison d'ailleurs que je suis littéralement en train de l'étouffer entre mes bras.

– Rwen, moi aussi je t'aime, mais je peux à peine respirer là.

– Rien à foutre, je ne te lâche pas. Et je mords le premier qui tente de m'éloigner de toi. Je suis si heureuse de te voir, putain.

– Je n'aurais manqué ça pour rien au monde. Même pas pour Beyoncé nue dans mon pieu. Bon, faut pas pousser quand même…

Au bout de quelques minutes de tout et absolument n'importe quoi, je lui permets de se libérer de ma prise de catcheuse afin qu'il puisse s'asseoir à côté de ma sœur qui, aussitôt, se branche en mode survolté. D'une oreille distraite, j'écoute ma frangine le mitrailler de questions sur sa vie dans la Grosse Pomme. Cleo rêve d'y habiter, ce qui ne me plaît pas du tout, mais malheureusement, séquestrer une personne, même sa petite sœur, est toujours interdit par la loi. Au bout d'un moment que j'estime raisonnable, je capte l'attention de Shilow et pose enfin la question qui me brûle les lèvres.

– Au fait… des nouvelles de Bart?

Cela fait maintenant près de cinq ans que Bart a totalement disparu des radars, comme une ombre qui n'aurait fait que traverser nos vies. Seul Shilow a plus ou moins gardé contact avec notre geek et j'avoue, à mon corps défendant, que cet abruti a laissé un grand vide derrière lui.

– Ouais, répond-il, clairement à contrecœur. Il va… bien. À la Bart quoi. Complètement emmêlé dans ses conneries.

Je m'abstiens de poursuivre en constatant sa mine assombrie. Après tout, ce n'est ni le lieu ni le moment. Je préfère me concentrer sur ce qui constitue notre vie désormais. Tout à coup, une main s'enroule autour de mon poignet afin d'attirer mon attention. Un sourire se plaque aussitôt sur mon visage.

– Max!

Celui-ci embrasse ma joue avant de prendre place avec nous.

– Alors ce nouveau boulot? lui demandé-je. Raconte-moi!

Tandis qu'il entame son récit, je croise les yeux révulsés de colère de mon loup. Oups. Un peu plus et je pourrais presque sentir ses crocs contre mon flanc tant il me poignarde du regard. Mon ex-voisin et moi avons conservé un certain lien depuis sa séparation d'avec Maura. Un léger pincement tyrannise mon cœur en pensant à cette dernière. Si je continue de la croiser de temps à autre lors de réunions de famille, nous sommes devenues des étrangères. Il ne pouvait en être autrement. Pour notre bonheur à toutes les deux. Je sais qu'elle a un travail qui lui plaît, un copain qui prend soin d'elle et c'est tout ce que je veux connaître de sa vie dorénavant.

Le seul revers que provoque cet embryon de relation amicale avec Max est qu'il m'a valu un nombre incalculable de prises de tête avec Can'. Parce qu'après tout, Canaan reste Canaan. Un animal au sang chaud avec son côté sombre. Il a beau ne pas douter un instant de mes sentiments à son égard, certaines fois, ses instincts prennent le pas sur sa rationalité. Il a toujours tout vécu pleinement, à fond et sans se retenir. L'amour ne fait pas exception à sa règle. Quand tout crame sous la surface, eh bien... il explose. Et j'avoue avoir de plus en plus de mal à lui en vouloir. Au contraire, plus il m'aime, moins il se retient. Et plus je l'aime, plus je réclame ces instants-là.

***

À peine sommes-nous rentrés au loft que l'atmosphère devient soudain plus épaisse, se chargeant d'électricité. Une étincelle et Canaan prend feu. Je me réfugie dans la salle de bains, retire ma robe et... me transforme en allumette.

– Canaan? Tu crois que ça lui aurait plu?

Il me rejoint, se poste dans mon dos, me transperçant à travers notre reflet.

– De quoi tu parles?

– Bah de Max. C'est bien à lui que tu penses là, non?

Son visage se fige…

– Je me demandais, insisté-je. Tu crois qu'il aurait aimé mes sous-vêtements?

… avant de se muer en quelque chose d'obscur et menaçant. Ses doigts s'incrustent méchamment dans mes hanches pendant qu'il gronde :

– Tu joues à quoi au juste?

– Je suis certaine que oui, poursuis-je en l'ignorant. Dommage qu'il ne soit pas là… Comme toutes ces lignes sur ma peau, tu crois qu'il aurait pu me les graver?

Je fais mine de m'examiner sous toutes les coutures, malgré ses mains convulsées sur moi. Mes yeux s'abreuvent de tous les entrelacs noirs, multicolores, qui couvrent une bonne partie de mes jambes, mes bras, mon ventre ainsi que mon dos. Tous de la main de Canaan si ce n'est mon hashtag. Qui d'autre en même temps? Parfois, il peut rester des mois sans rien me tatouer, et parfois, il est pris d'une telle frénésie qu'il se passerait de dormir ou de manger juste pour pouvoir encrer ma chair.

Tout à coup, il m'oblige à faire volte-face. Sa lèvre supérieure se retrousse de colère. Disons que là, je viens de toucher un point sensible.

– Oh, et tu penses que le #Canaanée, je peux le remplacer par…

Ses lèvres se plaquent brutalement contre les miennes, avalant le reste de mes mots. Sa langue m'envahit avec férocité, passion et abandon.

– Je ne te laisserai pas terminer, siffle-t-il avant de s'emparer à nouveau de ma bouche. Je sais ce que tu fais, Rwen, mais il est hors de question que tu termines cette phrase.

Je me hisse contre lui, enroule mes jambes autour de sa taille et d'une pression contre ses fesses, je l'oblige à pivoter légèrement.

– Regarde, intimé-je en désignant le miroir. T'as vu ? Elles sont à leur place, Canaan. À te garder captif pour le reste de notre putain de vie. Alors arrête de...

– Jouer au con ? répond-il en ricanant. Impossible, mon cœur. Tu aimes trop ça.

Merde, je suis grillée sur ce coup.

Canaan se marre face à ma moue boudeuse de gamine prise en flagrant délit puis me pose sur le meuble de la salle de bains. En dardant sur moi un regard licencieux, il déboucle sa ceinture, baisse son pantalon ainsi que son boxer sous son cul et se glisse entre mes cuisses.

– Ne t'inquiète pas, mon petit oiseau de paradis, susurre-t-il à mon oreille. Je te promets de jouer au con encore et encore. Comme cet éclat pernicieux de pur désir que je lis dans tes yeux, je te le promets également. Et ce putain d'incendie qui me retourne le bide pour tout brûler sur son passage quand je te regarde... ça aussi, je te le promets, mon cœur... jusqu'à ce que la machinerie ne soit plus en état de fonctionner. Et encore... je trouverai toujours le moyen de te #Canaaner. Je suis plein de ressources dès qu'il s'agit de toi et de tes jambes autour de ma taille.

D'un geste vif, il écarte le tissu de mon dessous et me pénètre si lentement que je le sens s'approprier la moindre de mes cellules.

– Juste un instant, Canaan, gémis-je en creusant les reins.

– Un instant, ma poupée. Un seul. Infini.

Fin

REMERCIEMENTS

Un immense merci à vous d'avoir suivi l'histoire de Rwen et Canaan, d'avoir partagé tous ces instants avec eux, au gré de nos mots et de leurs maux.

Comme nous ne pourrons jamais citer tout le monde, de peur d'en oublier (ou de devoir écrire des remerciements de cent pages), nous serons concises.

Nous tenions à vous remercier tous (peut-être) et toutes. Merci aux lectrices anonymes, à celles qui nous suivent via les réseaux, à celles qui nous portent, à celles qui ont pris une place dans notre vie de tous les jours... Merci d'avoir pris le temps de découvrir cette histoire chère à nos deux cœurs conjugués. Rwen, Canaan et leur bande sont une partie de nous et nous éprouvons une tendresse particulière pour eux. Alors oui, merci de prendre soin d'eux maintenant qu'ils sont entre vos mains.

Impossible, en revanche, de ne pas parler de nos merveilleuses bêtas : Ci et Emi. Nos piliers, notre autre quatre mains si précieux. Les filles, vous nous portez à chaque histoire, chaque paragraphe, chaque ligne... Sans vous, chaque aventure aurait beaucoup moins de saveur. Vous êtes notre Nutella dans notre goûter, notre beurre de cacahuète devant *L'Arme fatale*, le sel dans notre pop-corn (oui, le pop-corn se mange salé !), le piment doux, parfois fort, de nos instants d'écriture. Bref, on vous *love* de tous nos biiiiiiip...

Pour terminer, nous tenions à remercier les éditions Addictives pour leur confiance ainsi que notre éditrice, Maud, pour sa patience face à nos « légères » digressions.

Notre bande de doux dingues est entre de bonnes mains à présent. Nous espérons vous avoir #Canaanées !

À bientôt pour de nouvelles histoires !

Izia & Soley

Extrait

THE INITIATION

Erin Graham

PROLOGUE

Divya
Quelque part en France, il y a cinq ans

Ma chambre s'illumine en même temps que Lochan y fait irruption, m'extirpant brutalement de mon sommeil.

– Div, réveille-toi, on y va…

Je relève une tête encore ensommeillée de mon oreiller, essayant de me cacher de la lumière agressive du plafonnier avec les mains.

– Quoi ? On va où ?

Mon frère ouvre mon placard, en sort mon sac de voyage et le remplit précipitamment des premiers vêtements qui lui tombent sous la main.

– Il faut qu'on parte, Div, et vite.

Je baisse mes mains et tente un *focus* sur lui.

– Mais pourquoi ? Qu'est-ce qu'il te prend ?

Il pose mon sac en soupirant, attrape un jean et un T-shirt restant sur une étagère, et vient les poser devant moi. Dans un effort visible pour calmer ses ardeurs incompréhensibles, il se gratte la tête avant de m'expliquer :

– Notre cher père… Il a compris, Div…

Cette fois, il m'agace…

– Loch, soit tu me dis clairement les choses, soit tu me laisses dormir. Qu'est-ce qu'il t'arrive ?

– Il a compris, Divy ! Je l'ai entendu au téléphone en début de semaine, il a un accord avec un agent pour proposer tes « services »…

Je le regarde, perdue. Soit c'est le réveil en fanfare qui ne me réussit pas, soit, et mon choix premier irait plutôt vers cette explication, il a encore trop fumé ou bu ou les deux et, cette fois, il est complètement ravagé. Il sonde mes yeux pour y voir, certainement, un néant total, aucune réaction, le vide absolu… Je ne suis déjà pas du matin, alors à… mon téléphone indique 3 h 18… Donc à 3 h 18, inutile de me demander quoi que ce soit. Il soupire encore, avant de reprendre son explication sur un ton proche de l'adulte qui essaye de parler à une enfant de 2, voire 3 ans en étant large :

– Si tu ne viens pas tout de suite avec moi, le daron va te vendre à une élite à la con en manque de bien-être, Divy !

– Oh !

Je me redresse dans le lit.

– Oui « oh » ! Et je ne le laisserai pas faire, tu peux me croire…

J'ai du mal à remettre tout en place mais je commence à comprendre. Oui, je sais, parfois, je suis un boulet. J'extirpe mes jambes du lit doucement.

– Mais grouille-toi, merde ! Je crois que tu ne captes pas tout, là !

Je hausse les épaules.

– Et pourquoi on n'en reparlerait pas demain ? Avec lui ?

– Putain, tu fais chier, faut vraiment tout te dire !

Il me tend sa main. Je la fixe un moment, sans bouger…

– Div…

Je l'interroge du regard. Il m'encourage à glisser mes doigts entre les siens. J'ai confiance en lui. Une confiance aveugle. Je lève ma main et la pose sur la sienne.

Je suis projetée dans son esprit… Tout est en ébullition, c'est le bordel là-haut mais, ça, ce n'est pas un scoop. Lochan a toujours été un peu brouillon niveau cerveau… Étant habituée à son désordre cérébral, je trouve rapidement ce qu'il tente de me faire comprendre :

Je vois de la noirceur. Pas émanant de lui, non, il est et restera, au contraire, une belle lumière qu'il faut que je suive justement car les ténèbres, je les vois ici, dans cette maison… Un sentiment désagréable de mal-être plane sur nous… OK, je lui fais confiance.

Il m'extirpe de ma transe en retirant sa paume de la mienne.

– Allez, c'est bon, ça suffit. Il faut que tu restes lucide. On y va ?

Je hoche la tête, encore embrumée, cette fois, par mon trip cerveau.

– Oui, si tu es sûr de toi…

Il attrape mes bras et me pose sur mes jambes.

– Oui, je suis sûr. Maman et moi, nous ne voulons pas qu'il te fasse ce qu'il lui a fait à elle. Tu veux finir aussi complètement siphonnée ?

– Oh… et maman ? On ne peut pas la laisser là !

– Elle est en sécurité là où elle est, Div, il ne peut plus l'utiliser. Toi, par contre, oui, et je ne le permettrai jamais. C'est elle qui me demande de t'emmener loin d'ici, alors tu viens avec moi. J'ai changé mes billets d'avion, nous prenons le premier vol dans quelques heures. C'est maintenant ou jamais, il est en train de cuver son cognac dans le salon, il n'entendrait pas un avion s'écraser dans le jardin. Habille-toi, je vais chercher ton bordel dans la salle de bains.

Je retire mon débardeur en continuant de le questionner pendant qu'il fait littéralement dégringoler mon petit matériel d'adolescente coquette dans un sac en plastique.

– Les États-Unis ? Tu veux m'emmener ? Mais pourquoi ? Qu'est-ce que je vais faire là-bas ? Je dois avoir 8 en anglais, je suis nulle, et puis…

Il réapparaît sur le seuil de la porte qui mène à ma salle de bains.

– Et puis quoi, encore ?

– Je ne suis pas majeure, je ne passerai jamais les douanes.

– Tu paries ? Maman a signé tout ce qu'il y avait à signer.

Je boutonne mon jean.

– C'est-à-dire ?

– Tes papiers sont en règle, je suis ton tuteur.

– Oh !

Il semble irrité.

– Est-ce que tu peux arrêter avec tes « oh » débiles ? T'es prête ?

J'attrape ma veste en jean, un sac à dos, y fourre tout mon petit univers, photos, journal intime, les deux livres que je me suis achetés hier et le foulard de maman. Il attrape ma main et me tire vers le couloir, sans attendre. Nous dévalons l'escalier et nous nous arrêtons sur la dernière marche. Je tends la tête vers le salon, notre père s'y trouve effectivement, allongé sur le canapé, les mains sur le ventre, la bouche ouverte, ronflant comme un scooter trafiqué. J'agrippe le bras de mon frère.

– Tu crois qu'il dort ?

Loch se retourne vers moi, le sourcil levé ironiquement. Bon, d'accord, question quelque peu stupide. Je lui adresse un rictus désolé, il hausse les épaules et m'entraîne jusqu'à la porte d'entrée.

Un taxi est déjà devant l'allée de notre petit pavillon. Il m'ouvre la portière mais je m'arrête. Nous ne pouvons pas faire ça. Il m'interroge du regard.

– Maman. Il faut que je dise au revoir à maman. Quand reviendrons-nous ?

– Div, maman sait que tu l'aimes et elle t'aime aussi, c'est pour ça qu'elle veut que tu partes. Pas besoin d'être à son chevet pour qu'elle sache que nous l'aimons. Et elle est en sécurité au centre, il ne peut plus rien tirer d'elle, par contre, il peut t'utiliser, toi. Donc, grimpe dans ce taxi, c'est un ordre de maman.

Je secoue la tête.

– Quand reviendrons-nous, Lochan ?

– Je ne sais pas, quand il aura compris que tu n'es pas un objet ou quand il sera mort. Encore une fois, je te répète les propos de notre mère.

J'écarquille les yeux, prête à rétorquer, mais il me devance et lève sa main droite au niveau de son épaule.

– Il ne mourra pas tout de suite bien que franchement ça ne me dérangerait pas plus que ça… Mais pour le moment, Div, monte dans ce taxi…

– Ne dis pas des trucs pareils, Lochan !

– Oui, oui, allez, grimpe !

Je m'installe sur le siège pendant qu'il charge mon sac dans le coffre du véhicule. J'adresse un signe de tête au chauffeur, mon frère me rejoint sur la banquette et le taxi démarre. Je m'agrippe au rebord de la portière, le nez collé à la fenêtre, regardant la maison s'éloigner doucement. Je n'ai pas encore tout compris, j'ai simplement, comme d'habitude, fait confiance à Lochan. Qui dit obéir à maman. Mais est-ce qu'ils ont vraiment toute leur tête ? M'emporter dans ses bagages pour aller vivre son rêve à lui… Je me demande si je ne viens pas de commettre la plus grosse boulette de ma courte existence…

Ses doigts frôlent ma paume, ouverte sur ma cuisse. Et ce simple contact me réconforte. Sa chaleur et son aplomb me rassurent. Je dois lui donner la confiance qu'il réclame implicitement.

Je hoche la tête et baisse les yeux pour ne plus voir la maison qui, de toute manière, n'est presque plus visible à présent. Et je tremble. Il attrape mon cou et me force à me coller à lui. Je l'enlace alors qu'il embrasse mes cheveux. Confiance… OK, frérot… On va tenter ça… Je réfléchirai après…

1

Maël
L.A., Californie, aujourd'hui

« Take a look in the mirror,
And what do you see. »[1]

– Merci à tous d'être venus fêter avec nous cette fin de tournée… Et n'oubliez jamais… Les Dark Skeletons vous kiffent, les mecs ! Et mesdemoiselles aussi, bien sûr.

J'écoute le speech habituel de Deaclan accueilli par les ovations du public. Il m'adresse un signe du menton et c'est reparti. La dernière. J'active mes doigts sur le manche de ma basse en m'approchant de mon chanteur de pote sur le devant de la scène. Il passe sa main sur mes épaules, offrant ainsi l'image habituelle des vestiges du *line up* originel du groupe au public déchaîné. Le morceau que j'ouvre, « Decadence », est notre premier tube. Celui qui nous a amenés jusque-là… Nous sommes les seuls rescapés de sept ans de tournées, d'albums et de défonce. Le reste du groupe s'est greffé au fil des départs. Aujourd'hui, nous sommes au top, musicalement parlant, les meilleurs s'étant rués sur les postes délaissés au fil du temps. La rançon du succès en quelque sorte. Tout le monde veut être un Skeleton. Ils ont raison, c'est le pied ! Ahhh, ironie quand tu nous tiens ! Je ferme

1. « Regarde dans le miroir / et qu'y vois-tu ? », « Human », Rag'n'Bone Man. Crédits : Rory Charles Graham / Jamie Hartman / Askia Fountain.

les yeux et laisse les derniers effets de la came m'emporter un peu plus haut, grâce au bourbon que je viens de me descendre. Je suis complètement défoncé. Tant mieux. Cette tournée commençait à me sortir par les yeux.

Deaclan entonne ses paroles pendant que je m'approche du bord de la scène. Des mains agrippent mes chevilles… Public en folie, Maël se laisse toucher. Youpi ! Allez-y, les filles, vous n'aurez rien d'autre… Je laisse ma basse jouer toute seule ce morceau tellement ancré en nous. Dans le coton de mon esprit, je m'envole loin d'ici, je rentre chez moi et je le laisse enfin s'apaiser. Il n'y a que là que je peux le faire… Perché comme jamais, loin du monde. Le morceau arrive à sa fin sans que je ne l'aie vu passer. Une main tire sur le bas de mon froc. Je me laisse aller sans me retenir et bascule dans le public. J'atterris sur les têtes, ma basse en vrac s'écrase, elle aussi, sur certains crânes, mais tout le monde s'en fout apparemment ! Les doigts passent sur moi, je me laisse entraîner au milieu du public, dans une indifférence la plus totale. Je n'en ai rien à foutre. C'est une attitude nulle, je le sais très bien. Ces nanas me vénèrent, elles ne se laveront pas les mains avant longtemps, vous pouvez me croire. Mais je leur donne ce qu'elles veulent, alors tout le monde est content. Je plane physiquement et psychiquement, c'est parfait. Une paire de mains attrape mon visage et le tourne assez brutalement vers le côté. Des lèvres arrivent sur les miennes.

Joue pas à ça, cocotte, je serais capable de te baiser là, tout de suite, sans sommation. Il faudra que j'essaye d'ailleurs, ça pourrait être assez drôle. Sauf que… ça fait bien longtemps que même ça, ça ne me fait plus envie… Ni chaud ni froid. Un truc parmi d'autres.

En attendant, je me contente de lui rouler la pelle tant demandée, puis d'autres mains m'attirent, autre bouche, autre pelle. Puis d'autres. Allez les minettes, servez-vous, c'est libre-service ce soir… Je suis votre petite pute… Puisque c'est tout ce qu'on me demande, non ? J'ai même la vague sensation qu'on me touche la queue ! J'éclate de rire.

– Ah ouais, on en est là ! Partouze générale, les mecs !

Je me laisse engloutir sans broncher par la marée humaine qui m'entoure. Je ne suis plus réellement porté par les bras, je descends au niveau des gens, mes pieds arrivent difficilement à retrouver le sol sous moi, je m'accroche aux épaules pour retrouver un équilibre approximatif… Deaclan me rappelle au micro.

– Maël, tu peux revenir avec nous, s'il te plaît ?

Ouais, j'aimerais assez mais, là, ça va être compliqué. Des torses, des mains, des cheveux, tout un tas de trucs se collent contre moi et me noient, je perds pied, le flot naturel qui m'entoure m'éloigne de la scène, on tire sur mon T-shirt, sur mon fute… En quelques mots, c'est la merde ! Et tout à coup, ces gens me gonflent. Je n'ai aucune idée de ce que je fous là, en réalité. Déjà dans cette fosse qui pue la sueur et, si je veux bien regarder plus largement, je peux ajouter, sur cette scène, dans ce concert, sur cette tournée, dans ce groupe, sur cette planète…

Lâchez-moi tous la grappe, bande de cons !

Je lève un bras au-dessus de ma tête, un appel au secours. Deaclan réitère son appel micro, telle une caissière de supermarché.

– Le petit Maël est attendu sur scène, le petit Maël, merci…

J'éclate de rire alors que des bras me hissent de nouveau au-dessus de la foule et me rapportent sagement vers mon point de départ. C'était moins une, j'allais passer en mode : coups de basse dans les tronches… Ma basse, d'ailleurs, elle est où, cette conne ?

Merde, ma maîtresse, rendez-moi ma maîtresse, bande d'enfoirés.

Je me retourne sur le ventre pour scruter l'endroit que je viens de quitter malgré moi mais pas de manche à l'horizon. Putain, on vient de me piquer ma gratte ! C'est pas possible, ce truc ! Je nage à contre-courant pour retourner sur les lieux du crime mais la houle des mains qui me portent est plus forte. Vous avez déjà essayé de nager contre la houle, vous ? Ben moi, je nage contre la foule… Et je perds lamentablement l'avantage. Tout à coup, j'aperçois mon instrument bien-aimé au loin… Bordel de merde !

– Putain, ma basse !

Je pose mes mains brusquement sur deux têtes devant moi, pareil pour les genoux, afin de prendre appui, et j'avance ainsi. Un mec gueule. Je lui fous mon poing dans la tronche. Un autre vire mon genou de son crâne. Coup de genou en retour. Je ne vais pas laisser partir ma basse, putain ! Les fans veulent vraiment tout prendre de nous. Nous ne sommes que des pantins. Des produits de consommation. Un peu plus et j'en gerberais tellement j'en ai plein les couilles de tout ce business.

Un coup de poing dans le menton m'aide à retrouver mes esprits. Je réponds bien évidemment mais apparemment pas sur la bonne personne qui me retourne une droite aussitôt.

Excellent, une baston !

Je me dandine entre les mains qui me soutiennent encore et retrouve le sol. J'attrape le col d'un mec, je crois que c'était lui, la droite… Ou pas ? Qu'importe, on s'en tape. J'envoie mon front cogner violemment sa tempe. Il vacille ! Top ! Son pote attrape mon cou, me force à me plier en deux et lance son genou dans mon bide. Aïe ! J'agrippe ses cheveux et lui crache à la gueule. Et voilà, mesdames, messieurs, comment débuter une baston au milieu d'un concert, ça au moins, c'est drôle !

***

– Tu trouves ça drôle ?

Je ris ou je me retiens ?

Première solution. Je me marre au lieu d'éclater en larmes. Assis dans le fauteuil ultra confortable de la limousine qui nous emmène au club réservé pour la soirée d'après concert, un mouchoir en papier appuyé sur le nez, j'écoute mon cher et tendre agent me passer un savon bien ordonné pour le « petit couac » de fin de concert provoqué à cause d'une « pauvre basse », selon ses mots.

– Personne ne touche à ma basse.

Il hurle.

– Elle est bousillée, de toute manière…

Deaclan ajoute :

– Tu pouvais pas la blairer, celle-là, arrête ton char, Maël !

Je me tourne vers lui, la tête toujours penchée en arrière.

– Ben en fait, après réflexion, je l'adore. Cette basse est un don de Dieu. Et je suis triste, à fond, là… Ramenez-moi à la maison, bande de cons !

Ils me matent tous. L'air désapprobateur. Petit tour d'horizon de ce qui est devenu ma famille forcée, celle que je ne porte pas dans mon cœur, celle que mon cœur supporte plutôt et de plus en plus difficilement. Deaclan, lui, ça va, c'est mon frère de conneries… Enfin, c'était avant que monsieur ne ramène une greluche qui n'a rien trouvé de mieux à faire que de lui pondre des putains de triplés. Du coup, les conneries ensemble, on oublie. En face de moi, se trouve Luis, le guitariste, arrivé l'année dernière dans le groupe. Je ne lui parle pas, à part pour le boulot, il a l'air abruti, donc j'évite. Kyle, notre batteur, lui, il est doué. Faire les rythmiques avec ce mec, c'est un pur bonheur. Mais il a une putain de grosse tête, je ne savais pas que ça pouvait exister, un truc pareil. Pourtant, un peu d'honnêteté ne fera pas de mal, pour une fois, niveau grosse tête, je me croyais champion du monde. Mais non, j'ai trouvé mon maître. Chapeau l'artiste ! D'ailleurs, en ce moment même, il ne me calcule pas. Il se recoiffe dans le reflet de la vitre en face de lui. Il est beau, le rocker gominé, tiens ! D'ailleurs, où sont passés tous les rockers de ce groupe ? Je n'en ai aucune idée. Alanguis comme des divas dans une limousine, une flûte de champ' à la main, nous sommes bien loin du « fuck off », cri de ralliement initial des Skeletons… Il ne manquerait plus que Deaclan lève le petit doigt en sirotant son champagne et l'image serait parfaite…

Je pose mon regard sur le dernier de la troupe, celui qui est l'instigateur de tout ce cirque, celui qui a posé nos précieux fondements dans des sièges en cuir de veau satiné d'une bagnole de bourges. Mick, notre agent. Flouze-man. Cravate et petit costard dernier cri. Celui qui me fait la morale pour une toute petite baston de rien du tout. Son regard me transperce, genre : je suis ton père, tu vas obéir et fermer ta gueule. Ben voyons. Je lui adresse le plus poliment du monde mon majeur bien dressé. Ses yeux se tournent vers le ciel d'un air épuisé.

– Ramenez-moi, bande de connards, j'ai dit !

Il secoue la tête.

– Non. Nous avons la soirée à honorer, je veux vous présenter quelqu'un, donc tu restes.

– Rien à branler.

– Putain, Maël, t'es vraiment le dernier des casse-couilles ! Tu viens, point final. Et tu bois de l'eau, au passage… uniquement de l'eau.

– Tu rêves, mon pote. Je vais m'enfiler une putain de bouteille de Jack et j'irai gerber dans les pots de fleurs. J'ai déjà prévu. Ou entre les seins d'une greluche. Au moins, elle servira à ça.

Mike se prend la tête dans les mains.

– J'en ai ras le cul de tes conneries, sérieux. Tu vas arrêter la dope une bonne fois pour toutes, tu deviens ingérable.

Je m'esclaffe.

– Sans ma dope, dugland, je n'ai pas d'inspiration. Sans inspiration, pas de nouveaux morceaux. Sans nouveaux morceaux, fini les Skeletons et tu pourras aller vendre tes costards de coincé du cul aux enchères sur eBay pour t'acheter des coquillettes. Tu veux que je te signe celui-là ? Il vaudra au moins quelque chose comme ça !

Un rictus s'affiche sur son minois de faux beau gosse.

– C'est là que tu te trompes, mon grand. J'ai trouvé un compositeur. Il m'a déjà fait écouter des maquettes et ça déchire.

Je retire le mouchoir de mon nez et redresse la tête.

– QUOI ? Tu as fait quoi ?

Il ricane ouvertement, fier de sa nouvelle trouvaille pour me faire chier.

– Ben quoi ? Tu nous as assez dit que les Skeletons te ressortaient par le cul, non ? Alors je t'allège le boulot… Tu devrais être content.

Du sang coule de mon nez de nouveau et Deaclan pose brutalement un mouchoir propre sur ma narine en me forçant à pencher la tête en arrière. Ce qui ne m'empêche pas de lui dire ce que je pense.

– Non, mais sérieux ? On n'a déjà plus rien d'un groupe de rock et maintenant tu nous vires l'essence même de nos compos ? T'as vraiment un souci psychologique majeur, Mike. Demain je te fais interner d'urgence dans le premier hôpital psychiatrique venu et je leur demande de jeter la clé de ta cellule.

Il riposte, bien évidemment, ce mec veut toujours avoir le dernier mot.

– Celui qu'on va interner, c'est toi, ducon, si tu n'arrêtes pas tout de suite avec ta dope ! Tu t'es battu avec le public, ce soir, bordel de merde !

– Et donc ? Ça dérange qui ? Au moins, t'es sûr qu'on parlera du concert demain matin dans la presse.

– Et les plaintes du public que je vais essuyer, on en parle ?

– Non. C'est ton boulot.

– Mon boulot, c'est de faire en sorte que le groupe continue sur sa lancée et, avec un mec comme toi, c'est pas gagné.

Gros silence. Je jette un œil en biais à Deaclan qui ne cille même pas. OK, donc pas de sursaut de rock'n'roll attitude par là non plus… Luis regarde par la fenêtre… Forcément, lui, il a le rôle de plante verte, donc… Et Kyle est toujours en prise avec sa tignasse. OK, super. C'est officiel, nous sommes devenus une machine à fric sans âme. Je déteste ce groupe. Mike reprend.

– T'es tout seul, Maël. Nous voyons tous que ça va trop loin. C'est pour ton bien.

– Ouais, bien entendu.

– Sérieusement, mec, il faut que tu te reprennes. Je m'inquiète pour toi.

Oh, pauvre chaton, il joue la carte de l'intérêt pour ma petite personne… Trop mignon. Mon cul, ouais, il veut juste son putain de chèque à la fin du mois, c'est tout.

– Tu comprends, Maël ?

Je tends la main vers lui.

– Ouaip. File-moi ton portable au fait, je crois que j'ai perdu le mien dans la fosse.

Il l'extirpe de sa veste.

– Tu veux appeler qui ?

– Zoé.

– C'est qui, Zoé ?

– Ma dealeuse officielle.

Il pince les lèvres.

– Abruti !

– J't'emmerde !

Oui, je suis un connard, définitivement. Je dois être insupportable. Mais c'est pas grave. Parce que déjà je ne peux plus les blairer et qu'ensuite ils ne peuvent pas se passer de moi dans le groupe, tout autant que de Deaclan, nous sommes son essence même, donc indispensables, même si je n'écris plus les textes, ce qui est loin d'être acté, j'attends juste de redescendre de mon semi-trip pour trouver les arguments parfaits. Et enfin, ils savent tous que la seule et unique raison de ma présence ici, c'est que j'ai besoin du fric que génère ce putain de groupe de merde. Je n'ai pas besoin de faire semblant. L'histoire d'amour des musiciens avec leur groupe est terminée, depuis longtemps, tout le monde le sait. Il n'y a que moi que ça dérange au passage. C'est ça, le plus dommage.

addictives

Romans déjà parus

Rose Becker
Le Bébé, mon milliardaire et moi (aussi en poche)
Torride, sexy & dangereux
Forever You – saisons 1 et 2
Dangerous

Phoebe Campbell
Lui résister… ou pas – l'intégrale
You Again
Single Daddy. Try Me if You Can

Mia Carre
Bad for You
Teach Me Everything
Charmant connard !

Mélodie Chavin
Campus Rules
Fucking Wedding

Alexia Clemens
Red Python. Save Me

Sonia Eska
Ne me tente pas

Emma Green
Toi + Moi : L'un contre l'autre (aussi en poche sous le titre *L'un contre l'autre*)
Toi + Moi : Envers et contre tout (aussi en poche sous le titre *Envers et contre tout*)
Toi + Moi : Seuls contre tous (aussi en poche sous le titre *Seuls contre tous*)
Call Me Baby – volumes 1 et 2
Call Me Bitch
Love Me if You Can
Kiss Me if You Can
Bliss. Le faux journal d'une vraie romantique – volumes 1 et 2
Jeux interdits
Jeux insolents
Jeux imprudents
Une toute dernière fois
Fallait pas me chercher ! – volumes 1 et 2
Corps impatients
Cœurs insoumis
Âmes indociles

Cent facettes de Mr Diamonds – l'intégrale
Bliss. Le faux journal d'une vraie romantique – l'intégrale
(Im)parfait
Love Me if You Can – l'intégrale
Kiss Me if You Can – l'intégrale
It's Raining Love!
The Boy Next Room
Call Me Baby – l'intégrale
Call Me Bitch – l'intégrale
PS: Oublie-moi!
Fallait pas me chercher! – l'intégrale
Recherche coloc: emmerdeurs, râleurs, lovers... s'abstenir!
10 bonnes raisons de te détester!
Just 17
Love & Lies on Campus
Bien plus forte que toi!
If You Wanna Be My Lover...
The Boy on Fire

Megan Harold
Breaking the Rules
Initiation with My Boss

Ludivine Hart
Arrogant & Tattooed

Amy Hopper
Gone Boy
Le Coloc

Julie Huleux
Alpha Player

Charlie Lazlo
Mon insupportable boss

Sienna Lloyd
Mords-moi!

Caroline Mongas
Mariage forcé. Un contrat indécent

June Moore
Étreinte – volumes 1 à 3

Zoé Murat
Stepbrother Love
Boss Me Around

Clara Oz
Arrogant

Gaëlle Sage
Kiss, Kill & Ride
Lost Rider

Ana Scott
Dark Ride
Last Ride
Vicious Ride
The Dominant
Evil Ride
Sensual Stepbrother
Un enfoiré mais un coup d'enfer !
Say Yes to the Boss

Camilla Simon
Le voisin parfait est un enfoiré
Initiation with My Enemy
Le mec parfait est un inconnu… ou presque !

Ève Souliac
Sexy Mistake

Liv Stone
Love Lessons

Lisa Swann
Adore-moi ! – l'intégrale

Louise Valmont
Toi & moi, c'est compliqué !
Campus Initiation
Mon insupportable voisin !

Chloe Wilkox
Extreme Lover – l'intégrale
Immoral
Dominant Boss. Apprends-moi
The Virgin's Price

Luv

Romans déjà parus

Ana K. Anderson
Indompté
Scottish Bastard

Sophie Auger
Be with Me

Sonia Birdy
L'Initiation
Touchdown. Campus Star

Laura Black
Dark Initiation
Games of Desire
H.A.R.D. Hot, Arrogant, Rebelle, Déterminé
Sulfurous Bad Boy

Margot D. Bortoli
Too Young

Juliette Brunel
Delicious

Anne Cantore
Promets-moi. Louise et Marco

Sarina Cassint
Avec toi… peut-être
Insolent Boss

Mary Ann Davis
Coach Me Love

Sarah Dheilm
Hot Reward

Gwen Delmas
Noël, toi & moi
Sex Friends. Pas de contraintes, que du plaisir !

Eugénie Dielens
Imprévisible Boss

Cléa Dorian & Ninon Vars
Dark Love

Laurie Eschard
Love Naked

Lil Evans
Savage Rider
Crash & Burn
Boss Affair

Lou Garance
Can You Keep a Secret ?
Foutu coloc !

Alexandra Gonzalez
Shades of You

Erin Graham
Teach Me Love

The Boss
Secret Stepbrother
Strong Addiction
Coloc avec mon boss
The Initiation

Joh Harper
Crazy Love
Broken but Alive

Marie Hayle
Under Control
Lover Next Door

Ellie Jade
About Last Night

Emma S. James
Under the Rain

Lucie F. June
Fight with Darkness

Sara June
Rider in the Dark
Sexy Wild Rider

Emily Jurius
Love to Hate You

Allie Krown
High School Challenge

Antinea Kane
In Love with My Enemy

Marion Laurent
Mr Alpha
I Want You in My Bed!

Pauline Libersart
Tiger. Entre ses griffes

Nina Loren
Breaking the Ice
Teach Me Again. Impossible Desire

Ella Lores
Mariée par accident à un connard arrogant rencontré la veille…
My Best Enemy

Jessica Lumbroso
Emma X. Secrète et insoumise

Lili Malone
Coloc avec un inconnu

Mila Marelli
Dark Man in Love
Crazy Wedding

Mag Maury
My Hipster Christmas

Alix Parks
Never Kiss the Boss

Jeanne Pears
Insupportable coloc
Colocs & Sex Friends
H.O.T. Hypnotique, Obstiné, Ténébreux
The Most Insolent Man

Alexia Perkins
Arrogant Fake Lover

Sophie S. Pierucci
L'Inconnu de l'ascenseur & Moi (aussi en poche)
My Stepbrother. L'initiation

Silvia Reed
Darkest. La dernière heure
Too Close

Anita Rigins
No Rules
My Rules

Avril Rose
Coffee, Sex & Law

Jana Rouze
Effet de vague – saisons 1, 2 et 3

Wendy Roy
Une seule fois (ou presque)

Ana Scott
À corps brisés

Léana Soal
Fight & Hope

Cara Solak
Perfect Obsession

Izia Soley
Fauve
Initiation. On Your Skin

Liv Stone
Initie-moi. Mes jours contre tes nuits

Lena K. Summers
Perfect Bad Boy
Donovan, roi des connards

Kaly Swann
Austin. Breathe with Me

Lily Tortay
Dance for Me

Flore Valier
Ta peau contre la mienne

Anna Wendell
Arrogant Bad Boy
Apprends-moi le désir
Colosse. Le maître du jeu
Break Your Chains

Mina Zadig
Just Sex & Tattoos
Arrogant Highlander

new adult addictives

Romans déjà parus

Sonia Birdy
California High School

Sianna Milano
High School Initiation

Isla A. Rowley
Toxic Games

addictives POCHE

Romans déjà parus

Rose Becker
Le Bébé, mon milliardaire et moi (aussi en grand format)
Désirs & Désastres

Marjorie Burbaud
The Campus Teacher

Phoebe Campbell
Tes ordres sont mes désirs

Olivia Dean
À lui, corps et âme – volumes 1 et 2

Lou Everly
Bad Boy Crush

Erin Graham
Nos amours contraires

Emma Green
Seuls contre tous (aussi en grand format sous le titre *Toi + Moi : Seuls contre tous*)
L'un contre l'autre (aussi en grand format sous le titre *Toi + Moi : L'un contre l'autre*)
Envers et contre tout (aussi en grand format sous le titre *Toi + Moi : Envers et contre tout*)
Corps impatients
Cœurs insoumis
Âmes indociles

Megan Harold
Sublime-moi !

Charlie Lazlo
Kiss Me I'm Famous

Jeanne Pears
Jamais avec mon coloc !

Sophie S. Pierucci
L'Inconnu de l'ascenseur & Moi (aussi en grand format)
Deep & Dark

Lise Robin
Forbidden Stepbrother

Alexane Tolley
The Boss Rules

Chloe Wilkox
Your Game, My Rules

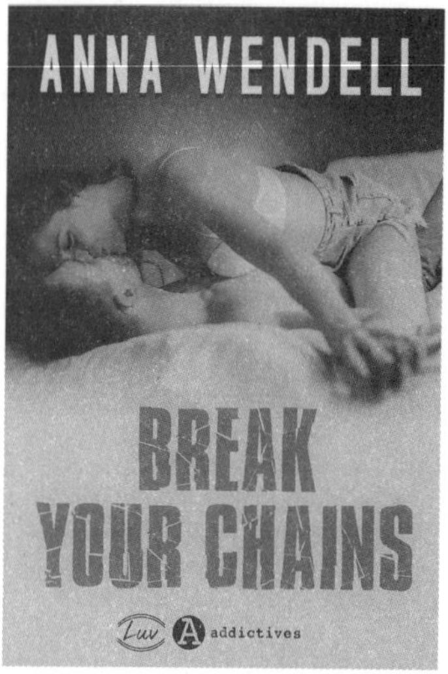

Break Your Chains
Anna Wendell

Il est la lumière. Elle veut rester dans l'ombre.

Cameron dégage une assurance à toute épreuve ! Il est arrogant et ne fait pas dans les sentiments. Guitariste hors pair, il est prêt à tout pour réussir. Quand il croise Elena lors d'un casting pour intégrer un groupe de rock, la jeune femme éveille en lui des émotions inexplicables. Mais approcher Elena, c'est la mettre en danger. Elle, qui veut à tout prix rester dans l'ombre, se retrouve trop exposée par la lumière que Cameron met sur elle.
Pourtant, impossible pour eux de rester loin l'un de l'autre, quelles qu'en soient les conséquences…

Auteure : Izia Soley
Edisource – Éditions Addictives
100, rue Petit, 75019 Paris
Imprimé par FINIDR – Lipova cp. 1965 – 73701 Cesky Tesin, République tchèque
Dépôt légal : mai 2022 – Achevé d'imprimer : avril 2022
ISBN : 978-2-37126-496-0
Réf. contrat : ZAAN_001